大清公主
《下》
西嶺雪 著

目次

第十二章　洞房花燭夜

1

順治十年八月，大清宮廷發生了兩件關於婚姻的大事：一是當今皇上順治提出廢后之議，在朝野上下掀起軒然大波；二是十四格格建寧下嫁吳應熊，她的婚禮雖然不是大清歷史上最隆重華美的一次，卻是唯一下嫁漢臣的滿洲格格，這足以使這位本來名不見經傳的和碩公主有資格載入任何一部大清的正傳稗史了。

自從吳應熊回到京城，接連不斷的賞賜便從天而降，先是正月裏，皇上頒了一道旨，命部院三品以上大臣各舉所知，「不論滿漢新舊，不拘資格大小，不避親疏恩怨，取真正才守之人，堪任何官，開列實跡，疏名保舉，各具專本奏聞。」洪承疇悄悄告訴吳應熊，皇上其實早已暗示要他奏名保舉，且笑問：「世侄文武雙修，既是虎門之後，又為皇上伴讀多年，可任官職多矣，不論文臣武將，只要世侄開口，無不如探囊取物。」

吳應熊苦笑，文武雙修又如何，難道像父親那樣，拿起戰刀上陣劈殺自己的漢人同胞嗎？或是像洪大學士這樣，挖空心思修訂一些滿尊漢卑的法律來助紂爲虐？他只得婉謝師恩，自稱「才疏學淺，無所建樹」，一再堅辭。

到了月底，順治見洪承疇遲遲沒有保薦，有些坐不住了，便又下了一道旨，告諭滿蒙漢之幼少年者，學習藝業騎射之暇應旁涉書史，特意舉吳應熊爲例大加褒獎。眾臣鑒貌辨色，也就猜出皇上的意思是嫌沒人保舉吳應熊，這樣拿著皇上的賞賜給皇上做人情的便宜事兒，何樂不爲？於是眾人爭著保薦，也有說吳應熊通今博古，最宜選入翰林院修史的，也有說世子自幼從武，騎射過人，至少該給個將軍做的，一時間諛辭潮湧，聲勢浩大，把吳應熊讚得天上有人間無，古往今來的第一個才子英雄。

那些奏章後來被太后知道了，笑著向順治說了一句話：「這樣的青年俊傑做你的妹夫，難道你還怕建寧會受委屈嗎？皇上這就找個日子下旨吧。」當此時，順治也只有露出了像吳應熊一樣的苦笑。

三月初二，順治於南苑行獵網魚，特地召來吳應熊陪同。兩人一邊在河邊垂釣，一邊閒談風月，不免說起「子非魚」、「子非我」的典故，順治笑道：

「我也不是你，也不知道你到底是怎麼想的，喜歡做文職還是武官？前幾天在朝上，許多文武大臣保薦你，文臣們稱賞你文采斐然，武將們又讚你騎射了得，你自己的意思如何？不妨與朕直說，想要個什麼官職？」

通常到了這種時候，就該跪下來行禮謝恩了。然而順治既然用的是閒談的口吻，吳應熊便也順水推舟，只當作閒話來聽，望著魚鉤淡淡地說：「皇上過譽了，在下這點雕蟲小技，別人不知道，皇上是最清楚的，無非遊藝之學，其實於報國無益，哪裡敢做官呢？」

順治無奈，這才知道自己錯怪了洪承疇，並不是他罔顧聖意，卻是吳應熊不識抬舉，笑道：「之前我一再暗示洪大學士舉薦你，看他置若罔聞，又隔三差五地稱病誤朝，還以為他無心輔政、嫉賢妒能呢，原來是你一向閒雲野鶴慣了，視名利如樊籠。」遂放下這個話題，又問，「你還在找那位明姑娘嗎？」

吳應熊黯然搖頭，卻反問：「皇上也還在找那位神秘的漢人女孩嗎？」

「我想我是找不到她的了。」順治嘆息，「太后特許我可以納漢女入宮。可是那些秀女中沒有一個是她。也難怪，像她那樣的女孩又怎麼肯入宮呢？我想除了放棄，我已經別無選擇——其實根本不由得我選擇，就是不放棄，又能怎麼樣呢？」

吳應熊有些猜不透順治的心思，他的語氣既像是自言自語，又好似借題發揮，他在暗示或者勸慰自己什麼嗎？他模稜兩可地回答：「有時候，不放棄僅僅是一種心思，支撐著自己活下去的心思。我想過了，不論找不找得到明姑娘，或者即使找到了也沒有結果，我也會一直惦記著她，找她，這樣子活著，總算有一件可盼望的事情。」

他的聲音如此憂傷而又堅決，讓順治不由深思。他想吳應熊今生今世都不會放棄對那位明姑娘的愛意了，十四格格嫁給他，又怎麼會幸福呢？

是晚慈寧宮請安，順治將吳應熊辭官之意稟告太后，再次說：「吳世子為人淡泊，無意仕途，毫無攀龍附鳳之心，而且據我所知，他早已心有所屬，將十四妹指婚與他，恐非良配。」

大玉兒蹙眉道：「皇上，自你親政以來，大事小情早已學會獨自處理，也還有殺伐決斷，所以我才放手讓你主政，不加干預。怎麼惟獨於這些兒女情長上卻是婆婆媽媽，瞻前顧後的？十四格格下嫁，為的是我大清江山永固，將我朝視滿漢為一家的態度公告天下，這難道不比男歡女愛、『心有所屬』來得重要？好了，這件事由我做主，不予再議，你有這些功夫，還是多想想治理朝廷的事吧。」

順治心下一驚，皇額娘的話已經說得相當嚴重，幾乎是在向自己宣戰：後宮的事理當由太后做主，如果自己不肯放手讓她為建寧賜婚，那麼她也不會再坐視自己完全親政，而要行使太后懿旨插手朝廷——事實上，她的確仍有這份餘威。自己要為了十四妹與太后鬧翻嗎？結果會是什麼？太后說得對，大清初建，百廢待興，文武百官參差不齊，的確是該多放一點心思在朝政上的。至於建寧，唉，誰叫她生於帝王家呢？

次日早朝，順治覽章奏畢，接連處理了幾件大小朝事，又下旨免除直隸薊州、豐潤等十一州縣九年分水災額賦，免江西六年分荒殘欠賦二十七萬八千七百九十五兩。退朝後，他特地留下范文程，問道：「洪大學士近來每每稱病告假，到底生的是什麼病？」

范文程笑道：「大學士的病徵倒還有限，病根才是為難，他這生的是心病——自從在盛京歸順了咱們大清後，他與高堂已經十年不見，去年冬上好容易得了消息，卻又是死訊，如今女兒又失蹤了，急火攻心，況又是暮年之人，怎麼能不病呢。」

「洪大學士有女兒嗎？這我倒沒有聽說。」順治大爲稀罕，「他這女兒是怎麼失蹤的？爲何不派人去找？」

「怎麼不找？找了且有些年頭呢。可是偌大京城，一個人要存心藏起來，哪裡那麼容易找得到？況且她也未必還留在京城。」

原來范文程見皇上近來每每冷落洪承疇，早已有心爲他說項，既見皇上問起，便一五一十，從洪承疇當日囚禁三官廟、莊妃勸降、洪老夫人攜孫女洪妍割袍斷義說起，一直講到去年洪妍扶柩歸來、隨即失蹤、洪承疇遂一病不起，嘆道：

「要說洪大學士對皇上，對大清，真是忠心耿耿，毫無保留。只可惜洪老夫人年邁固執，不能體諒大學士棄暗投明之心，竟使得母子陰陽永隔，父女反目成仇，我們這些做同僚的，也都愛莫能助。」

三官廟勸降一事原是順治從前便知道的，也是他自小即深以爲恥的，因了這個緣故，十年來他從未深究此事，連提也不願意提起，然而今天聽范文程細說從頭，才忽然意識到這件事與他心目中那個神秘漢人小姑娘之間極可能有著某種緊密的聯繫。十年前，被囚禁在盛京宮中的漢人小姑娘，神秘地來，神秘地走。會不會？會不會……

他莫名地緊張起來，緊張到屏息，幾乎是小心翼翼地問：「那位洪小姐，今年多大了？」

范文程完全沒想到皇上竟會問出這樣一個毫無邊際的問題，要想一下才不確定地回答：「當年在三官廟的時候，那小女孩大概也就五六歲的樣子吧，如今十年過去，該是十五六歲了。都說女大十八變，只怕就是洪大學士和女兒在街上迎面遇見，也未必認得出來呢。」

時間對了，年齡也對了，那麼，地點呢？地點也對嗎？昨天才跟吳應熊提起那位漢人小姑娘，難道今天就有下落了？順治更加緊張地問道：「當年洪老夫人和小姐來盛京的時候，有沒有在宮裏住過？」

「住過幾天。就在十王亭邊上的值房裏。不過只待了兩三天，太后就命人給送出去了。」

果然是她！真的是她！終於找到了！十年相思，終於知道了那神秘漢人小姑娘的真實身分，原來就是洪大學士的女兒！順治一時有些不辨悲喜，他從沒想到，原來答案就在自己身邊，唾手可得，只要自己稍微對當年發生在三官廟的往事多問上兩句就可以了然的，卻只爲自己心裏的一根刺而錯過了十年。他茫茫然地問：「她叫什麼名字？」

「誰？洪小姐嗎？」范文程更加意外，記得洪承疇同自己說起過的，還讓自己幫忙尋找，他使勁地想了想，才恍然地回答，「好像是叫洪妍吧，小公子叫洪開，兩個名字只差一個偏旁，所以還有印象。就是叫洪妍。」

順治卻是不理會什麼小公子的，他滿腦子都是洪妍的影子，那十年前的神秘漢人小姑娘哦，他終於知道了她的芳名：洪妍。原來她叫作洪妍！他在心裏默默地呼喚著這個名字，竟是潸然欲泣。當他默默地思念她呼喚她的時候，她會有所知覺嗎？當她在空氣的震顫中感受到某個人的思念，又會知道那個人就是他、當今天子嗎？

洪妍，洪妍。少年天子順治的心裏充滿了溫柔的思念與感傷，他想流淚，又想嘯歌。十年了，雖然他仍然沒能找到她，卻終於知道了她的名字，終於向她走近了一步，至少，是走近了她的父親。這使他覺得，自己終於與洪妍有了某種聯繫，從而變得更加緊密了。

四月二十二日，順治特別傳諭禮部制定滿洲部院各官：今後凡有父母喪事，一體依照漢官舊例，離任丁憂，持服三年，又追述去年洪老夫人仙逝，洪承疇為朝務繁忙而未能盡人子之孝，特地追補了許多賞賜，又傳命禮部準備三牲，以為下月洪老夫人周年之祭。

洪承疇大為意外，心中栗栗不安。而百官慶賀之餘，都紛紛猜測這是某種擢升的先兆。果然隔了一月，順治再次頒諭，特升洪承疇為太保兼太子太師、內翰林國史院大學士、兵部尚書兼都察院右副都御史，經略湖廣、廣東、廣西、雲南、貴州等處地方，總督軍務，兼理糧餉。又授予敕書，以洪承疇「前招撫江南，奏有成效，必能肅將朕命，綏靖南方」，許其「聽擇扼要處所駐紮，應巡歷者隨便巡歷。總督應關會者必咨爾而後行；爾所欲行，若係緊密機務，許爾便宜行事，然後知會。」「文武各官在京在外應於軍前及地方需用者，隨時擇取任用；所屬各省官員升轉補調悉從所奏。」「應用錢糧，即與解給。」

這道聖諭，無異於尚方寶劍，洪承疇的權力之大一時無兩，喜出望外之餘，反覺可懼，不禁向范文程謀道：「皇上前些陣子對我不冷不熱，為何近日突然這般重視起來？」

范文程也是不解，只得將日前與順治的一番對話詳細轉述，揣測說：「或者皇上知道了你爲朝廷付出的一切，深覺感動，又知道你正在四處尋找女兒，所以特赦了這道諭，有心要行你以方便吧？」

「看來的確是這樣。」洪承疇納悶地說，「有了這道聖諭，找洪妍的確是方便多了，各地任意駐紮，隨便巡歷，各關總督聽憑調遣，那是由得我布下天羅地網了。只是皇上要真是爲了方便我找女兒如此厚賞，好像小題大做了些；若不是爲這個，又解釋不通。這可真是君心深似海呀。」

但無論如何，高官厚祿總是好事。自從洪老夫人死後，洪承疇原有好一段時間心灰意冷，對順治也暗自銜怨，近日一連串的賞賜讓他揚眉吐氣，那絲怨恨也就煙消雲散了。「丁憂三年」的新制頒發，使得所有漢官對他感恩戴德，「隨便巡歷」的特權，更讓滿官們清楚地看到了他在朝廷上舉足輕重的地位。

洪承疇志得意滿，連上奏本，舉薦親朋故舊，正所謂一人得道，雞犬升天，而順治無有不准，這裏面，自然少不了吳三桂當年山海關歸順獻城之功。六月二十七日，朝廷頒旨授平西王屬下都司、守備等九十一員世職有差；贈陣亡、病故之都司、守備等三十三員世職有差，以其子弟各襲職。又因平西王征戰未還，特命世子吳應熊代領賞賜。

當吳應熊跪在丹陛下謝恩領賞時，真是恨不得鑽到地縫裏去，「山海關歸順獻城」，皇上口裏的功，是他心目中的奇恥大辱，跳進黃河也洗不清的萬古罪孽。然而他，卻要跪在這裏高呼萬歲，口稱謝恩。他想他不如死了。世上已經沒有任何一種羞辱比此更甚。

然而他錯了，他不知道，很快還會有更大的羞辱要來到。那便是賜婚。

2

當禮部以太后之名駕臨世子府，頒旨賜婚，且命其擇吉納彩之際，吳應熊無異於聽到了晴天霹靂。他早就知道他的婚姻大事多半由不得自己做主，但怎麼也沒有想到，竟會由太后指婚，而且還被招爲額駙。做天下第一大漢奸的兒子已經夠恥辱的了，居然還要做史上第一個娶滿清格格爲妻的漢人男子，從今以後，要每天跪著給自己的妻子請安，生有何趣？

他再一次跪在那裏謝恩，麻木地想：我情願死了。

他當然明白賜婚的真正含意：他父王吳三桂遠征西南，重兵坐鎮，若生異心，必對朝廷不利，但賜他爲額駙，便可以把他永遠留在京都以令吳三桂有所顧忌，這就跟當年多爾袞指定他爲順治伴讀是一樣的用意；表面上，卻是在向天下人表白，朝廷視滿漢爲一家，把他當成了一座靶子，一面錦旗，彰顯朝廷的仁政——總而言之，他不再是一個正常的自由的完整的人，他只是一個人質！一面招牌！

他穿著蟒袍補服，由贊事大臣引著在乾清門下跪領聖旨，授爵三等精奇尼哈番加少保兼太子太保——他的父親吳三桂靠出賣國家民族換來花翎頂戴，已經夠讓後人蒙羞的了；而他今天，更是以出賣男人的尊嚴身分來換取一個太子太保的爵銜——他情願死了！

是夜，洪承疇早已接了吳三桂的拜請信，親自來到世子府，幫著吳應熊籌劃婚禮細節，笑容可掬地道：「世侄雖然博識有爲，畢竟年輕，沒經過這些事。皇家婚禮又不同於尋常百姓，可不能做錯一星半點，不然，本來是雞犬升天的好事，轉眼再給弄個雞飛狗跳可就麻煩了。」說著哈哈大笑，比世子府任何一個人更興致勃勃。

這些日子，洪承疇吉星高照，飛黃騰達，比誰都威風，比誰都興頭，簡直不知道該怎麼樣表現自己的得意才好，幫助吳應熊籌備婚事，正是他借題發揮的好節目，因此十分盡心，舉著一張單子說：

「到了正日子，按禮，你要一大早去午門奉進『九九大禮』，每樣禮品數都必須含九或九的倍數，包括文馬十八匹，鞍轡具、冑甲各十八具，羊八十一隻，酒席九十桌……估計你也準備不全這些，乾脆我再辛苦些，都幫你準備好吧。還有你這裏僕婢太少，將來公主進了門，怎麼服侍得周全，也等我幫你多挑些僕從送來。」

吳應熊諾諾點頭，面如死灰。他看著洪承疇，很想告訴他：我不願意做駙馬，我愛的，是你的女兒。我情願做你的女婿。你願意嗎？

他已經知道紅顏就是洪承疇的女兒，但他同時也知道，自己不可能向洪承疇提親——洪家父女早已恩斷義絕，洪承疇根本無法替女兒允諾任何事；而且洪承疇效忠清廷，又怎麼會讓自己這個準額駙爲了他的女兒抗旨呢？自己與紅顏，永生永世都不可能有結果，甚至，永遠都不可以讓紅顏知

道自己是誰。否則，她一定會唾棄他，厭惡他，再也不要看他一眼的。他是否有勇氣像紅顏那樣，拋開姓名所代表的一切，包括身分，父母，功名，然後隱姓埋名，與紅顏一道雲遊天涯？

也許可以做到的，爲了紅顏，他願意那麼做。然而，他畢竟不是紅顏。紅顏離開洪承疇時，還僅僅是個六歲的小女孩，事隔多年，已經沒有人知道明紅顏就是洪妍，沒有人會將她的所作所爲與她的父親聯繫在一起。她做她的抗清義士，洪承疇做洪承疇的太子太師，他們兩不相干，形同陌路。

然而吳應熊卻不同，他可以在紅顏面前自稱姓應名雄，卻不能在天下人面前一葉障目。認識他的人太多了，他的一動一靜，勢必要影響到父親，整個吳氏家族，甚至整個西南軍。他若與朝廷反目，帶來的將是血流成河，天崩地裂。除非，他隱居深山，永不露面。

如果是那樣，紅顏肯嗎？如果她問他爲什麼，他要不要實話實說？如果他說出實情，她還願不願同他在一起？他甚至都不知道今後是否能夠再看見她。他們終究是無緣。

吳應熊的心死了，他知道，他再也見不到梅花。

他像行屍走肉一般由著洪承疇幫他準備了初定禮，接著又像提線木偶般由內務府指引著參與了整個定婚禮，納吉禮，定妝禮……

保和殿的前簷下和中和殿的後簷下分別陳設著中和韶樂和丹陛大樂，兩殿之間的丹陛正中搭了一座黃幕捲簾棚，名曰「反坫」，內設大銅火盆、鹽碟方盤、寬桌高椅，保和殿設宴六十席，用羊六十三隻，乳酒、黃酒三十五瓶，凡入宴的王公大臣、侍衛及執事官員俱身著蟒袍補服，額駙近族中有頂戴的均穿朝服，由鴻臚寺堂官引導至皇太后宮門外行禮，然後都到保和殿丹陛上恭候。

吳應熊知道，那些額駙在悄悄議論自己，不無諷刺，因爲他是唯一的漢人駙馬，他們以爲他高攀了。實則他又何嘗願意做這個駙馬呢？他不在乎別人的譏諷，更不理會別人的妒羨，他的心已經死了，走在這裏的只是一個傀儡，一領會自己走路叩頭的袍子。

他不記得順治在何時升座的，不記得自己是怎麼樣隨眾行禮，不記得喝了多少酒，吃了多少肉，不記得宴會上那些滿族歌舞，不記得人們怎樣對他奉承恭喜，不記得宴會結束後他如何到內右門外向著皇后宮的方向行三跪九叩之禮。他麻木地做著這些，靈魂已經不在身體裏。

他唯一記得的是，那天他喝得爛醉如泥，是洪承疇親自送他回府，臨走的時候拍著他的肩膀說：「欽天監選定日子，就是八月十九，再過幾天，你就要駕鳳乘龍，做皇親國戚了，以後享不盡的榮華富貴。我真羨慕你爹有你這樣的好兒子，我若有女兒，也巴不得跟你結親呢。」

吳應熊只覺得心裏一疼，忽然醒了。

接著，便是送妝了。

那天，押送嫁妝的車馬從清晨走到黃昏，也許是太后要讓宮裏宮外的人看到她對於綺蕾的遺孤有多麼恩寵有加，把她賜婚吳應熊的確是爲了國家社稷而非漠不關心；也許是順治皇帝不忍看到妹妹這樣委屈地出嫁，所以要以加倍賞賜來使自己內心平安；總之，建寧的妝奩遠遠比以往和碩公主的嫁妝要豐厚許多倍，堪比太后所生的固倫公主了。

妝奩隊伍浩浩蕩蕩，從皇宮一直排到額駙府。全城的老百姓都被驚動了，擠在沿途觀看。有的嘆息，有的讚羨，有的猜測著這箱大抵是珠寶，那籠顯然是衣裳，四角俱全的只怕是床，高疊寬架的可能是櫃。那好事的便爭辯不休，有的說，我數得清清楚楚共是一百零八輛車子，準是一百零八件箱籠，有的說，你只顧看車沒算計那馬馱的人抬的，加起來何止二百件；有與宮中沾親帶故的，這時候便顯山露水出來，很權威地說，我聽人說得真真兒的，別提衣裳傢俱，光是頭飾就有一百零八項了，還不算手鐲耳墜這些。

人們搖頭咋舌，念佛不已，卻也有不信的，說是「公主有多大頭，戴得下這一百零八件頭飾？就是全北京城的金銀鋪子，也未必湊得齊一百零八款首飾，若不是一款一式，那也沒什麼意思。可見你吹牛。」

說的人便不樂意了，賭咒發誓地道：「怎麼是吹牛？我三叔公的隔壁住著宮裏太監小順子的娘，小順子是內務府總管吳公公的徒弟。吳公公親口說給小順子，小順子回家來又親口說給她娘，她娘說給我三叔嬸，三叔嬸來我家時又親口說給我娘的，這還有假？吳公公說的那才是一個清楚，我雖學得不全，也還記得有一件紅寶石朝帽頂，嵌著大東珠十顆，還有帽前金佛、帽後金花、金珊瑚頭箍，這是給額駙的；給公主的就更多了，什麼金鳳，金翟鳥，金鑲青金方勝垂掛，金荷蓮螃蟹簪，金蓮花盆景簪，金松靈祝壽簪，數都數不清，光說那金翟鳥吧，嵌著錁子一塊，碎小正珠十九顆，隨金鑲青金桃花垂掛一件，嵌色小正珠八顆，穿色小正珠一百八十八顆，珊瑚墜角三個，連翟鳥一共重五兩三錢呢。」

聽人的更加不信了，「五兩三錢重的一頂金翟鳥，還不把公主脖子墜彎了？」

說的人笑起來：「這就彎了？還沒說到脖子上帶的呢。什麼朝珠，項圈，鈕扣，不必說了，也有一百零八顆大東珠，還搭著珊瑚佛頭塔、銀鑲珠背心、小正珠大小墜角，米珠金圈，也要重一兩八錢五分呢。」

眾人譁然：「公主的頭面使出來，夠一家三代十幾口子人過上兩輩子的。難怪人人做夢都想著當駙馬呢。」

也有那見識過人、修道有為的，便深思地感慨說：「其實富貴終究有什麼意義呢？也不過是些累贅的珠寶，把人壓得抬不起頭來罷了。」聽的人便喧然叫起好來，說是見地高深。

一總議論，吳應熊都是聽不見的。他的魂從領旨那天出了竅便不見回來，只由人擺佈著叩首謝恩，這裏磕頭，那裏領宴，不過依樣畫葫蘆罷了，畫得圓不圓，全不在意。

次日八月十九，便是正日子。吳應熊侵晨即起，由洪承疇引著往午門恭進了「九九大禮」，又與上駟院、武備院、內務府收管官員一一互道恭喜；剛回到家，還沒等睡下，司儀又催促著換了吉服，說是宮裏傳旨在保和殿賜宴，請額駙前去謝恩。

宮中與額駙府一樣，各處杯盤交錯，高朋滿座，一派喜慶氣氛，吳應熊卻只是昏昏欲睡。在夢裏，他看到明紅顏手裏執著一枝梅花，笑盈盈地走來，卻不知怎的，看著不遠，無論如何也走不近。他想迎上去，四肢卻被綁了千鈞重石般不得動彈。

便在這時，有人推醒了他：「世侄，該起身了。」

吳應熊朦朧醒來，哪裡有紅顏，哪裡有梅花，原來自己喝醉了酒，竟倒在保和殿暖閣裏睡著了，而推醒他的人，正是紅顏的父親洪承疇。只聽洪大學士笑道：

「你小子也真福氣，還沒洞房，就登龍床了，竟敢在皇上賜宴上醉酒！就這樣皇上都不怪你，還叫人送你到暖閣休息。你可知道，這要擱在前朝，可是死罪呢。」

吳應熊苦笑，謝恩和謝罪，就是他今後生活的全部戲份了吧？還未回過神來，太監一路小跑著進來報告，十四格格已經拜過太廟，辭過莊妃皇太后和皇上，登上彩輿就要出發了。請額駙趕緊上馬引路。

話音未落，外間已經笙管齊鳴，吉樂大作。洪承疇大笑道：

「駙馬，駙馬，還不上馬？」

額駙府大門內外油飾一新，懸燈結彩，每間屋子都掛著四盞喜燈，把整個院落映得水晶宮一般。公主的彩輿前一百二十對牛角宮燈引路，宛如兩條火龍，從紫禁城一路蜿蜒遊至額駙府。

今夜是八月十九，因此月亮並不圓，也不夠皎潔，半遮半隱在雲彩後面，被火把與燈籠映得黯淡無光，又或者是因爲不忍心看到吳應熊的羞愧、沮喪與失魂落魄——帽插金花、身穿吉服的吳應熊走在燈影裏，真像是一隻鬼。一隻自己給自己送殯的鬼。

滿洲婚禮是在夜裏舉行的，這也令他覺得屈辱，覺得逆天行事，覺得這婚姻的不合理、不光明、不遂心。全城的百姓都廢寢忘食地起來觀禮，議論著這天下間第一個娶了滿洲格格爲妻的漢人額駙，比過年更熱鬧，更興奮。然而他卻只是不耐煩，不住地對自己說，結婚的人不是我，只是一具沒有人氣的肉身。我已經死了，從跪在丹陛下磕頭謝恩，承認了這樁婚事的那一刻便死了。

吃過了合巹酒，跳過了薩滿舞，所有賓客散去時，已經是東方漸明。吳應熊想，傳說裏的鬼這時候該回到他的墳墓了，然而我這死去的肉身卻仍然不得自由，還得被送進油鍋裏煎。

他比木偶更像是木偶那樣遲緩地走進新房，屈辱地跪著行問安禮，口稱「格格吉祥」。建寧蒙著蓋頭端坐在喜榻上，一動不動，也一言不發。他便只好跪著，等她開恩說「起來吧」。他想，以後的日日月月，他都要這樣地跪著做一個丈夫，給自己的妻子請安，行禮，謝恩，然後攜手承歡——他不如死了。

等了許久許久，彷彿一個世紀那樣長，他的男兒自尊已經完全被磨盡了，才終於聽到她細細地問：「接下來該做什麼呢？」

他一驚，忽然明白了：教習嬤嬤失職，竟然沒有人給她講過新婚的規矩。他好像第一次想起來，她不僅是格格，還是一個只有十二歲的小女孩。十二歲！她還是個孩子！

她說：「你是不是應該抱我上床？」她說得這麼不確定，卻又很自然，因爲根本不明白「上床」的真正含義。她的聲音裏只有好奇，沒有羞澀。因爲她不懂得。

他被動地走過來，被動地抱住她，她的驚悸與柔弱喚起他心底的疼痛，彷彿一根極細的針不易察覺地在他心底最深處迅速地刺了下去。疼，但是因爲那疼痛發生得太快太劇烈，反而讓人恍惚，以爲是幻覺。他更加悲哀，悲哀到憤怒，他在做什麼呀？娶一個孩子做妻子，每天給她跪著，跟她請安，再抱她上床！他不如死了！

「歇著吧。」他打橫將她抱起來放在富貴牡丹的榻上，牡丹芯裏灑滿了棗子、栗子、花生等象徵吉祥的乾果，躺下去很不舒服。然而額駙的婚姻，豈非本來就是一場華麗而艱澀的小睡？酣實的夢，是屬於那些日出而做日落而息的平凡民眾的，他們操作了一天，累了，飽了，睏了，睡了，很滿足，很安樂。然而人中龍鳳的公主與王子，卻只能在衣來伸手飯來張口中席不安枕，睡不終夜，夢裏也糾纏著解不開的恩怨與心事。

「歇著吧。」他再說了一句，然後親手替她解下床角的掛鉤，垂下簾帷，便逕自轉身離去。他不可以留在新房，他不能夠與她同床——面對一個異族異文素昧平生不諳世事的小女孩，他在這新房裏多待一分鐘都是屈辱而罪惡的。

這個晚上，他並沒有失眠，而是睡得像死去一樣。直到第二天早晨老管家來將他叫醒，催促著他換過衣服往上房請安。沒有人問他爲何新婚之夜沒有在洞房裏度過，平西王的家人不會不明白伴君如伴虎的道理。他們只是默默地跟在主子身後穿過整個額駙府，從東院來至上房，給他們的女主人請安。

然而當新房的門打開，所有人驚訝地看到，整個洞房已經變成了廢墟——憤怒而寂寞的建寧，竟然將屋裏所有的東西都打碎剪爛，讓整個屋子中除了她身上的穿戴以及砸不爛的傢俱之外，沒有留下任何完整的布頭或瓷器。到處都是碎布條，紙屑，瓷片，玻璃珠子，就好像昨夜來了幾十個強盜一樣。可以想像，她是從吳應熊轉身離開新房那一刻起便翻身下床，然後一刻不停地發洩，破壞，捧打，直至精疲力竭——真要感謝她沒有放火把這兒燒掉。

吳應熊覺得匪夷所思，簡直不相信這是出自一個十二歲的孩子之手，一個貌若嬌花的小女孩，怎麼會有這樣強烈的破壞欲，怎麼會這樣大膽妄爲，任性潑辣，比民間最不講理的悍婦更加野蠻刁鑽。他看著建寧，那小小的格格緊繃著她小小的臉，看也不看他，滿臉都寫著倨傲、任性和刁蠻無理。

這個表情好熟悉。吳應熊忽然想起來了，他知道這格格是誰了，這就是當年那個用計騙自己射烏鴉的刁蠻格格。是她的一時興起將他逼上了伴讀的路，從此陷他於重閣深苑中，做了錦籠之囚。他從見到她的那一刻，便爲她所脅，被她所害，由她擺佈。初次冒犯她時她的那句賭誓忽然又響在耳邊：「你記著，我一定會懲罰你的！」

原來隔了這麼多年，他仍然記得，一個小女孩對自己發出的毒誓；原來隔了這麼多年，那女孩終於可以如願以償，說到做到；原來他們兩個並不陌生，早在多年前已經有過一場恩怨，一個咒約；原來他果然輸給了她，並且注定今生今世都要與她糾纏不休，接受她的懲罰。根本這場婚姻的本身，就是一場永遠的最可怕的懲罰！

到這一刻，吳應熊再次幡然猛醒：她不僅是一個十二歲的孩子，還是一個格格！可以隨心所欲爲所欲爲的格格！

他跪在那小格格的面前，跪在他的新婚妻子面前，聽她用嬌嫩的聲音咒罵這額駙府的冷清，無聊，聽管家隨從跪了一地眾口一詞地不住說著「格格息怒」，一顆心只覺越來越沉，一遍又一遍地說：我不如死了。

3

與其說建寧的破壞欲是出於憤怒，不如說是因爲恐懼。

早在出嫁之前，她已經看清了自己的命運，那就是報復的工具，太后大玉兒向自己的母親綺蕾宣戰，並且最終獲得勝利的一個戰利品！

那天，坐在建福花園的桃樹下，看著滿地的落桃殷紅，建寧忍不住想起香浮與桃花酒，更同時想起的，還有從前長平仙姑給自己講過的那些爾虞我詐的後宮故事：

漢皇后呂雉因爲深恨奪了寵又欲奪嫡的戚夫人，在劉邦去世後，她母憑子貴成爲太后，便將戚夫人斬斷手足，挖去雙眼，薰聾耳朵，並灌下啞藥，扔在糞坑中活活折磨至死；

唐武則天不擇手段登上皇后寶座，將其對手王皇后與蕭淑妃廢爲庶人，囚於宮中密室，門窗緊鎖，只在牆上開一小洞供食。唐高宗聞知，十分悲傷，私往後宮探訪。武則天知道後，竟命人將此一后一妃各杖行一百，截去手足塞進酒甕，名其「骨醉」。蕭淑妃臨死發誓：若有來世，希望她是老鼠我是貓，生生扼其喉。武則天聞訊，便下令將宮中貓兒捕殺淨盡，並吩咐後宮永遠不准養貓；

南宋皇后李鳳娘因爲光宗欣賞宮女的一雙玉手，竟將這雙手斬下放在食盒裏呈給皇上進食，嚇得光宗大病一場；不久，又趁光宗出宮祭禮之際，殺死受寵的黃貴妃，又將張貴妃、符婕妤偷送出宮，下嫁於民——以皇妃之貴下嫁平民，也是宮廷史上的一則傳奇了……

如今，大清史上又有了第一位嫁與漢臣的滿洲公主，也應是前無古人後無來者的了。想必太后娘娘也是痛恨自己的母親——曾經深受先皇寵愛的綺蕾，因而才刻骨銘心誓報此仇的哪？她不能將綺蕾千刀萬剮或是廢爲庶民，卻將她的女兒精心養大、賜嫁漢臣，這樣的報復，豈非更徹底、更毒辣？

建寧想起了從前攝政王多爾袞看著自己的眼神，還有當多爾袞看自己時、太后看著多爾袞的眼神，原來，他們兩個看的都不是自己，而是自己的母親綺蕾。多爾袞是在自己的臉上尋找綺蕾的痕跡，而太后則是在自己的身上討還綺蕾的虧負，自己只是在替母親承恩，也在替母親還債。

她是皇太極與綺蕾的女兒，是後宮爭寵之戰的犧牲品，是莊妃大玉兒向綺蕾報復的最佳武器——嫉妒與報復，就是左右著後宮風雲的根本原因了。歷朝歷代都是這樣，從前和以後都會是這樣。這是建寧的命，從她出生那一天起便已經注定了的宿命。她除了認命，別無選擇。

建寧忽然明白長平仙姑爲什麼要給自己講這些故事了，原來她早已預知了自己的命運，從自己給她講述母親綺蕾的故事那天起，仙姑已經猜到了太后的心思，也預測了建寧未來的命運。她不能夠明白地把這些預言說給她知道，卻給她講了許多後宮的故事，爲的，就是讓她有一天命運實踐時能夠冷靜地對待。

然而建寧不能夠冷靜。她想：雖然不能違背太后的旨意下嫁吳應熊，卻不代表心甘情願地接受這個事實做個溫順的妻子，更不情願讓吳應熊得意忘形——她和所有人一樣，認定自己的下嫁是吳應熊無上的光榮。然而她還沒來得及從出嫁的慌亂中鎮定下來，就已經先從自以爲是的尊榮裏清醒過來：吳應熊根本不在乎她，他甚至不願意跟她在一起多待哪怕一分鐘。

建寧絕想不到這是因爲吳應熊也不喜歡這場賜婚，卻當作是太后有意的安排，想必太后與吳應熊已經聯起手來，在冷落與疏遠的背後孕育著更大的陰謀。她不能被動地接受這些欺侮，她必須做點什麼來抗議，來發洩自己的不滿，並安撫自己的失措。她要通過破壞來挑釁，通過挑釁來判斷，這是出於一個十二歲小女孩的本能反應，也是出於一個大清公主的獨特邏輯。

宮女和僕婢們都早已靜靜地退了出去，額駙在抱她上床後也退了出去，紅燭輝映的新房裏就留下建寧一個人。這陌生的地方，陌生的身分，危機四伏。建寧跳下床，在金篋籮裏找到一把金剪，她拿它剪斷了搭在椅背上的紅花，剛才那個額駙就是胸前結著這樣的大紅花走進來的。她恨死了他，也恨死了它。

她拿起剪刀剪斷了那喜氣洋洋的紅綢花，聽到清脆的「喀」的一聲，在寂靜的夜裏格外刺耳，把自己嚇了一跳。她更加生氣，索性多剪幾下，然後拋下它，又抓過床幃來橫七豎八剪了幾剪。沒有人阻止她。新房裏只有她一個人，還有這紅燭，這喜被，這許多金珠玉器，它們都隨她剪，隨她砸。她隨手拿起一只細麗精美的人物山水玉瓶用力摔在地上，玉片四濺，響聲很大。卻仍然沒有人進來干涉——今天是洞房花燭，不論發生了多大的事情，下人都不可以走進喜房，免得衝撞了喜神。

建寧放心了，也更害怕了，這樣砸東西剪東西都沒有人理嗎？真的沒有人理嗎？她在恐懼和擔憂中一刻不停地剪著，砸著，似乎在證明什麼。

當她重新安靜下來的時候，新房裏已經沒有什麼東西是完整的了，然而還是那樣刺目的紅。她忽然想起了慧敏，忽然理解了慧敏爲什麼會在大婚的第七天大打出手，把皇帝哥哥趕出了位育宮——其實，慧敏也是很可憐的。慧敏和她一樣，無知無覺地被送進了一個陌生的地方，嫁給了一個陌生人。而那個人又對自己那麼冷淡。當順治轉身離開位育宮的時候，慧敏不砸東西，又能做什麼呢？

但是很快地，建寧發現自己還是有比慧敏皇后更有利的地方——當第二天早晨，所有人包括額駙跪在滿屋廢墟裏、跪在她的腳下求她息怒的時候，她就知道了——慧敏在宮中雖然貴爲皇后，可是她頭上還有皇太后，還有皇上，他們都是她的主子；而自己在額駙府裏，卻是惟我獨尊的金枝玉葉，所有人，包括額駙在內，都是她的臣子、奴僕，必須服從她的命令，不可稍逆其意。正如孔四貞所說，出嫁之後，她可以得到更大的權力，更多的自由。

建寧在獨自享受了一頓豐盛而寂寞的早膳之後，終於稍稍心平氣和了一些，開始有心情來觀察和瞭解這個新家，這陌生的額駙府了。因爲是皇上御旨賜建，這座額駙府的規格建制遠遠超過一般的額駙或者公主府，而與貝勒等同，共有二十八間房，包括正門五間，大殿五間，配樓五間，後殿三間，後寢五間，後罩樓五間，每一間都佈置得格局不同，裝飾華美，宅後且有一座花園，規模雖

然比不上宮裏的御花園或者建福花園，卻也引池疊石，別有幽致，鹿鶴同行，趣味盎然。

建寧原來一心以爲自己是和碩公主，天底下沒有沒見過沒玩過的，最好的一切都在皇宮裏了，除了皇宮，再沒有一個地方可以瞧在眼中。不料到了府中之後，發現佈置華麗清雅，各式擺設器具皆精緻細巧，比皇宮猶毫不遜色。而府中往來人士，談吐儒雅，才華橫溢，其人物風流瀟灑也遠在宮人之上，倒不由地心內忽忽有失。

原來吳三桂將兒子派駐北京，心裏很明白吳應熊名義上是額駙，實際就是個人質，一顆頭是寄存在順治手裏的，隨時想要隨時就落地了，心裏很覺對兒子不起，恨不得將天下所有弄了來供兒子享受。那樣，一旦大事到來，兒子好歹也算吃過玩過享受過，也不屈了。所以一再拜託了洪大學士，請他務必幫助兒子建置最豪華的府邸，挑選最美麗的婢女，聘請最高明的廚子，又將自己歷年來攢的那點兒家底，悉數拿出來供兒子揮霍。

京城大小官尹不知就裏，只見洪經略都要爲了吳應熊的事鞍前馬後，出錢出力的，只當這位爺除了是平西王世子、皇上欽定的額駙之外，更還有什麼特殊的未宣於眾的身分，因此都使足了心思奉承結拜，趟門子，走路子，又打聽到額駙不慕錢財不近美色，卻獨獨喜歡古董，尤其是玉器收藏，就滿天下尋奇覓異，可著勁兒把好東西源源不斷地送到額駙府來。因此上，一時之間，額駙府竟成了珍玩玉器展覽館，品式之多，做工之奇，可居天下首，便是皇宮大內，也有所不及。

再說建寧公主，在宮裏面見得雖多，究竟不是她的，一個已故側妃的女兒，也不過是按照和碩公主的品制每月支取俸祿吃飯，究竟宮裏屬於她的東西能有多少？又能見多大世面？因此看到額駙府的排場，竟是看一樣驚一回，待看到最後，竟自迷失起來。然而越是這樣，越不肯顯出心虛來，越發要賣弄尊嚴，動輒搬出國法家規來，把下人懲處一番，再不就是故意與人搗亂，把珍珠玉器只當作破磚爛瓦般拋擲，以顯示自己的不在乎。

她每天捱房捱院地巡察自己的領地，每去到一個地方，就要發明一些新的惡作劇，不是把繡房裏完成了一大半的繡品浸在醬缸裏，就是往廚房貯備的酒罈裏倒上辣椒末，甚至有一次竟然走到馬欄裏給馬尾巴點火，若不是馬夫手疾眼快，差點讓馬把她給踢傷了。馬夫嚇得跪在地上連連磕頭請罪，建寧用鞭子指著道：「你請的什麼罪？明明是馬不聽話。我要砍了牠的頭！」

馬夫幾乎哭出來了，更加磕頭不已，說馬不聽話，是他馴教得不好，都是他的錯，令格格受驚，請格格治他的罪，饒了馬兒吧。建寧笑起來，稀罕地說：「你對馬還真的不錯呢，不如娶來做媳婦吧，我明天就讓管家替你們成婚。」說完轉身便走。馬夫跌坐在地上，大聲哭泣著，雙手抓滿飼料直往嘴裏填，狀若瘋狂。

府裏的人暗暗搖頭，都覺得這格格行事說話太過出人意料，隨便一句話就斷人生死，完全沒有輕重禮義，也都為這馬夫難過。幸好建寧睡了一夜，次日起來也就將這件事忘了，又歡歡喜喜地往別的院落去了。別人自然更不肯提醒，只是小心翼翼地跟在後頭，盼她玩得高興些，從此把這件事忘記了不再提起，也就是大幸了。

他們並不知道，砍頭不過是建寧虛張聲勢的口頭禪，就好像從前在宮裏時，她常常恐嚇別人「我叫皇帝哥哥砍你的頭」一樣，並沒多少真心；如今她在府裏，再也不用借別人的勢，而可以自由地說出「我要砍你的頭」，這本身已經讓她很興奮，所以要多多地說來過癮，其實從小到大，她當真就還沒砍過任何一隻腦袋呢。

七八日過去，一座額駙府已經遊了大半，連下人房都闖進去看了一看，建寧便有些意興闌珊起來，問老管家：「這裏也不怎麼樣，不過是些房子、柱子、臺階、場院，比宮裏差遠了。到底還有好玩點的地方沒有？」

老管家點頭哈腰地道：「這個自然，哪裡能跟宮裏比呢，天上地下，委屈格格了。房子也小，院牆也矮，雖然有座花園，也沒多少花草，不過如今正是菊花盛開的時節，園裏菊花種數倒還不少，格格要不要逛逛去？」他想著格格再胡鬧，畢竟是女孩子，見到花花草草總是喜歡的吧，引她去花園遊玩，大概總不會再有什麼是非了。

果然初進園時，建寧看見桑柳夾路，菊花叢生，假山泉石隱露於林木之間，亭閣樓台參差於山石之後，倒也覺得滿意，還笑著說：「這裏的菊花竟開得比宮裏的還好，倒有些像從前我們在盛京那會兒的御花園。」

說起盛京宮殿，建寧的笑容忽然便陰暗下來，默默走了幾步，忽然轉過頭問綠腰，「你覺得府裏好還是宮裏好？」

「當然是宮裏好。」綠腰毫不猶豫地回答，「所有人都渴望進宮，格格還記得前不久的秀女大選嗎？那麼多人擠在一起，又量頭又量腳，還不就是爲了進宮嗎？誰見過哪個府裏選福晉有那麼多人排隊報名的？我聽說，很多人家爲了送女兒入選，傾家蕩產換了銀子賄賂公公呢。」

說起選秀，建寧就想起那個儲秀宮裏糊燈籠的小姑娘來，有些遲疑地說：「你還記得那個糊燈籠的秀女嗎？我覺得好像認識她，在哪裡見過似的。」

「怎麼可能呢？她又不是宮裏的人。」綠腰想起來，提醒著，「會不會是格格上次出宮的時候，在哪裡見過她？」

「不是。我覺得跟她挺熟的，可就是想不起在哪裡見過。」

「挺熟的怎麼會想不起呢？」綠腰笑起來，「要說熟悉，其實這後花園和咱們宮裏的建福花園也挺像的，就是這裏多的是梅樹，建福花園卻是桃樹。」

「就是。這裏怎麼會沒有桃樹呢？」建寧被提醒了，她站下來，回頭命令跟隨在後的吳府家人，「傳我的令，把這些梅樹砍了，全栽成桃樹。」

老管家一下子就呆住了。

4

當吳應熊聽到建寧要砍梅花的決定時，只說了一句：「我看誰敢。」

自從洞房花燭夜後，吳應熊就再也沒有見過他的小妻子，只是聽下人告訴他，格格每天都在換著法兒搗亂，這個名副其實從「天」而降的格格，簡直就是魔鬼托生的，都不知道她那樣小小年紀，怎麼會有那麼多的歪主意，那麼強的破壞欲，每天都能想出新的方法跟人對著幹。

真無法想像，那些只有民間最淘氣失教的野孩子才會做出來的無聊舉動，這位十四格格竟然玩得如此興致勃勃，而她的隨從嬤嬤們完全不加規勸，只除了一條——她一直鬧著說要出府去玩，但是嬤嬤告訴她，新婦歸寧之前，是不可以離開夫家一步的。不能出去讓她很生氣，好在她對新家多少有點新奇，於是每天巡查一個院落，每天發明一種遊戲，而這遊戲的方式永遠指向一個目的，就是破壞。

吳府的家人叫苦連天而無可奈何，他們完全不敢違逆，只要稍有異議，她就會板起臉來說：「難道我不是這裏的女主人嗎？不是所有的事都是我說了算，我想怎麼樣就怎麼樣嗎？」

她說的是事實，人們只得由著她。從制約森嚴的後宮來到唯我獨尊的額駙府，她就像鳥兒出籠一樣，除了惡作劇，對什麼都不敢興趣。想起什麼便是什麼，想說什麼張口就說，完全不顧及格格的身分。

下人向吳應熊重複建寧關於「丈夫」這個話題的妙論，她說：「憑什麼莫名其妙就給我賜了一個丈夫？丈夫這個東西有什麼用？憑什麼要我待在他的家裏？憑什麼不讓我出去？我要讓皇帝哥哥砍了他的頭，另給我賜一個丈夫。」下人學說這番話的時候，臉上的表情是愁煩的，卻又忍不住笑。

吳應熊也忍不住苦笑，他暗暗地想，在格格出宮前，怎麼會沒有人教導她規矩呢？明明有二十四個陪嫁男女，包括四個教引嬤嬤，難道誰都沒有給她講解過什麼是「丈夫」，什麼是「結婚」，什麼是「洞房」嗎？她好像完全不懂得羞恥，規矩，禮數，以及夫妻之道。就好像有人在存心耽誤她的成長，在她的人生之初已經幫她畫歪了第一筆，從一起步就沒打算要她走上正路，無論她嫁給誰，都注定了不可能得到幸福——這是爲什麼呢？難道是因爲自己不配做皇家的額駙，所以存心要製造一個麻煩格格來羞辱他？那似乎大可不必費這樣的周章，指婚一個宮女給他不是更容易？而且明明聽說這位格格是由太后親自撫養長大，也是皇上最親近最疼愛的十四妹，難道是因爲這樣才使她如此刁蠻？可是縱然恃寵而驕，也不至於這樣無知呀。寵愛只會使一個驕傲的格格狂妄無禮，卻不會讓一個出嫁的新娘蒙昧無知。

但是建寧不懂規矩也有一點好，那就是她只是感到寂寞，因爲陌生而感到本能的恐懼，並將這恐懼轉化爲一種破壞力，這就像小孩子見不到媽媽就要發脾氣是一樣的。可是她並不渴望見到額駙，也不懂得格格見額駙需要宣召，額駙未經宣召就不可以走進格格的寢宮。

所以，她出嫁以來，除了洞房之夜，就再也沒見過吳應熊，也想不起要召見他，而吳應熊也就樂得清閒了。

然而明天就是格格歸寧的日子，太后和皇后必會垂詢新婚夫妻相處的情形，如果他們知道額駙竟然在洞房之夜缺席，並且一連八天都沒有向新娘請安，一定會怪罪下來的。那時，他的「謝恩」，隨時都可能變成「領罪」。

可讓他對一個十二歲的孩子曲盡丈夫之道——他是寧可「得罪」，也不願意「承恩」的！

一想到太后甚至禮部有可能插手到自己的床幃之事上來，吳應熊就覺得難以忍耐，他想與格格

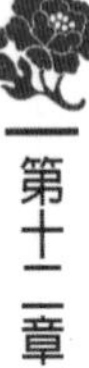

的決裂是早晚的事，如果今天她堅持要砍那些梅花樹，那就讓一切提前爆發好了。大不了建寧回宮告御狀，看皇上到底是砍那些樹還是砍他的頭。

那些梅花樹是他在遇見明紅顏的第二年種下的，每當梅花開放的時候，他就會從花香裏感覺到紅顏的氣息。這府裏他最喜歡的地方就是梅花林，心煩的時候，他可以在梅花樹下坐很久很久，直到自己慢慢平靜下來，有足夠的勇氣頂著天下第一大漢奸之子的名頭繼續苟延殘喘。

他活得這樣不容易，不快樂，梅花林幾乎是他賴以生存的唯一空氣，而格格居然要下令將它們斬除，要他如何忍耐？如果皇上真肯爲了那些梅樹而砍了他的頭，也許他會覺得更輕鬆一些，甚至會覺得感激，至少，他是變相地爲了紅顏而死。

爲難的是夾在格格與額駙之間的下人們，沒有人敢把那句忤逆大膽的「我看誰敢」重複給格格聽，他們只能含含糊糊地說，已經在尋找桃樹苗了，只是現在並不當令，不如過了冬天，賞過最後一季梅花再連根挖除，剛好可以在原來根穴裏種桃樹。

他們這樣懇求著的時候，並不抱希望格格會答應，八天來，他們早已領教了這位格格的異想天開與雷厲風行。然而出乎意料的是，建寧略微想了想，竟然點了頭——她跟長平種過桃樹，是知道節令的必要的。家人們大喜過望，本以爲這位格格毫無心肝呢，原來也有講道理的時候。他們如蒙大赦，急急忙忙地跑去向額駙報喜。

吳應熊再次苦笑了，喃喃說：「謝格格開恩。」

——從今往後，他的一生都會重複在「領罪」與「謝恩」之間。這些日子，他做得最多的事就是謝恩行禮，雖然他根本就不知道自己在說些什麼，做些什麼，卻能做得一絲不錯，熟極而流，就好像天生做慣了奴才似的。然而今天，在失而復得的梅花前，他忽然忍無可忍地發作了，站起身對管家說：「我忽然想起還有一件極重要的事須得趕緊去辦。今晚可能不回來了。」

「可明天是格格歸寧的日子呀！」老管家大驚，「府裏還有好多事兒得提前準備哪，公子現在不比從前了，已經賜了婚，是額駙了，隨便出府，得跟格格招呼一聲兒，免得等下格格叫起人來，可怎麼答應呢？還有……」

他囉囉嗦嗦地跟在吳應熊身後，從東院暖閣一直跟到馬房裏去，眼看著額駙已經一翻身騎在了馬背上，嚇得忙攔住馬頭說，公子還是等等吧，說不定宮裏會有旨意下來，又或者會有什麼賞賜——那是經常發生的——如果額駙不在這裏謝恩，可成什麼體統呢？

不料吳應熊聽到「謝恩」兩個字，更加焦躁，不耐煩地說：「磕頭你們會吧？有什麼賞賜，磕頭就是了。」說著踹蹬便走，不一時馳得人影兒不見。老管家望著馬蹄揚起的細塵，跺腳嘆了幾聲，也只得轉身走了。

吳應熊茫無目的，一路打馬狂奔，有路便走，無路便轉，也不知來到了何地何界，只見城牆高聳，樹林漸密，幽徑狹窄，人影稀疏，知道進了護城禁地，遂下馬來，揚手一鞭，讓馬兒自己吃草，自己則信步向樹林更深更密處走去，一邊不能自控地想：可不可以就這樣一走了之，從此消失呢？管他什麼格格，什麼賜婚，什麼歸寧，他再也不想面對了。

一陣風過，松針簌簌飄墜，落了他一頭一身。他本能地站住了撣一撣肩，覺得斯情斯境好不熟悉——第一次見到明紅顏時，不就是同她一起持傘走在城牆根下，略一碰到樹枝，就有簌簌的積雪飄落的嗎？

那天，他們邊走邊談，在城牆下走了好遠的路，可是到分手的時候，他仍然覺得只是過了一眨眼那麼短的功夫，他好想就這樣陪她一直走下去，走到地老天荒。爲什麼上天給他安排的伴侶不是自己的最愛，爲什麼他從來都不可以選擇自己想走的路？甚至保不住自己喜愛的幾棵梅花樹。

生爲天下第一大漢奸的兒子已經夠卑微的了，如今又做了史上第一個娶格格爲妻的漢人臣子，從此以後，他還有什麼臉去見紅顏？

吳應熊拔出佩劍，用力斫在松樹之上。細碎的松針應聲而下，撒落如雨。松林深處，忽然傳來隱約的腳步聲，幾條人影飛掠而過，迅速散開，他一驚抬頭，喝道：「什麼人？」本能地拔步欲追。

然而，一聲清脆的招呼卻令他猛然止步：「應公子，是你？」

吳應熊心神一震，極目望去，就看到明紅顏俏生生地立在城牆之下，俏生生地在密林之間對他微笑。這是不是他所見到的天下最美麗的笑容？他看著那笑容，那俏臉，不能置信。是在做夢，還是思念過度生了幻覺？

然而那確是明紅顏，只見她撥開松枝緩緩地走來，一身素衣，笑語嫣然：「應公子，你怎麼會在這裏？」

「我……呃……」吳應熊訥訥地問，「明老夫人呢？她老人家好嗎？」

設想了那麼多次與紅顏的重逢，醒裏夢裏與她說過多少知心話，然而他每次見她，都是在這樣意外的情形下，更不明白為什麼自己開口說的第一句話竟是這樣。然而說出口來，吳應熊才發現自己對明老夫人真的很關心，很思念。他有點希望自己以前所有的推測都是假的，是杯弓蛇影的妄斷。明紅顏並非洪妍，明老夫人也不是洪老夫人，她還好好地健在，祖孫倆相依為命，只等與他重逢，然後三個人偕隱山林，離世索居，男耕女織，其樂融融。

然而明紅顏垂下眼睛說：「奶奶回到京城就去世了。奶奶說，死也要死在祖墳裏，所以我急著送她回京，沒有來得及與應公子辭行。」

至此，吳應熊確定無疑地知道：明紅顏便是洪妍，洪大學士失蹤多年的女兒。明老夫人便是洪老夫人，自己曾去她的墳前拈香拜祭，行過子侄之禮的。他有一點點欣慰，一點點悽愴，然而隨之而來的，是巨大的悲傷貫胸而過——她的父親與他的父親，兩朝同僚，淵源非淺。他們是世交，卻必須對彼此隱瞞身分。尤其是當他已經知道她的真實身分的時候，就更要小心地隱藏自己的身分。他永遠都沒有機會告訴她自己是誰，也就永遠沒有機會同她在一起。可是，既然讓他遇見她，又怎麼捨得讓她離開？洪老夫人死了，如今紅顏在世上已經是孤零零的一個人，如果他不能夠為她做點事，如何忍心？然而，他又能夠做些什麼，可以做些什麼？

短暫的重逢的喜悅過後，立刻便是鋪天蓋地的悲痛滅頂而來，彷彿一把利劍刺穿了他的身體。他猛然意識到，自己如今已經不僅僅是漢奸之子，更是有婦之夫，再也沒有資格去追求紅顏，愛慕

紅顏。當他見不到她時，所有的心思都用想念來充滿，然而當他終於與她面對面，才發覺世上最苦的並不是相思，而是終於相見卻無話可說。

他看著她，彷彿又見到了夢裏那個執梅而來的紅顏，不過咫尺之遙，卻彷彿遠在天涯，無論如何也走不到面前。他那樣哀傷地專注地凝視著她，生怕她就此消失，竟不敢發出任何聲音來驚擾。然而叢林中一聲銳利的口哨驚醒了他們兩個，紅顏跺腳道：「糟了！」一躍而起，迅即消失在松樹後。

吳應熊猛然想起剛才和明紅顏在一起的人影，情知有異，拔腳便追。未跑多遠，便見一片空地處，十幾個清兵正圍著四五個小商販打扮的人刀劍相交，鬥作一團，當中一個推著輛豆腐車的中年男子顯見是那些商販的頭兒，一邊高聲指揮著，一邊左避右閃，十分狼狽。

明紅顏衝著推車人喊一聲「二哥快撤！」拔出劍來加入戰團，那「二哥」也並不相讓，說了聲「明姑娘，交給你了。」推起車來便跑。吳應熊毫不遲疑，便也拔劍站到紅顏身側，去勢如風，使得潑水一般，十幾招使出，便已迫得清兵連連後退。那二哥見有高手來援，精神大振，口中指揮，腳下不停，令眾人分作兩隊，一隊開路，殺出一個缺口讓自己護著車子衝出，另一隊便隨後纏住追殺的清兵。

吳應熊做夢也沒想過自己竟會有一天與明紅顏並肩作戰，興奮莫名，越戰越勇，卻聽一個清兵驚叫「你不是吳……」心知已被認出，當下手起劍出，早已刺穿那兵喉嚨，既已開了殺戒，心知這十幾個人都不可留下活口，自己身為當朝駙馬，竟然相助一群身分不明者與清兵作戰，若傳出去無啻於滅門之罪，更何況他好不容易和紅顏相見，怎肯讓她知道自己的真實身分？當下劍如游龍，再不留情，不是穿胸而過，就是見血封喉。那些清兵傷的傷殘的殘，眼看不敵，呼嘯一聲四散逃去，明紅顏叫道：「斬草除根！」吳應熊聽了，正中下懷，當下快步追上，一劍一個，轉眼又殺了四五個清兵，這才提了劍隨紅顏一陣狂奔，穿過松林，又七拐八轉地經繞過幾條巷子，來到一個院落。

明紅顏左右看看，見無人跟上，這才上前拍了拍門。裏面卻並無人答應。明紅顏又輕輕吹了聲口哨，院門這方應聲而開，正是那位二哥，看到紅顏和吳應熊，笑道：

「你們來得這麼遲。」

「殺光了才來的。」明紅顏淡淡地說，又問，「三哥、四哥他們呢？」

「人多惹眼，都散了，我一個人推車回來的。」那二哥向吳應熊一抱拳，「剛才多謝兄弟出手相助，還未請教高姓大名？」

吳應熊隨口道：「在下姓應名雄，來京城謀生活的。」

那二哥笑道：「說得客氣了，我見剛才有個清兵同你說話，態度很恭敬嘛。」

吳應熊暗暗心驚，想這位二哥在生死之間，既要搏命又要推車，又佈署眾人分組逃跑，居然還有暇注意到自己與那清兵的對話，並且觀察入微，就憑這份心機眼力，也不是等閒之輩，只怕難於隱瞞。知道不能輕易回答，推得太乾淨了必難取信，然而若是實話實說自己是當朝駙馬，紅顏還會再同自己交往嗎？當下略一思索，半真半假地答道：

「實不相瞞，我是翰林院大學士洪承疇的手下書記，雖是個閒職，卻也常常拋頭露面，剛才那個兵大概是見過我，我卻是不認得他的。二哥放心，在下雖然吃的是朝廷飯，卻絕非忘本之人，更不會貪生怕死，出賣朋友。」

他想既然必須承認自己在朝爲官，而又不能直說是吳應熊，那麼最好不過的身分就是洪承疇的手下了，不管怎麼說，洪承疇也是紅顏的父親，這使他覺得同她親近。

果然明紅顏猛地一震，定睛望著吳應熊，神情十分複雜。然而她很快便釋然了，自己還是父親的親生女兒呢，不是也一樣在反清復明嗎？他是父親的手下，當然也可以身在曹營心在漢，剛才他還與自己並肩作戰，殺了好幾個清兵呢，可見同自己是一樣的人。這樣想著，便忍不住說：

「應公子是信得過的。」

二哥立即爽朗地笑了：「明姑娘說信得過，就一定信得過。明姑娘的朋友，就是我的朋友，理當肝膽相照，不在話下。」

吳應熊一驚，心情大爲激盪，紅顏這句「應公子是信得過的」對他來說，比什麼賞賜誇獎都來得重大。他簡直不記得自己此生此世，何曾得過這樣隆重的褒獎。同紅顏相識了這麼久，細數起來卻不過見了三面，加起來統共連一整天的時間也不夠，她從來沒有評價過他，也從未評價過他們的友誼，然而這句「信得過」是把什麼都解釋清楚，也都定位清楚了。他們是朋友，是摯交，她更是他今生今世的紅顏知己！

他看著紅顏，不知道該如何表達自己的快樂與感激，只是輕輕說了三個字：「謝謝你。」

紅顏莞爾，卻突然說：「是我要謝謝你，因爲，我想拜託你一件事。」

「請姑娘吩咐，但有所命，義無所顧。」到這時，吳應熊也已經大約猜得到紅顏和二哥這些人在做些什麼事，剛才的城門之戰，必是他們遇到了什麼難題，也許自己可以幫到他們，幫到紅顏。可以為紅顏做點事，不正是他夢寐以求的嗎？看到紅顏欲言又止，他生怕她改變主意，忙又加緊一句，「無論什麼事，我都願為姑娘做到。」

紅顏卻並不回答，轉頭看著二哥。二哥用眼神向她詢問，似乎在問你覺得可以嗎？紅顏也用眼神回答了他。吳應熊讀出了那眼神，她說的是「應公子是可以信得過的」。他的心情很複雜，既感謝紅顏對他的信任，又對於紅顏與二哥之間無言的默契感到微微的妒忌。他們是志同道合的戰友，在他們的眼底，有著出生入死割頭換頸的徹底信任。而他，渴望加入他們，與紅顏在一起，同生共死。他再次說：「我能為姑娘做什麼？請姑娘吩咐。」

紅顏頓了頓，終於下定決心似地，一字一句地說：「我想請公子幫我送些銀兩出城，給我的朋友。」

吳應熊一愣，這麼簡單？他愕然地說：「姑娘的朋友住在哪裡？不如我修一封書，讓人送去就是。在下雖然不才，倒薄有家資。」

明紅顏微笑：「謝謝公子的好意，暫時還不必向公子籌借。這批銀兩本來應該我親自送去的，只是最近因為一些緣故不方便出城，所以有勞公子。不過，可能會有一些風險，請公子三思後再回答我。」

「理當效力。」吳應熊驀地明白過來，剛才二哥推的那輛豆腐車，大概就是藏銀的車輛了，難怪他們護得比性命還重。剛才一場廝殺，必是他們原來設想的路子走不通，不能出城，而自己既然是「洪承疇的手下」，或者會出城容易些，因此明紅顏想到請自己幫忙。

想到自己可以幫助紅顏解憂，他簡直心花怒發。她想做而做不到的事，自己可以替她做到，這便是他的殊榮。如果真的可以爲紅顏而死，那正是求仁得仁了。明紅顏越是說有風險，吳應熊就越堅決，他幾乎有些迫不及待地問，「不知姑娘要我把銀兩送去哪裡？」

紅顏深深地看著吳應熊，很輕很輕，很慢很慢地吐出兩個字：「柳州。」

柳州，只有兩個字，只是一個地名，然而吳應熊卻仍然震驚了——那正是大西軍李定國部駐軍之地！

第十三章　歸寧

1

沒有人知道順治「嫁妹」與「廢后」這兩個決策間，到底有沒有什麼必然的聯繫。事實就是，在建寧出嫁的第五天，順治突然當朝宣諭禮部決議廢后，而且只用了三天時間，便完成了這件曠古碩今驚動朝野的大事。

事情來得毫無預兆，那天上朝時還是好好的，下朝前，皇上忽然用一種很隨意的口吻，說要禮部至內院商討要事。群臣咸集，正猜測皇上葫蘆裏賣的什麼藥，順治平靜地開了口，仍是用那種隨隨便便的口吻，輕鬆地說，你們回去查一查，看看歷朝歷代廢后需要些什麼手續，商議著給朕擬一道旨。說完，不等群臣反應過來就轉身走了。

大臣們面面相覷，都說這件事非同小可，皇后是蒙古科爾沁部落的格格，更是莊妃皇太后的親侄女，焉能說廢就廢，而且廢得如此輕易？皇上年輕任性，想起一齣是一齣，咱們可不能由著他的性子來，可得擋著勸著，不能讓他做出這樣莽撞的舉動來，不然，太后的面子往哪兒擱？

眾人湊在一起商議了半日，未曾擬旨，卻擬了一道奏摺，勸皇上「深思詳慮，慎重舉動」。皇上不是不願意在朝上公開議論，想著悄沒聲兒地把事兒辦了嗎？咱們偏就不讓他逃避，偏就要把事情張揚開，好叫他顧及皇家的面子，收回成命。也好讓太后知道，我們這些人可不是白吃飯的，可是下了死力氣規勸的，可不是不記著皇太后的深恩威儀的。不然，太后好以為是咱們挑唆皇上、縱容皇上廢后了。寧可得罪了皇上，也不能得罪了太后，須知「惟女子與小人難養」呀。

次日朝上，大學士馮銓、陳名夏等五人聯名上奏，拉出一副忠言直諫的架式，半文半白地侃侃而談：「夫婦乃王化之首，自古帝王必慎始敬終，昔日冊立皇后之時，曾告天地宗廟佈告天下，現諭未言及與諸王大臣公議及告天地守廟之事，請求皇上慎重詳審，以全始終，以篤恩禮。」

大多臣子還不知道皇上有心廢后，這下子聽明白了，都大吃一驚，議論紛紛。這可惹惱了順治，也不管是不是在朝上，也不管老臣的面子掛不掛得住，板起臉來猛地一拍龍案，斥道：

「慎重，慎重，你怎麼知道朕不夠慎重？你們又打算如何詳審？我與皇后成親三年，也就考慮了三年，還不夠慎重？還要怎麼個詳審法？你說朕未言及諸王大臣公議，現在不就是讓你們公議嗎？你們議了些什麼？議了半天，就是這些廢話？」不管三七二十一把陳名夏等人劈頭大罵一頓，又當堂批覆：

「皇后壼儀攸系，正位匪輕，故度無能之人，兒等身為大臣，反於無益處具奏沽名，甚屬不合，著嚴飭行。」

群臣啞然，很明顯皇上已經下定決心，不管大臣們同不同意都要廢后的了，饒舌苦勸，只會給自己招來禍患，全不會動搖皇上廢后的決心，那又何必自討沒趣呢？說到底，廢不廢后也是皇上的家務事，皇太后是皇后的親姑姑，太后都不說話了，哪裡輪得到他們管閒事兒呢？

惟有禮部員外郎孔允樾冒死上諫：「竊思天子一言一動，萬世共仰，況皇后正位三年，未聞顯有失德，特以『無能』二字定廢嫡之案，何以服皇后之心，何以服天下後世之心？」然而這孤獨的聲音湮沒在朝堂令人窒息的沉默之中，未免太微弱了。

於是皇上一騎絕塵，輕裝捷徑地打了個勝仗，而且唯恐夜長夢多，連夜擬旨宣諭禮部：

「今后乃睿王於朕幼沖時因親訂婚，未經選擇。自冊立之始，即與朕志意不協，宮闈參商已歷三載，事上御下，淑善難期，不足仰承宗廟之重。謹於八月二十五日奏聞皇太后，降爲靜妃，改居側宮。」

大臣們這才徹底醒悟過來，原來癥結在這兒呀，原來皇上是不滿攝政王多爾袞替他做主，所以才不要這個皇后；原來皇上和皇后成親三年來都不同房，難怪皇后一直不見開花結籽呢。既然皇上都把話說到這個份兒上了，連自家床頭的事兒都說出來了，做臣子的還要忤言逆上硬不許人家休妻，也就太說不過去而且冥頑不靈了。

因此，當禮部大臣拖腔拖調地宣讀廢后聖旨的時候，滿朝文武都垂首含胸，噤若寒蟬，別說提出異議了，就連一個搖頭的動作都不敢做。

大清入關後的第一任皇后，就這麼著被皇上給廢了。

早在順治宣諭廢后的前一夜，傳太醫便傳出話來，說太后鳳體違和，傳諭宮中，一概昏省請安只到慈寧宮門首則止，孝在心不在言，不必近前探侍，反令太后操勞。

這些日子，太后大玉兒肯見的人除了來往太醫，貼身侍候的宮女，就只有貞格格一人。連皇后被廢這樣的大事，太后也沒有露過面，召禮部的臣子來商議對策，或是叫慧敏來安慰叮囑幾句，甚至都沒有找洪承疇來問一下上朝的情形。她好像早就預知了這一天，早就在等待這一天的到來。

慧敏也早就預知了這一天——自從順治生日那天好端端地晴空下雪，她便知道這皇后的名分要到頭了。她並不稀罕。她從來都不覺得做皇后有什麼好，自然也不會可惜它的失去。

其實應該推得更早，早在入宮的第七天起，位育宮便已經成了事實上的冷宮。如今足足等了三年，順治才正式下旨廢后，已經是太晚太晚了。

吳良輔人模狗樣地捧著聖旨來位育宮宣旨的時候，子衿登時就昏了過去，子佩等也哭成一團，唯有慧敏卻冷淡地聽著，面無表情，連問聲「爲什麼」都嫌多餘，只回身淡淡地命子衿、子佩收拾衾枕。在她心目中，整個紫禁城就是一座巨大的冷宮，從她進宮那天起就一直生活在冷宮裏，如今又說什麼擇宮另居，貶爲靜妃，不是句廢話嗎？她很俐落地帶著哭得東倒西歪的子衿、子佩離開了位育宮，連頭也不回一下。吳良輔追上來提醒說，還得到慈寧宮給太后謝恩呢。慧敏站了站，很不耐煩地說，那就去吧。

廢后慧敏捧著聖旨跪在慈寧宮外，子衿、子佩等捧著寢具、隨身衣物、一部分皇后的妝奩跪在

她身後，她們的頭頂上有幾隻烏鴉在盤旋，發出焦慮而尖酷的叫聲，似笑非笑，如泣如咒，彷彿已經嗅到了死亡的氣息，並且迫不及待地等著那屍體腐爛。

紫禁城的烏鴉是天下間最勢利的禽類，牠們總是能夠準確地分辨出人的興衰向背，比人自己更早知道人的命運。從前牠們總是遠離慧敏皇后，每當她經過宮中的甬道，牠們便會提前散開，隱蔽在宮殿的琉璃簷後，噤著聲音不敢隨便撲飛，然而今天慧敏失了勢，牠們再不害怕她的威嚴與光輝，可以隨意地在她頭頂盤旋，撲著翅膀，讓羽毛落在她的身上，那失去了鳳冠霞帔的身體上。

慧敏失去了她的鳳冠后位，侍女們也失去了位育宮的俸祿，她們跪在慈寧宮的臺階下，顫慄地聽著烏鴉的叫聲，淚眼不乾地暗暗祈禱，不抱希望地希望著皇太后可以力挽狂瀾——她畢竟是皇后的親姑姑，皇上廢的可不僅僅是慧敏，而是科爾沁部落的格格，難道太后就不出來說句什麼嗎？

然而她們失望了，她們連太后的面也沒有見到，連求情或者訴苦的話也來不及說，她們就只等到了忍冬嬤嬤無關痛癢的幾句傳諭：太后欠安，等娘娘安置好了再見吧，教娘娘要隨遇而安，好好靜修——皇上既然賜名「靜妃」，寓意深遠，須不可辜負了皇上的一片美意。

宮女們的哭聲更加響亮了。烏鴉的叫聲也更加囂張。廢后慧敏卻忽然冷笑起來，站起身，三兩下將聖旨撕了個粉碎，望空一揚，大聲道：

「什麼聖旨？什麼『靜修』？都是些不知所謂的廢話！我是科爾沁草原上最尊貴的公主，最美麗的格格，嫁到這紫禁城來，是上天賜與大清朝的禮物。他不知感恩，不懂珍惜，反而百般凌辱於我，他一定會受到天譴的！天有眼，你們看著吧，我絕不會離開這皇宮！我會好好『靜修』的，我還要在這裏好好待著，看著，活著，我一定會活得比他的皇位更長久！我要看著他怎麼從那個不該屬於他的金鑾寶座上滾下來，變得一無所有，比我這個廢后更不如！」

整個紫禁城都聽到了她的詛咒，連最冷酷無情的烏鴉都被那詛咒驚得咽住了叫聲，撲楞楞飛起，瞬間遮陰了紫禁城的上空。所有的奴才都在發抖，連子衿、子佩也嚇得忘了哭，忘了勸，更忘了起身扶住她們的廢后主子。吳良輔跪在地上瑟瑟發抖，本能地捂起了自己的耳朵，彷彿就是聽到這詛咒也有罪似的，他在心裏苦苦地想，這樣大逆不道的話，可千萬別叫太后聽見。

太后自然聽見了，但是她假裝聽不見。她既然可以走到今天，成爲無所不能的莊妃皇太后，就早已掌握了兩種技能：要麼耳聰目明，在需要的時候擁有千里眼，順風耳；要麼耳聾眼花，隨時可以做到視而不見，聽而不聞——當她的親侄女用天下最惡毒的語言來詛咒天下最尊貴的權力的時候，她便讓自己盲了，聾了。

然而，她還是忍不住在心底低低地嘆了一聲：那麼艱難地和皇上周旋，談判，討價還價，讓他答應不把廢后慧敏遣送回蒙古，而是將她繼續留在宮裏，虛應一個「靜妃」的封號，自己何嘗不是在沒有希望中抱著一線希望——希望慧敏可以學得懂事一點，可以用一點心思，令死灰復燃。自己當年不就是在群雌環伺間左衝右突，幾次山窮水盡又殺出一條血路來，從別的妃子手裏奪回皇太極的心嗎？自己可以做到，慧敏爲什麼不能？要知道，她代表的可不是她自己，而是整個科爾沁部落，是家族的利益。滿蒙聯姻，是大清立后的根本，當年哲哲姑姑把年僅十二歲的自己從草原上接出來嫁與皇太極，就是爲了讓自己幫她收攏皇太極的心，姑侄兩個齊心協力維護科爾沁的勢力。如今自己把慧敏從草原上接出來許配給順治，爲的也是同樣的目的。可現在看來，這個侄女半點兒也不像自己，就只會破釜沉舟，全不想起死回生。

大玉兒嘆息，再嘆息，她想，她得儘快給慧敏找一個替身了。

是夜，子衿在冷宮的偏廈裏自縊，但被解救下來。她跪在慧敏膝下，啼哭著，承認了一切，說出了那條腰帶的原委，那給皇后帶來謀逆罪名的罪魁禍首。她哭著，請求皇后賜她死亡。

然而慧敏只淡淡地說：「不怪你。」

慧敏的冷靜反而叫子衿呆住，忘了哭泣。自從那日順治拿著她繡的那條九龍腰帶作筏，與皇后大吵一架後分道揚鑣，子衿的心就被愧疚、悔恨、恐懼和罪惡感重重掩埋著，壓得喘不過氣來。她每天祈禱著皇上可以再來一次，可以同皇后和好如初，解除那條惹禍的腰帶加諸於她的種種束縛。

他們一天不肯和好，她就一天不能原諒自己，是自己將皇后與皇上恩愛和諧的唯一機會給葬送了，她到底做些什麼才可以補救？如果能夠把這份錯誤挽回，就是要她死也願意。

可是，她根本見不到皇上，就連伏罪自首的機會都沒有，她怎麼樣才能讓他聽到她的解釋，原諒皇后呢？

她天長月久地等待著，等著有那麼一天皇上會重新走進位育宮來，心平氣和地談笑，那時她會跪在皇上的面前承認一切，只要皇上可以同皇后解除誤會，她情願被處死。

然而，她足足地等了大半年，卻等來了皇后被廢的諭旨。什麼希望都沒有了，大錯已經鑄成，一切，都是因爲那條腰帶。她，一個小小的宮女，一份卑微的獻禮，一次膽怯的錯誤，竟使科爾沁草原上最美麗的明珠失去了光華，失去了身分，失去了皇后的尊貴，貶居冷宮。她就是死也不能贖罪了——然而除了死，她又有什麼選擇？

然而，慧敏卻不教她死，慧敏說不怪她，慧敏還說：「我早已知道是你。看到腰帶的針線功夫，我就知道是你。但是皇上存心冤枉我，要我難堪，有沒有那條腰帶，又有什麼所謂？」她甚至伸出手去，輕輕撫摸了一下子衿的頭髮，以她從未有過的慈愛與溫存。

子衿更加呆怔了。她想，她欠了主子一條命，她得還給她。

2

八月二十八。這是慧敏被廢的第三天，也是建寧出嫁的第九天——格格歸寧謝恩的日子。

額駙府所有的人侵曉即起，燈火通明，排班列隊地爲格格護駕。這還是建寧大婚後第一次正兒八經地打扮，她看著鏡中的自己穿著石青朝袍，梳著如意高髻，覺得有些不自在。袍子很漂亮，領約鏤金，彩帨嵌翠，寬大的袖子垂下來，可以一直掩住腳背，袍襟上繡滿了五穀豐登、花開富貴的吉祥圖案，很重，很絢麗，文彩輝煌，她的小小的臉蛋完全被重羅疊錦給淹沒了，她只看到花冠繡袍，卻找不到她自己。

建寧看著鏡子，納悶地說：「我迷路了。」

綠腰聽不明白：「格格還沒出門呢，怎麼就迷路了？」

建寧搖搖頭，有很重的失落感浮上心頭。她意識到自己在從皇宮走進府裏、又將從府裏走回宮中的這幾天裏，失落了很多東西。她不能再穿從前的衣裳，梳從前的頭髮，她以後是一個婦人了，都得像這樣裝扮成婦人的樣子，跟那些福晉或妃子一樣。可是，她不明白，在失落了這麼多之後，她得到了什麼？

不等她想明白，司儀嬤嬤就來催駕了。建寧端坐著，像個真正的女主人那樣發問：「送太后和各位娘娘的禮品都準備好了嗎？」

「回格格話，都準備好了。」嬤嬤呈上一張禮品單子來，除了給皇太后、皇上、各位受封的妃嬪、阿哥、格格們的禮物外，還特地標明了賞給琴、瑟、箏、笛的四份，而貞格格的禮物更是加倍。

建寧看著禮單，第一次發現自己這樣富有。她的妝奩本來就是和碩公主中最豐厚的，皇上還怕委屈了她，又在內務府按規定置辦的妝奩外另賞了許多財物，皇太后和其他后妃只好也都隨例另加賞賜，王公大臣們自然更要竭力報效，傾囊饋獻——擁有不可想像的豐富財物、以及自由分配財物的權力，也許就是她的所得，是出嫁帶給自己的好處了吧？

建寧想了想，又提筆在禮單上添上兩項，是給剛剛進宮的秀女的。她早就聽說這年的大選裏頭有兩個鑲黃旗秀女是頂拔尖的，一個叫遠山，一個叫平湖。遠山是秀女中年紀最長的一個，已經十七歲了，因爲相貌出眾而破格錄選的；平湖則恰好相反，是秀女中年齡最小的，面孔精緻得像個假人兒，最難得的，是畫得一手好畫，寫得一筆好字，是個秀外慧中的才女。早在建寧出宮前，就聽說她們兩個已經得到了皇上的寵幸，很快就會加封了。她對她們有莫名的好奇，卻因爲待嫁禁足而一直無緣得見，這次回宮，正可以借發禮物爲名見上一面。

想到了這樣一個好節目，建寧終於滿意地上了華蓋朱輪車，又忍不住掀開簾帷一角，看到吳應熊騎著馬跟在車子旁邊。她還是第一次認真地打量他，偷偷地，專注地，打量著他的側面。不知怎的，她覺得他有一點點熟悉。怎麼看誰都好像見過？建寧對自己感到詫異。她不可能見過額駙，就像她不可能見過儲秀宮裏那個糊燈籠的秀女一樣，可是爲什麼，她看著他們，都覺得似曾相識。

車子碌碌地經過長安街，百姓們又不招自來地擁到街邊觀看，指指點點。建寧放下車帷，暗暗想不知道上次那個送自己殘蝴蝶的老銀匠是不是也在這些人群中。那隻蝴蝶現在就插在她的頭髮上，藏在那些累贅的花釵翠鈿間，它是所有頭飾中最不值錢的一枚，卻是她的最愛。因爲，它使她想起母親綺蕾，把它插在頭上，就好像母親在天上看著自己。

乾清門到了。守門侍衛早已得了內務府通知，眼見公主鑾輿來到，忙迎上來請安。照規矩，額駙不能跟隨進宮，只在乾清門和內右門外設案焚香，行三跪九叩大禮謝恩即可。格格的鑾輿則一路不停，逕自駛進宮去，身後是抬著禮盒的吳府家人。但他們也必須在內宮門前止步，將禮盒交與接班的太監。

再看到那些紅牆綠瓦，那些重簷高閣，那簷上的獸吻，簷下的風鈴，建寧覺得了一絲親切。趾高氣揚的侍衛，規行矩步的太監，蹁躚微步的宮女，以及高高地騎在索倫杆上餵烏鴉的小兵，這些都使建寧有一種劫後重逢般的感動，她發現自己也不是那麼討厭皇宮的，也並不是那麼討厭出嫁，因爲只有出嫁，才可以讓她自由地穿梭在皇宮與額駙府之間，等到今日歸寧之後，她甚至還可以走出額駙府去到長安街上，想去哪裡就去哪裡，想買什麼就買什麼。她的世界會比從前更大，遊戲會比從前更多，這樣看來，出嫁似乎也沒什麼不好。

過去現在將來的許多畫面疊映在建寧的心上，讓她覺得恍惚，分不清是在自憐自艾還是在自欺欺人。頭頂忽然傳來一聲鴉鳴，建寧一驚，驀然抬頭，電光石火一般，她忽然有點想起了吳應熊是誰！

建寧的朱輪車剛進宮，子衿便悄悄兒地溜進御花園，離那些侍衛遠遠地候在絳雪軒門外了。是吳良輔告訴她的，吳良輔說皇上準備在絳雪軒召見格格，兄妹倆好好兒說上半天悄悄話。

子衿有些看不透吳良輔，他對皇上真是忠心，皇上說一，他立刻就說三減二，四減三，五減四，總之，把皇上的話發揮得十足十，可是十句話繞著彎兒說的還是一句話，就是皇上說的那個「一」。然而皇上聽了，卻會覺得很舒心，覺得吳良輔想得周到，不愧是朕的內務大總管。但有時他也會做一些背著皇上的事兒，比如幫廢后的侍女子衿傳話出主意，就是最明顯的例子。人人都說他攀高枝兒打死狗，可是子衿看來卻並不是那麼回事，從前皇后還住在位育宮的時候，並不見吳良輔來得特別殷勤；如今皇后被廢了，宮裏的奴才一夜間全換了嘴臉，吳良輔倒好像對她們熱誠起來，很肯幫忙的樣子。

慧敏被貶至冷宮後，所有的侍女交由內務府重新分派，因爲照規矩，廢后應該親自執帚掃塵，洗衣舂米，只有這樣才可以真正做到躬身自省。然而子衿和子佩苦苦哀求，堅持要留下來侍候皇后。也是吳良輔幫她們說服皇上，說慧敏儘管被廢，不再是大清的國母，可還依然是科爾沁的格格呀，怎麼能親操賤役呢？又說子衿、子佩是慧敏家的包衣，吃的是科爾沁部落陪嫁給格格的妝奩，用不著宮中的俸祿，不如遵從她們自己的意願。長平公主出家，還有琴、瑟、箏、笛相伴呢，難道大清的廢后還不如一個前明的公主嗎？順治痛快地答應了，並且說，不必動用慧敏的妝奩，還是照舊例每月撥給俸祿好了。

這額外開恩讓子衿和子佩看到了一線生機，以爲皇上對娘娘仍是留有餘情的，也就忍不住奢望一切還有轉機。子衿開始更加積極地尋找贖罪的機會，不能再像以前那樣被動地等待了，她必須主動地製造機會，向皇上說明一切。可是無論皇上走到哪裡，都有侍衛提前清道，她根本沒有機會接近皇上。不是沒想過要拚死驚駕告御狀，告的就是她自己欺君忤上，私製御帶，連累主子。但是總是還沒等她走近皇上身邊十米，就老早被擋在人群外了，只有跪著等聖駕經過的份兒。她想，如果她敢大喊一聲「皇上做主」，只怕話音未落就被御前侍衛扭斷了脖子；至於太后宮，那是想也不敢想的，那天太后的口諭不是已經很明白了嗎，她根本就不想爲這個侄女兒做主；再或是可以懇求那些得寵的妃子，請她們在皇上面前美言——然而，又有哪個妃子是不恨皇后的呢？自從大皇子牛紐夭折，那些妃子們都跟防賊一樣防著皇后，雖然誰也沒有說出口，可是好像所有人都認定了皇后是兇手；還有貞格格，這也是可以跟皇上說得上話的人，可子衿吃不準貞格格站在哪一邊，她和太后的關係遠比跟皇上親近，如果自己求了她，而她又不肯幫忙，卻把自己出賣給太后，只怕沒見到皇上就已經丟了小命——自己不是惜命，可是還要留著這條命報效主子，可不能白死了。自己替主子結的怨，自己得替她解開，不然死不瞑目。

又是吳良輔幫了她的忙，指點她趁格格歸寧時攔轎求情。是吳良輔告訴了她格格的必經路線，也是吳良輔要她躲在御花園等候的。子衿有些爲難，這宮裏誰不知道十四格格不喜歡皇后，皇后入宮有多久，她們兩個就做了多久的冤家對頭。可是，除此以外，也實在沒有別的法子了。

死馬當作活馬醫。子衿橫下心對自己說，大不了一死，死了就解脫了。

她並沒有等多久，格格的轎子就來了——因爲沒見到太后，也不需要見皇后，省了許多功夫，只在慈寧宮外行了跪安禮便直奔絳雪軒了。子衿迎著公主的儀仗撲出來跪下，磕頭如搗蒜，口口聲聲喊：「格格救命，求格格做主。」

建寧呆了一呆，綠腰早已走上來斥道：「什麼人這麼大膽，竟敢攔公主的鑾輿？還不拉下去打！」

然而建寧天性是好事的，而且出嫁後第一次回宮，興致頗高，很願意管管閒事，便揮手問道：「你是誰？有什麼事？誰要拿你的命？」

子衿又磕了一個頭，這才抬起頭來哭道：「格格忘了？奴婢名叫子衿，原是位育宮的宮女，因做了一件對不起主子的事，累得皇后受了天大的委屈，所以冒死求見皇上，想在皇上面前分辯明白，可是身分卑賤，無緣仰瞻天顏，只求格格帶契，容我面見皇上，將冤情剖白，就死也願意的。只求格格超度。」

建寧聽她出語不俗，更加有興趣，笑道：「我又不是大和尚，怎麼超度你？原來你是皇后的人，我聽說皇后被廢了，這很好呀。我就知道她這個皇后是做不長的。她現在還會像從前那麼驕傲嗎？」

子衿絕望地哭起來，仍然不住地磕著頭說，她早知道格格不喜歡皇后，若不是實在沒有辦法，也不會來求格格，原本就是拿性命來賭一回，賭格格的寬厚仁慈。皇后實實是冤枉的，一切都是子衿的錯，子衿帶累主子蒙受了這樣的千古奇冤，說什麼也得替主子洗清冤屈。

建寧現在其實已經沒有那麼不喜歡皇后了，但是她並不想讓別人知道，故作滿不在乎地說：「冤枉了她也就冤枉了她，有什麼稀奇。她做皇后那麼多年，冤枉的人還少嗎？再說，我就是帶你去見皇帝哥哥，他也不會收回聖旨的，倒白搭上你一條命。又何苦呢？」

子衿哽咽著，悲悲切切地說奴才惹下滔天大禍，早就不該活在這世上了，只是若不能替主子洗冤，就是死也是不瞑目的。死後魂靈兒變成烏鴉，飛在紫禁城的上空，也仍然會是叫得最慘切悲哀的那一個。

建寧皺了皺眉道：「帶累主子，的確是死罪。可你變什麼不好？非要變最討厭的烏鴉，可見你這奴才沒出息。你死了變烏鴉，我還要費力氣射你，不是又讓你多死一回？」

子衿哭道：「人家都說，烏鴉是吃死人肉的，牠吃了誰的肉，誰的魂就附在烏鴉身上了，只有再吃別人的肉，把別人的魂抓來代替牠交給烏鴉，他自己的魂才可以重新托生。我只求拿我的命換了皇后的清白，就是死一百回也願意的。」

烏鴉是死人托生的話建寧還是第一次聽說，她不由得用手遮在額上向高高的女牆望了望，那裏正停著幾隻烏鴉，黑乎乎惡狠狠地望著她們，好像在陰謀覬覦著要吃誰的肉，奪誰的魂。她立刻就相信了子衿的話，難怪她一直覺得烏鴉是這樣邪惡的東西，原來牠們是吃人肉的，而且一定是吃了她不喜歡的人的肉，所以才這樣地與她作對。可那會是些什麼人呢？是前朝冤死在宮廷裏的宮女和太監嗎？聽人說，李自成闖宮的時候，宮女們紛紛投井自盡，以至於井裏塞滿了宮女的屍體，水都漫了出來，跑在後面的宮女就是想投井也投不成了。烏鴉是吃了她們的肉嗎？還有，長平公主的父皇和母后還有妹妹昭仁公主也都是死在後宮的，她們的魂也都變了烏鴉嗎？那麼長平仙姑呢，她死後也會變成烏鴉嗎？不，一定不會的。長平是漢人，漢人的祖先又不是烏鴉，所以烏鴉一定不肯吃漢人的肉。這些烏鴉是從他們滿人入關以後才飛來紫禁城的，他們肯定是滿人托生的，所以才要跟著滿人一起入關。滿人把烏鴉奉爲自己的祖先，原來是因爲烏鴉吃了他們祖先的肉，所以祖先的魂就附在烏鴉身上了。

建寧望著立在女牆上的烏鴉，亂七八糟地想著，又低下頭重新打量著子衿，心想：子衿如果死了，被烏鴉吃了，不知道會不會也同自己作對。想到這裏，不由問道：「你死一百回，還變烏鴉不變？」

子衿一愣，正待說話，御前侍衛走來請安，說皇上已經在絳雪軒裏等急了，建寧顧不得再問子衿，只說：「好吧，那你就跟在我的侍女後頭，一起進來吧。」

3

見到順治，建寧才知道自己有多麼想念哥哥。

雖然只離宮九天，可是對她來說，就好像不見哥哥已經有一輩子那麼長。她本能地覺得有什麼改變了，只是不清楚改變的到底是違心出嫁的自己，還是剛剛如願廢后的順治。她只覺得，他們兩個一樣可憐，活得都那麼不痛快。這使她在見到順治第一眼的時候，忽然悲從中來。

她沒有行君臣大禮，而是直接投入了哥哥的懷抱，哭了。

順治有些訝異，雖然他一直都覺得這個妹妹就像清晨的露珠兒那樣水光晶瑩，眼裏總好像汪著淚，可是卻從沒有聽過她的哭聲。她總是靜悄悄地流淚，無聲無息而無休無止。此刻他知道了，建寧的哭聲就好像一隻受傷的小獸，帶著乞憐，帶著無助，帶著難以傾訴的迷茫。他覺得那哭聲就好像從自己心底裏發出來的一樣，建寧哭出了他所有的情緒。建寧的眼淚如此飽滿而痛暢，就好像把他的那份也一併流出來了，他想起自己已經很久不曾哭泣了，甚至都忘記了眼淚的滋味。他溫柔地擁抱著妹妹，輕輕拍撫她的背，柔聲地問：

「建寧，爲什麼哭？」

「不是我要流眼淚的。」建寧呆呆地說，伸手抹去臉上的淚珠，可是立刻又有新的淚流下來，迅速打濕了羅帕。她無助地看著福臨，苦惱地解釋，「皇帝哥哥，我不想哭的，我並不傷心，我什麼感覺都沒有了，我只是沒辦法讓自己不流淚。這眼淚，是自己要流出來的……」

福臨重新將建寧抱在懷中，他只覺心疼極了，憤怒極了，不知道在對誰憤怒。這場賜婚的錯誤是他從一開始就知道的，可是他枉爲一國之君，建寧的哥哥，卻既不能阻止，也不能彌補。他有一種遷怒的衝動，恨不得立刻抓了吳應熊來殺掉，他把這樣親愛寶貴的妹妹賜婚給他，並封以高官厚祿，他竟不知道珍惜，真是太可殺了。然而，縱然他可以任意處治吳應熊，抓他，關他，罰他，甚至殺他，卻不能夠命令他愛上自己的妹妹，不能對他的心下一道旨，讓他順遂己意。

天下亦有癡於我，傷心豈獨是小青。順治多情之至，對情之一字感觸極深，又怎會不明白吳應熊的情並不可以任遂他意，又怎會不瞭解可以安慰建寧的，並不是皇權，不是賞賜，甚至不是將她召回宮中擇婿另嫁，而只有唯一的一條路，那天下人間最難走的一條路——就是讓她得到吳應熊的愛。然而得到一個人真心的愛情，談何容易？

問世間情爲何物，直教人生死相許，卻又偏不許人稱心如意。皇宮中枉有那麼多爭寵邀恩的故事，那麼多巫蠱招魂的伎倆，可是終究有什麼辦法可以讓妹妹得到一場真正屬於自己的愛情呢？

當她在他的懷抱裏漸漸平息下來的時候，順治覺得了一種深沉的悲傷，同時忽然明白了自己想要什麼：他也想要那樣一個懷抱，可以使自己暢快地流淚。

接著，教引嬤嬤和侍櫛宮女也都上前磕了頭，綠腰一如既往的嬌媚的請安中，略帶一點點幽怨，這是與往時不同的，然而沒有人留意。這使她的幽怨更加重了。

她一直都在做著飛天夢，可是陪嫁出宮使她徹底斷絕了親近皇上升爲妃嬪的機會與念頭。從宮裏來到額駙府，她比格格更加失落，更加惶惑而不知所措。當格格想方設法地與周圍環境作對的時候，她是最興奮的那一個，煽風點火地幫著出主意，因爲除此之外，她也不知道該如何排解心中的惶惑與茫然。

在額駙府裏，她一直沒找到自己的角色，這使她有種失去了舞臺的迷茫，直到今天回到宮裏，重新見到皇上，她身上的戲骨才忽然清醒了，重新給自己安排了戲份。建寧與順治的兄妹相見尤其令她入戲，當建寧在順治懷裏哭泣的時候，她也一直牽起衣袖在輕輕地拭淚，她的動作是那麼優美，就像戲子在戲臺上舞動水袖。她覺得所有的人都在看她，注意她的每一個細微的蘭花指，注意她一顰一笑的恰到好處。

輪到她上前請安的時候，她的這種主角的感覺就更重了，她有意地延俄著請安的時間，把每一個動作都做得很輕，很慢，彷彿弱不勝衣，情不自禁。雖然沒有抬頭，然而她覺得，這時候順治一定在看自己，他們之間有著最隱密的交流。直到她站起來走向一邊的時候，她仍然覺得順治的眼光在追隨著她的身影。

然而就在這時，一個聲音打斷了她的冥想，只聽順治問道：「你不是皇后的侍女嗎？怎麼會在這裏？」綠腰驚愕地抬起頭來，才知道有人搶了她的戲，那是子衿。

子衿正跪在綠腰剛才跪著的地方給皇上請安，並且在聽到「皇后」兩個字後，一下子就哭了，磕頭說：「皇上，奴婢冒死求見，就是想稟告皇上：皇后是冤枉的。皇后委屈呀。請皇上爲皇后做主，懲罰奴婢吧。」

綠腰的妒意油然而起，眼中射出怨毒的光，但是仍然沒有人留意。所有人的注意力都在子衿身上，連建寧也在替她說話，用一種撒嬌的口吻親暱地向順治求情：「剛才我來遲了，就是在門口遇見了她，她哭著求我帶她進來，說有要緊事向皇上稟報。我看她這麼忠心，就帶她進來了。哥哥不怪我吧？」接著不等順治回答，就轉向子衿吩咐，「有什麼話，你就快說吧。」

於是子衿便滔滔不絕而磕磕絆絆地講述起來，從皇后入宮前對這場婚姻有多麼嚮往、重視，講到入宮後受到的種種冷遇，寂寞與孤單，接著講到年初萬壽節上的那條九龍腰帶，最後說，「請皇上處罰奴婢的膽大妄爲和自不量力吧，只要能原諒皇后，哪怕就是把奴婢凌遲也是願意的。」

「原來那腰帶是你繡的，很好的針線。」順治微微點頭，「那腰帶你還留著嗎？」

「皇后剪掉了。」子衿低下頭羞愧地說。

順治又點了點頭，似乎還微笑了一下。建寧有些說不準。在子衿涕淚交流的訴說中，她一直有興致地觀察著哥哥的反應。她第一次這麼清晰地感覺到，哥哥真是大人了，是個威嚴的皇上。面對著子衿這樣感性而激烈的訴說，他竟然可以做到面無表情，紋絲不動。想從他的臉上看出他的心思是不可能的，如果他有喜怒，除非是他想讓人家知道他的好惡，否則，他表現出來的就只有這樣永恆不變的一副君主的態度。

建寧爲自己剛才忘情的哭泣感到羞愧，同時對那個剛剛被廢的皇后起了極大的好奇，她想，原來慧敏也是會覺得寂寞的，看她那麼喜歡炫耀皇后的儀仗，還以爲她很喜歡做皇后呢，原來她並不喜歡這個宮殿。福至心靈般，她忽然意識到該是暫停這段插曲的時候了，皇帝哥哥是不可能當場做出任何反應與決斷的，是自己把子衿帶進來的，也得由自己把她送出去。

想到這一點，建寧覺得自己也瞬間成了大人，懂得進退了，她繼續用一種撒嬌的口吻說：「好了，說完皇后的事，說說秀女吧。我還給平湖和遠山準備了禮物呢，哥哥召她們進來讓我見見好不好？」

「平湖和遠山？」順治笑了，這一回是自在的，毫無保留的，他帶著縱容的語氣說，「你的花樣兒還真多。不過，說起來，你真該好好跟平湖學習，她年紀比你還小呢，學問可比你大多了。」

當平湖和遠山走進絳雪軒的時候，建寧第一眼就認了出來，這正是儲秀宮裏那個糊燈籠的秀女。她不禁離座站起，笑嘻嘻地拉著她的手說：「是你呀。」

平湖卻輕輕地掙脫了她的手，再次襝衽施禮：「參見格格。」她的嚴肅與婀娜有種形容不出的韻致，彷彿一朵桃花迎風綻放。建寧微微震動，當她握著平湖的手時，那種熟悉的感覺就更強烈了。印象可能會含糊，但感覺不會。她執拗地再次拉住平湖的手，用力不讓她甩開，盯著她的眼睛說：「我是不是見過你？」

平湖被動地抬起眼來，冷冷清清地說：「是的，格格上次來過儲秀宮，燒了我的燈籠。」

「不是那一次，是……」建寧結舌，不是那次，又是哪次呢？她到底在什麼地方見過平湖？平湖的手柔軟清涼，有著說不出的細膩，眼神堅定明亮，藏著深深的悲哀，那五官過於精緻了，真像是一朵精雕細刻的桃花，這一朵桃花，和那一朵桃花，究竟有什麼不同？

熟悉的感覺就像按圖索驥般一點點找回來，每分每秒都在增長，建寧篤定她們從前是認得的，並且有過很深的交情。可是，她到底是誰？她拉著她的手，執著地問：

「你以前真的不認識我嗎？」

遠山看到建寧拉著平湖的手不放，不禁覺得嫉妒。從入宮那天起，她就知道平湖是自己最大的對手，最勁的強敵，而當她們一同跪在皇上面前等待「賞荷包」或是「撂牌子」的時候，她就更加清楚了：在皇上的心目中，這一屆秀女裏只有平湖可以與她一較高低，平分秋色。這使她時時處處都不自禁地要和平湖比較，而最讓她難過的是，平湖就好像勝券在握似的，一直用一種近乎於置身事外的態度來對待她的挑戰，彷彿胸有成竹，又似不屑爲伍，這就更讓遠山覺得難過，覺得不能輸了。

比如今天，整個儲秀宮裏，只有兩位小主得到格格的特別召見，這當然是一種光榮，可是當兩個人一同謝恩時，格格卻只對平湖格外垂青，那不就意味著自己輸了嗎？遠山可不是一個輕易認輸的人！她看著茶桌上的各色細點，顯然是經過茶膳房特地準備的，是爲了迎接格格回宮吧？不難判斷，皇上和這位十四格格的感情相當好，儘管這已經是一個嫁出宮去的格格，但是她住得這樣近，隨時抬起腳就可以回到宮裏來，她的意見一定會直接影響皇上的喜惡的。進宮這麼久，遠山多少也聽過一些關於建寧格格的傳聞，知道她貪吃、貪玩、喜歡惡作劇，是這宮裏最不安靜的格格，對付她，最有效的方法莫過於新鮮玩意兒。這樣的金枝玉葉，應該是不難討好的。

遠山笑笑，做了個萬福：「遠山謝格格賞賜，遠山家鄉也有些小玩意兒，雖不值什麼錢，卻也新鮮，現欲獻給格格，又恐微薄，請格格恕罪。」

建寧的注意力果然被成功地吸引了過來，笑道：「你有好東西給我，怎麼還會怪罪？是什麼？」

「是整整一匣子上色泥人兒，都扮的戲曲故事，也有《西廂記》，也有《牡丹亭》，每匣都不一樣的。」遠山微笑，「格格見慣了金的玉的，跟格格說泥人兒，真是不好意思。」

其實她說得謙虛了，那些泥人是在她進宮前，父親專門請了中原最有名的泥人張，用了大半年的時候捏製而成的。是用五色土摻著米漿，捶搗成模再捏出眼耳口鼻，然後封蠟收油，只要存放得宜，過一百年也不會朽壞；最貴重的還是顏料，都不是普通的赭黃絳紅靚藍草綠，而是用朱砂、藍寶石末、金粉等層層塗砌，就是風吹水洗也不會褪色。這樣的泥人，只怕普天下也找不出第二套來。

這本是她帶進宮來要找機會獻給皇上的，指望用那些男歡女愛的故事向皇上邀寵，然而每次侍寢都脫光光地「背宮」，哪有什麼機會獻寶呢。而此際一時間想不出更加獨特的禮物，好勝心切，竟然順口把它獻給格格了。話出口，遠山不由有一點後悔。

「有故事的泥人兒？」建寧果然大喜，「在哪裡？快拿來我看。」

匣子很快被取來了。建寧不急著打開，卻先看那盒子，一共四盒，紅、藍、粉、綠四色地子上繡著人物故事，衣袂飛揚，鬚髮分明，針腳極其細密緊致。打開來，則是一式的白綾襯底，分成一格一格，收著人物、亭閣、馬匹、樹木等，男女老少，不一而足，桌椅屏帷，各具特色。

建寧驚喜地叫起來，興致勃勃地猜測：「我猜這盒肯定是《西廂記》，你看這座廟的門額上還寫著『普救寺』三個字呢。這個是張生，這個是崔鶯鶯，這個是紅娘，這位一定是老夫人！」她笑起來，這哪裡是四盒泥人，簡直就是偌大的暢音閣和整個戲班子嘛，只要把這些人一個個搬出來，就可以排演整齣戲了。

這盒又有柳樹又有梅花、有男有女、有僧有俗的，大概就是《牡丹亭》了，剛才遠山秀女說過有這齣戲的；那盒有水有船的是什麼呢，好像就在嘴邊，卻一時說不出來。建寧著迷地看著，彷彿聽到遠遠地有鑼鼓聲響起，甚至可以在空氣中捕捉到幽微的唱曲聲。她打賭自己一定聽過那曲子，也一定知道這故事，只是，就像想不起在哪裡見過平湖一樣，她也一時想不起在哪裡聽過那曲子。她想，真的有很多很多的事被自己遺忘了，她得把它們一一找回來。

遠山看到她專注的神情，知道自己這份禮送對路子了。她正想開口提醒格格這盒泥人是什麼故事，卻聽皇上先說話了：「這一盒，最適宜叫綠腰邊唱邊猜。」

建寧驀然想了起來：「這是《倩女離魂》的故事！」她只聽綠腰唱過一支曲子，還從沒看過整齣戲，因此一時想不起。聽見這就是張倩女的戲模子，不禁有種故友重逢的喜悅，忙招手叫綠腰上前來：「你認不認得這裏誰是誰？」她誇耀地一揮手，「給兩位小主唱一段《倩女離魂》吧。」

綠腰欣然領命，雙手疊在腰間妙曼地施了一禮：「有辱皇上聖聽。」明明是格格的命令，明明是爲了答謝兩位秀女，然而在綠腰眼中心裏，她唱這支曲，卻只是爲了皇上。

「向沙堤款踏，莎草帶霜滑。
掠濕裙翡翠紗，抵多少蒼苔露冷凌波襪。
看江上晚來堪畫，
玩冰湖瀲灩天上下，似一片碧玉無瑕。」

綠腰嫵媚地擰著腰肢，優雅地做著手勢，一舉手，一轉眸，都有無限風情。她知道，所有的人都在看著她，這一刻的她漂亮極了，光彩極了。在眾人的簇擁與猜測裏，在漫長的失落和等待之後，她終於找到了做主角的感覺。

然而在建寧的心裏，卻有更重要的人更重要的事，她搖著皇上的袖子說：「哥哥，以後我可不可以常常進宮來找她們玩？你給我下一道旨好不好，許我可以不用通報，也不用請求恩准，隨時都可以進宮來玩。如果你忙，就讓平湖和遠山陪我。」

這其實是相當越格的請求，然而順治只是略微思索了一下，便很痛快地答應了：「好，我這就讓吳良輔告訴各門守衛，十四格格可以不須傳召，隨時進宮。」

遠山一震。如果剛才她還只是猜測建寧在皇上心中的地位舉足輕重的話，那麼現在她已經可以斷定，這位十四格格的威力甚至有可能超過後宮任何一位妃嬪，簡直是擁有生殺大權的。她不禁慶幸自己剛才的大方，真沒白送了那匣泥人，這一鋪，算是壓對了！

建寧心滿意足地笑：「謝謝皇帝哥哥。」一邊聽曲子，一邊打開第四匣泥人，這一齣她可真猜不到了，主角是個英俊的少年，頭戴簪纓，手提鋼槍，很威武雄壯的樣子；旁邊坐著位青衣娘子，鳳目含威，儀態端方，十分貴氣。建寧托起那青衣旦，忽然又有了一種極爲熟悉的奇妙感覺，不禁問順治：「皇帝哥哥，你看她像不像仙姑？」

順治微微一愣，沉吟不語。而平湖的臉則在瞬間變得蒼白。遠山毫無察覺，只笑意盈盈地說：「回格格，這可不是什麼『仙姑』，而是『救孤』。」

「什麼『新姑』『舊姑』的？」建寧笑起來。

綠腰的歌舞在這時也歇了下來，賣弄地插嘴：「我知道，我知道，是『托孤』、『救孤』的『孤』，這齣戲叫《趙氏孤兒》。」

「《趙氏孤兒》？」建寧大感興趣，「那是什麼故事？」

「是趙氏孤兒復仇的故事。」遠山侃侃而談，「晉大夫趙盾被奸臣屠岸賈陷害，滿門抄斬。兒媳婦莊姬公主當時已經有了身孕，因爲是晉國君的妹妹，才躲在宮中逃過此劫。過了幾個月，莊姬公主生下一個男孩兒，取名趙武。屠岸賈聽說後，害怕那孩子長大後會有後患，就兵圍內宮，想伺機殺害趙氏孤兒。趙家原有一位世交好友叫程嬰，是個鄉村大夫，莊姬公主以看病爲由，召程嬰進宮，讓他把孩子藏在藥箱裏帶出宮去。這件事走露了風聲，又被屠岸賈聽見了，於是下令說：如果不交出趙氏孤兒，就要殺掉全城所有的嬰兒。程嬰無奈，只好用了掉包計，將自己的親生兒子冒充趙武獻給了屠岸賈，卻把趙武當作親生兒子收養。多年後，趙氏孤兒長大成人，終於爲母報仇，劍斬惡賊……」

隨著遠山的講述，平湖的臉越來越蒼白，身體微微顫慄，彷彿忍受著極大的痛苦。空氣中慢慢瀰散著一股異樣的花香，漸漸充滿了整個絳雪軒。人們不由自主地四處張望，尋找這香氣的來源，而順治最爲心知肚明，那是平湖特有的體香，每當他臨幸她時，她便會在掙扎中發出這樣混合著痛苦與歡喜的異香，他詫異地回頭：

「平湖，你怎麼在發抖？是不是不舒服？」

平湖張開口，未及回答，已經像一片落花隨風飄墜一般，軟倒下去……

4

子衿終究沒能挽回她主子的皇后之位，她的冒死面聖甚至沒能給主子換來「一斛珍珠慰寂寥」的哪怕象徵性的柔情，因爲順治說：「不怪你。即使沒有那條腰帶，朕和皇后也沒辦法再做夫妻了。」

順治說的是和慧敏一模一樣的話。這讓子衿更加聽不懂了。明明是爲了那條九龍錦的腰帶引起的誤會與爭吵，明明是從那天之後皇上就與皇后反目成仇，爲什麼他們兩個卻偏偏都說不怪自己？

又為什麼，兩個人有著一樣的心思說著一樣的話，卻偏偏不能夠走到一起？

子衿回到冷宮時，就像剛剛經過了一場惡戰，整個人大汗淋漓，虛軟如綿。她對子佩說：「這是我這輩子做過的最勇敢的事了，如果皇上不理怎麼辦？」

她問得很彷徨。並且從未有過一個時刻，讓她如此清醒地意識到自己的無助與卑微——在她看來是一生中最偉大最有意義的事情，也許在皇上的眼中一錢不值。雖然皇上給了她機會訴說，但是也許只當她是說故事的女先兒，就跟遠山小主送給格格的泥人一樣，只當作玩意兒罷了。不，她連玩意兒也不如，因為那匣泥人會引起皇上與格格的興趣，並且以後還會常常被取出來供人玩賞。而她在躬身退出絳雪軒的一刻，皇上便把她剛剛說過的話忘光了，甚至，還在她沒有退出絳雪軒的時候，皇上已經把她忘了，他的注意力，全在泥人兒身上。她的價值，遠遠不如一只有故事的泥人兒重要。

她縮在冷宮一角，嚶嚶哭泣，連晚飯也沒有吃。然而就在熄燈的梆子剛剛敲過的時候，吳良輔忽然來宣旨了。子衿和子佩忍不住露出歡欣期待的神情，以為皇上終於回心轉意。只有慧敏一臉的冷漠，抱著膝坐在床角動也不動，很輕蔑地說：

「有什麼話就說吧，我已經睡下，就不起來聽旨了。」

吳良輔的臉僵了一僵。這是不合乎規矩的，聖旨下，所有的人都應該跪著聽旨，接旨，謝恩，怎麼可以這樣大喇喇地坐著不動？這位廢后的脾氣和架子，竟然比從前做皇后時還要傲慢，無禮。

然而他只是頓了一頓，就決定不與她一般計較了，窮寇莫追，一個在走下坡路的人，或者你可以對她不屑一顧，甚至落井下石；但是一個人已經到了窮途末路時，你卻一定要小心了，因爲她不攻則已，一旦反攻，就可能扭轉乾坤，翻雲覆雨。到那時，她是一定會論功行賞，睚眥必報的。

吳良輔早已習慣了在任何時候都給自己留一步後路，在任何處境下都看到和當場相反的局面，在任何困惑中都能預料事物發展的多種可能性。因此，他非但沒有追究，反而笑了一笑，很謙恭很體貼的那種笑，殷勤地問：「原來娘娘欠安，要不要請太醫來給娘娘診脈？」

在得到了慧敏準確的拒絕後，他便開始宣旨了，旨意非常簡單，其核心意思只有七個字，卻足以令所有人目瞪口呆：宣子衿三更侍寢。

子衿侍寢，那不就意味著她從此要離開冷宮、離開慧敏了嗎？這到底是皇上的有情，還是更加殘酷的無情？

慧敏忍不住坐起身，子佩跌倒在地，而子衿本能地發出了一聲「不」。而這一聲「不」更加驚動了所有人——怎麼會有人對聖旨說「不」？

這一聲「不」也驚醒了所有人，吳良輔頭一個反應過來，謙恭地說：「那麼，子衿姑娘，我們可得準備起來了。」

「準備？準備什麼？」子衿茫然地重複。

慧敏卻已經先鎭定下來，淡淡地說：「吳總管是叫你準備一下，待會兒好侍候皇上。這是好事，讓子佩幫你梳洗妝扮吧。」她很隨意地說著，語氣裏帶著她特有的厭倦與不以爲意，就好像這是一件非常稀鬆平常的事似的。

其實，「梳洗」當然是必要的，然而說到「妝扮」卻是荒唐。因爲宮女侍寢是要脫光了衣服，被裹在被子裏由太監背著送到皇上寢宮的，叫作「背宮」；只有皇后用不著這種禮儀，皇后與皇上總是在位育宮裏行周公之禮，而位育宮本來就是皇上的寢殿，是皇上來到位育宮裏而不是皇后送上門去，是謂「走宮」。當然，皇上偶爾也會到其他的妃子殿裏留宿，那時，妃子就可以花盡心思地妝扮好了等皇上前來，而不用把自己脫光光的由太監扛著送上門了。

所以，能夠「背宮」侍寢固然是宮女們夢寐以求的夙願，然而能夠讓皇上「走宮」臨幸卻是得寵的妃子們至高無上的榮耀。這一切，曾經貴爲皇后的慧敏當然是瞭解的，只是她本能地忘記了，只聽說「侍寢」，就直接想到了「妝扮」，這也叫吳良輔和子衿子佩同時瞭解到：無論皇后表現出怎麼樣的高傲、冷漠，她的內心深處，卻仍然是期冀著能夠與皇上再敘歡好。這也使得子衿更加難過了，她跪在皇后座前說：「子衿死也不願背叛主子。請主子發落。」

慧敏已經從剛才的震驚中完全平靜下來，也已經想清了前因後果和所有瑣細的規則，她用宛如耳語的聲音吩咐：「去吧，只要你還記得我曾經是你的主子。」

子衿困惑地抬起頭來，一時不明白主子說的是什麼意思。「曾經」？爲什麼是「曾經的主子」，難道現在她不依然是自己的主子嗎？

慧敏頓了一頓，用更加低不可聞的聲音說：「照我的話去做，好好侍候皇上，明天再來見我。」

這一次慧敏已經說得很明白了。子衿是擅於服從的，既然得到了明確的指令，也就似懂非懂地點了頭。她想，不是她背主偷歡，而是奉了主子的命去侍奉皇上的。這樣想著，她的心情便好多了，並且很快轉移到了即將到來的侍寢之夜上。雖然做了皇后的近身侍女這麼久，可是她對於侍奉皇上還毫無經驗呢，該向誰去求助呢？

子佩同她一樣困惑，一邊幫她擦背一邊說：「照規矩，不是應該有位教引嬤嬤來叮囑你一些什麼嗎？」

「也許嬤嬤認爲像我們這樣的皇后貼身侍女，是不需要任何叮囑的。」子衿猜測，「可是，皇上爲什麼會要我侍寢呢？是在向娘娘示威嗎？」

「他已經廢了娘娘，應該不會這樣想吧。是不是那天你跟十四格格去見皇上的時候，皇上看上了你？」

「皇上又不是第一次見到我。以前在位育宮的時候，他不是見過我們很多次嗎？」

「也許他想問問你娘娘過得怎麼樣吧？」

「也許是的。也許他對娘娘還是留戀的，因爲我是娘娘的貼身侍女，所以把我當作了娘娘的替身。」

「也許是這樣吧。」

她們的猜測終究沒有結果。直到子衿從皇上的龍榻上爬起來，又被裹在被子裏背出宮去，也沒有得到答案。她曾經試著問皇上，真的不能原諒皇后嗎？她知道自己這樣做真是不聰明，而且煞風景，怎麼能在曲意承歡之際討論廢后的事情呢？但是她必須這樣做，因爲是她害了主子，她害主子失去皇后的地位後，又取而代之地出現在皇上的龍榻上，這就使得背叛加倍罪惡。只有替皇后說話才可以爲她贖罪，證明她並沒有背叛主子，她時時刻刻謹記著主子的榮辱與安危。

但是，她就只是得到了那句「不怪你」。不怪她，又該怪誰呢？子衿知道，自己是永遠都不可能說清楚了，也永遠不可能替皇后洗冤，替自己贖罪。她每多活一天，都是在加重自己的罪惡一分。她細想這罪惡的源頭，是她曾經癡心妄想可以得到皇上的垂幸，可以用一條腰帶贏得一夜龍澤，然後加妃升嬪。如今，她的夢想實現了，她真的睡在了皇上的身邊——踩著她主子的后冠爬上了龍床。

子衿大哭起來，她的眼淚幾乎要將自己淹沒了，從不知道一個人的身體裏可以有這麼多水分，而這些水此刻都化成了悔恨羞慚的眼淚，把整個冷宮淹作一片苦澀的廢墟。

第二天清晨，建福花園的花匠準備打水澆花的時候，忽然大喊大叫起來：井裏泡著一個人，一個宮女。

這還是大清入關後第一個投井自盡的宮女呢，也是史上唯一一個在得到皇上臨幸後自盡的宮女。就在昨夜，她還一度成爲後宮稱羨的焦點，妃嬪們都在議論著廢后的侍女得到了皇上的寵幸，猜測他們是不是從前就曾經親近，只是因爲皇后的妒忌才不曾張揚，如今皇后被廢，子衿終於浮出水面，說不定很快就要升爲貴人。她們甚至已經開始打點著送子衿的禮物，同時計算著如何抓住她的疏漏，阻止她飛升的腳步——然而誰能想到，她竟自己把自己推進井裏了呢？

消息傳到額駙府的時候，建寧很是震動，她望著天空想了好久，然後對綠腰說了句莫名其妙的話，她說：「她到底還是變烏鴉了。」

附注

1、關於順治廢后事，《清史編年》載：順治十年八月二十四日，帝遣禮部諸臣至內院傳諭，命查歷代廢后事例具聞。十六日，順治諭禮部「今后乃睿王於朕幼沖時因親訂婚，未經選擇。自冊立之始，即與朕志意不協，宮闈參商已歷三載，事上御下，淑善難期，不足仰承宗廟之重。謹於八月二十五日奏聞皇太后，降為靜妃，改居側宮。」

孔允樾之言見《清世祖實錄》，順治諭則大同小異：己丑，諭禮部：「朕惟自古帝王，必立后以資內助，然皆慎重遴選，使可母儀天下。今后乃睿王於朕幼沖時因親訂婚……」後文與史稿同。

第十四章　抗清義士

1

建寧離開皇宮回額駙府的路上，心裏是緊張的，興奮的，又略帶著些不安。她想很快就要見到她的丈夫、揭開射烏少年的謎底了，這真是令人期待。

她努力地回想，可怎麼也記不清新婚之夜是否看清了額駙的臉，她對他的印象就只是剛才來宮路上他騎在馬上跟著鑾輿的側影，那側影和少年的他印在她心裏的記憶慢慢重合，終於嚴絲合縫，融而為一。她知道自己沒有認錯人，那就是他，她少年時的夢中英雄。吳應熊，英雄，他可不就是一個真正的英雄麼，他連烏鴉都敢射！

回到府裏，建寧來不及梳洗更衣便傳命下去：請額駙來見。

然而來見的，卻是老管家。老管家垂著手瑟瑟縮縮地說：「額駙說王爺有急令，來不及稟報格格，已經緊急出城去了，命老僕在這裏向格格請罪。」

這當然是老管家的虛晃之辭，他想格格就是再刁蠻不懂禮數，對公公至少還留點情面吧。不料建寧卻莫明其妙地問：「王爺？什麼王爺？」

老管家一愣，只得顫顫兢兢地回答：「回格格，是平西王。」

「哦，就是吳應熊的阿瑪。」建寧彷彿這才想起來自己還有一位公公，她悶悶不樂地問，「那額駙說過什麼時候回來嗎？」

「路途遙遠，大概總要個多月才能來回吧。」老管家不做準地說，心裏不住叫苦，因爲吳應熊根本就沒有留下話來，既沒有說要去哪裡，也沒有說多長時間回來，只是行過謝恩禮後，徑直回額駙府換了衣裳就急急忙忙地走了。他好像根本不記得家裏還有一位格格，是他指婚原配的正室妻子，更沒意識到這位格格有多麼刁鑽任性，她發作起來是可以將整個額駙府放火燒掉，把所有僕傭流發充軍的。

想到在額駙失蹤之際，格格有可能採取的各種防不勝防的報復手段，老管家不寒而慄，就是當年跟平西王面對千軍萬馬殺出一條血路時，他也不曾這樣膽怯過，因爲根本不知道自己即將面臨的會是什麼。尤其看到建寧嗒然若失、舉棋不定的樣子，他就更加害怕，簡直覺得將有大難臨頭，不禁膝蓋發軟，膽顫心驚地再次說：「請格格降罪。」

「我不會怪他的。」建寧訥訥地說，眼睛望著一個遙不可及的地方，望進六年前的暢音閣樓下，忽然問，「管家，額駙是不是有一張鑲著綠寶的小弓，太后娘娘賞賜給他的？」

「好像……是吧。」管家摸不著頭腦地回答，不知道這位主子怎麼忽然問起這件事來。這些年來，太后、皇上、眾位嬪妃王爺賞的東西也太多了，他還真記不過來。

然而格格已經下令了：「你去拿來給我看。」

幸好凡是皇家的賞賜在府裏都有造冊登記，所以時日雖然久遠，老管家還是準確地找了出來。建寧幾乎是迫不及待地奪了過來。正是那張弓，柄上的綠松石已經有些舊了，光彩不如從前明亮，是一種蒙塵的啞光，那是歲月給它留下的痕跡。是他！果然是他！

所有的記憶都回來了，某年某日，有一個闖入宮來的少年，曾經爲她射過一隻烏鴉，爲此，皇帝哥哥治了他的罪。從此，她再也沒見過那少年，不知道他的名字，也不清楚他後來去了哪裡，但是他一直存在於她的記憶裏，伴隨她的成長而成長。她把他埋在心底最深處，並且無理由地相信他們是很親近的，終有一天她會再見他。

現在，那預感實現了。他真的重新出現在她面前，身分是她的駙馬。怎麼竟會沒把他認出來，怎麼竟想不到呢？他們在一個府裏共處了九天，他們拜了堂成了親，她怎麼竟不知道他就是她心裏那個勇敢英俊的射烏少年！

建寧的心狂跳起來，她撫摸著那只小弓，用力拉開，拉成一個滿月的形狀。她微微地笑了，十年前，自己用盡力氣也拉不開，於是嗔著吳應熊，說弓是假的，還騙他爲她射落了一隻烏鴉。那時的吳應熊，多麼友善，多麼勇敢，多麼能幹。建寧緊緊的抱著那張弓上，柔腸百轉，淚光盈然。

老管家偷覷著主子的顏色，左右猜不透，只得小心翼翼地問：「格格是不是想射箭？園子裏有個靶場。」

「不是，」建寧輕輕搖頭，「我已經決定了。」

管家一愣，更驚出一額頭汗來：「決定什麼？」

「從今天起，我要好好地對待額駙，再不跟他生氣了，就是他生我的氣，我也打不還手，罵不還口。」

管家更加愕然，幾乎以爲自己聽錯：「格格說笑了。額駙怎麼敢打罵格格呢，格格不打他罵他就好了。」

建寧笑了：「我是打個比方，意思是說，以後我會對他很好，很好，不論他怎麼對我，我都不會計較，還是會使勁兒對他好，直到他感覺到我的好，也肯對我好。」

建寧雄心壯志地發著誓，圍著屋子轉了一圈兒又一圈兒，腦子裏不住湧現著許多宏偉計畫，「我要給他做衣裳，自己親手剪裁，還要繡上花；我還要給他做飯，一日三餐，天天換花樣兒；我還要給他生孩子，有兒有女，生很多很多孩子……」

說到生孩子，建寧本能地害羞起來，聲音低下去，然而新的恐懼卻湧上來。生孩子的事，是要兩個人合作的，只是她對他好，而他不肯對她好，那還是生不出來的。可是，怎麼樣才能讓他對她好呢？建寧發現，自己對於男女之道居然全無知識，甚至，沒有一個可以討教的人。

管家稀罕地看著格格的臉上一圈圈紅暈升起，心裏不禁默念太后的恩德。他還以爲這一定是因爲格格歸寧時得到了莊妃太后的開導，這才終於開竅、學會做人家媳婦兒了呢。不管怎麼說，如果格格肯停止她的那些胡鬧，不再變著方兒跟府裏家人搗亂，那他們就真是要燒香拜佛了。

建寧說到做到，真的學起繡花來。她在宮裏原本上過繡課，只是不喜歡，一旦用心，自然進步神速，一日千里。不到十天，竟真的繡了一條手帕出來，繡的是尋常的蝶戀花圖樣，還在手帕上繡了一句詩：春心莫與花爭發，一寸相思一寸灰。

這句詩還是從前跟香浮學的，她並不很知道這句詩到底是什麼意思，不過「相思」兩個字很符合她此刻的心境，而她知道的詩也實在有限，便把這兩句繡上了。只是，不知道吳應熊會不會喜歡？這可是她平生真正獨立完成的第一件繡品呢。從前在宮裏上繡課的時候，雖然也隔三差五地繡兩針，不過她總是躲懶，虎頭蛇尾的，不是偷工減料，就是捉人操刀，孔四貞就是最常被她拉來做替手的。

想到四貞，建寧有些歉然，她想這次回宮，居然也沒想起要請四貞來見見面——或者不是忘了，而是心有隔膜。她忘不了四貞對她的背叛。四貞明知道她即將賜嫁漢臣卻一直瞞著她，根本沒把她當朋友。不過現在她已經不生她的氣了，因爲四貞沒有說錯，她本來就是很喜歡漢人的，她對自己的出嫁滿意極了，四貞可沒有害她，對不起她。香浮和四貞，是建寧在宮裏僅有的兩個朋友，而現在則只剩下了四貞。

不，也許還有遠山和平湖，也許遠山和平湖將來會成爲自己的好朋友的。平湖那張瞬間變得蒼白的臉忽然浮現出來。平湖臉上的神情是多麼的熟悉啊，她到底是誰？爲什麼會在聽到《趙氏孤兒》的故事時突然暈倒？

建寧的心思又從繡帕上轉到了泥人上，這是遠山送給自己的禮物。多麼可愛的有趣的珍貴的禮物啊。她忍不住又打開了匣子，一盒盒端詳著匣中的男女，彷彿在揣測自己與吳應熊之間到底會是喜劇還是悲劇，正劇還是鬧劇。崔鶯鶯等到了張君瑞，杜麗娘重逢了柳夢梅，張倩女團圓了王文舉，自己呢？自己和當年的射烏少年終於如期相遇，並且結爲連理，但是他們之間，會是恩愛相親的嗎？

綠腰見格格看著泥人兒出神，不禁會錯了意，走上來笑道：「格格又想聽戲了嗎？可惜我會唱的戲不多，不過格格如果想聽，我倒有個好主意。」

「是什麼？」建寧嘻笑，「說得好，賞你。」

「格格忘了？現在您可是一家之主，想做什麼就可以做什麼，格格可以下一道旨，命管家在花園子裏搭個戲臺，請京城裏最好的戲班子來府裏唱戲，《西廂記》也好，《牡丹亭》也好，《倩女離魂》也好，《趙氏孤兒》也好，想聽什麼就演什麼，想看多久就看多久，不比看泥人兒快活？」

「就是的，我怎麼沒想到？」建寧開心起來，立刻傳命下去，「叫管家。」

搭一座戲臺，養一班戲子，這陣勢雖然囉嗦，倒也不算出格，京城許多公侯王府家裏也都有前例的，甚至許多王孫公子本身就是票友，沒事兒便喜歡串幾齣戲玩玩。因此老管家得了命，非但不以爲忤，反倒有些慶幸，有這件愛好絆住格格的心思，大概短期內就不會再出什麼別的花樣來胡鬧了。雖然他知道吳應熊向來不喜歡這些熱鬧花頭，不過如今府裏最大的主子是格格，只要能過了格格這關，公子的事盡可放到後面再說。

建戲樓不是一天兩天的事，然而老管家擔心格格等不及，又興出別的妖蛾子來。便招了些花匠彩匠手藝工人來先搭了座臨時戲臺，也一樣有捲簾棚頂，紮花臺面，出將入相，眉額俱全。雖是空中樓閣，卻也似模像樣，只是不敢演武戲，亦不可場面過大，琴師、笛師也都只好屈居後臺，恐怕擠在臺子上支撐不起。又請了京裏有名的戲班子，問明白會唱《遊園驚夢》和《趙氏孤兒》才請，又查了黃曆本子，定在九月初九重陽節起鑼，連唱三天。

這一日，府裏的人聽說放戲，也都有些坐不住，攛掇著老管家向格格請命，都想去花園聽戲。老管家哪裡敢說，反把領頭的人罵了一頓，說你們倒想得美，三天不打，就想上房揭瓦了，居然想跟格格一塊兒看戲，也不稱稱自己斤兩。著緊做好自己的差使，多長著些心眼兒機靈兒，把茶呀水呀點心呀預備好了，把園子裏的花兒草兒侍弄好了，把杯子啦碟子啦椅子啦扇子啦打點好了，小心格格隨時使喚。

下人們嘟著嘴去了，免不了嘀嘀咕咕竊竊私議。偏又叫綠腰聽見，便回來一五一十學給建寧聽。正值建寧心情大好，便笑道：「這也沒什麼，傳我的話，凡沒要緊差事願意看戲的，就都到園子裏看戲去吧；有差使的，也輪班兒過來。」眾人聽見，喜得咂嘴咬舌的，都擁到建寧房裏磕頭，說是謝謝主子開恩，寬柔體下，帶挈眾人一同玩樂。

建寧更加高興，隨口說：「這算什麼？以後咱們家自己蓋了戲樓，就弄一個戲班子來養著，天天放戲，想什麼時候聽就什麼時候聽，想聽什麼就聽什麼，只管說出來，即便他們不會唱，另請會唱的班子來就是。」

這話一出，下人們自然更是沒口子說好，奉承拍馬的話更是熟極而流，不絕如潮。老管家暗暗叫苦，心道從前格格撒野使蠻時，眾人雖然害怕倒還知道些小心，只要謹慎恭敬著些，縱胡鬧也出不了大格兒；如今格格改了性情脾氣，縱得下人們沒大沒小沒了規矩懼怕，再若惹起事來，可就更了不得了。

然而建寧卻顧不到這些，她一心一意想做個好主子，想在吳應熊回府的時候，所有人都說她的好，從而讓他也覺得她好，於是一反常態，寬宏大量，每天領著府裏人歌舞喧妍，沸反盈天的，漸漸分不清臺上分下，戲裏戲外。反是綠腰因受命管理戲班調度，自覺須得立些規矩威嚴，分個主次高低，反倒肯時常勸著建寧，不可太寬縱下人，失了大格。

好戲緊鑼密鼓地開場了，第一齣就是「驚夢」，杜麗娘春困牡丹亭，伏在石上沉沉睡去，朦朧間見一少年書生青羅長衫，手執柳枝自那邊過來，迎著她溫言軟語，轉盼多情，甜膩膩地叫一聲「姐姐，我和你那搭兒說話去也」，遂拉著手「轉過芍藥欄前，緊靠著湖山石邊」，挽衣牽袖，勾肩搭背，「和你把領扣鬆，衣帶寬」，做出種種親暱動作來，一邊情切切意綿綿地唱著：「是哪處曾相見，相看儼然，早難道這好處相逢無一言。」

建寧眼看著紅男綠女，耳聽著蜜語甜言，忍不住雙頰火燒，心旌動搖，彷彿有一扇門被突然撞開，讓她忽然間瞭解了什麼是男歡女愛，什麼是你儂我儂，什麼是相思入骨，什麼是一見鍾情，那一陣陣的悸動幾乎讓她坐立不住，接著又聽到「行來春色三分雨，睡去巫山一片雲」之句，更覺得意軟神癡，心如鹿跳，而鎖在唇間的一個名字幾欲脫口而出，那就是：吳應熊！

「是哪處曾相見，相看儼然，早難道這好處相逢無一言。」建寧細細咀嚼著這幾句，只覺得對吳應熊的思念彷彿潮水般一波一波地湧來，她好想現在就見到他，和他挽著手，偎著肥，就像那戲臺上的男女一樣，溫存纏綿，相親相愛。可是，她越是想他，就越想不起他的樣子，越覺得他渺茫，遙遠，遙不可及。她辛酸地想，原來這就叫「相思」，「春心莫與花爭發，一寸相思一寸灰」，說得真好呀。吳應熊，他現在哪兒呢？當她這樣地想念他期待他的時候，他也會想著她嗎？

2

吳應熊在柳州。離開京城的一瞬間，他便將建寧完全遺忘了，他的心裏，只有明紅顏。

其實他對紅顏的身分早已有些懷疑，這些年來，她的行蹤那麼神秘飄忽，神龍見首不見尾，一會兒是京城茶館的帳房，一會兒又出現在蜀地明清戰場上，原因絕不僅僅是洪承疇的女兒那麼簡單。現在，他終於明白了，原來，她是反清復明的義士，是大西軍的聯絡員。她在京城的任務，便是替明軍籌措糧草，勘探情報。

他們真是截然不同的兩種人，一個是大清皇朝的額駙，一個卻是反清復明的志士。在某種意義上，他對前明的背叛是比洪承疇更爲徹底的。因爲洪承疇還只是做著滿人的官，就像許許多多負明降清的官兒一樣；而他吳應熊，卻是做了滿人的女婿，是唯一一個娶了滿洲格格的漢人額駙。明紅顏不能接受一個降了滿清朝廷的人做父親，難道會接受一個娶了滿洲格格的人做朋友嗎？

天下第一大漢奸之子！天下第一個漢人額駙！天下第一個給妻子跪著請安的丈夫！

他和明紅顏之間的距離，比兩個朝代還要遠！

然而她卻毅然地相信了他，溫婉地說：應公子是可以信得過的；並委託給他一個極度絕密的任務：運送銀兩出城，並親手交到大西軍領袖李定國手中。

他驚於她的坦誠，感於她的信任，更痛於她的高貴，並在瞬間下了決心：不論她讓他做什麼，他都會赴湯蹈火地去做到；哪怕她讓他死，他也會含著笑引頸就戮。這是讓他與她之間距離縮短的唯一方式。

他幾乎是心懷感激地接受著紅顏派給的任務，巴不得它越艱難越危險就越好，因爲只有這樣，才可以清洗父親吳三桂與妻子建寧格格加諸在他身上的雙重恥辱。爲紅顏效力，就是爲大明效力，這是他唯一的救贖。不是他在幫紅顏做事，而是紅顏在給他機會。

事實上，吳應熊完成這樣的任務也的確很適當，他的身分令他可以隨時大搖大擺地出城去，滿車的箱籠根本無人檢查，即使檢查也毫無疑點，當朝額駙擁有黃金萬兩並不稀奇，要運送一點珠寶孝敬平西王就更是人之常情。

吳應熊騎在馬上，忽然有一點擔心：紅顏把這樣重要的任務交給自己，是否因爲她已經看穿了自己的身分呢？就好像他已經知道明紅顏就是洪妍卻有意不說破一樣，她也早知道應雄就是吳應熊卻從不提起。

可是細想又不像，如果她知道了他的身分，就是再信任他、再默契，也不會如此冒險地把一個關乎生死的天大秘密交到他手上，她不怕他帶了父親的軍隊把柳州蕩平嗎？要知道，吳三桂與李定國，可是惡戰多年的死對頭呀。但是也許，她比他更瞭解他自己，絕對相信他不會出賣她，出賣義軍，出賣大明。

想到明紅顏這樣地信任她，把比性命更重要的機密交到他手上，吳應熊就覺得激動。士為知己者死，而她不僅僅是他的紅顏知己，更是他心中的神明！

現在，他已經不再是那個背負恥辱而生的天下第一大漢奸之子，而是一個為南明朝廷效力的抗清志士了。這是他的重生，是他生命中最光榮的意義。而這重生，是紅顏給予他的。

吳應熊的心裏充滿了感恩。

這使他在見到李定國的時候，除了敬畏和欽佩之外，更表現出一種由衷的熱切。

李定國拍著他的肩哈哈大笑：「及時雨啊，你這批軍餉來得太是時候了。有了它，我們至少又可以再撐兩年，打他幾十個漂漂亮亮的仗！吳三桂那個老匹夫，這回還不死在我手裏？」

吳應熊驀然而驚，耳邊再次響起父親常說的那句話：「大好頭顱，誰來割取？」多年來，吳三桂與大西軍之間不知大大小小地發生了多少次戰鬥，兩軍對壘，每一役都是浴血而戰，吳三桂曾對兒子嘆息：總有一天，要麼我割下李定國的頭，要麼就讓他割下我的頭。

對吳應熊來說，李定國的名字實在太熟悉了。在蜀中隨父征戰的那段時間，他們每天說的想的都是李定國，那簡直是一支天兵神將，打不垮攻不破的。吳三桂一直想不明白，大西軍內訌不斷，孫可望對李定國部百般刁難，而永曆帝自身難保，毫無主見。在這樣腹背受敵的困境裏，李定國究竟是憑著什麼力量左衝右突、百戰不敗的？他們的軍餉從何而來？是否像傳言中那樣，一直由閩軍鄭成功在暗中資援？

然而現在吳應熊知道了，李定國所以孤軍突起，是因爲有紅顏和二哥這樣的義士在擁戴。他不知道這大清天下到底有多少個紅顏，多少個二哥，但是他知道，如果李定國真的憑藉這筆軍餉戰勝吳三桂，那麼就是他親手殺害了自己的父親！他覺得自己彷彿坐在船中，風浪顛簸，明明看得到岸就在前方，卻寧可忍受沒頂之災而不敢靠近。

是夜，大西軍分發軍餉，犒賞士兵，李定國說，這是兄弟們三個月來吃的第一頓飽飯。

就是這句話令吳應熊徹底地折服了，因爲即使在這樣饑餓的前提下，面對著魚肉酒水，大西軍的士兵們也絲毫沒有流露出急不可耐的情色。他們雖然談笑豪飲，可是神情鎮定，舉止從容，就好像每天都在大魚大肉，吃慣了山珍海味一般。吳應熊知道，這就是高貴，真正的高貴，和明紅顏一樣的高貴。

大西軍裏，大清天下，有無數個像紅顏、像二哥、像李定國這樣高貴從容的義士，他們隨時準備著爲大明朝而死，早已將口腹之欲生命之慮置之度外。有這樣的將士，何愁大明不能復國？

「李將軍，我可不可以留下來？」吳應熊乾盡碗中酒，不禁熱血上湧，大聲請命，「讓我投軍效力吧，我願意隨時爲大西軍而戰，爲我大明而戰，死而無憾！」死在戰場上，死在父親的劍下，難道不是他最好的出路嗎？

「應公子，好樣的！」李定國哈哈大笑，也將碗中酒一乾而盡，誠心誠意地說，「公子的膽識讓李某佩服，公子的恩德李某也都記下了，不過，我大西軍不乏南征北戰出生入死的戰士，缺的可是有頭腦有膽略有門路的謀士，比方這次運送軍餉，你應公子一個人的功勞可以勝過我整個先鋒隊，這樣的人才埋沒在軍營裏，李某就不是知人善用的好帥了。大西軍今後仰仗公子之處還多著呢。」

「可是……」吳應熊說不出口。留在軍營裏做一名衝鋒陷陣的小兵是容易的，也是最輕鬆的；然而像紅顏那樣，穿行在京城與前線之間，在清廷與明軍之間，傳遞消息，籌募糧餉，孤軍深入，隨機應變，才是真正艱難孤獨的。而對他來說，最艱難的還是要同時周旋在清廷格格與前明義士之間，這比面對生與死的抉擇可困難得多了。然而這樣的理由，如何向李將軍啓齒？話到嘴邊，他最終可以說出口的卻只是：「將軍說得是。但有吩咐，應雄無不領命。」

「好極了！如今正有一件事想託付公子，不知公子能否設法入宮？」

「入宮？」吳應熊一愣，再次想，難道他們已經知道了自己的身分？

然而李定國卻說：「公子能夠在京城進出自由，想必身分特殊，非富則貴，並且行動機敏，膽識過人。因此李某大膽猜測公子或者有辦法搭通眼線，代為送一封信進宮。」

吳應熊定一定神：「將軍有命，應某自當盡力。不知送給什麼人？」

「一位剛進宮的秀女。」李定國站起身來，面向北方，態度極恭敬地慢慢說道，「她的名字叫，佟佳平湖。」

3

平湖晉升貴人，搬出了儲秀宮，當順治詢問她想在哪裡待產時，她竟然說了建福花園。一個小小的貴人，竟想擁有整座花園，這真是異想天開。

然而皇上竟然答應了她，還承諾她只要生了兒子，就冊封她爲妃，與二皇子福銓的母親寧妃同級。這真叫後宮裏所有的人，尤其是遠山，妒忌得發狂。

因爲年齡，也因爲出眾的美貌，遠山初入宮就自然而然地成了儲秀宮女孩子們的領袖。她是一個標準的美人，是按照美人的模子打造出來的，柳眉鳳眼，瓊鼻櫻唇，輪廓遠比漢人鮮明而較滿人柔和，而且她的身體發育得很好，頎碩豐滿，胸前一對乳峰又高又挺，那麼厚重的旗袍也遮掩不住，站在眾秀女中便如鶴立雞群一般，輕而易舉地脫穎而出。最重要的，是她舉止自若，充滿自信，一言一行都顯得很有主張，也更有威懾力。

秀女們初入宮來，因爲怯生與孤單，都急不可待地要尋找一個靠山，一位良伴，而遠山無疑是最好的人選——她年紀比她們大，見識比她們廣，對萬事萬物都有自己的主見；她在整個選秀過程中表現得那麼從容，顯然很有背景，也很有經驗；事實上，入宮後，她正是第一個得到皇上寵幸的小主，也就是第一個擁有侍上經歷的，這使得後來每當有秀女第一次受到召幸時，就會想到向她求教，而她總是那麼熱心地指導她們，安慰她們；她又聰明幽默，有說不完的奇聞軼事，陪伴她們度過一個又一個寂寞冗長的午後或長夜，每當閒暇的時候，秀女們就自發地擁圍在遠山身邊，聽她講故事，說笑話，或者發號施令做遊戲。總之，只要跟她在一起，就不會寂寞，不會孤單。

遠山很享受這樣眾星拱月的感覺，其實她心裏和她們一樣都是虛的，空的，憂慮的，對這陌生而曠大的皇宮充滿了好奇與敬畏。但她比她們撐得住，不把恐慌和好奇寫在臉上，而強令自己端出一種見慣不怪的從容來。這就很不容易了，簡直有些英雄氣概。因爲英雄也並不都是身經百戰的，而不過是臨危不懼罷了。

但是儲秀宮裏惟有一個人不買她的賬，那就是幼細得像一朵草花、冷靜得像一塊堅冰般的平湖。

平湖從不和遠山親近。平湖不和任何人親近。她好像是故意把自己和眾人拉開距離，無論上課、用膳、遊戲、洗澡、睡覺，都是安靜的一個人，離眾人遠遠的，獨來獨往，彷彿畫地爲牢。她最願意留連的地方，就是建福花園，幾乎一有時間，就會往花園裏去，在桃花林裏一坐半晌，一言不發。嬤嬤們都開玩笑說，這位秀女的性格兒倒有些像十四格格，就是比格格懂事，不生是非。

但是不生是非，並不代表沒有殺傷力，她的存在本身就是一種威脅，她的沉默就是最響亮的示威。

遠山覺得煩惱，她從來沒有見過平湖這樣的女孩子。女孩子的性格就分那麼幾種，或者小鳥依人或者英姿颯爽；女孩子的心事也不過那麼幾樣，或者爭強好勝或者苟且偷生；而身為秀女，生存的目的和方式就更加簡單，無論說什麼做什麼，其主題無非就是一樣——爭寵。她們做的事，都是可以猜得到、看得透的。

但是平湖和別人不一樣。她很容易得到了皇上的青睞——當今皇上十分嚮往唐朝後宮多才女的典故，常遺憾地說大清的後宮裏佳麗雖多，才女卻少，很難得有平湖這樣博學多才知書達禮的秀女，還要所有的妃子都向平湖看齊，多讀些書，識些字，不至於言語無趣。

言語無趣。多麼苛刻的批評。遠山第一次有些不自信了，她不知道自己在不在「言語無趣」的群體中，自己的那些笑話謎語，那些軼聞傳奇，與詩詞歌賦相比，算不算有趣？最可怕的是，皇上開始在白日裏也時常傳召平湖，要她陪他用膳，陪他遊園，甚至陪他讀書、寫字、批閱奏章。

當然，皇上偶爾也會傳召自己，跟她說說笑笑，喝酒看戲。但是遠山總覺得皇上對自己和對平湖是不同的，他對自己很親切很隨和，但對平湖卻有著一種形容不出的尊重。她說不準親切和尊重哪一種更難得，也衡量不出自己和平湖在皇上的心目中孰重孰輕，誰近誰遠；這還罷了，她竟然也判斷不清在平湖的心目中，對皇上的寵幸看得是重還是輕，是喜還是厭。這可就太奇怪了。

平湖似有潔癖，每天都要洗澡，而且洗的時間很長。總是在夜深人靜之後，緊緊地關著門，慢慢地洗，慢慢地洗，從門縫滲出來的，是極輕微的潑水聲，夾著奇怪的幽香。遠山最初以為平湖是想借這種香氣來吸引皇上，可是後來發現，平湖每次承恩後也要洗浴，而每次應召時，神情都裏有一種極力隱忍的恐懼之色，彷彿承受著極大的痛苦。她好像把臨幸看作受刑，而將洗澡當作療傷。

而且，已經有一個多月了，平湖除了在日間偶爾陪伴皇上讀書作畫之外，再沒有應召「背宮」。但這並不讓遠山覺得輕鬆，因爲平湖似乎並不在意，反而如釋重負似的，每天早早地就關門就寢，或是沒完沒了地洗澡。

儲秀宮的秀女們都興災樂禍地猜測平湖失寵了。然而遠山卻不會這樣樂觀，她想，那些秀女們的話與其說是猜測，不如說是期望。她們只是照著自己的心願在妄解真相，自欺欺人罷了。然而真相到底是什麼呢？遠山也不知道。這正是最令她覺得煩惱的。

一個旗鼓相當的敵人並不可怕，但是一團捉摸不透的謎團卻令人壓抑。平湖不愧了叫作平湖，真像是一片平靜而神秘、一望無垠的湖水，甚至每當遠山想起她時，都覺得自己彷彿沉在冰冷的湖水裏，絕望而窒息。如果不能衝破那厚重的湖水，早晚會被它淹死。

遠山不是一個守株待兔的人。她想，如果要一探深淺，就必須投石問路，以待水落石出。

這夜，平湖又像往常那樣早早關了房門，熄燈就寢。但是那透門而出的香氣讓遠山知道，平湖並沒有睡，她又在洗澡。她故意壓扁了聲音，裝成太監的腔調高唱：「平湖——小主——侍寢——」

果然，她聽到稀哩嘩啦的潑水聲，顯然平湖正急匆匆地從澡盆裏起來，在緊張地更衣——其實有什麼可換的呢，就是真的有太監傳喚，還不是要把人脫光了裹在被子裏背去皇上寢宮？

然後，她聽到門裏傳來平湖的應答：「煩公公向皇上稟告，就說平湖身體不適，不便侍奉皇上，請皇上恕罪，另召他人吧。」

遠山震驚，她竟然抗旨！難道她已經拆穿了自己？她有些氣急敗壞，且也騎虎難下，索性放開嗓子拍著門喊：「開門開門，你竟敢抗旨，這是欺君之罪你知道嗎？」

門開了，平湖一身白衣站在門前，頭髮濕亮地披在雙肩，赤著足，雙手掩在胸前，訝然道：「遠山姐姐，是你，你在騙我。」

她說話的腔調，好像在發問，又像在陳述，卻獨獨沒有指責，沒有憤怒，甚至沒有不悅。而她臉上的表情，是一種說不出是憂鬱還是歡喜的清靈，彷彿有光在流動，瞬息萬變，而又平靜無波。

遠山有片刻的怔忡，然後就做出一副以熟賣熟的口吻大剌剌地笑著：「是啊，跟你開個玩笑。你怎麼睡得這麼早？太無聊了。」說著側過身子便要擠進門去。

然而平湖站在門前完全沒有相讓的意思，仍然很平靜地說：「我真的身體不適，想早點睡了。」

遠山沒轍了，惱不得怒不得，可是這樣走開也未免太沒面子，只得硬著頭皮演下去：「你哪裡不舒服？要不要幫你請太醫？我知道一些民間秘方，說不定可以幫你。」

「不用了。我只是想早點睡。」說完，平湖再不理遠山的反應，直接當著她的面，輕輕掩上了房門。

這已經是正式的宣戰。

遠山呆立在門外，她怎麼也沒想到，平湖可以做得這麼絕，這麼冷淡，這麼不留餘地。然而又不是出言不遜，更沒有出手傷人，她就是想反擊，也無從反擊起。

然後，她忽然明白平湖爲什麼有好一陣子沒有「背宮」侍寢了，又爲什麼有恃無恐地說「身體不適，請另召他人」了，原來並不是她忤逆抗旨，而是與皇上早有約定。皇上這樣地遷就她，既然不能強迫她夜裏侍寢，於是只好召她在日間相伴，他們之間，有著不爲人知的特殊默契，甚至超越了皇上與秀女的情分。

這夜，遠山失眠了，平湖披散著一頭長髮，濕漉漉站在門口的情形反反覆覆地浮現在眼前，她的渾身好像會發光，當然也許是月光，月光照在白衣上就會有那樣一種幽微的芬芳，可是那種美真的令人肅然起敬，不可捉摸。遠山氣餒地想，如果我是男人，我也會喜歡她的。可是，她卻又一而再地拒絕皇上的召幸，這到底是爲什麼呢？難道她想做一個不以色事君的貞妃，並以這種特立獨行的方式贏得皇上的另眼相看？

就在遠山猜不透、看不明、絞盡腦汁尋找答案的時候，答案自己出現了。那天，建寧格格歸寧，特別召見儲秀宮的兩位小主鈕鈷祿遠山與佟佳平湖，而平湖竟在謝恩時突然暈倒，於是，皇上傳了太醫來爲她診脈，真相就這樣水落石出了——平湖有喜。

消息在瞬間傳遍了後宮，連宮牆的每塊磚瓦每道縫隙都聽得清清楚楚：儲秀宮小主佟佳平湖懷了龍種，從此要改稱佟貴人！並且很有可能冊爲佟妃！

皇太后大玉兒專門在慈寧宮召見了平湖，足足與她聊了兩個多時辰，說她身子柔弱，先天不足，特地指派了專門的太醫每天兩次入宮爲她診脈，調理身體，又將貼身女官素瑪派去照顧她，傳命御膳房和御茶房每天要爲佟貴人單獨準備膳食。當聽說皇上答應她住在雨花閣待產的時候，還特地把已經分去別殿服侍的阿笛和亞瑟重新撥回建福花園來，命她們爲佟貴人守夜。

這樣的殊榮與寵愛，其規格遠超過了後宮任何一位嬪妃。就連當年寧妃生二皇子福銓時也沒享受過這種待遇。遠山不能不嫉妒，她和平湖是一起入宮的，也幾乎是同時得到皇上的召幸——她還比平湖更早一天呢。身體也遠比平湖發育得成熟飽滿，就像一顆甜蜜多汁的紅櫻桃一樣。而平湖又瘦又小，被臨幸的次數也不見得特別頻繁，怎麼卻第一個受孕呢。難怪她以「身體不適」爲由一再抗恩辭召，原來她早就知道自己懷孕了，她那樣瘦弱，幾乎身體發育還沒完全呢，一定是害怕過多的房事傷著了腹中胎兒，這才屢屢推拒皇上的寵幸。

可是她爲什麼不早說明呢？遠山猜那是因爲平湖的謹慎，防患於未然——後宮裏的女人爲了爭寵而害死對手腹中胎兒的故事車載斗量，各種層出不窮的伎倆防不勝防，連簷上的瓦當簷下的風鈴都知道最常用的幾招，無非是投毒入茶、失手推跌、買醫墮胎，或者求助巫蠱這些。平湖在後宮裏只有對手，沒有朋友，當然害怕別人陷害，所以才要步步設防，隱瞞懷孕的消息，希望可以無風無雨地度過十月懷胎，把孩子安安全全地生下來，然後一夜飛升，冊爲妃嬪。

遠山忽然一震，想到一個更恐怖的可能性：皇上剛剛廢了皇后，又這麼寵愛平湖，如果她生下一位皇子，皇上會不會把她冊封爲皇后呢？

想到跟自己同時入宮的平湖有可能成爲皇后，高高地踩在自己頭上，遠山覺得一分鐘也忍耐不下去，並且覺得這種可能性越來越真實。平湖那樣不露聲色，那樣城府深沉，那樣井井有條，一定就是埋著這樣的野心。她的目標絕不是封妃冊嬪那麼簡單，她的期望遠比做一個貴人或者妃子高得多，甚至高過貴妃與皇貴妃，直抵母儀天下的皇后寶座！她要求的，可不只是一座建福花園，而是整個皇宮，整個天下！

後宮裏的每個女人，無論貴為太后還是賤為婢女，只要待的時間一長，就會自動變成一部宮廷鬥爭的活字典，個個都通今博古，滿腹經綸。什麼武則天之登天有術，楊玉環之投環自縊，趙飛燕之因舞得寵，陳皇后之為巫起禍，歷朝歷代的後宮傳說，或香豔或神秘或驚怖或悲慘，每個女人都是一部傳奇，而每一個傳奇都帶來警示。

儲秀宮的秀女們入宮不久，就無師自通地瞭解了這些故事，掌握了這些秘密，並且各自修行，領悟到不同的啓示。宮人們講起這些典故時，語氣是敬畏而唏噓的，不是稱唐就是指宋，本能地將時間和事件推向遠古的宮廷，彷彿這樣就可以掩飾內心的張惶與邪惡，就可以把陰謀變成策略，把媚術變成故事。

是那些典故教遠山知道，她對平湖的忌憚並不是杞人憂天，在後宮，任何事都是有可能的。要想防患於未然，只有兩種方法：要麼自己也立刻懷孕，繼續與平湖勢均力敵、分庭抗禮，然而那要取決於天意，不是自己想就一定能懷得上的；要麼，就讓平湖也懷不成，懷了也生不出，生了也活不長。——然而這是要冒相當大的風險的，最好是借助別人之手來完成，免得殺敵一千，自傷八百。這就要找一個可以與平湖平起平坐、或者比平湖身分更為高貴的人來幫忙，可這個人是誰呢？

在後宮裏比平湖地位更高的人並不少，最有權威的自然是太后，然而太后的心機與手段都遠遠比自己高明得多，遠山還不至於自不量力到認爲可以和太后鬥法的份兒上；皇上自然也不必說了，他對兒子的期待正興頭著，絕不會做任何對平湖不利的事；還有那些嬪妃們，她們和自己是同一陣線的人，如果有辦法陷害平湖，根本不用自己出手也會主動設法的，因此反而不必去費心聯合，鬧不好還會弄巧成拙，打草驚蛇；那麼還有誰呢？還有誰會比自己更恨平湖，更欲除之而後快？

寧妃！當然是寧妃！寧妃是二皇子福銓的母親，當然不願意看到有人與自己爭寵、更與自己的兒子奪權！福銓是宮裏唯一的皇子，很有可能是未來的太子，甚至是大清的皇上！寧妃不可能沒有想過這一點，不可能不忌憚平湖、憎恨平湖。如果可以除掉平湖，寧妃一定願意做任何事的。

還有廢后慧敏。慧敏雖然被廢，可是餘威猶在，她是太后的外甥女，就做錯什麼，太后也不會怪罪的，而且她的兩個侍女可真是忠心啊，爲了不跟主子爭寵，竟然投井自盡；如果讓她們知道別人有可能取代她們主子的地位做皇后，是不是會做出更加激烈的事來呢？子衿雖然死了，可子佩還在。子佩曾經眼見主子被廢，姐妹自盡，她對平湖的仇恨一定很深，她會願意幫助自己的！是的，慧敏和子佩主僕兩個，才應該是最恨平湖的人，她們入宮的時間比自己早，承受的悲傷比自己深，怨氣和力量也一定比自己大。

遠山長出一口氣，既然已經想定了目標，也想到了幫手，接下來就該具體計畫、付諸行動了！

4

建寧又進宮了。這回，奉的是太后大玉兒的旨，是吳良輔親自到額駙府傳旨說，太后想念格格，召她入宮晉見，共敘天倫。還說今天暢音閣放大戲，太后知道格格是最愛看戲的，所以特地召她進宮。

這是從沒有過的事情。建寧覺得奇怪，她雖然喜歡看戲，不過暢音閣的排場再大，也沒有在自家園子裏看戲這麼舒服，想怎麼樣就怎麼樣，想聽哪段就聽哪段。今非昔比，如今建寧想聽戲還是想設宴，真還不用沾任何人的光，只要動動嘴就行了。但是不管怎樣，太后的旨意是不能抗拒的，非但不能違抗，還得感謝，當作莫大的恩寵接受下來，並做出喜出望外的樣子。而且，府中家人接旨的時候，表現得這樣誠惶誠恐，恭敬重大，這也讓建寧覺得了某種榮耀與滿足，將奉旨進宮看作是一件喜事，一種光榮。

經過大殿旁門時，建寧再次看見了索倫杆上的小兵。他只是一個微不足道的餵烏鴉的小兵，身分卑賤，但在這一刻，他高踞在索倫杆的頂上，踏在皇宮的至高點，整個紫禁城都在他的腳下，在他視野之中，一覽無餘。他幾乎可以透過那飛簷鬥角、重簾羅幕看到嬪妃們的寢宮，看她們珠釵搖盪，繡針穿梭。他高高地騎在索倫杆上，成百上千的烏鴉圍著他打旋兒，他每一撒手，細碎的鴉食便成扇形般飛散出去，被那些烏鴉準確而貪婪地叼入口中，那些烏鴉圍著他打旋的情形真是詭異，既像是朝拜，又像是追討。

建寧想，他也許懂得什麼巫術，他與烏鴉之間必然有著特別的交流方式，他一定可以認得清楚每隻烏鴉的前身是誰。子衿說過，如果她死後變了烏鴉，也一定是叫得最淒厲的那一隻，可是那麼多的烏鴉，那麼怪異的梟叫聲中，又怎麼能分辨得出哪一個才是子衿的魂魄變幻而成的呢？那懂巫術的小兵知道嗎？

再次來到幼時成長的慈寧宮，建寧並沒有絲毫的親切感，也沒有懼畏和緊張。她已經看清了太后大玉兒的計畫，明曉了她發嫁自己的真實目的，也讀懂了藏在她慈威後的心機，那麼高高在上母儀天下的莊妃皇太后，也不過只是一個嫉妒的女人罷了，她做的一切事情，都只是爲了向一個死去的對手報復。她養大對手的女兒，把她冷落在後宮許多年，然後賜給她一個漢人丈夫來羞辱她。如果吳應熊的真實作用只是一個人質，那麼建寧就是那人質的陪葬，注定不會有好結果。這便是莊妃的報復。

建寧跪在太后的座前行請安禮，態度謙卑，然而她的心卻在宣戰：我什麼都知道了，你害不到我的！你想讓我嫁得委屈，嫁得悲哀，我偏不讓你得逞！我偏要和他相親相愛，讓你眼睜睜看著綺蕾的女兒活得有多麼幸福，讓你永遠不能心安！我是綺蕾的女兒，我的母親是天下最美麗高貴的女人，我也會是！

大玉兒打量著建寧，從她倔強的神情中不難猜出這女孩子的叛逆，她輕蔑地笑了笑，根本不在意這女孩的心裏在想些什麼。這個沒有規矩的格格，除了任性之外，還沒有能力令她覺得煩惱。她今天找她來，是有一件更重要的事要探她的口風。

略問了幾句家常閒話，又讓宮女們擺上茶果來，大玉兒便像說起一件微不足道的小事那樣隨意地道：「本來該叫你素瑪姑姑來陪你的，不過，我把她派去侍候佟貴人了——對了，我聽說你上次歸寧的時候，見過佟貴人是嗎？」

「是的。」建寧恭謹地答道，並不肯多說一個字。

大玉兒又問：「你以前見過佟貴人的，還記得嗎？」

「是嗎？」建寧驚訝，「我怎麼不記得？」

「你不覺得她很像你以前的那個小朋友，長平公主的女兒香浮嗎？」

香浮？建寧愣住了，怎麼會？然而，太后的話卻著實點醒了她，難怪總覺得平湖似曾相識，難怪覺得她像極了自己極熟悉的一個人，那名字就在嘴邊卻一直說不出。原來是香浮。那平湖果真是有些像香浮的。那眼神，那輪廓，那舉止顰笑中特有的端莊溫柔，可不正像是香浮小公主？詭異的是，連自己都想不起來的事，太后卻想到了，這不是太特別了嗎？建寧故意做出混沌的樣子問：「香浮？她不是死了嗎？」

「死了？」太后淡淡地笑了笑，「誰能確定呢？她們只說她出宮了，可從沒人見過她的墳哦。」

「可，可是……」建寧的心很亂。長平仙姑說過的，在夢裏跟自己說過的，她說香浮會重新回到宮裏來，要自己幫助她。難道真的應驗了？香浮真的回來了？變成平湖回來了？而自己卻與她對面不相識！也難怪，自己同香浮相識時，她才只有三歲，如今六年不見，已經從幼兒長成少女，哪裡還認得出來呢？

不，不對。建寧忽然意識到一個極大的疑點。「可我記得很清楚，香浮如果活著，今年該是九歲，平湖秀女卻有十二歲了，怎麼會是香浮呢？」

這也正是大玉兒心中的疑惑。她今天找建寧來，不過是要印證一些東西，卻不願意透露自己的任何心思，因此只微微笑道：「可我看她的長相，真的很像，天底下哪有這麼相像的兩個人呢。」

「像嗎？」建寧故作懷疑地問，這時候她已經想得很清楚了，不論平湖是不是香浮，她得保護她。仙姑說過，要自己幫助香浮，那麼，如果平湖真的是香浮，她就必須幫助她隱瞞身分，就像《趙氏孤兒》裏的程嬰一樣，幫助莊姬公主和她的孤兒趙武躲過大玉兒的追殺。她深吸一口氣，很肯定地說，「不，不可能。我記得香浮嘴唇下邊有顆痣，喏，就在這裏，但是平湖沒有。她們怎麼會是同一個人呢？」

大玉兒點點頭，確信建寧一無所知，便不再追問，只笑著說：「是也罷，不是也罷，她現在懷了皇上的孩子，就是妃子了，總是件大喜事。來，我們看戲去吧，也叫佟貴人一起去。」

在暢音閣，建寧又見到了孔四貞，她還是那麼友愛，恭謹，從容有禮。然而建寧卻覺得陌生，渾身不自在，她想過再見四貞時要對她好些，與她重拾友情，然而當真面對的時候，她才知道破裂了就是破裂了，再也補綴不回來。她們像兩個真正的格格那樣彬彬有禮地問候了對方，然後彼此謙讓著坐下，言不由衷地說著祝福的話，談論些曲目戲詞，客氣而生疏。

建寧感到沮喪，四貞不再是她的朋友了。一個人背叛另一個人，不但那被出賣的人覺得挫敗，原來出賣別人的人也會失落、受傷、不自覺地冷淡。那麼，究竟是誰在獲益呢？是莊妃皇太后嗎？建寧忍不住猜想，太后之所以要四貞來遊說她，就是爲了拆散她們，分裂她唯一的朋友。讓她在後宮裏，不能擁有任何一段真正的友情。

她有些想念香浮，並不住張望，想著平湖爲什麼還沒有來。此時在她心裏，平湖和香浮已經漸漸分不清，不論她們到底是不是同一個人，然而她盼了香浮那麼久，寧願相信太后的猜測是真的。如果是真的，那麼長平仙姑的囑託就落在了實處，而她的人生就有了新的目標，那就是保護香浮。她迫切地需要一些什麼使命來完成，需要一個東西來保護，從而使自己的人生變得充盈，完整，富有激情。

好容易等到傳旨宮女回來，卻說佟貴人向太后請罪，說身體不適，不來看戲了，還說靜妃正在雨花閣陪著她。大玉兒一驚，本能地抬手要說什麼，卻又忍住，只說知道了，便揮手命宮女退下，只專注看戲。

建寧卻是再也坐不住了，靜妃，那不就是廢后慧敏？她怎麼會有那麼好心去陪平湖？她的脾氣那麼壞，嘴又刁，會不會欺負香浮？建寧直覺地相信平湖需要自己，正在等著自己去救她，身懷六甲的平湖太柔軟了，太孤單無助了，她一定要保護她，不讓任何人傷害她。

「太后，我想去看看佟貴人。」建寧大起膽子來請求。

意外的是，大玉兒毫不猶豫地點頭答應了，只叮囑了句：「別太讓貴人勞神，她懷著孩子呢。」

建寧並沒有向四貞辭行，便逕自下了暢音閣，一出到甬道上，立即原形畢露，再顧不得出嫁格格的身分禮儀，一溜小跑直奔了建福花園而來。

是阿笛開的門，見是建寧，忙跪下請安。建寧忙親自拉起來，傷感地道：「阿笛，你也跟我生份了。」

阿笛面色一窒，不便分爭，只笑著說：「給格格道喜，謝格格上回的賞賜。」

建寧越發感觸，從前來建福花園時，琴、瑟、箏、笛何等活潑自若，賓主相處甚歡，渾無拘束。然而自從香浮失蹤、仙姑猝逝後，四位前明宮女也都分散各處，不得不改了清宮裝束派至各宮別殿侍奉，原來，改變一個人的裝束時，竟會連性情也會隨之改變。

貞格格變了，阿笛變了，而香浮尤其變得離譜，竟變成了平湖。建寧覺得自己彷彿走在一個完全陌生的皇宮，一個全新的建福花園裏，她不願多說，也不必阿笛引路，徑直來至雨花閣打起簾子。

裏邊的幾個侍女嚇了一跳，看清是格格，都忙忙跪下請安，只有平湖正斜歪在一張織錦榻上與慧敏說話，看到建寧進來，正欲起身，卻被慧敏按住了，笑著說：「你身子不好，別起起坐坐的了，歇著吧。」慧敏自己則大喇喇地坐在榻前梨花椅上，看也不看建寧，就好像不知道發生了什麼事似的。子佩站在她的身後，木著一張臉，雖也隨眾說了一聲「給格格請安」，卻並不下跪，只略略行了個屈膝禮。

建寧早習慣了慧敏的德性，倒也不計較，只笑嘻嘻向平湖道：「太后讓你去看戲，怎麼不去呢？」

平湖未及說話，素瑪上前代答道：「貴人剛剛吐了兩三次，早起吃的燕窩也都吐了，喘得站都站不起來。太醫也說過的，叫這兩天儘量少走動，敲鑼唱戲的場合兒，倒是不去的好。」又上前來拉著建寧的手左看右看，問，「格格什麼時候進宮的？怎麼知道來這裏找我？」

建寧嘻笑，她可不是來找素瑪的，然而這位姑姑從小照看自己長大，實話實說太不給面子了，只得將錯就錯地笑道：「是太后說的，把你分來建福花園照看佟貴人了。我想著也好久沒來雨花閣了，想念得緊，就趁便兒來看看。」一邊說，一邊偷窺平湖的臉色。

然而平湖卻只是泰然，恍若未聞。許是剛剛吐過的緣故，她的臉色十分蒼白，有種不正常的晶瑩，近乎透明。她的身體遮掩在繁複的旗袍下，看不出什麼隆起，如果不是因爲那天在絳雪軒突然昏倒，召來太醫診脈，只怕沒有任何人會想到她竟已有了三個月的身孕。

不管她是怎麼樣的冷淡，建寧越看就越覺得她像香浮，因爲香浮小公主從前也是這樣的一本正經、表情淡漠。可是慧敏就在旁邊看著，建寧縱有再多的疑問，也只好忍住，隨身坐在榻邊椅子上，拉著平湖的手說：

「你知道嗎？從前這花園裏住過一位香浮公主，是我最好的朋友。從她離開宮裏，這房子已經空了很久了。」

「香浮格格？我怎麼沒聽說？」慧敏忍不住插嘴，「格格們不是都住在東五所嗎？怎麼會住在這裏？」

建寧傲慢地笑：「你才進宮幾年，怎麼會知道呢？香浮是公主，不是格格，明白了嗎？」

「公主？什麼公主？」

看到慧敏滿臉的疑惑，建寧更加得意了，故弄玄虛地說：「公主就是咱們滿清的格格，可是不叫格格，就這麼簡單。這都不明白？」

慧敏當然不明白，可是她也不願意向建寧請教，於是賭氣地把臉扭向一側不再發問。侍女們看著她們兩個鬥口，都深以爲奇，卻不好勸的。建寧自己也納悶兒，怎麼就不能跟慧敏好好地說話呢？明明想過要講和，可是不知怎的，兩個人一見面就又頂上了。

幸虧還有素瑪替兩個人解圍，囉哩囉嗦地道：「娘娘有所不知，這公主就相當於明朝的格格，以前十四格格住在慈寧宮那會兒，最喜歡到建福花園來找一個前明的小公主玩兒，要說那位小公主長得真是好模樣兒，又伶俐，可惜小小年紀，得了一場天花給死了。那時候，娘娘還沒進宮呢，所以不認得。」

慧敏這才明白，益發好奇。她從沒見過明朝的公主，最關心的莫過於她們的著裝打扮，聞言忍不住問：「那個小公主多大年紀？長什麼樣子？穿什麼衣裳？怎麼會住在宮裏？爲什麼會得天花？」

素瑪爲難：「都五六年前的事了，哪記得那麼清楚呢？倒是小公主她娘，長公主死的時候穿的那身衣裳，我記得真真兒的，這輩子都忘不了。」

「長公主？長公主又是誰？」慧敏更加好奇了，「她又是怎麼死的？」

「漢人的長公主，就是咱們滿人說的大格格的意思。她只有一條胳膊，平時穿著出家人的衣裳，可是死的那天，她卻穿得整整齊齊，好漂亮好隆重，這麼高的一頂龍鳳翡翠冠子，下邊垂著珍珠條子，這麼長的一件繡鳳重錦衣裳，渾身都開出花兒來……」

聽到素瑪說起長平公主的舊事，阿笛和亞瑟都忍不住垂頭飲泣。誰都沒有留意到，原本已經十分蒼白的平湖此時臉上更是褪得半絲血色也無，忽然捂著肚子呻吟道：「好痛……」

眾人大驚，都忙圍上去問：「貴人怎麼了？」平湖卻已經回答不出，額上冷汗滲出，兩眼反插上去，渾身抽搐，氣若游絲。素瑪尖叫起來，拉起裙子就往外跑，卻被阿笛一把拉住，問：「做什麼？」

「找太醫去呀。」素瑪使勁掙脫。阿笛卻道：「來不及了！」回身從櫥上一隻小小羊脂玉瓶裏倒出藥丸來，亞瑟早已倒了水來，一手扶起平湖，阿笛便撬開嘴來，將藥塞入，用水灌下，又一陣揉胸搓手，半晌才聽得「唉」的一聲，平湖重新睜開眼來，嘴角滲出絲絲血跡。

阿笛說聲「好了」，腿下一軟癱倒在地，渾身濕透，額上猶自汗水淋漓而下；亞瑟一邊輕輕拭去平湖嘴角的血跡，一邊兩眼流下淚來，不住念著：「可算醒了，可算醒了。」

這一番真情流露，看得建寧和慧敏都不禁呆住了。如果說平湖像是從鬼門關走了一遭回來，那麼阿笛和亞瑟的表現則像是剛剛滾過刀山下了油鍋。她們幾乎可以同時斷定一件事：阿笛與亞瑟絕不是剛剛認識平湖，她們之間，絕不僅僅是主僕關係那麼簡單，而必定有著不為人知的某種關係與瞭解。

建寧問：「怎麼會忽然變成這樣兒的？貴人剛才是不是吃過什麼或是喝過什麼？」

「沒吃什麼呀。」素瑪茫然地說，「從早起到這會兒也只吃了一碗燕窩，早吐乾淨了。再就是剛剛靜妃娘娘送來的一碗杏仁露……」

「杏仁露總喝不壞人吧？」慧敏截口說道，「我不是一樣在喝嗎？」說罷把碗中剩下的杏仁露一飲而盡，又向著阿笛半真半假地笑道，「你剛才給貴人吃的是什麼神丹妙藥啊？說給我聽聽，明兒也配一丸來備著。」

阿笛如夢初醒，擦擦額上的汗水爬起來回道：「不是什麼靈丹，就是太醫前兒給的保胎丸，說是貴人身子弱，胎動引起痙攣是正常的，叫有動靜時就給吃一丸。原和吃什麼喝什麼沒關係，娘娘別多心。」

「我就說嘛，怎麼會關杏仁露的事呢？」慧敏款款站起身來，「既然貴人身子不適，我改日再來叨擾吧。子佩，咱們走。」說罷轉身便走。子佩緊隨其後，自始至終，臉上沒有任何表情。彷彿自從子衿死後，子佩的靈魂也跟著走了，如今留下來的，就只是一具行走的身體。

素瑪看著慧敏去了，不住搖頭，想了一回道：「貴人剛才的發作非同小可，不像是胎動的樣子。依我說還是請太醫來看看才好，不然總是放心不下，太后知道了，會怪罪的。」

阿笛忙攔阻道：「還是不要請太醫了。貴人已經沒事了，好好睡一覺就是，何必驚動太醫？驚動了太后她老人家，就更不好。」

素瑪道：「可我來的時候，太后特地吩咐過的，說要是有什麼事，得趕緊稟報，不能怠慢……」

阿笛情急口訥，一時說不出話來，卻只是死拉著素瑪不放。

建寧心生狐疑，約摸猜到幾分，且不詢問，只揮手命道：「貴人身子不適，這屋裏人多氣味雜，不如都退下吧。只留阿笛、亞瑟、素瑪三位姑姑就好。」俟眾人退下，這方向素瑪道：「素瑪姑姑，我拜託你一件事可好？」

素瑪笑道：「格格長大了，說話也客氣了，什麼拜託不拜託的，又想要什麼好吃的好玩的讓我替你做去？」

建寧道：「我現在自己當家，想吃什麼玩什麼都不用求人，倒是姑姑想要什麼，儘管說給我，我下次帶進宮來就是。我求你的這件事，和吃穿玩都沒關係，就是要你一句話——不對，是讓你什麼話也別說。」

素瑪道：「格格都把我給繞糊塗了，什麼一句話，又是不說話的？」

建寧道：「我知道太后讓你來建福花園時，一定叮囑過你很多話，我想你答應我，不管你看到什麼，聽到什麼，都不要同太后說。該說什麼，佟貴人會告訴你的。」

此言一出，屋裏所有的人都愣住了，素瑪是詫異，而阿笛、亞瑟則是滿面感激，平湖更是輕輕伸出手來，悄悄握住了建寧的手。

建寧忽覺一陣心痛，那清涼纖弱的小手一旦握住，竟是這樣的感性與充實。她終於找回了久違的友誼，感到自己實實在在地握住了一點什麼，擁有了一點什麼。她忽然有種流淚的衝動，什麼都不必再問了，問了也不會有答案。但是，不論平湖是不是香浮，都已經是她的朋友，一生的朋友。她一定會用盡心力去維護她，幫助她的。

第十五章　菊花餅與綠豆湯

1

吳應熊回到京城的時候，菊花已經凋謝了。然而建寧還給他留著菊花餅。

老管家戰戰兢兢地打開雕漆提梁的玫瑰食盒，苦著臉說：「這是格格專門吩咐留給額駙的，可是……」

可是那些餅早已發了霉，墊在盒底作爲裝飾用的菊花瓣更是灰黯稠黏，發出腐敗曖昧的氣味。

而吳應熊的臉色比霉菊花更要灰敗，他接過盒子，彷彿接過一道聖旨——事實上，格格的意志就是命令，格格的贈予就是賞賜，不容拒絕。皇上可以賜人一瓶劇毒的鶴頂紅，格格當然也可以賜他一盒發霉的菊花餅。格格要他吃掉這盒發霉的菊花餅，他又怎能不吃？

於是，老管家顫慄地眼睜睜看著吳應熊拿起一隻菊花餅，一口一口，艱難地咽下去。他的眼淚都快流出來了，哽咽著：「公子，我去給你泡杯茶……」

「不用了。就水吃，會吃得更慢。」吳應熊的唇角露出一絲苦笑，他的婚姻，從結縭那日起已經注定是枚苦果，發霉的菊花餅又算得了什麼呢？

一主一僕，就這樣忍辱含恨地吃掉了那盒格格賞賜的菊花餅，並把它看作是一種懲罰，對吳應熊不告而辭的報復。他們誰都沒有想到，建寧留給吳應熊這盒菊花餅，不過是因爲她覺得好吃，所以特地從宮裏帶出來，交給老管家好好保存，要留給額駙共用的。

她說這話的時候，並沒有想過額駙會歸來得這樣遲，遲得連菊花都謝了，糕點也霉了，更沒有想到，老管家仍然會留著那盒餅並把它交給額駙，而吳應熊則會當作她對他的折辱而把它接受下來，吞咽下去。那盒子裏的菊花，是她親手採下來，一朵一朵地排列好；而那梁上的絲帶，也是她親手結繫，還仔細地打了個蝴蝶——蝴蝶，是她心底最痛的傷，最溫柔的愛。沒有人懂得。

沒有人懂得建寧不同尋常的愛情。它被收藏在玫瑰提梁盒的底層，在暗無天日中，不爲人知地一天天獨自凋萎，發霉，再被吳應熊咬牙切齒地吃掉。

吳應熊一口一口地吞咽著發霉的菊花餅，一口一口吞咽著建寧那溫柔沉默的愛意，每一口吞咽，都叫他更加深切地意識到自己婚姻的不幸。在他心目中，建寧的賜餅之舉，就跟下令要馬夫與馬成婚，就跟砸爛洞房裏的每一件瓷器，以及要砍掉園中的梅花樹一樣，都是出自一個天性邪惡的滿洲格格的挖空心思不近情理的惡作劇。

那些發霉的餅在他的腹中胃裏不住作嘔，而他用盡全身心的意志不允許自己嘔吐。他對自己說：這婚姻至少可以帶給自己一樣好處，就是進宮方便，從而也就方便爲大西軍送信，爲明紅顏助力。爲了這些，爲了紅顏，他要忍耐，即使建寧給他更多的羞辱，他也必須忍耐。

就這樣，那盒貯滿了建寧溫柔的愛與期待的菊花餅，在吳應熊剛剛從柳州回到京城的第一天，就在這對新婚夫妻間築起了一道高高的菊花牆，使他們關係的解凍近乎成爲了不可能。

而就在這時，綠腰宣召來了。

「額駙，您回來了。」綠腰盈盈下禮，「格格等著您呢。」

「請格格恕罪，我換過衣裳就來見駕。」吳應熊冷冷地說，同時背過了身子。

綠腰知趣地退出，而在退出前的一刻，忽然覺得那傲岸的背影好觸目。她同建寧一樣，入府這麼久，還沒來得及與額駙相處過呢，要到這一刻，在久別重逢的時候，她才意識到自己的姑爺主子有多麼瀟灑挺拔，風神俊朗。她用心地再看了一眼那背影，莫名其妙地臉紅了。

綠腰回到上房時，看到婢女紅袖正在侍候格格妝扮，往她的兩頰補上脂粉。建寧今天似乎格外緊張，抱怨著：「這粉真不好用，撲少了看不出顏色來，多撲兩下又濃了，跟臺子上的花旦差不多。」她一眼瞥見匆匆走進來的綠腰，驚訝地說，「綠腰，你也撲粉了嗎？臉上怎麼這樣紅？」

「想著要回格格的話，走得急了。」綠腰掩飾地說，並趕緊轉移話題，「額駙說要更衣後再來見格格，這樣才夠恭敬。」

建寧點點頭，不自信地看著鏡子，問綠腰：「我今天好看嗎？」

「當然好看，格格是金枝玉葉，月裏嫦娥，什麼時候都是最好看的。」綠腰乖巧地回答，同時開了妝臺上的首飾匣子，拿出幾支珠花和釵子建議，「格格頭上的蝴蝶簪太小了，要不要換一支鳳釵？」

「不，我喜歡這簪子。」建寧拒絕，但又妥協地說，「或者加一支珠花吧。」

綠腰立即選了支嵌翠珠花替建寧別在鬢角，又不告自取地順手將一支步搖插在自己頭上，並向紅袖擠擠眼睛。她早已摸熟了建寧的性格，完全瞭解在什麼時候可以小小地放肆一下，要求賞賜甚至順手牽羊，而在什麼時候必須謹小慎微，順從服貼得像一隻沒有主見的羔羊。

建寧一生擁有的東西其實並不多，在宮裏時，除了那點可憐的俸祿之外，一切都是別人的，無論格格還是侍女，都一樣要有無數的規矩要學，要守，並沒有真正的自由，甚至可以去到的地方都不多。

皇宮雖然大，然而建寧的天地不過是東五所裏小小一間臥房，然後是往繡苑或者書房上課，往慈寧宮請安，偶爾往暢音閣聽戲，得到特別准許時，才可以去御花園遊玩或者往絳雪軒面聖，如果想去建福花園玩一會兒就得跟嬤嬤說盡好話，出宮更是絕無僅有的一次，至於御膳房，御茶房，御醫院，御書房，上駟院，其他嬪妃或是阿格的住處，尤其是乾清宮往前那麼大的天地，她都沒有機會去到。她可以見到的，不過是一堵又一堵的高牆，耀花人眼睛的琉璃瓦，守在每道院門前的侍衛，走來走去的太監和宮女，還有那無處不在嘔啞叫囂的烏鴉——皇宮的記憶，不過是這些，雖然她在那裏生活了將近十年，可是完全沒有家的感覺，直到來了額駙府。

來了額駙府，建寧才算是擁有了自己的地方，才算是擁有了「擁有」的感覺，這感覺包括發號施令的權力，隨心所欲的物質要求，興之所致的看戲、吃點心、想去哪裡就去哪裡，還有，想賞賜誰就賞賜誰，想賞什麼東西就賞什麼東西……這些，都是她以前不曾有過的。如今一旦擁有，當然要迫不及待地使用，並借著一次次的使用來證實這擁有。這番心理連她自己都不曾察覺，綠腰卻是洞悉入微，只是由於狹隘與自私使她知其然而不知所以然；至於其他的家人，則完全錯會了格格的心意，把她所有的行徑都歸罪於乖謬而叫苦連天地承受下來，並且不自覺地引導她向更加荒謬的絕境裏走去。

從來沒有人規範過建寧的行爲，就像從來沒有人真正關心和理解過她的心思。她從不知道如何使用自己的權力，同樣也不知道如何表達自己的愛情。她的愛憎是這麼強烈，可是卻沒有明顯的區分，於是當她辭不達意地表現出來時，就只剩下「任性」二字，往往得出與初衷相反的結論。綠腰是她真正「擁有」的第一件禮物，因爲是皇帝哥哥親口「賞賜」，而不像其他的宮女那樣只是「分配」，這讓她切實地感覺到了一種擁有。她把綠腰完全看成是自己的一部分來疼愛縱容，卻忽略了那也是一個完整獨立的人，也有著自己深藏的意識與思想。因此，當她散漫無拘地向綠腰佈施自己的愛與親密時，其實是在無知覺地培養她的恨與疏離。

就像此刻，當建寧與綠腰主僕兩個一齊對著鏡子理妝時，建寧想到的只是自己即將見到小別勝新婚的額駙的喜悅，卻沒有理會綠腰也在期待人生的另一座舞臺，另一個起點，更沒有想到綠腰的表演遠遠比自己來得直捷、成功。

原因很簡單，在吳應熊眼中，頂著妻子名份的建寧沒有絲毫的親近感，反而是身居奴位的綠腰和他的身分更加相似，都不過是建寧擁有的兩件「賞賜」罷了。因此，當綠腰爲他打起簾子，並故意用漢人的稱謂嬌滴滴地通報著「新姑爺來了」的時候，他先鄭重地向她點了點頭，然後才屈膝向建寧請安。

這微妙的細節建寧是注意不到的，然而綠腰卻心領神會——這是第一次，有人在她和建寧面前，先跟她打招呼。雖然只是那樣微不足道輕描淡寫的一個招呼吧，然而已經很可珍貴了。從前人們都是將她忽略不計的，只把她當作建寧的一個附屬，宮廷最底層的卑賤奴婢，可有可無的角色。這是第一次，有人把她看成完整獨立的個體，對她的態度比對建寧更加親切，這是第一次。她爲了這個點頭而感恩戴德，於是以更加鄭重的姿態走上前，雙膝跪下，端莊而嬌媚地施了個大禮：「綠腰給姑爺請安。」

吳應熊有些錯愕，作爲格格的貼身侍女，綠腰的禮未免太重了，他被動地伸出手去：「綠腰姑娘請起。」而綠腰趁勢搭著他的手，柔若無骨地站了起來。那舞蹈一般的姿勢讓人不由得有一種錯覺，彷彿她是被吳應熊俯身拾起的一瓣落花，並在他的掌中婀娜地盛開。

他雖然貴爲世子，自幼見識頗豐，卻是一直在男人堆裏長大，不是從父作戰，就是隨君伴讀，生平走進他心裏的女性就只有兩位：第一個是父親的愛妾陳圓圓，第二個便是明紅顏，都是見識超群膽略過人的女中豪傑，巾幗英雄，像綠腰這樣完全是爲男人而生的女人，他竟是第一次遇到，就像風第一次拂開春天的花蕾，而那朵花便爲他開放一般，風忍不住就停留下來，爲那朵花的芬芳沉醉。

他凝視綠腰，有片刻的失神。綠腰立刻對他展開了一個毫無保留的微笑，彷彿花朵從心底裏開放出來，一層又一層，直到將花心完全暴露，香氣瀰漫。

而這一切，建寧都是看不到的，她就只看到自己的世界，自己的心，她按著自己的心意隨口說：「你可回來了，連重陽節都錯過了。」

「重陽節」三個字對吳應熊而言，就意味著剛才那盒發黴微腥的菊花餅，他彷彿聽到鞭子抽打在皮肉上的聲音，那赤裸裸的無休止的羞辱！他聲音僵冷，表情木訥，恭順而冷淡地回答：「謝格格愛惜賜餅，應熊已經吃了。」

「是嗎？好吃嗎？」建寧毫無機心地笑著，「是我特地從宮裏帶出來的，你覺得比府裏的怎麼樣？」

又一聲鞭子破空抽響，這真是最明白的挑釁與諷刺，吳應熊幾乎是咬牙切齒地回答：「滋味很特別。」

綠腰暗暗吃驚，她立刻意識到這裏面出了極大的紕漏，額駙竟然吃了半個多月前留下來的菊花餅！那怎麼能吃得下？格格從來沒吃過變質的食物，不識稼穡，完全沒有意識到這件事有多麼嚴重，然而綠腰是知道的，她看著吳應熊鐵青的臉，不由地想他這時候可有多難受呢。

果然吳應熊又略回了兩句話，便再也忍不住，匆匆說了句「格格恕罪」，轉身便往外衝去，剛到門前老槐樹下已經支持不住，抱住樹身翻江倒海搜腸刮肚地嘔吐起來，彷彿要把心肝也吐出來一般。

建寧完全不知道發生了什麼事，她跟出來，吃驚地立在屋簷下，看著吳應熊痛苦到扭曲的臉，驚慌地問綠腰：「額駙這是怎麼了？」

綠腰心知肚明，在這一瞬間對兩個人的心思洞若觀火，她同時知道了格格心裏有多麼在意額駙，而額駙的心裏卻有多麼憎恨格格——只有打心底裏的憎恨才可以給一個人力量，讓他竟然寧可吞咽發黴的食物也不肯謝罪求饒從而解除誤會，他甚至都不肯當面問一聲格格自己做錯了什麼。

而這個誤會，綠腰不打算幫他們解開，這可是她走近額駙的最佳契機。她只是簡單地回答：「額駙長途跋涉，大概是疲勞過度吧，不如讓奴婢送額駙回去歇著。」

建寧納悶地點點頭，只得說：「你叫管家找個大夫來看看額駙，然後再來回話。」

2

當年，莊妃大玉兒用一碗人參湯勸降了洪承疇；今夜，婢女綠腰則用一碗綠豆湯招安了吳應熊。

綠腰無疑是聰明的女子，在她的淺薄的頭腦裏，也許沒有多少可以真正稱得上是智慧的思想，然而她卻有著女人最靈敏最本能的嗅覺和意識——比如，當她看到吳應熊近乎同情的眼神時，她雖然並不明白什麼叫同病相憐，卻知道這是一個女人與男人離得最近的時候，也本能地意識到這是自己與主子的地位靠得最近的距離。

雖然在宮中所有關於邀寵的努力都隨著建寧的出嫁而枉費心機，然而那幾日的攀龍夢，已經讓她開拓了眼界，看到了更高更遠的地方。她是人還沒有飛起來，心卻已經高瞻遠矚的。她已經意識到，自己雖然天生是奴才，卻不代表要一世做奴才，只要有機會，也一樣可以做主子，做夫人——而那個機會，就是男人。

因此，她決定不讓建寧知道額駙食物中毒的原因，而任由他們的誤會結得越來越深，決定不執行格格的命令讓老管家去請大夫——她知道那不需要，民間對付吃壞東西的人有著最簡單可行而行之有效的土方法，就是綠豆湯。

她來到廚房，親自看著廚子熬了濃濃的一碗綠豆湯，又親自端著來送給吳應熊，溫柔而憐惜地說：「姑爺，喝口綠豆湯吧，解毒最有效的。」然後舀起一勺湯，在自己唇邊輕輕吹涼了，再親手遞到吳應熊的唇邊去，不由得他不開口。

吳應熊已經吐得沒有一絲力氣，只覺得五臟六腑都糾纏在一起，顛倒撕扯，不能歸位，比打了一日一夜的仗更覺得軟弱。他看見綠腰進來，連說話的力氣也沒有，連拒絕的力氣也沒有。於是，那清涼解毒善解人意的綠豆湯，經由綠腰的手，一勺一勺地餵進了吳應熊的口，他們的關係就在那湯湯水水中不易察覺地親密起來，流淌起來。

他睜開眼睛，想勉力說句謝謝，而他驚訝地看到，順著綠腰那豔妝的面孔，流下了兩行清淚——她在為他流淚，為他心疼呢。他立刻便感動了，最難消受美人恩，而這是第一個為他流淚的女人。這是一個男人最軟弱的時候，也是一個女人征服男人的最佳時機。此刻的他，有多麼仇恨建寧，就有多麼感激綠腰。

都說「小別勝新婚」，然而這一夜，建寧仍是孤衾獨枕地度過。她躺在那雕花飛角的大床上，看月光透過窗簾照進來，秋意淒涼。她想額駙現在怎麼樣了呢？自己本來是攢了一肚子的話要跟他說的，可他一回來就病成這樣，哪還有心思敘舊呢。她還不知道，他有沒有認出她來，還記不記得爲她射烏鴉的往事。

她很想去看看他，像一個真正的妻子關心丈夫那樣，問問他好不好，想吃些什麼喝些什麼。可是不知怎麼，進府這麼久，雖然她想去哪裡就去哪裡，卻從沒有走進過額駙住的東院。或許是因爲女孩子本能的羞怯與矜持，或許是因爲言說不清的敬畏與尊重，她竟不敢冒然打擾他。她忽然有些羨慕綠腰，爲什麼綠腰這時候可以陪在他的身邊，而自己反而不可以呢？

綠腰很晚才回到上房，臉紅紅的，吞吞吐吐地說額駙已經吃過藥睡了，說謝謝格格的關心。建寧望著窗簾上的繡花，毫無睡意，反而讓綠腰把燭花翦得更亮些，問她：「額駙還說了些什麼？」

「沒有了。」綠腰有些心虛地回答，「額駙病得很重，回去後就躺下了。」

「他現在好些了嗎？」

「好多了，額駙睡著了。」綠腰再次回答。

建寧點點頭，眼望著帳頂，半晌卻又問：「他怎麼會吐得那麼厲害？」

「許是路途辛苦吧。」綠腰的聲音細不可聞。她這是第一次瞭解到，原來在建寧的心底，蘊藏著這麼深的愛意。她紛繁而迅速地動著心思，調整和佈署著自己的計畫，該是助格格一臂之力教授她媚夫之術呢——那是每個女人天生的功能，惟有這位格格不會、不懂——還是引著她向背道而馳，而把額駙的愛全部留給自己？

建寧沒有給她更多的思考機會，就再次催促地問：「我想去看看他，你說好不好？」

「不好。」綠腰脫口而出，並做出連自己也不明白的建議，「額駙吃過藥睡了，倒是不打擾他的好。不如等明天額駙醒了，格格在園裏擺個接風宴，讓廚房做些好吃的，再讓戲班子唱幾齣好戲，給額駙洗塵，闔府好好熱鬧一天，不是更好？」

建寧雖然天真，也隱約覺得吳應熊沒有那麼簡單，只是一席宴一台戲就可以取悅的，然而也想不出別的主意，只得說：「好吧，你明兒一早去廚房傳令，宴席就擺在院子裏好了，叫戲班也都準備著，看額駙喜歡聽什麼戲。」

宴果然是盛宴，戲臺前排起九折軟屏，雕花大案，居中自然是格格與額駙的檀木靠背大椅，兩邊茶几上爲管家與教引嬤嬤也都設了座位，再後面是體面些的吳府老家人，在假山下另設一桌。就連小廝、繡工等雖然不能上座，也都在屏風後席地而坐，大條案上鋪著大方巾，盤裏堆著些瓜子糖果，隨意取食。

戲也確是好戲，全本的《牡丹亭》，唱出了情天恨海，唱出了宇宙洪荒。建寧是一聽開鑼便全神貫注的，不禁喜形於色，向吳應熊道：「這戲班子好嗎？聽管家說，這已經是京城最好的南戲班子了。」

她絮絮地告訴他：「戲裏的人一招一式都是有原因的，你看她舉起袖子遮著臉，這就是在哭了；她把袖子甩出去又收回來，表示她心裏很慌亂，拿不定主意；還有那扇子，文扇胸，武扇腰，醜扇腹，媒扇肩，都是很有講究的……」她說著，卻發現丈夫置若罔聞，不禁錯愕，「你不喜歡嗎？」

不喜歡。吳應熊生平是最恨這些虛頭花勢的，而且剛剛吐得筋疲力盡，越是大魚大肉就越視如砒霜的，更何況還有笙鑼盈耳，頭昏腦脹，簡直是種酷刑。可這是格格的旨意，他除了苦笑點頭，又能如何呢？

一段開場後，菜便上席了。冷盤八葷八素，有銀魚、鴿蛋、麻辣活兔、八珍燒雞、冷片羊尾、絲窩、虎眼、果餅、松糕等，熱菜卻只一道，謂之「一了百當」，這還是建寧出嫁前，琴、瑟、箏、笛四個合計著送她的禮物：一本大內食單。其中尤以這道「一了百當」做法最爲獨特：用牛、羊、豬肉各三斤剁爛，蝦米半斤搗末；川椒、馬芹、茴香、胡椒、杏仁、紅豆各半兩爲細末；生薑十兩切成絲；麥醬一斤半；臘糟一斤半；鹽一斤；蔥白一斤；芫荽二兩切細，以上等香油煉熟，然後一齊下鍋炒熟，候冷裝入青花甕裏封貯，隨時食用，調成湯汁，味道十分鮮美，如一唱三嘆，回味悠長。另外又有遼宮換舌羹一道，用玉板筍和白兔胎做成；酒是元宮名飲「醉流霞」，甘醇濃豔，俱是民間不可得之物。

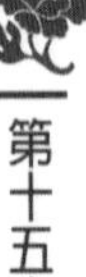

每上一道菜，建寧便命綠腰布到額駙碟中請他嘗鮮，並且不住問「好吃嗎？」吳應熊每吃一口，都要費盡極大的力氣壓抑住那種作嘔的欲望，而那道「一了百當」更讓他酸水上湧，如坐舟中。他側視著坐在身畔的建寧，真不明白世上怎麼會有這樣刁鑽無禮而又虛僞無聊的女子，昨天才賜他發黴的菊花餅，今天又故意擺出滿桌美味，令他可望而不可咽，這自然又是她捉弄自己的新把戲了。以折磨人爲樂，大抵就是這位不學無術的格格的全部本領了吧？

通過老管家的轉述，他已經知道建寧取走了鑲寶小弓的事，也就是說，格格已經知道他是誰了，也已經想起了當年暢音閣樓下的惡作劇，而且決定將這個遊戲一直玩下去。騙他射烏鴉犯下殺頭大罪，洞房之夜的毀滅之舉，大鬧額駙府，下令砍梅花，賜食菊花餅，直到今天的好戲開場……這漫無邊際的折磨，她到底要玩到什麼時候才會盡興呢？這樣的一位格格，竟成了自己的結髮妻子，與自己共偕百年，糾纏至死——不，他已經死了，只要面對這位格格妻子，他的心就是死的，靈魂是沉睡的，就只有一具千瘡百孔傷痕累累的軀殼供她役使、折磨、凌辱，直至徹底摧毀，就像她摧毀洞房一樣。

建寧留意到了吳應熊隱忍不耐如坐針氈的神情，不由再次問：「你好像不喜歡，你不覺得他們唱得好嗎？」

這話落在吳應熊耳中，自然又是諷刺，再也忍不住，回道：「稟格格，應熊身體不適，若無別事，恕我告退回房了。」說著也不等格格恩准，便站起身來。

建寧又委屈又失望，這麼好的戲，怎麼他也不喜歡呢？她悵惘地吩咐綠腰，「送額駙回房，好好服侍。」

綠腰立即乖巧地上前攙扶。吳應熊施禮告退，轉身之際，卻聽到建寧充滿寂寞的聲音：「要是皇帝哥哥能來看我就好了，最好再帶上遠山和平湖。」他心裏一驚，情不自禁抓緊了綠腰的手。

3

綠腰從此成了吳應熊的心腹。

她不明白額駙爲什麼會拜託她如此奇怪的一件事情：送信給佟貴人，且一定不可以讓任何人，尤其是建寧知道。然而吳應熊託付她的時候，神情如此鄭重莊嚴，彷彿在交託自己的性命一樣，這使得她不由得也產生了一種莊嚴感，鄭重了顏色應承：「額駙放心。額駙交付的事，綠腰拚了性命也要做到。」

吳應熊請綠腰轉交的，自然便是那封李定國將軍給佟佳平湖的信。他也很奇怪叱吒風雲的李將軍爲什麼會送信給一位皇宮裏的女人，但是那從此成爲最便捷的一條消息通道，而吳應熊則與綠腰聯手成爲了宮裏宮外的送信使。每當柳州有信來，通過明紅顏之手轉交吳應熊時，吳應熊就又交與綠腰，讓她在隨建寧進宮時悄悄遞給平湖。

這期間，南方戰局一日三變，李定國的軍隊日益強大，連戰告捷，而遠駐在安隆的永曆帝對其頗有倚重之意，且於這年底親自考選官員，整肅朝綱，南明王朝大有捲土重來之勢。吳應熊情不自禁地猜測這一切與那些信件會否存在著某種聯繫。

然而除了李定國與平湖，沒有人知道信的內容是什麼，連紅顏也不知道；而除了吳應熊與綠腰，也沒有人知道那些信到底是用什麼方式傳遞的，連明紅顏也不知道。這使得吳應熊與綠腰在這傳遞中建立了一種越來越密切的關係，把他們的命運緊緊連繫在一起，並瞞著建寧與闔府的人日益增長。

日子過得如履薄冰而又顯山露水。

順治十一年，建福花園的桃花再次開放的時候，平湖肚子裏的胎兒已經確診是龍子，而建寧進宮的次數也更加頻繁了。當年長平公主講的那些故事全都重新想起來了，什麼魏忠賢請巫醫進宮爲張皇后「捻背」暗傷胎兒，客氏以進糕點爲名毒死范慧妃的兒子令她失寵……建寧想起這些就覺得寒心。尤其阿笛告訴她，太醫已經不止一次在平湖的茶飯裏發現藏紅花，這使得整個雨花閣疑雲密佈，如臨大敵，建寧就更加放心不下了。

她已經知道，藏紅花是一種能令人落胎的藥，而且像這樣的藥還有很多，有些藥色重氣味濃的還易防範，可有些無色無嗅的就很難分辨，還有一些，像是麝香，攙在食物裏能令人食欲大增，卻也能令人落胎，簡直防不勝防。建寧爲此十分擔心，甚至向順治請求讓平湖搬到額駙府裏休養，直到臨盆。

這請求當然不獲允准，還被宮裏的人取笑說：「十四格格已經嫁了人，還這麼胡說八道的。哪有妃子出宮休養的道理呢？」

平湖也說，請格格不要再爲我的事擔憂吧，我會小心自己的，也會小心肚子裏的這個孩子，他是我的全部希望。

這也許是一句很平常的話，宮裏的哪個女人不是希望母憑子貴、一朝飛升呢。然而建寧總覺得，當平湖說出這句話的時候，氣氛比任何一個人都更嚴重，更盛大，彷彿一言九鼎，指點江山。她悄悄地在心裏對平湖承應：我會盡力保護你和你的孩子的安全的，仙姑囑託過我，我一定要爲她、爲你做到。

建寧來雨花閣探訪平湖時，偶爾會遇到寧妃和遠山小主，倒是慧敏自從杏仁露事件後，就再也沒有露過面。儘管阿笛、亞瑟誰都沒有說出去，連素瑪向皇太后稟報佟貴人近況時也沒提起過，可是敏感的宮牆還是知悉了這個秘密，並且借著風勢將它傳得盡人皆知。於是人們再次提起了皇長子牛鈕的夭折，並將兩件事含糊地說在一起，雖然沒有人說破杏仁露就是導致平湖痙攣的直接原因，慧敏卻也不好意思再登門了。

於是建寧把下一個嫌疑目標定在了寧妃身上，她想寧妃向來爲人冷淡木訥，對誰都不苟言笑，生怕誰占了她的便宜似的，且與平湖素無交往，也並不見得有多麼相投，如何平湖一懷了孩子，寧妃就忽然變得熱情起來了呢？亞瑟和阿笛提防得這樣嚴密，還有不明藥物混進雨花閣來，管道只有三種：一是訪客尋機投毒，二是廚房被人收買，三是太醫監守自盜。

太醫是首先可以排除的，因爲藥物的事就是他揭出來的；廚房的事不便細察，卻容易防備，建福花園自有灶台炊具，從此不取用宮裏配飯就是了，貴人一應飲食，都是阿笛自己動手；再就是訪客趁人不備投毒在鍋裏、飯中、甚至是任何平湖可能接觸到的櫃檯案角了，這卻是防不勝防的。亞瑟曾經憂心忡忡地對建寧說：「真希望皇上能下一道旨，傳令任何妃子都不許來雨花閣探訪主子，倒也清閒省心。」

是這句話提醒了建寧，終於想到一個杜絕寧妃踏進建福花園的方法，一個十分簡單直接、非常建寧格格式的方法——她無理取鬧地挑著寧妃大吵了一架，砸了雨花閣兩件瓷器，驚動了太后與皇上，獲得了一道禁足令：爲保證佟貴人安心待產，不許寧妃或建寧任何一個人，再到雨花閣來。

那天，阿笛和亞瑟送建寧出園子的時候，抹著眼淚說：「格格，委屈你了。」

建寧卻不在乎地笑著：「這算什麼？我又不是第一次跟人吵架，不過是個寧妃罷了，從前我連皇后也吵過呢。又能怎麼樣？她現在變成靜妃了，我可還是格格。」

她是由衷地開心，因爲自覺終於幫到了平湖，而且用的是這樣玉石俱焚的方法，尤其讓她覺得悲壯。她站在建福花園的門口回身向平湖揮手告別，笑容如早開的桃花般甜美。

平湖站在桃花樹下，那麼孤單、瘦削，落落寡合，完全看不出有孕的樣子。初開的桃花在她的身後翩躚飛落，她在雲蒸霞蔚中對著建寧慢慢地揮手，單薄飄逸得像一個影子多過像一個人。

建寧覺得心疼，她每次見到平湖，都會湧起一種保護她的衝動，只是不知道該用什麼樣的方式來保護，她連保護自己的能力都沒有。用一道禁足令把自己和寧妃一起犧牲掉，已經是她可以想到、做到的最勇敢的方法。

禁足令下達後，雨花閣果然安靜了好一段日子。遠山仍然時時來訪，但只是略坐片時便告辭，沒有任何人懷疑到她身上，反都因爲雨花閣近來的安靜而益發確信投毒者必然在靜妃與寧妃之間。

平湖待遠山的態度始終都是淡淡的，遠山也不介意，仍然隔三差五地來，每次都帶些小禮物，或是一瓶插花，或是幾件繡品。平湖也不道謝，左手命阿笛收了，右手便叫亞瑟另取一件來贈還遠山。遠山也都笑咪咪地接受下來，拿回儲秀宮去給眾人看，不知就裏的人便都以爲她們兩個的感情特別要好，或是遠山在有意巴結，當然也有人認爲，遠山醉翁之意不在酒，在乎守株待兔——自從平湖有孕後，順治臨幸雨花閣的次數便頻繁起來，探訪平湖，自然很容易與皇上巧遇。

順治對平湖的確是太寵愛了，常常下了朝便來此晚膳，直到第二天早朝才離去，有時連奏章都拿到雨花閣批奏。儲秀宮裏多怨艾，眾秀女都說平湖已經懷了龍子升作貴人，眼瞅著就要晉妃封嬪了，卻還霸著皇上不肯分澤，未免太貪，便都趁著給太后請安的時候說些平湖的壞話，說她慣會花妖狐媚，無事就在皇上面前非議其他的妃嬪和秀女，一心想做皇后，就連皇太后也不放在眼裏。

大玉兒自然不信，然而因爲心裏始終抱有一絲芥蒂，便也時時找來素瑪探問實情。素瑪卻說，皇上臨幸雨花閣的時候，只是與貴人和和氣氣地坐著說話、下棋，其實極少親熱的；有時皇上來了興致，貴人每每藉口身子不便，反而勸皇上往別處去走走，實在推託不過才會摒退侍女，雲雨片時。

大玉兒低頭想了半晌，又問了些貴人飲食起居的閒話，便叫素瑪去了，卻翻了一夜的醫書。次日一早，便召了傅胤祖來，問他：「可有一種藥能讓女孩子提前發育，在三四年裏長大六七歲？」

傅胤祖訝道：「傳說中是有過這麼一種藥方，不過不是內服，而是洗浴。就是將十幾種草藥或煎或煮或生泡，拌在一起煨成湯藥用來洗澡，不過用量控制得十分嚴格，每隔一段時間就要更換幾種成分，且要天長日久地堅持，洗上一年，等於別人兩年，可以加速成長。可是對身體極有妨礙，是一種揠苗助長的促生方式，有百弊而無一利，所以極少有人使用，藥方也就漸漸失傳了。」

「失傳了？只怕未必。」大玉兒若有深意地笑著，又問，「傅先生所謂的有百弊而無一利，指的是什麼？」

傅胤祖正色道：「中藥的根本在於治病救人，延年益壽，是人與自然的微妙和諧，講究的是君臣相濟、寒燥相佐。而這種促生湯卻破壞了正常的成長，是與自然規律相悖的行事方法，難免種下惡果。揠苗助長，使麥苗看上去高大，卻會很快枯萎死掉；湯藥助生，也是表面上使人加速成長，卻破壞了根基，所有偷來的時間都會加倍奉還，用藥者恐非長壽之人。太后深知醫理，當不用微臣多所說明。」

「也就是說，這用湯藥的人活不長了？」大玉兒暗暗心驚，不由又想起長平臨死托孤的一幕。那樣決絕的不留餘地的做法，那樣堅定的孤注一擲的神情，那樣湛然的視死如歸的超脫，如果她擁有這樣的一張藥方，如果她爲了送女兒進宮而命女兒用藥方洗浴，只爲了早一日誕下龍子奪回大明江山，不是不可能的吧？她抓緊了座椅的握柄，幾乎是膽顫心驚地問出下一個問題：「那麼，用藥的人，對於長相會不會有什麼特別的作用？」

「會的。」傅胤祖說，「由於藥物改變了正常的發育，所以用藥者在相貌上會有很大改變，與本來面目判若兩人。」

「那會不會影響後代的健康呢？」

「這倒說不準，用藥人生下的孩子若不是特別孱弱愚笨，便會是極其優秀聰明的，就像春天的第一批茶葉一樣，要麼極苦，要麼極香。而且用藥催生的女子如果過早與人同房，會極其受苦，有如酷刑加身，且會加速衰老的過程。而孕婦在生產之際也會比常人痛苦十倍百倍，生育後的健康情況大不如前，衰老的過程也會很快，就好像母親的全部精力都轉注到了孩子身上一樣。」

大玉兒點點頭，臉色陰沉下來，她越想就越覺得長平有可能這樣做，越想就越覺得平湖的與眾不同，那從容冷靜的神情，清華高貴的氣度，進退有禮的舉止，就好像已經在宮裏生活了一百年似的。

她幾乎已經可以斷定：平湖就是香浮，長平公主之女，前明崇禎皇帝的後裔，她的入宮，唯一目的就是爲了覬覦大清皇后的寶座，逼自己履行諾言，立她的兒子爲皇帝，把大清江山完璧歸還！如果是那樣，自己可要遵守諾言，將金鑾寶座與大明後裔平分秋色？

自從長平服毒而死、並留下遺言說女兒香浮將會生下紫禁城的第一位皇帝後，大玉兒未嘗沒想過香浮會用什麼方式入宮，然而算計著香浮年紀尚幼，距離秀女十二歲大選的時間還早，因此才痛快地答應順治今年召漢女進宮，並且特地說明只此一次，下不爲例。然而百密一疏，她沒有想到香浮竟然會用藥物催生的方法令自己早熟，並且這麼容易地懷上了順治的孩子。

那麼多的秀女同時入宮，怎麼第一個懷上龍子的偏偏就是個漢女呢？難道老天爺真的有意要讓漢人的骨肉來坐鎮大清的江山？大玉兒不能不覺得懷疑，不能不覺得震動。

於是，她密令內務府調查平湖的身世，然而卻一無所獲。其父佟圖賴，旗營裏最普通的漢人軍官，因爲作戰英勇而賜姓佟佳，提拔爲少保──剛剛夠得上送女選秀的資格，就好像平湖上報的年齡也剛剛夠得上選秀的下限一樣，她的一切都是卡著選秀的沿兒來的，又來得這麼不顯山露水，讓人完全想不到──朝廷重臣中的的漢人不在少數，大玉兒一直把眼光盯在他們身上，卻怎麼也沒想到，一個大明帝王的後裔，竟會藏匿在一個隨旗的少保家中長大、再被偷樑換柱地送進宮來。

至於佟圖賴到底是用什麼方法把香浮養大成人的，大玉兒並不關心，也不想費心，這樣的情節連戲裏也有許多，完全可以想像得出來──六年前香浮被送進佟圖賴家中時，想必他還只是一個平凡的小兵，完全不引人注意的那種，他可能已經有一個六歲的女兒，被悄悄地送走了，而由香浮冒名頂替；當然也許這些年中香浮被養在另一個地方長大，直到選秀前才被送到佟家，再冒名他的女兒參加大選……辦法很多很多，如果徹查一定會有某些蛛絲馬跡，但是那樣未免太打草驚蛇了，而大玉兒不想那麼做。

更重要的是，她曾經承諾過長平公主，如果她確定了平湖就是香浮，那不是在逼迫自己踐約嗎？而且，說什麼那孩子都是平湖與順治生的，是自己的親外孫，即使知道了他是來自異族異種，難道自己可以下手將他扼殺嗎？既然不能決定該怎麼做，那麼最好的辦法莫過於不知道。

是的，不知道！就像寧可不知道平湖上次的痙攣究竟是不是因爲慧敏而起，不知道寧妃和遠山頻頻探訪雨花閣的目的何在一樣，大玉兒也不想知道平湖是不是香浮，有沒有野心覬覦后位。不過，慧敏被廢已近一載，後宮不能一直虛位，總得另立新后吧？

大玉兒的嘴角露出一絲不易察覺的笑容，向傅胤祖吩咐道：「佟貴人分娩在即，別的太醫我信不過，從明天起，還是由你親自照顧她吧。不過建福花園獨門獨戶，你住進去只怕惹人閒話，還是照規矩給貴人挪個地兒，就在東六宮的景仁宮好了。」

4

平湖搬去景仁宮的第二個月就早產了。

三月十七日夜裏，奇異的香氣充滿了整個東六宮，就好像把建福花園的桃花林搬來了一樣。平湖疼得臉色煞白，卻沒有一滴汗。不間斷的陣痛持續了整整一天兩夜，當所有人都以爲平湖會就此香消玉殞時，孩子卻終於「呱」一聲落地了。

這便是當今天子的第三個兒子，三阿哥玄燁。

關於平湖早產的原因，宮裏的傳言有很多，有說是孕婦不易搬遷，動了胎氣；有說是傅太醫看顧不力，用錯了藥方；最具妖媚色彩的一種是說，平湖習慣以奇異湯水洗浴，而自傅太醫住進景仁宮後，杜絕了一切不明藥物的進入，佟貴人那神秘的洗浴被迫停止了，她與巫界的聯繫因此被隔斷，遂致早產；還有一種聯繫後宮政治的，是說莊妃皇太后確定了新皇后的人選，自然還是博爾濟吉特家族的女兒，蒙古科爾沁部鎮國公卓爾濟之女、博爾濟吉特慧敏的侄女如嫣，這打破了佟貴人封后的美夢，令她大受打擊……然而真相如何，卻沒人能夠說得清。

後宮從來都是這樣，充滿著謎團，卻沒有答案。

遠山曾經自告奮勇要向眾人提供最佳答案，繪聲繪色地坦承冊后的消息是她帶給平湖的，那天，她從建福花園採來大抱的桃花送到景仁宮給平湖，對她說：「你知道嗎？宮裏就要辦喜事了，連日子都定了，就是六月十六。太后說，等皇上大婚後，就提升我做貴人，晉封你爲容嬪。」當夜，平湖便陣痛發作了……

但是女官素瑪的證辭否定了這個說法。素瑪指出，與其說三阿哥誕生在景仁宮裏，毋寧說是建福花園更爲確切。她說，那天遠山小主的確帶了桃花來景仁宮探訪佟貴人，但是當時貴人的心情並沒有任何動盪，只不過桃花的美豔逗起了她對建福花園的思念，於是央求侍女們扶她到花園走走。

建福花園的桃花開得好極了，簡直會劈啪作響一樣。那種綻放的響聲只有佟貴人能聽得到——她坐在桃花林下那種閉目傾聽的樣子，分明是聽到了別人所聽不到的聲音。這神情素瑪以前也見過的，就在建寧的母親綺蕾的臉上。素瑪站在桃花樹下，微微地仰著頭，彷彿想起了很久以前很多被遺忘的事情。她想不分明，於是不由自主地拔腳走開，自己也不知道要走到哪裡去。當她清醒過來再回到桃花林的時候，就看見佟貴人躺在花樹下，艱難地呻吟著，羊水已經破了，而桃花瓣飛落下來，幾乎將她埋住，那新生兒的氣味與花香攪在一起，動聲動色……

素瑪是太后的貼身女侍，又向來是有一說一從不撒謊，這使得她的說辭顯得確實可信。但卻帶來了一種全新的傳言，說新皇子是花妖托生的。不然，一個初生的嬰兒怎麼會有那麼粉紅的面龐，那麼甜美的氣息，那麼燦爛的笑容，誰見過初生的孩子一落地就睜開眼睛微笑的？笑得就好像一朵三月的桃花。

然而消息傳到額駙府時，吳應熊卻有另一番猜測：平湖的早產或者與戰局有關。去冬臘月，孫可望因忌恨李定國，曾在貴陽召集重兵三十六萬，假捏永曆帝詔任劉文秀出師東伐，卻被李定國得知真相，非但不與劉文秀開戰，反而致信永曆帝，盡述忠心。永曆遂密詔諸軍，赦李定國之罪。孫可望聞言大怒，命令部將嚴刑拷打，定要查出撰文者何人，蓋御印者何人，奉使者何人，並逮捕大學士吳貞毓等十八人，迫永曆裁以死罪。這件事對大西軍，尤其是李定國部打擊甚重，再次杜絕了永曆帝與李定國部的聯手，且令南明朝廷人人自危，無心作戰。

吳應熊悲哀地想，只怕前明亡國的悲劇就要在南明重演了。大明的滅亡並不是因為李自成等流寇造反，也非為多爾袞率部內侵，更不僅是因為父親吳三桂引兵入關，而是朝廷內部軍心渙散，派別林立，自相殘殺。如果李定國能夠與孫可望聯手，大西軍能夠與大順軍聯手，永曆帝能夠與鄭成功聯手，滿清何愁不滅，大明何愁不復？然而亡國之君與亡國之臣都太忙於內訌了，卻忘記了最大的仇人來自異族。如果大西軍不能停止內戰，只怕復國之士們再英勇，也是無謂；而如果這些消息被佟貴人知道，如果佟貴人參與了李定國的復國之戰，那麼她的心情一定同自己一樣絕望，早產的原因也就不問可知了。

他再一次與明紅顏並肩走在城牆下，飛揚的柳絮落在他們的髮梢肩上，離愁別緒，油然而生。紅顏憂傷地說：「我一心一意為了反清復明而戰，死不足惜。可有時候我又覺得茫然，不知道自己到底在為誰賣命，永曆帝，還是大西軍？到底誰才更能代表我們大明王朝，誰才是真正的反清志士？我所背叛的，究竟是不是真的罪不可赦？而我所效力的，又是不是真的值得赴湯蹈火？」

吳應熊震盪地抬起頭，自從認識明紅顏以來，她永遠都是理智的，堅定的，是勇氣與智慧的化身。而今天，她卻如此軟弱，茫然無助，他不禁再一次想：可不可以放下所有的恩怨，不理會滿清，也不理會南明，就此攜手歸隱，散漫江湖？

然而紅顏接下來的話，打斷了他所有的綺思遐想，她說：「我決定明天出城，往南方一行。大概要三兩個月才能回來，這些日子，我們不能再見面了。」

吳應熊這才知道紅顏今天是為了告別來的，他不禁脫口而出：「我跟你一起去！不論你要做什麼，去哪裡，讓我幫你。」

「這件事誰也幫不了我。」紅顏欲言又止，哀傷地搖頭，「你留在京城，還有別的任務，二哥會跟你聯繫的。」

吳應熊還想再說些什麼，可是看著紅顏憂愁焦慮的神情，便按捺住了。他猜想紅顏的南行或許與洪承疇有關，洪經略最近不就在兩廣巡查嗎？紅顏並不知道自己已經猜出了她的身世，而這樣的秘密，她也許並不願與他分享，就好像他也不願意紅顏知道自己就是吳三桂之子一樣。現在還不是表白的時候，這時候的她一定無心於兒女私情，也許過三兩個月她再回來時，心情會變好一點，也許那時很多事都會告一段落，他再向她表明心跡不遲。

他看著她美麗的臉龐和憂傷的眼睛，還不曾與她分手，就已經在期待重逢的日子了。

附注

1、《清史編年》載：順治十一年六月十六日，順治帝冊立蒙古科爾沁部鎮國公卓爾濟女博爾濟錦氏為皇后。十八日以大婚禮成，行慶賀禮，頒詔全國。二十二日以加上皇太后徽號禮成，頒「恩詔」於全國。

而《清史稿》則記載，順治十三年五月，蒙古科爾沁貝勒綽爾濟的兩位女兒方被選送入宮，同聘為妃，一個月後，姐姐冊封為后，仍稱博爾濟吉特氏，十三歲。

此處採《清史編年》之說。

第十六章　書中自有顏如玉

1

額駙府的日子風平浪靜而激流暗湧，當然建寧看到的只是表面。除了從宮裏帶來的幾十個僕婢，她在府裏並無其他親眷知己，就連從宮裏帶出來的綠腰、紅袖這些貼身侍婢，也都並不是她的親信。吳三桂遠在雲南，這使她省掉了拜見公婆的周章，卻也使她失去了學習禮儀的機會。建寧在額駙府的日子幾乎是靜止的，日復一日而毫無進益。也許有，那就是暗自滋生的夫妻間的嫌隙與主僕間的曖昧，但是這些都是建寧所不自知的。

建寧的眼睛向來只望向看不見的地方——或者極遠，遠到充滿了幻想卻不切實際；或者極近，近到直抵內心卻不能逼視。整個額駙府裏，就只有吳應熊既是自己的丈夫，又是唯一的主子，卻偏偏是同她最見不得面的，見了便愁眉苦臉，如坐針氈，略呆片刻就要託病告退，都不知道哪來的那麼多病；又有時他自己在家招待朋友，她興沖沖地想往前廳來做一個好客的女主人，不料卻嚇得一干人皆仆伏於地，大呼「千歲」，吳應熊則滿面羞慚，彷彿她有多麼見不得人一樣。建寧大不是滋味，連句「平身」也懶開尊口，拂袖便走。

她不是沒有努力過，試著要討好他，可是沒有一種方法見效——她曾經興致勃勃地熱衷於美食，讓廚房每天弄出百十種花樣來讓他嘗鮮，結果往往只是她一個人在據案大嚼，食而無味；也試著邀他看戲，給他講解戲中的故事，然而他那正襟危坐，一副置身事外充耳不聞的樣子，讓她不由覺得自己跟鑼鼓一樣嘈吵；又曾經一度迷上女紅，正兒八經地繡了幾件作品，可是那天去馬房，竟看見吳應熊用她贈予的手帕給馬蹄裹傷，她看著那條踩在馬蹄下的繡帕，又羞又惱又傷心，從此就再也沒有興致繡花了。

來了額駙府半年後，建寧一日懶似一日，萬事無心的，早晨起來，連梳洗也沒情致，反正妝扮了也沒人看見，只是懶洋洋歪在榻上，喝一碗燕窩算是早點。大戲已經聽得厭了，興致來時，只是叫個小生或小旦到自己房裏清唱，翻來覆去都是《遊園》、《驚夢》那幾段，有時也叫琴師笛師來清彈清吹，卻再不叫他們搭台。

倒是吳應熊從前並不喜結交權貴，然而自從與明紅顏重逢，因要為大西軍打探消息，便刻意交往些高官之子，紈褲膏梁，今天往東家吃席，明兒往西府鬥酒，相處甚歡，往來頻密。那些人聽說他家養著個戲班子，便常常慫恿他請客聽戲，也有些青年子弟喜歡自己扮上了客串幾齣，眾人取樂。那些戲子們因為可以多得些賞賜，也都巴不得有宴席，唱做念打得比往時給建寧一個人唱戲時格外賣力；府中家人因為公子難得請客，也都特別興奮，走路帶風。小花園裏花枝招展，其樂融融。

綠腰便攛掇建寧往園中去，說：「格格好久沒看戲了，說咱們家班子來來去去那幾個角兒，都看得厭了。不如今兒看看那些公子哥兒扮的旦角兒，比班子裏的還像回事兒呢。」

建寧聽了興起，當真盛裝了往園中來，且不命人通傳，只與綠腰兩個穿花拂柳，先悄悄行至折疊鏤花軟屏後張望。綠腰隔著屏風悄悄指點：「那個穿紫的叫何師我，是個包打聽；那個戴藍帽的叫陳刊，叔叔是軍機大臣；那個坐在最邊兒上的是陸桐生，最酸了……」

建寧詫異：「你怎麼都認得？」

「戲班子不是歸我打點嗎?從前他們來府裏聽戲，是我侍候戲單。」綠腰夷然地說，「也不是各個都記得，不過這幾個特別多話就是了。」

果然，這時候大聲說話的人正是何師我，天氣並不熱，他卻裝模作樣地揮著一把扇子，搖頭晃腦地說：「吳世兄可知道四川巡按郝浴被逮訊的事麼?」

吳應熊深鎖雙眉，淡淡地說：「在朝中略有所聞，但不知就裏。何兄這樣問，難道這件事還有什麼隱情不成?」

何師我笑道：「如果吳世兄都不清楚內裏，那麼小弟所知的只怕也都是空穴來風了。」

陳刊插口道：「空穴來風，未必無因。聽說這件事牽連甚大，不只郝浴，就連當年薦舉他的人也都獲罪降職，大學士馮銓連降三級，成克鞏、呂宮也都各降兩級，朝廷上下議論紛紛。何兄若知道內情，不妨說來聽聽，就當消暑解悶又何妨?」

眾人也都稱是，追問道：「別這麼吞吞吐吐的，到底有什麼內幕，說來聽聽麼。」

何師我賣足了關子，這方緩緩說道：「要說這次的事，原賴不得別人，怪只怪郝浴不識時務，竟與平西王結怨，方才導致這次削官之禍。」

吳應熊一愣：「我父親？」

何師我道：「正與令尊有關。吳世兄可知郝浴曾經上奏朝廷，彈劾平西王擁兵觀望，臨陣退縮之事？」

吳應熊搖頭道：「家父甚少與我談論朝中事。」

何師我道：「其實其中內情小弟也不深知，只聽說奏本中有什麼『驕悍不法，恣肆虐民』等語，皇上何等英明，怎會輕易相信，因此一番調查之後，便將奏本退回，而這件事被平西王得知，焉能不怒？於是反彈郝浴冒功誑奏，連他的舉薦恩師以及手下黨羽也都落了不是。」

陳刊嘆道：「俗話說：識時務者爲俊傑。當今對平西王倚若長城，既是君臣，又是姻親，那郝浴竟與平西王作對，的確是不長眼睛，自尋死路。」

眾人也都紛紛點頭，又舉杯向吳應熊稱賀，說些「令尊福星高照，逢凶化吉，可喜可賀」等語。吳應熊只得領酒稱謝，心中卻無比苦澀，既驚且哀——且不論郝浴彈劾之事是真是假，但只奏本內容何以外傳？而父親吳三桂又如何得知？父王上奏反彈，皇上降罪郝浴，這件事在百官中會引起怎樣的猜忌與反響？而這些隱情，皇上又怎會不知怎會不想？俗話說：「功高蓋主」。郝浴既然膽敢上本彈劾，身後未必無人撐腰；而皇上如此重辦郝浴，自是爲了平息父王之怒，但是皇上既對父王如此忌憚，嫌隙也必加深，只怕大禍不日就要臨門了。

何師我最擅察言觀色，看見眾人諛辭如潮，吳應熊卻似乎不以為然，遂改口笑道：「莫談國事，莫談國事，今日難得美酒佳人，不如吟詩一首，方不負此良辰美景。」

陸桐生聞言第一個回應，舉杯起座道：「我方才聽了玉香如姑娘的曲子，一時興起，便隨意謅了四句，還未來得及推敲，且念出來請眾位斧正。」遂搖頭晃腦地大聲念道：

「紅泥小火爐，黃酒臘梅花。
難捨玉人面，更深忘返家。」

這首詩其實十分不通，因為此時已是六月初夏，何來「紅泥小火爐」，更無「黃酒臘梅花」，一聽就知是陸桐生至少半年前的舊作，這時候卻偏偏拿出來假裝即席之作，以博「快才」之名。然而在座都是些阿諛奉承虛辭客套之徒，誰又肯當面揭穿他？便都哄然叫好，笑道：「好一句『難捨玉人面』，玉香如姑娘才藝雙全，歌舞娛人，也的確算得上是花中魁首，難怪陸兄這樣留連忘返，錯把他鄉做故鄉了。」

玉香如是戲班頭牌的名字。建寧聽了這幾句，只知關乎風月，卻並不懂得真正意思，只聞得眾人叫好便覺羨慕，暗暗記誦。正自吟哦，忽又聽眾人談起秦淮八豔來，那個念詩的陸桐生說：「今上禁娼雖是德政，然而槳聲燈影映美色那樣的秦淮風光竟不得見了，也是一件憾事。」

立刻便有人附和說：「京城八大胡同雖然盛名，其實難負，姑娘的才藝比起當年秦淮八豔差著好些，白長了好模好樣兒，可惜竟不能詩，便如玫瑰不香，鸚哥不語一般，其實無趣。」

建寧聽到他們的談話漸涉淫逸，不便再聽，也不好往前頭去，只得止住綠腰通報，回身走了。心中悵然若失，想連勾欄女子不能詩也要淪爲下品的，何況金枝玉葉？自己於格律生疏至此，豈非也是「白長了好模好樣兒，如玫瑰不香，鸚哥不語一般」麼？又想起皇帝哥哥也常常說「後宮佳麗少才學，未免言語無趣」的話來，不禁暗暗自警，心想丈夫這般冷落自己，可是也覺得自己無趣麼？

這天以後，建寧又找到了一個新的題目，就是學詩。她叫管家把家裏的唐詩宋詞悉數搬來，每天從昏到曉，有時間便吟哦揣摩，斟酌詞句。她平生第一次發現，原來詩詞真是很美的，比戲詞兒更美。有許多詩的字眼很深，很難懂得，那紙上的每一個字她都是認得的，可是合在一起究竟是個什麼意思，她就不明白了。可是不明白也沒關係，讀在嘴裏，仍然可以感覺得出那音韻，那鏗鏘，那意味，是一種說不出所以然的美妙和巧處。

她有些高興，她知道這就是詩，原來她也是喜歡詩的。在宮裏時，皇帝哥哥曾同自己說過，叫她有時間多看些漢人的詩詞，說那裏面有大學問，還常常命令大臣們寫詩填詞，也拿到後宮給她們娘兒讀過，她很膩煩，覺得充滿酸腐之氣，千篇一律的，都是頌揚之意。那些詩她是可以讀懂的，可是不喜歡，於是她便以爲自己是不愛詩的。但現在她知道了，原來詩在中原的典籍中是另外一回事，另外一些內容，是很巧妙和諧，充滿了美與趣味的。她有些後悔當年沒有聽皇帝哥哥的話，好好向香浮請教，多學一點音韻對仗的知識，如今又被禁足，真不知道何時才能再見到平湖。而在她被禁足的這段日子，與宮中的聯繫，就只有靠綠腰了。

綠腰雖然學過戲，如今又做了戲班的主管，卻很刻意地將自己與戲子們的距離疏遠起來，並且再也不肯開口唱一句戲。從前在宮裏，沒有女伶的時候，她是獨一無二的，她的歌聲曾經讓皇上也另眼相看，親口賜名；然而如今在府裏，整個戲班子養在這裏，誰都比她唱得好，懂得多，那麼她又何必自暴其醜呢？

綠腰不是沒有算計的人，她非但自己不肯再唱，還常常像個主子那樣，點一個小戲子到自己房裏來唱，或者聚集幾個體面家人，主要是和她一起從宮裏來的人，擺上茶水點心，與她一同欣賞戲子的唱。有意地告訴所有人：她是與眾不同、高人一等的，她可以調配這些戲子，這是整個府裏除了額駙與格格之外，她獨有的權力。

那些戲子伶人們早已看透了綠腰的這些小花招，心裏覺得好笑，然而他們天生就是懂得伏低作小、察言觀色的，便都不說破，反越發奉承著綠腰，撿她愛聽的說，將她哄得高興了，管束他們便寬鬆些。他們從前拉班子跑江湖的時候，風吹雨打，日子過得饑一頓飽一頓的，如今太平了，反倒有些無聊，一月裏不過唱上三五堂戲，沒事兒便閒吃閒坐閒磕牙，跟府裏的男女調笑逗趣，不免演出許多風月事來。他們心眼又靈活，嘴頭又來得，相貌秀美身段風騷，哪一個肯真正守安分，免不了便戲裏戲外地不分明起來。

有了這些個戲子帶頭兒，府裏年輕的少女們也都坐不住了，尤其是建寧帶來的那些宮女，她們的地位雖然不能同格格相比，心境卻大抵相似，只是她們的天地更寬闊些，眼界卻更窄淺些，便較容易滿足，只要不把滿漢之分看得過重，便有許多機會許多風景，可以使得她們擁有更加豐滿多彩的人生。

那些宮女們都在好事的年齡，眼看著這位額駙爺竟是個柳下惠，銀樣蠟槍頭的，更不指望收房納妾，只將眼光向那些風流戲子們瞟去，一五一十地學著拋媚眼兒，作身段兒。也有主意大些的，料著戲班子在府裏不能久長，便不肯浪擲時光，只在清俊些的家丁小廝們身上作功夫，宮裏原本就有宮女和太監「吃對食兒」的慣習，小廝們更比太監多著條命根子，如何不喜？因此不上半年，宮女們便各自都有了相好的搭幫，也有錯配鴛鴦雙鸞一鳳饒舌鬥齒的，但也都知道守著不成文的對食兒規矩，天大的事只是窩裏橫，底下鬧得翻江倒海，上面只瞞著不叫格格額駙知道，便大家相安，日子過得頗不寂寞。

唯一不肯安分認命的就是綠腰，她與額駙的交情非比尋常，名份卻始終只限於主僕。這位愚昧的格格嫁進府裏快有一年了，卻至今還不知道下詔命額駙「盡忠」的規矩，而額駙也堅持不肯主動對格格「投誠」，那些教引嬤嬤們只顧自己吃老酒打馬吊，樂得不聞不問；而綠腰則十分猶豫，不知道該不該提醒格格，是該早早地促成格格與額駙的好事，然後使自己名正言順地坐定妾侍之位呢，還是該繼續暗渡陳倉地讓自己獨個兒擁有額駙的憐寵？

這是額駙府，而自己是額駙唯一信任的女人，豈不就是額駙府實際意義上真正的女主人？身分與格格平起平坐，甚至凌駕於格格之上的？這感覺實在太美妙了，讓綠腰有點不捨得輕易戳破，就是戳破也要再過些時日，讓自己盡情享受了再說。尤其在建寧受到禁足令而不得進宮的時候，綠腰的主角意識更是膨脹到了極點——建寧雖不能進宮，卻仍然常派她去給平湖送補品。從前，她每次隨建寧入宮回來，都要向眾人炫耀一番宮中的見聞，那是只有她才能常見常新的，然而她的敘述的主角只能是建寧，而她永遠是跟隨者；現在，當建寧被禁足，她便被解放了，成了獨立完整的個體。

當她穿戴整齊，大搖大擺地獨自走在宮中時，她已經忘記了自己只是替建寧送補品的小宮女，而把自己當成了格格本身，或是吳應熊的夫人，一個身分尊貴、魅力不俗，可以自由穿梭後宮的特殊客人。她成了真正的主角，比格格享有更多的自由，並且替額駙完成他自己做不到的事，從而得到額駙的信任，得到格格得不到的親密。沒有人比她更威風更尊貴了，這種隱秘的快樂令綠腰飄飄欲仙，獨自興奮著，恨不能與眾人分享——做了主角，卻沒有觀眾，多麼寂寞？

然而背主偷歡的罪名有多大，她是知道的，總不能在額駙與格格「圓房」之前，就讓額駙先擺席設酒地把丫環「收房」吧？況且，額駙雖然對他很信任，很親切，卻始終沒有過逾規之舉，這也使得她不能有十分的把握，確信他在與建寧修好後一定會將她納妾。

綠腰暗自忍耐，默默佈署著自己的計畫，尋找一個絕佳的機會。她留意到，自佟妃生下三阿哥後，額駙已經很久沒有出門了，也再沒有信託付自己轉交，他常常獨自漫步在花園梅林中，仰首翹望，若有所期。這並不是梅花開放的季節，他在等待什麼呢？

他比以往更加蕭索，抑鬱不歡，見到自己時也只是彬彬有禮地客套，卻毫無熱情。綠腰再自欺，也能感覺得出額駙對自己的情感並不是男女之愛，他的態度中有尊重，有感激，有憐惜，卻獨獨沒有狎暱，沒有愛慕。那些戲子伶人的眼神手勢，撩風弄月，他一樣也不會。

然而建寧愛的就是這樣的他，因此綠腰要的也就是這樣的他。能得到建寧可望而不可及的額駙，是綠腰最大的夢想。只要能得到額駙的寵愛，讓她做什麼都願意。

這夜，服侍建寧就寢後，綠腰端了一盤豆沙點心走來東院，逕自推門進來，見吳應熊正在燈下獨自喝酒，桌上竟連一碟小菜也無。她嗔怪地問：「額駙，爲什麼獨自喝酒呢？喝醉酒是會傷身的。」這裏面有真心的疼惜，也有矯做的嬌媚，根本她自己也分不清哪些是真，哪些是戲。

吳應熊就更分不清，他惺忪地說：「不醉，又能怎樣呢？」他今夜似乎特別煩惱，竟忍不住對著這個千嬌百媚的小侍女吐露出自己最傷痛的心事，「她走了，不知道去了哪裡，不知道什麼時候回來。我想去找她，可是找到了又能怎麼樣呢？我沒有資格找她，也沒臉見她。」

「她是誰？」綠腰有些醋意，酒後吐真言哦，原來這位額駙心裏另有人在，既不是格格，也不是自己。

她走近他，發現他已經完全醉了，這也難怪，既是悶酒，又是寡酒，況且是酒入愁腸，想不醉也難呀。不過，一個人醉了之後，不是引誘他的最好時機嗎？她試探地問，「額駙是不是想納妾？」

「妾？」吳應熊忽然哈哈大笑起來，笑得蒼涼，笑得絕望，笑得眼淚都流出來了，他說，「她那麼高貴，美麗，娶她為妻也是不敢想的，何況納妾？我這樣的廢人，哪裡配得上她？就是想一想，也是褻瀆的。」

「怎麼會配不上？」綠腰嬌嗔地抗議，「額駙有學問，有根基，人品又好，脾氣又好，綠腰從小到大，宮裏宮外見過的所有人，都沒有及得上額駙一星半點兒的，額駙不配，還有什麼人配得上呢？」這「宮裏宮外所有的人」自然也包括了皇上、王爺與阿哥們，這是多麼隆重的讚美。

吳應熊再醉，也不禁微微震動，他苦笑地說：「我哪有你說的那麼好。真正的好男兒，生當詩文舉第，死當馬革裹屍。我空學得一身武藝，滿腹經書，卻文不能考科舉，武不能上戰場；想愛的人，無從愛起；不愛的人，卻被迫成配。我這個人，還不是紫禁城第一廢人麼？」

「那麼，為什麼不找一個你可以去愛、而她也深愛你的人呢？」綠腰端起杯子，奉上一盞香茶，「有一個人，死心塌地地愛著公子，關心你，仰慕你，願意為你生，為你死，又並不要你為她付出任何回報，只要你在煩悶的時候可以接受她的好意，對她看一眼，偶爾笑一下，她已經很滿足。這樣的情感，是不是很輕鬆呢？」

吳應熊不禁動容，綠腰的這番話，無疑說到他的心裏去了。不，是說到天下男人的心裏頭去了。一個小丫環，二八佳齡，明眸皓齒，乖巧伶俐，最難得的是這樣善解人意，千依百順，與世無爭，心無旁騖。如果他可以試著去愛她，甚至不必愛，而只是接受她，也許，他便會快樂許多。

宦海蒼茫，亂世紛囂，而他可以躲在自己的額駙府裏，獲得一點點偷安的溫情嗎？圍爐賞梅，把酒聽琴，無邊風月，有限清歡，也是幽禁生涯裏的一點點安慰吧？吳應熊看著綠腰，這個自己一

直沒有真正在意過的小宮女，第一次發現，原來她是這樣的青春、美麗。

在他的凝視下，她的笑容益發嫵媚，而他的眼神益發朦朧，酒不醉人人自醉，況且，他是真的醉了。

2

綠腰侍寢額駙的消息傳出，建寧只覺兜頭一盆冷水。

這是自她進府以來，額駙的第一次主動請求晉見，卻不是爲了她。他跪在她的座前行請安大禮，她滿面春風地叫他「平身」，他卻不肯起來，仍然跪著請求她，賜綠腰與他爲妾。

建寧沒想到會是這樣。她雖然已經嫁入額駙府半年之久，卻仍是處子之身，尙完全不懂得男女之間到底是怎麼一回事，更不明白這個不肯對自己多看一眼的額駙，爲什麼竟偏偏喜歡上了自己的侍女綠腰？難道綠腰比她更值得珍惜？這是他對她的報復與羞辱嗎？是他在向她挑戰嗎？

她看著他，一時不知該如何反應。沒有人給過她這樣的教育，也不知道該向誰請教。事情來得太突然，太意外，突然到她幾乎不相信是真的，意外到她以爲這是一齣戲，然而戲裏的人是怎麼做的呢？她該怎麼做，怎麼做才是對？懲罰他，把他們一起囚禁起來，不給他們吃飯喝水？還是成全他們，讓他感激她的大度？也許王孫公子三妻四妾是合理的吧，如果她懲罰他，是不是錯了規矩，讓人笑她醋妒？慧敏不就是因爲好妒而被廢的嗎？看來嫉妒是女人的大罪，是不可以的。那麼，答應他們嗎？可是她的心爲什麼這麼疼，這麼疼！

她聽到自己的聲音在空洞洞地問：「這是從什麼時候開始的？」

「與綠腰無關，是應熊酒後無德。」吳應熊沉著地說，「事前沒有向格格稟報，是應熊的錯，請格格懲罰。」

「你還護著她……」建寧顫抖地說，猶如嘆息。然後，不能自控的，她的眼淚流下來，止也止不住。她低下頭，呆呆地望著自己的雙手，眼淚滴落在手心裏，手心裏滿滿的都是淚，而她的心卻是空洞洞的，好像靈魂被抽掉了一樣，心被什麼東西牽動著，抽搐般地一下下地悸痛。

吳應熊看著建寧的眼淚，感到難言的震動。他想過建寧會大怒，會撒潑，會用盡刁鑽的手段來對付他，折磨他，會用最惡毒的話來謾罵、詛咒，而惟獨沒有想到的就是她的眼淚。這十二歲的女孩子，她的眼淚多麼無助，悲淒，彷彿要把她自己壓垮了。他忽然感到了深深的罪惡感，和洶湧而來的疼惜，那畢竟是個小女孩子呀，自己怎麼可以這樣傷害她？

他剛想對她說點什麼，管家匆匆跑了進來，「宮裏有旨，宣格格和額駙進宮，給容妃娘娘請安。」

「容妃娘娘？」建寧一時反應不過來，木木地問，「誰是容妃娘娘？」

「就是從前的佟貴人。佟貴人生了阿哥，已經晉爲容妃了。」

佟佳平湖晉封爲容妃，這比人們預期的容嬪還要高出一格，景仁宮的宮女各個歡天喜地，然而她自己殊無悅意。因爲，她的孩子被抱走了。

自從產子之後，平湖便一病不起，就像一瓣不等飛落枝頭便已經凋萎的桃花，過早地褪了顏色。屬於她的春天，就只有從進宮到產子的八個月。她虛弱地躺在榻上，體下墊著新的棉花褥子，不停地流血，疼痛，無休無止。傅太醫用盡了各種方法爲她止血，但略好兩天，就會因爲稍微的驚悸或者煩惱，從而重新開始了淅淅瀝瀝，就像連綿的秋雨。她是這樣的病弱，病弱到連自己都不能原諒自己。她拒絕皇上的探訪，甚至不肯見他的面，她執意地要在他心裏留下自己盛開的桃花面，而不願意讓他看到她的萎謝。

順治對此曾十分不滿，他正爲了大婚的事煩心，這迭進宮來的第二個皇后仍然是博爾濟吉特家族的女兒，還是前任皇后的親侄女，這就夠讓他厭倦的了，何況，她還是一個連漢字都不識的純粹蒙古格格——這也難怪，當年慧敏自小便被視爲大清皇后的第一人選，因此一直在接受著作爲一個皇后的教育，包括讀書、寫字，甚至做詩、塡詞，雖然比不得平湖的文采斐然，卻也至少可以做到知書達禮，文理通順。而這位如嫣格格，族人對她的期望只是成爲另一位蒙古王子的福晉，根本沒想過讓她走出大漠，更別提讓她學習漢字了。

博爾濟吉特如嫣正是標準的順治形容爲「言語無味」的那種人，這使他不由得更想見到平湖，並向她訴說心裏的煩悶。可是一而再再而三地，平湖拒絕見他的面，即使他強行闖進景仁宮去，她也會將被子拉過自己的頭臉，柔弱而倔強地說：「如果皇上強命臣妾暴露這不堪的容貌，臣妾寧可死了。」他真是拿她沒有辦法，怎麼能夠對一個剛剛生下他的兒子的母親發怒呢？而且是那麼嬌弱可憐的一個小小母親。

他只有放棄，並且悻悻地想：六宮粉黛過百，未必要專寵於一個並不深愛自己的妃子吧？他可並不知道，沒有人會比平湖更熱愛他的了。她對他的愛，遠不是男女之愛可以形容，甚至不是人民對於君主的愛，而是當作信仰、當作神明、當作生命中最精華的部分那樣去小心呵護，頂禮膜拜。這使她在面對他時，因爲過度的看重而失於嚴肅，甚至有些板滯。尤其是，她的身體不容她放肆地享受魚水之歡，每一次承恩，對她來說都好像一次磔刑，身上的每一寸肌膚都在忍受炮烙之苦，如果不是強烈的愛慕與神聖的信仰給了她驚人的忍耐力，真不知道她憑什麼可以堅持、承受、並在齒縫間迸出歡喜的微笑。

如今，她終於擁有了他與她的孩子，從而把她對他的愛嚴密地封鎖在自己的身體裏，用盡全身心的力氣去保護、珍藏、孕育成長，直到這孩子的出世。三阿哥玄燁，帶著她與她祖祖輩輩的志願離開她的身體，降生在改天換日的紫禁城，並即將成爲它新的主人。可是，她卻爲了這個她與他共同的孩子，過早地失去了美貌與健康，失去了面對他取悅他的資本與信心。

她的孱弱給了皇太后最好的藉口，於是，從孩子呱呱落地那一刻，皇太后便指使女官素瑪將三阿哥抱到慈寧宮，並爲他找了兩個年輕健碩乳汁豐富的奶媽。太后似乎很喜歡這個孩子，親自給他取名玄燁，並下旨晉封平湖爲容妃，可是同時，她又特別叮囑任何人不可以把孩子抱到景仁宮去，而佟妃亦不必往慈寧宮請安。

平湖從生下玄燁起，就再也沒有見過自己的親生孩兒。她日日夜夜地思念他，無休無止地流淚，也流血。傳太醫曾向皇太后請命，說如果佟妃可以看到兒子，稍慰思念之苦，或者會對身體康復有幫助。然而太后很關切地說，三阿哥是早產兒，須得看顧小心，抱來抱去的只怕受風著涼，況且景仁宮裏病氣重，也不合未滿歲的孩子出入。就連玄燁的百日慶典，皇太后也特地傳令景仁宮，說容妃娘娘身體不適，不如臥榻靜休，不必親往，三阿哥的事，自有皇太后操心。

就這樣，平湖誕下龍子，升爲容妃，卻同時失去了兒子，也失去了皇上。她能夠見也願意見的人，就只有建寧。這便是太后親自下旨解除禁足令，宣召建寧入宮的原因了。

建寧下了轎，先往慈寧宮給太后請了安，叩謝解除禁足令之恩，接著便直奔景仁宮而來。看到平湖的第一眼，她就把自己的煩惱痛苦全忘記了，眼中心裏就只有平湖的愁苦。平湖實在是太虛弱、太消瘦了，瘦得簡直像一朵花的影子，失了形失了色，卻惟有一縷暗香猶存。建寧忍不住垂下淚來，哽咽：「你怎麼瘦成這樣？」

平湖卻不哭，雖然她的眼睛裏亮晶晶的，但不是眼淚，是無窮無盡的思念與憂心。她甚至微笑著，頗有興致地說：「我知道你今天來，等了你半天了，還特地備了酒。」

果然，侍女們抬出炕桌來，布出酒菜，是極精緻的四樣小菜和一小瓶酒，用羊脂玉瓶盛著，倒在藍田玉杯裏，芬芳四溢，如桃花盛開。建寧只抿了一口，就品出來了，那是桃花酒，埋在建福花園桃花林中的女兒紅，大明公主長平仙姑的遺贈——這世上，這樣的酒只有兩罈，一罈屬於自己，一罈屬於香浮。自己的那一罈，在離宮前由她親手挖出來，帶去了額駙府，留在寂寞的夜裏自斟自飲；香浮的那一罈，卻不知去向。原來，原來它在這裏！

建寧的淚流下來，也不擦拭，她哽咽著：

「從我把女兒酒從桃花樹下起出來的時候，我就知道，我的好朋友香浮，另一罈桃花酒的主人，也在這宮裏，並且比我更早地起走了另一罈酒。我一直在等她，也一直在找她，找了很多年。我知道她一定會回來的，就跟我想著她一樣，她也一定不會忘了我。」

她親自斟了一杯酒放在平湖面前，問她：「我只問你一句話：你是不是香浮？」

平湖看著建寧，因爲瘦，她的眼神裏褪去了從前柔媚的波光，而顯得格外幽深，更像一片蒼茫的湖水了。她幽深而蒼茫地望著建寧，輕輕問：

「我聽說，皇后的晉封大典，你沒有出席？」

建寧咬著嘴唇說：「長平仙姑跟我說過，大清的皇后，只能是香浮公主。以前我不知道香浮在哪裡，我叫過慧敏作皇后娘娘，但是現在我找到香浮了，除了她，我不會再承認任何人是皇后。」她低下頭，難過地說，「只是，只是皇帝哥哥不知道……」

平湖更加悠長地嘆了一口氣，輕輕說：「皇帝哥哥他，自己做不得主啊。」

建寧猛地抬頭：「你叫他做『皇帝哥哥』？你也這樣稱呼他！在這宮裏，除了我，就只有香浮這樣叫過他！」她抓住平湖的手，「你還不承認嗎？你還是不肯認我嗎？」

平湖輕輕掙脫建寧的手，端起酒來一飲而盡，忽然說：「我記得你喜歡聽故事的，你可知道景

仁宮的故事麼？」

「景仁宮的故事？」建寧愣了一愣，忽然想起從前長平公主在桃花樹下給自己講述那些宮廷典故的往事來。平湖說記得自己喜歡聽故事，那不就等於承認了她就是香浮嗎？

不管建寧要不要聽，平湖已經開始講述起來：

「在明朝時，景仁宮原本是被叫作長安宮的。明代第一位被廢黜的皇后胡善祥，就死在這長安宮裏。胡皇后是個端莊貞靜、知書達禮的有德之后，然而明宣宗朱瞻基卻並不欣賞她的德才，而一味迷戀美豔妖媚的孫貴妃，並且不顧大臣們反對，執意要立孫貴妃爲皇后。宣德三年春，胡皇后主動提出辭位，默默地搬出了皇后居住的坤寧宮，而搬來了長安宮，並從此斷卻塵緣，做了一名女道士。」

「皇后出家？」建寧一驚，她想起了長平公主，也想起了自己的母親綺蕾，綺蕾從前在盛京宮中時，不就一度出家，吃齋念佛，在後花園度過了很長的一段歲月嗎？

平湖繼續說：「皇帝巴不得皇后出家，所以很痛快地答應了，還賜她法號『靜慈仙師』。從此胡皇后吃齋執素，與世無爭，在長安宮裏寂寞地度過了慘澹的餘生，一直到死。而這長安宮從此也就成了宮中的不吉之地，在明朝時，只有不得志的妃子才會派住此地。」

「那，那麼……」建寧結舌，她想太后知道這段典故嗎？她命令平湖從雨花閣搬來景仁宮，莫非別有深意？

「所以，連這紫禁城的每個宮殿尚且都有自己不可抗拒的宿命，何況住在其中的人呢？」平湖他是你的侄兒啊。」

靜靜地流了淚，一字一句地說：「建寧，我要拜託你，如果這次我好不了了，你要幫我照顧玄燁，他是你的侄兒啊。」

她的眼淚使建寧深深地震動了，冷靜而聰慧的平湖哦，她雖然嬌小柔弱，可是天生有一種泰山崩於前而不變色的本領，而今天，她竟然流淚了。建寧在那眼淚前崩潰下來，連聲叫著：「我答應你，你答應你，香浮，你別哭，別哭，你說什麼我都答應。」她已經完全把平湖和香浮視爲同一個人了。

3

當建寧與平湖在景仁宮互訴衷腸的時候，順治在絳雪軒召見了吳應熊。

行過君臣之禮後，順治開口便嘆了一聲：「應熊啊……」

吳應熊一驚，這稱呼好不親暱得怪異，不及細思，忙躬身下袖，朗然應：「臣在。」

「應熊啊，你是建寧的額駙，按照你們漢人的稱呼，我應該叫你一聲妹夫。我們名爲君臣，實爲至親，這裏沒有外人，你也不必如此拘謹了。」

吳應熊聽皇上竟以你我相稱，更加不安，心中慄慄，未卜吉凶，只得側身坐了。順治卻又半晌無言，只是望著廊柱上的盤龍發呆，半晌，忽然長嘆一聲，似有無限煩悶。吳應熊不便再裝聾作啞，只得問：「皇上可有什麼不適意處，微臣若能爲皇上分憂，必當赴湯蹈火，義不容辭。」

順治這方回過頭來，卻慢慢地問：「應熊啊，你說，身爲男人，一生中最得意的事情應該是什麼？」

吳應熊心道，若論少年得志，隨心所欲，還有什麼人比九五至尊的皇帝更得意的？他生爲天子，八歲登基，十五歲親政，坐擁天下，呼風喚雨，難道還不夠得意的？只得含糊道：「做自己最想做的事，又能夠做得成功，就是人生在世最得意的事了吧？」

順治說的是「男人」，而吳應熊卻只說是「人生在世」，故作模稜，倘若順治另有機鋒的話，好預留後路，容易轉圜。只聽順治笑嘆：「做想做之事，還要做得成功——說起來容易，可是誰能做到呢？」

吳應熊一愣，回心細思，無論是爲君爲臣，若是想做之事僅止於口腹之欲，衣飾之華，那自然是容易做得到；然而要是爲臣的想位極人臣，少不得要討爲君的歡心，那便不能太得意忘形，而要多所顧慮；而爲君的，若是想四海臣服，開疆擴土，可也少不得要焦首勞心、殫精竭慮。如此想來，這世上，竟無可順心如意之人。自己這句「做想做的事，做得成功」也就等於一句廢話，無異於癡人說夢了。

順治見他不響，又問：「依你說來，身爲男人，一生中最得意的事，就是做自己想做的事；那麼，這話反過來說，一個男人想做什麼事卻做不到或者不能做，爲命運所擺佈，就該是最失敗的吧？」

「也不能這麼說。」吳應熊益發不解順治的心思，不敢把話說得太盡，只得道，「其實這世上並沒有真正滿意或者滿足的人，得隴望蜀本是人之本性，不然，也沒那麼多尋仙問道、求取不老藥的癡人了。」

「癡人，哈哈，癡人，說得好！」順治仰天大笑，卻笑得蒼涼，笑得悲哀。

吳應熊聽著這笑聲，無緣故地感到一陣寒意，這少年天子，心中彷彿有著無限的鬱鬱不得志，他想自己陪皇上讀書多年，細想起來，順治從小到大似乎也沒有特別開心的時候。每每臨朝問事，往往雙眉緊蹙，殊無喜悅，他名爲「順治」，而天下初立，想要順利治理，談何容易？但以今日態度看來，皇上所憂心的，好像又還不是天下大事，倒像有什麼隱憂難以啓齒。然而身爲皇帝，享盡天下榮華富貴，他的不如意事，又會是什麼呢？

順治笑罷了，忽然又問：「那得隴望蜀的，固然是癡人；但那專心一志，抱定『除卻巫山不是雲』之念，卻仍要隨波逐流的，又是什麼人呢？」

吳應熊心中微微一動，想起皇上曾說過的那位「神秘漢人小姑娘」，順勢答：「無非『曾經滄海難爲水』，只因心中太過執著之故吧。」

順治又笑著追問一句：「那麼這執著的，也是『癡人』了？」

話說至此，吳應熊已猜到順治今天的話題旨在談情，然這一句「癡人」又豈可用在皇上身上？當下謹慎答道：「古人云：『君子擇善而固執』，這固執之人，自然便是君子了。」

這句話答得相當滑頭，皇上是「君」，這「君子」二字既可以指天下任何一個男人，亦可以專指皇上，那麼皇上無論所要討論的人是指他自己還是指天下男人，這二字都可以當作答案，可圈可點，無懈可擊。順治不禁笑了兩聲，道：「都說額駙才高八斗，文采斐然，朕倒覺得若以文章論，也還罷了，倒是額駙的口才對答，的確是玲瓏八面，字字珠璣呀。」

吳應熊聽順治忽然轉而以「朕」自稱，知道他對自己的圓滑意存不滿，微有責備之意，更加不便回話，也只得循例答一句「皇上過獎」。

然而順治並不放鬆，又追緊一句道：「那麼依你說，身爲君子，最得意事又該是什麼呢？」這個問題就更不容易回答，順治借了吳應熊這句宜廣宜狹的「君子」一詞來追問他，堪爲請君入甕，若是回答升官發財之類，那麼身爲「人君」，再升官想升到哪裡去呢？若是答四海昇平，又豈是尋常男人的口吻？吳應熊不敢輕怠，只得引經據典：

「孔子云：『食色性也，人之大欲存焉』。可見食色性是天下人所求，而詩經又云：『窈窕淑女，君子好逑』。可知太平盛世，良辰美景，無過於『男歡女愛，兩情相悅』八個字了。」

這一句，避重就輕，先把「太平盛世，良辰美景」的大前提抬出來，那便可以輕輕帶過天下政治的大道理，而專注於「食色性也」的「人之大欲」，再舉出《詩經》典故來，把「君子」推給古時稱謂，含糊君民之分，四兩撥千金，挑不出半點紕漏。

順治至此，算是切實領教了此子口才，倒也頗爲讚賞吳應熊的急智，遂不再打啞謎，笑道：「好一個『男歡女愛，兩情相悅』。只可惜，這世上的姻緣，既要講一個『緣』字，還得有個『分』字，有緣人能夠兩情相悅的已經難得了，而還要有『分』相守、男歡女愛的，就更不容易了。」

吳應熊聽到這一句，心中更加驚動，究竟不知順治所言是在自遣愁懷，還是已經知道了自己私納婢女的事，只得俯首道：「臣受教了。」

順治端起杯來，微微吹開茶沫啜了一口，長嘆一聲，忽然推心置腹地說：

「朕與皇后的大婚，是由太后所賜，禮部決議，自己可能說得上半句話？一而再再而三，把個蒙古格格強塞到宮裏來，朕能說個『不』字嗎？朕於幼年時曾立誓要娶一位漢人姑娘為皇后，難道可以如意？朕為人君，然而婚姻大事竟不由自己做主，這且不說，便是在容妃處多停留幾日，也要被參一本偏袒東宮，福澤不均。朕是皇上，可是皇上在自己家的床頭兒上都做不得主，比尋常百姓家何如？」

吳應熊聽他忽然說起這般體己話來，不禁大驚，更不知當作何回答。順治倒也並不要他回答，只顧自放下杯子，揮手道：「應熊啊，我今天找你來，只想說一句話：這世上，娶了自己不想娶的女人的人，不止是你一個。我累了，你先回去吧，我們找個日子，改天再談。」

吳應熊領旨謝恩，躬身退出，心中百般思索順治所言，感慨萬千。想順治深居皇宮，高高在上，連說一句體己話都找不到朋友，真也是高處不勝寒了；又想他說的自己不是唯一婚姻不如意的男人，言外之意，自是憐惜御妹，替建寧開解自己之意了。他的意思是說，即使是皇上也不能為自己的婚姻做主，他吳應熊受這一點委屈，也只好啞忍算了。這番話，推己及人，頗有同病相憐之意，可謂用心良苦。

這樣想著，建寧淚流滿面的樣子便又浮現在眼前。他不禁轉念又想，一個男人娶了自己不想娶的女人爲妻固然可悲，然而一個女人嫁了不想娶她爲妻的男人，又豈是幸福呢？建寧貴爲金枝玉葉，卻也不能爲自己的婚姻做主，她的處境，可謂比自己更悲慘，更無助。自己又有什麼理由不體諒她，安慰她，保護她呢？若是不能，也辜負了皇上這一番知己傾談了。又想到自己今天剛剛提出納妾之請，皇上便找自己來了這麼一番懇談，未必話出無因。可見額駙府裏必有皇上的耳目，倒不知這些耳目們都偵探了些什麼秘密，若只是自己冷落公主也還不怕，若被他們知道自己私通義軍可就是滅門之禍了。伴君如伴虎，伴著御妹，又何嘗不是如此呢？

吳應熊長嘆一口氣，剛剛湧起的一絲溫情又迅速冷了下去。

4

額駙與格格的「圓房」和對綠腰的「收房」幾乎同時進行，這讓額駙府上上下下的人不能不對綠腰另眼相看，不免猜測額駙肯與格格圓房，說不定正是爲了能早日將綠腰收房，如此看來，顯見額駙重妾而輕宮，主婢兩個在男人眼中的地位顯然是顛倒了個兒，格格反而不如丫環來得嬌媚惹人憐。

雖然這些議論不至於傳到建寧的耳中，然而她再天真，也有所察覺。畢竟，天天出入額駙東廂的人是綠腰而不是自己，她現在已經知道了下旨召見的規矩，卻出於倔強與自尊，固執地不肯下旨；而吳應熊從上次進宮回來後，雖然終於肯主動請恩，每隔十天半月也會象徵性地獻上些小禮物請求公主召見，但可以明顯地感覺到，他這樣做，完全是出於對御妹的尊重而非出於對自己的喜愛，他的做法，就像在朝堂上循規蹈矩地出早朝一樣，是爲了合乎法規。

然而，倘若床笫之間不能男歡女愛，那麼翻雲覆雨又有何意義呢？因此，不管建寧在心裏有多麼渴望吳應熊，巴不得與他朝夕相處都好，表面上待他卻只是冷淡，對於他的求見也總是否決的次數爲多。

這漸漸成了一種模式——吳應熊隔段日子就遞上一紙請恩表，而建寧在謝絕三五次後才會恩准晉見。而後兩人彬彬有禮地共度一夜，次日繼續相敬如賓。表面上，他們已經取得了暫時的休戰同盟，然而實際上，那冷戰的氣氛卻無日或休，反而因爲這種偶爾的肌膚之親而益發幽怨冷結。

建寧也很苦惱於這種僵局，然而她自小已經學會逃避現實的訣竅，既然現狀不能改變，也只好裝聾作啞，視而不見。禁足令解除後，建寧往宮中跑得比從前更頻了。她一向是拒絕長大的，雖然生於宮中長於宮中，可是因爲失於調教，她就像荒山上的野草一般恣意瘋長，一方面她比別的同齡女孩都有著早熟的個性，另一方面，她卻又永遠像個長不大的孩子一般任性。

然而她與平湖不同尋常的親密，卻使她被迫面對了本應遙遠的生育之痛與別離之苦。發生在平湖身上的一切痛楚與哀愁，建寧都感同身受，這使得她也彷彿洗了催生湯一般，迅速成長。她和平湖就像兩個冬天裏擠縮在一起取暖的小貓，守護著深宮裏最隱秘珍稀的一份友情，在無邊的傷感裏製造著小小的溫情。沒有人比她更瞭解平湖對皇帝哥哥那深沉而執著的愛情了，也沒有人比她更能體會平湖的無奈與絕望。她曾經問過平湖：

「為什麼不肯見皇帝哥哥？如果他見到你的面，一定會比從前更加疼惜你的。」

「可我想要的，並不是疼惜。」平湖站在建福花園的桃樹下，手扳著樹枝，彷彿在嚴寒裏尋找花苞。

這已是順治十二年的三月，玄燁已經滿一周歲了，可是桃花還沒有開——今年的桃花開得特別晚，是因為桃花也缺乏愛情嗎？建寧茫然地問：「到底，什麼是愛情呢？」

「愛情便是，一個人呼吸的時候，另一個便能感覺到呼吸的震動。」

建寧啞然，她沒有遇到過這樣的愛，也沒有產生過這樣的愛。她知道自己是愛著丈夫吳應熊的，可更多的是怨恨，冷漠，疏離，她會為他心動，但不至於分分秒秒去感受他的呼吸，她甚至不關心他的喜怒哀樂，因為他也並不關心她的。她同樣知道，平湖也沒有遇到這樣的愛情，皇帝哥哥對平湖的愛，遠遠不如平湖之於他的。

她這樣想著，便脫口而出了：「可是，即使世上有這樣的愛情，也很難是雙方互相的吧？如果只是一個人用心地去感覺另一個人的呼吸，而那另一個人卻並不知曉，那麼，愛，又有什麼意義呢？」

平湖渾身一震，默然不語。建寧的話無疑擊中了她的心，她知道，當她這樣深刻熾熱地想著皇上的時候，皇上，卻正在一天一天，一點一點地忘記她，遠離她。他已經整整一年沒有詔見她了。從前她拒絕他的詔見時，他還時時有禮物賞賜，然而最近這段日子，他卻已經連一絲音信都不給她了。他，是否已經完全將她忘記？那是早晚的事吧，即使不在今天，也在明天。

她看著光禿禿的桃樹枝，微笑地看著，看著，然後靜靜地落下淚來。因爲，她從那寂寞的桃樹林裏看見了福臨，他和她，是沒有將來的。他已經娶了新皇后，還會再娶許多新的嬪妃，她們會漸漸充滿他的心，不給她留一丁點兒餘地。好像聽到一聲炸裂，她的心彷彿突然被什麼敲碎了，山崩地裂般坍塌下來，刹時間摧爲齏粉。

那以後，平湖就再也沒有與建寧說起過皇上，她們很少談論宮事，甚至也很少計畫將來，她們就只是靜靜地一起在花樹下漫步，或者對坐著談論詩詞。建寧對做詩產生了巨大的興趣，而這又正是平湖最擅長的，自然傾囊相授。兩人一個教得細心，一個學得用心，不到一年，建寧已可熟背白香詞譜，笠翁對句，雖不能出口成章，卻也可做到平仄不錯、對仗正整了。

這天，建寧又像往常一樣梳洗妝扮過便往宮中來，侍衛們卻說宮中正在避痘，不許人隨便出入。綠腰上前一步說：「是容嬪娘娘特別下帖子請我們格格來見面的，還不放行麼？」

「容嬪娘娘」曾經是皇上面前的紅人兒，但自她誕下三阿哥玄燁後，已經一年多沒有與皇上見過面了。這些耳目聰敏的侍衛們又怎麼會不知道呢？因此毫不當回事兒地回答：「憑是哪位娘娘，也大不過太后娘娘。這可是皇太后親口下的懿旨，不放一個人進去。」

綠腰氣惱：「喲，你還真會嚇唬人！『皇太后親口下的懿旨』，太后娘娘『親自』當著你的面下的旨麼？你『親耳』聽到了麼？倒是我，『親眼』看見、『親耳』聽見、皇上『親口』下旨說我們格格可以不經傳旨，自由出入宮中，你難道不知道嗎？」

皇上下旨「十四格格可以隨時進宮」的事，這侍衛倒真是知道的，雖非「親眼」看見，卻也「親耳」聽吳良輔說過，聞言頓時語塞，卻不願意輸給一個婢女，扭脖耍性子地道：「你不用在這裏跟我嚼舌頭，從前的事我不記得，太后娘娘說不許放外人進宮可是今兒大早上的事，皇太后娘娘下旨的時候，可沒說過格格可以例外！」

僵持到這一步，連建寧也覺得無趣，坐在車裏隔著簾子向綠腰道：「算了，我們改天再來。」

然而向來懂得見風使舵的綠腰卻不願意了。也許這一年來她運氣太好也太順，已經習慣了呼風喚雨隨心所欲，整個額駙府都是她的舞臺，連向來跋扈的格格也要讓她三分，這使她的自我膨脹已經到了極限，漸漸忘了自己是誰。

格格得不到的人，自己可以得到；格格去不到的地方，自己可以去到；格格做不到的事，自己也要證明給所有人看：綠腰，可以做到！因此，當建寧下令「回去」的同時，綠腰不退反進，出乎所有人意料地，猛上前一步，對著侍衛便是一掌，嬌聲斥道：「你敢藐視皇上，抗旨不遵?!」

這一掌，把所有的人都驚呆了。皇家重地，紫禁城門，一個婢女竟然動手掌摑一個侍衛，這成何體統？連那被打的侍衛都被驚呆了，手捂著臉做不出任何反應。紫禁城門口，一時空氣凝重得像墜了鉛一般，遠處，似有雷聲隱隱，雨雲低垂。

公主婢女掌摑神武侍衛的消息，像風一樣傳遍了宮中的亭臺樓閣，並被擅於聯想的嬪妃、阿哥、太監、宮女們迅速提升到一個更高的矛盾點上，且開始猜測：太后和皇上會如何處治這件事呢？

侍衛與婢女，一個自稱是奉了太后嚴命，一個又聲明是皇旨大如天，那麼處治了侍衛，就意味著皇令大過懿旨，而若懲罰婢女，則代表太后還是比皇上更具威嚴，仍然是後宮中的至尊。這兩個本來微不足道的侍衛宮婢，忽然被擺在了一個舉足輕重的地位上，無論天平向哪一側傾斜，都代表著皇宮中的力量分配。太后與皇上手中各執多少籌碼，很快就要見個分曉了。

當吳良輔陪著建寧來到絳雪軒，一五一十地述說著神武門前的鬧劇時，皇上立刻便意識到了這件事背後深藏的種種危機，頓覺棘手——身為人子，即使為了表示對太后的孝心，也應該立刻降旨嚴懲綠腰，可她如今的身分已經不是宮婢，近來又被額駙收用，由皇家懲處於格格和額駙的面子上不好看。況且她對太后不敬，若只是幾句申斥或一頓鞭子，未免太過浮皮潦草；而若處以極刑，又似乎小題大做，欲蓋彌彰，好像自己真的有什麼見不得人的心思，被一個小婢女無意中說穿了，因此要大動干戈來表白似的。

順治深深嘆了口氣，向著建寧苦笑道：「十四妹啊，你可是給哥哥出了個大難題了。」

建寧一時看不出深淺，問道：「皇兄想怎麼處治？」

順治反問：「依你說，該如何懲治？不過，在你回答之前，先拋開你是格格這個身分，而要把你當成我，或者當成軍機大臣來量刑。你會怎麼做？」

「我會……」建寧話說到一半，已經意識到並不是那麼容易決斷的。如果作為建寧，不用說，當然是護著自己的婢女，把侍衛教訓一頓就算了；但若異地而處，她卻很明白婢女掌摑侍衛是件極沒體統的事情，受罰的理該是綠腰。但怎麼罰呢？也打她一耳光作為教訓？似乎太兒戲了；扣她三個月俸祿或是撥去掃院子？可綠腰現是額駙府的人，又不在宮中當差領薪，這樣罰並不合例；讓她遊街示眾甚至午門斬首？好像還不至於；而且這件事牽扯到了太后，如果判罰不力，很可能會擔上個大不敬的罪名。

建寧越往深處想，就越意識到這件事的非同小可，也明白了皇上的處境有多麼為難，自己，真是給哥哥出了大難題了。她咬咬牙，下定決心地說：

「我想，我知道怎麼做。」

「你知道？」順治饒有興趣，「你會怎麼做？」

「我會去跟太后說，是我惱恨侍衛頂撞，動手打了他。可是想想，他也是遵照太后的命令，我這樣做太任性了，所以負荊請罪。太后大不了罵我幾句莽撞不懂規矩，總不會爲個侍衛把我也打一巴掌吧？」

「這倒也是個辦法。」順治意外地看著建寧，「十四妹，你真是長大了。不僅懂得權衡利弊，顧全大局；還知道挺身而出，舉重若輕。」

建寧笑道：「哥哥是怕我被太后罵得太慘，所以預先好好誇我一頓作爲補償嗎？」

順治也笑道：「如果你能把這件事平穩解決，我還會給你更多賞賜的。」

「是什麼？」

「你想要什麼？」順治認真地問，忽然想起在建寧小時候，帶她去建福花園探望長平公主的事。他一直都希望可以給這個妹妹更多的快樂，然而，縱然身爲帝王，他能給她的，也仍然十分有限。他甚至不能給她一個如意郎君，不能使她得到平凡百姓最簡單的愛與幸福。除此之外，任何珍珠寶貝，他都願意給她。

然而，建寧低頭思索片刻，卻茫然地說：「我一下子想不起來要什麼。皇帝哥哥，要不你先欠著我的吧，等我想出來缺什麼，再請皇帝哥哥賞賜。」

順治和建寧兄妹倆彼此微笑地相望，心底裏同時湧起難言的惆悵。人中龍鳳的他們，都很清楚自己生命中至深的缺欠，可同時也都明白，那欠缺的，沒有任何人可以給予他們。

當建寧來到慈寧宮請罪的時候，皇太后大玉兒也同樣感到驚訝與慶幸，驚訝的是建寧竟然有這份心胸與急智，慶幸的是，建寧的舉動的確是解決了她的一個心中疑難——她身居後宮而耳目眾多，又怎麼會沒聽見那些流言蜚語，又怎麼會不爲這件事的處理而爲難。整個宮中都眼巴巴地看著這件事的處理結果，她又何嘗不希望儘快息事寧人，讓這件事平穩過渡。

她向來對建寧的過錯都視而不見的，不過這次要做文章給眾人看，又恰是宮中昏定時間，許多命婦嬪妃簇擁，正是肅清謠言的大好時機，因此板起臉來，著實說了建寧幾句：「已經嫁了人，怎麼還是這麼輕浮任性，沉不住氣?同一個侍衛也大動肝火，豈不有失金枝玉葉的體面?」

建寧唯唯諾諾，並不辯嘴。眾人袖著手看戲，各動心思，惟有孔四貞上前一步陪笑道：「格格也是思念太后，急著進宮才一時衝動的。其實四貞這兩天也正盼著格格進宮，好好地告個別。只是因爲宮裏避痘，才沒敢請示太后，既然格格來了，四貞請求太后，可不可以請格格去花園裏說會兒話?」

莊妃也早說得口乾，聞言趁機道：「正是，你們從小一同長大，以後還不知道有沒機會見面，是該好好聊聊，也替我好好教訓格格知道些規矩。倘若格格能同你一樣懂事，我可少操多少心?我也累了，你們大家也都散了吧。」就此打住話頭，眾人想要看一場好戲、賭一局勝負的如意算盤遂告落空。

一出走慈寧宮，建寧就拉住孔四貞的手問：「你剛才和太后說的那些話是什麼意思？什麼叫『好好地告個別』，又什麼是『以後不知道有沒機會見面』？你要出宮嗎？要到哪裡去？」

四貞苦笑：「格格還是這麼性急，我正要同你說這事兒呢，這不還沒來得及開口嗎。」

原來孔四貞自幼已由父母許配給孫延齡爲妻，只等三年滿孝，就要出宮下嫁的。今年剛好是第三年，太后已經擇定吉日，年底便要爲她做主，隆而重之地送她出宮了。四貞告訴建寧：

「我知道你爲了出嫁的事，一直都生我的氣，認爲我站在太后一邊，不幫你說話。可是，女大當嫁，父母之命，這都是天經地義的。滿人也好，漢人也好，女兒從來都不能替自己的婚姻做主。就拿我來說吧，打小兒由父母訂了親，連面兒都沒見過，還不是一樣要嫁？你生了我這麼多年的氣，現在也該消了吧？不然，我走了也不安心。」

「你要嫁人了？」建寧大驚，「你要嫁到哪裡去？很遠嗎？要離開都中嗎？什麼時候再回來？」

「嫁雞隨雞，只怕很難再回來。」孔四貞淡淡地一笑，「不過，這紫禁城裏，我也沒有多少可留戀的。這些年來，我在宮裏小心翼翼，忍辱偷安，爲的只是替父親伸冤。現在大仇已報，心願已了，我也沒什麼理由再留下來了。」

建寧想起來：「對了，你以前說過，你父親兵敗，不僅是因爲敵強我弱，還因爲什麼公按兵不救，才會害得你一家滅門的。你現在說大仇已報，是不是那個什麼公已經死了？」

「是續順公沈永忠。」孔四貞咬牙切齒地說，「他已經被削爵爲民了。」

「只是削了爵，沒有喪命嗎？」建寧意猶未足，「依我說，血債血償，總得殺了他才解恨。」

「所以，我一定要出嫁；只有出嫁，才能出宮，做我想做的事。」

建寧一愣，若有所悟：依靠皇家的力量，只可以做到讓仇人削爵革職，貶爲庶民；但這已經足夠讓孔四貞有機會斬草除根了。失去了兵權的沈永忠就等於推翻了自己的堡壘，只是一個待宰的羔羊，任人魚肉。孔四貞急於出宮，爲的正是追殺到底、誓必除之而後快。而她竟然把這樣機密的心事與自己分享，分明是在告訴自己：她的確把自己看成最心腹的朋友，非常珍視這份友情。自己猜忌了她這許多年，想來真是太小氣了。難得今天一番傾心之談，可以讓她們重拾友情，卻又分手在即，真也太叫人遺憾。

孔四貞又問：「你出嫁這麼久，我們一直都沒有好好地聊過天，我都不知道，你是不是幸福、快樂。只看到你三天兩頭地進宮，是不是不喜歡待在家裏？」

建寧嘆息：「我從小生長在宮裏，從盛京宮到北京宮，出了嫁，就住進額駙府，從來也沒覺得有多快活，可是也不知道快活的日子應該是怎麼樣的，不過是過一天算一天罷了。按說在府裏，沒有宮裏這麼多規矩，又可以常常出門逛街，應該高興才對；可是不知怎的，我又想念在宮裏一群人嘻嘻哈哈的日子，雖然那些格格們成天跟我鬥氣，但日子過得好快。現在每天從早到晚，好像就是我一個人走來走去，自說自話，連鬥氣的人也沒有，日子變得好長，從早起就盼著天黑，天一黑又希望趕緊到下一天，下一天也沒什麼可高興的，就想著進宮了。」

四貞驚訝：「額駙不陪你嗎？」

建寧嘆了更長的一口氣，卻不想說了。四貞也不再往下問。她們雖然已經拾回了一度丟失的友誼，可是已經很久不曾談心，很難一下子變得親密無間。

兩人在花園中一圈一圈地散著步，就像建寧在額駙府裏的日子，繁花似錦而一成不變。

多年之後，當沈永忠被刺的消息傳來的時候，朝廷震動，群臣竊議。然而建寧一點也不感覺到意外，她知道，她的好朋友孔四貞終於報了仇了。

那真是一個隱忍、漫長而完美的復仇計畫，爲了這計畫，四貞在宮中忍辱負重、察言觀色那麼多年，小心翼翼地討好著太后，處心積慮地尋找著機會，不放過哪怕任何一個最微小的細節，終於層層滲透，使續順公失去了爵位。然後，她便在第一時間出宮，又不知道經過了多少嚴密的佈局和婉轉的刺探，才終於找到一個手刃仇人的機會。

但不管怎麼說，她成功了。

可是，她快樂嗎？她幾乎把一輩子都押在復仇上了，當大仇終於得報，她是如釋重負，還是若有所失？

沈永忠已經不再是公爵了，他的死，雖然一度成爲人們飯後茶餘的熱門談資，卻不足以引起足夠的重視，讓朝廷花費財力人力去調查追究。就好像一塊巨石投入湖中，雖然激起不小的漣漪甚至浪花，可是湖面很快就會恢復平靜，就同投入一個小石子沒什麼分別。

當建寧發覺人們不再對續順公的事津津樂道時，便知道四貞是真正的安全了。她覺得放心，卻又有些悵然——因爲沒有人追究，她也就無從知道四貞的消息。自從出宮之後，四貞就像從這個世界上消失了一樣，再也沒有絲毫音訊，而曾經那麼寵愛她賞識她倚重她的太后大玉兒，也從此矢口不提孔四貞。

建寧覺得寂寞，也許這個世界上，就只有她，還對四貞念念不忘吧？四貞和香浮一樣，一旦消失，就徹底沉沒，建寧不明白，爲什麼越是自己珍愛的，就越容易失去。這個世界好像在同她作對一樣，不肯給予她一點點溫情，母親綺蕾，長平仙姑，香浮小公主，還有貞格格，在她擁有她們時有多麼熱愛，失去的時候便有多麼痛苦。她們一個個地離開了她，或死或失蹤，都不肯稍加回顧。也許，就像平湖說的：生於帝王家，便有自己不可抗拒的宿命。而自己的命運，便是注定了要不斷失去自己最愛的人吧？

附注

1、《清史編年》載：順治十二年三月二十二日，續順公沈永忠因在湖南喪師失地、貽誤封疆，被削爵為民，以其從弟永興襲爵。

第十七章　眞假紅顏

1

那天從宮裏回來，綠腰給人的感覺是部隊剛剛從前線凱旋，而她立了頭功。

她實在是太興奮了。神武門前的鬧劇，讓她實實在在當之無愧地成爲了第一主角，整個皇宮都在爲她震動，連太后、皇上也爲了她的事舉棋不定，所有的嬪妃、阿哥、格格以及侍衛、太監、宮女們都在竊竊私議，傳誦著綠腰的名字。現在每個人都知道她，都關注她，都仰慕她——她，一個小小的宮女，公主的侍婢，額駙的寵妾，竟可以堂而皇之地出入宮廷，即使出手摑了御前侍衛，也照樣可以全身而退。可見額駙在皇上心目中的地位有多麼重要，可見自己有多麼威風、特別。

當她被吳良輔帶去值房暫時看押的時候，她曾經真的很緊張，設想過一千一萬種懲罰，想過如果自己被判了極刑，額駙會不會設法營救自己，甚至想過自己與額駙在訣別時該說些什麼。想到那些關乎生離死別的肺腑之言，她簡直要爲自己感動了。然而就在這時候，吳良輔打開門來，吩咐她可以走了。

她呆呆地問：「走？去哪裡？」

吳良輔不陰不陽地笑道：「跟十四格格回府呀。要不你還想去哪裡？」

這麼著，她就糊裏糊塗又平平安安地走出值房，找到格格的轎子，跟著回府了。而直到重新看見額駙府的門楣，看見英姿俊朗的夫君，她才確信自己是死裏逃生了；慶幸之餘，隨之而來的就是驚濤駭浪般的狂喜與驕傲，她想自己真是太特殊、太出色了，連太后也要額外垂青，不肯把她怎麼樣。

建寧因爲心中有事，回房換過衣裳便往花園裏去了。綠腰破例地沒有跟隨在後，她太興奮了，迫不及待地要將自己的豐功偉業傳奇經歷與大家分享，讓所有的人爲她驚嘆、喝彩、景仰萬分。

然而府中家人的驚嘆仍不能使她滿足，掌摑鬧劇的平安落幕讓她更加高估了自己的籌碼，她如今已經毫不懷疑自己就是真正的主角，額駙府裏最有風采最受矚目的人物，是可以同公主與駙馬平起平坐的主子。能夠跟她分享秘密與快樂的人，絕不僅僅是這些賤如螻蟻的家人僕婢，而只能是和自己一樣尊貴的額駙爺。

於是她興沖沖地來到吳應熊的書房，嬌滴滴、情切切、餘悸未消而又得意難禁地彙報了神武門前的精彩一幕，她有意把自己的掌摑侍衛形容得大義凜然，彷彿殺了賊王擒了反叛一般；又故意把在值房裏的情形說得九死一生，彷彿經歷了多麼驚心動魄的考驗。

然而，無論她的敘述有多麼天花亂墜，吳應熊還是透過那虛浮的表面直接而迅速地判斷出了事情真相，並且立即明瞭這件事有多麼千鈞一髮，而掩蓋在表面爭執下的權力之爭又有多麼激烈玄妙。這件事竟然可以得到平穩的解決，而綠腰又能夠置身事外，唯一的可能就是有人李代桃僵，而那個人，又不可能是個小角色。吳應熊想了又想，已經約略猜到幾分，但是，這是可能的嗎？他問綠腰：「沒有任何人審問你嗎？」

綠腰嬌媚地笑道：「只有吳大總管問過我幾句話，然後就讓我在值房等著，他去回皇上的話了。想來皇上自然是看在額駙的面子上，才會對奴婢網開一面，且也覺得奴婢言之有理，所以才沒有任何怪罪的吧。」

吳應熊想了想，又問：「那麼，格格見過皇上嗎？」

「當然見了，聽說還去見了太后呢。」

果然不出所料。吳應熊不禁感動，他一直都覺得建寧任性而又跋扈，卻沒有想到在關鍵時候，她竟然能夠委屈自己來息事寧人。這本來是個絕好的機會，可以讓她重重地懲治綠腰奪愛之仇，然而她非但沒有趁機洩憤，反倒替綠腰頂罪。雖然她這樣做的目的不是為了綠腰，而更多的可能是為了替皇上解憂，但在她回府之後也沒有拿這件事大發雌威，反像什麼都沒發生般一言不發——這種隱忍與淡定，骨子裏的高貴從容，是吳應熊從來沒有察覺也沒有想過的建寧格格的另一面。是她一向隱藏得太深，還是他在有意忽略？

吳應熊再次覺得，自己可能對這個小妻子太粗心了，也許，她遠遠比自己所知道的要可愛得多，也深沉得多。而她心中的壓力與不如意，也可能比他所承受的更為沉重。他們兩個，既然已經被命運綁在了一起，注定要做一生一世的夫妻，他真是該對她好一些的。他轉頭招來家丁，吩咐：

「去打聽一下，格格這會兒在哪裡？在做什麼？」

吳應熊找到建寧的時候，她正坐在後花園的梅林下沉思。她倚坐在梅樹下，雙手抱著膝，頭也伏在膝上，彷彿不勝重負。隔著這樣的距離望去，吳應熊忽然發現她原來是這樣的弱小，無助，孤單，而柔弱。他覺得心疼，好像是第一次這樣認真地打量自己的小小妻子，不由覺得了深深的憐惜與歉疚。他輕輕走過去，生怕驚嚇了她，柔聲問：

「怎麼一個人在這裏？在想什麼？」

他說得這樣溫柔，然而建寧還是被驚動了。不僅僅是因爲沉思被打斷，還因爲丈夫從來沒有用這樣溫柔的語氣同自己說話，盼望得太久，反而不真實，令她一時語結。

吳應熊想了想，換了種方式發問：「怎麼這麼不開心，是不是今天宮裏，發生了什麼事？」

「貞格格要走了。」建寧這才開口說話。

吳應熊愣了一下，他滿心以爲建寧會趁機告綠腰的狀，訴說委屈——事實上，綠腰的確是做了很大的錯事，足夠砍頭的罪過。她之所以毫髮無損，完全是因爲公主的機智與勇敢，肯於自我犧牲。建寧是很有理由好好斥責綠腰一番，並遷罪於吳應熊，指責正是他寵壞了侍妾，才縱得綠腰這樣無法無天的。而吳應熊也早已做好了捱罵的準備，並決定要用自己的忍耐來撫慰建寧在宮中受到的委屈。

然而他沒有想到，建寧卻對綠腰的事隻字不提，竟談起了孔四貞。這使他一時有些反應不來，機械地重複了句：「貞格格要走了？」

建寧會錯了意，以爲吳應熊不知道貞格格是誰，於是解釋：「就是孔四貞。她是定南王孔有德的女兒，武功很好，人長得也漂亮，以前在東五所時，只有她同我最談得來。在平湖進宮前，貞格格是我唯一的朋友，可是現在連她也要走了。」

建寧低下頭，最讓她難過的，還不是四貞的走，而是在四貞走之前的這段日子，她們之間出現的友誼裂痕，而更悲哀的是，雖然她是那麼想彌補，卻不知道該怎麼做。面對四貞的時候，她心中枉有那麼多柔情在湧動，卻連一句親熱的話也說不出來。朋友疏離得太久了，竟不知道該怎麼樣重新走近。

「如果一個人誤會了另一個人，而她心裏很後悔，可該怎麼補救呢？」建寧彷彿問自己，又彷彿在問吳應熊。

而這句話，也正是吳應熊拷問自己的。許久以來，他誤會建寧太深，也疏離她太久了。直到今天他才知道，建寧遠不是他誤以爲的那個一味胡纏全無情感的刁蠻格格，她對朋友這樣真誠，又怎麼會不懂得感情呢？都說想瞭解一個人，就該瞭解她的朋友，建寧的朋友是四貞，是平湖，擁有這樣特立獨行、高貴威儀的兩位好友的建寧，又怎麼會是個庸俗淺薄的女子呢？

不等他理清楚心中紛亂的思緒，只聽建寧幽幽嘆了一口氣，忽然又問：「一直以來，你是不是很恨我？」

「恨你？」吳應熊愣愣地望著建寧，他恨她嗎？他從沒想過這個問題。他一直在躲避她，忌憚她，甚至有點憎惡她，但這所有的情愫加起來，都還構不成一個「恨」字。「你怎麼會這樣想？」

建寧低下頭，苦惱地說：「你好像從來都見不得我開心似的，總喜歡與我對著幹，所以我想，你可能一直在怨恨我，報復我。就好像，太后娘娘報復我額娘那樣。」

「太后，報復你？」吳應熊更加怔忡，「你不是太后最心愛的和碩格格嗎？她怎麼會報復你？」

「她如果不是為了報復，又怎麼會把我嫁給你？」建寧說起心中隱痛，兩行清淚從她臉上緩緩滑落，無限委屈，「我很小的時候，額娘就殉了父皇，臨死前把我託給太后，好教她看在自己殉葬的份上能對我好一些。從小到大，我雖然在宮裏錦衣玉食，呼奴喚婢，可是並沒一個人真心待我，愛護我，關心我，都只要看我的笑話，巴不得我死。太后因為當年和我額娘爭寵不成，一直懷恨在心，表面上做出多麼疼愛我的樣子，將我養大，卻又指婚給你，讓我做了個大清朝唯一一個嫁給漢臣的格格，她哪裡是待我好？她是利用我在報復我額娘哦。」

她這樣含羞帶淚地訴說著。吳應熊不禁心軟，他認識了建寧這麼久，習慣了看她打罵奴婢，挑剔自己，甚或撒潑謾罵，無理取鬧，卻從未見她服過軟；而她說的這些話，更是他生平想也不曾想過的，從前只當她是宮裏自幼受封的恪純公主，天之驕女，至尊至貴，卻不料她竟有這一番辛酸。然而想想，她說的卻也有理，皇太極英年早逝，她的母親綺蕾追隨而去，建寧自幼養在慈寧宮，由皇太后親自撫養長大。在外人看著那是無上的尊榮，可是太后如果真的疼她，又怎麼會對她疏於教導，任由她荒草一般地長大，然後再把她嫁給自己這個漢臣之子，傀儡王爺呢？

靖南王耿繼茂那般位高權重，勢力比起父親當年有過之而無不及，朝廷也不過是以和碩顯親王富壽之姐賜了和碩格格號，嫁給耿家長子精忠；又以固山貝子蘇布圖的女兒賜固山格格號，嫁給耿家次子昭忠。兩個格格，一個是親王之女，一個是貝子千金，地位可都遠不能與建寧相比呀。如此說來，建寧的確是太可憐，也太無辜了。如果說自己是個人質，那麼建寧就是人質的殉葬品。而自己說到底也是一介堂堂鬚眉漢子，雖不能天馬行空，出入王府卻還隨意；建寧卻是軟禁一般，待在這錦繡牢籠裏，只見得眼前這幾個人，府中這一片天，若再沒人好好待她，真個是孤獨可憐得很了。

想通了所有的關鍵，吳應熊覺得更內疚更心疼了，簡直不知道該怎樣補救才好。他想有什麼是建寧最喜歡的事情呢？不由問：「好久不見你聽戲了，要不，晚上讓戲班子演一齣《遊園》，我陪你聽戲吧。」

「你陪我聽戲？」建寧抬起頭，有些迷茫，「你不是一直不喜歡看戲嗎？」

「可是你喜歡呀。」吳應熊柔聲說，「只要你喜歡，我就會陪你。」

建寧愣愣地瞅著吳應熊，心中漸漸被喜悅充滿。她明白了，原來丈夫是在向自己示好呀，爲什麼？難道他突然發覺了自己的好，從而也想對自己好了嗎？她含羞地低下頭，「你要是願意，倒不用陪我看戲，不如，給我看看詩吧。」

「詩？」吳應熊更加訝異，這才注意到建寧手裏捏著一張暗花龍紋箋，上邊寫滿了字。難道這便是建寧做的詩麼？一直以爲這個滿洲格格只知道看戲貪玩，難道她竟會做詩？

建寧被看得不自信起來，伸出去的手又想往回縮，一邊說：「寫得不成樣子，剛開始學著做，也不叫詩，不看也罷。」然而吳應熊早已接過去，低頭細看起來。

到了這時候，建寧又覺心虛起來，眼巴巴地望著丈夫，指望他能誇獎自己幾句。一時間，吳應熊彷彿金口玉牙，比皇帝哥哥還尊貴似的，似乎他誇自己一句好，自己就可以飛上天；而他若批評不屑，那自己……自己會怎樣呢？真想不出，簡直不敢想。這樣想著，建寧不由得後悔讓吳應熊看到自己的塗鴉之作了，恨不得將詩稿生生從他手中奪下來，撕成碎片，就風撒飛，或者一把火兒燒了，讓它化煙化灰，再不教人看見。她莫名地委屈起來，還不等受挫，已經像被傷害了很深似的，眼睛一眨一眨，幾乎就要落下淚來。

她的種種思索，吳應熊全不知曉，他只是驚異於對這位格格妻子的新發現，因此看得很認真，那是一首七言絕句：

幾番春雨幾番秋，每到相逢欲語休。
百轉千尋皆不見，幾回錯過為低頭。

吳應熊見了，只覺拙稚得很，可是勝在真情，倒也有幾分情趣，因此認認真真地評道：「要說也很不容易了。你初學詩，能做成這樣子，算是好的。只是起頭兩句過於現成，也太直白些，失於不雅。倒是後兩句『百轉千尋皆不見，幾回錯過爲低頭』，十分自然天成，順流而下，堪稱佳句，雖然平仄略有微疵，也還瑕不掩瑜。」

建寧看到吳應熊一本正經的樣子，又覺好笑起來，聽他誇一聲「好」，心竅裏都開出花來，到底說些什麼總沒聽清楚。這會兒看起來，只覺自己丈夫是天底下一等一的好人，又溫存，又和善，正兒八經的，不像同妻子講話，倒像老師批對課，不禁笑起來，說：「哪有這樣的，前兩句規矩不錯，你說不雅；後兩句連平仄都錯了，卻說是佳句。依你這麼說，那些做詩的規矩都是白定的，什麼格律啊對仗啊，統統不是好東西，都是白饒的了？」

吳應熊不知道她是故意抬槓，認認真真地道：「那倒不然。詩詞格律原是爲初學詩的人定的，爲的是鍛煉學生的文字功力，所謂規矩方圓，是一種格式。然而一個真正的詩人，做得許多詩後，熟能生巧，出口成章，必是好的，到那時，若拘謹於平仄韻腳，廢了自然天成的本意去將就格式，就是拘禮了。詩聖杜甫有句『朱門酒肉臭，路有凍死骨』就是極好的，若是遷就格律，斷不能這樣自然天成。所謂『大智若愚，大巧若拙』，便是這個道理了。」

一番話聽得建寧連連點頭，說：「既然這樣，那你就好好教教我，如何能做到大智若愚，大巧若拙。」

吳應熊笑著說：「那可不是教得的功夫，是要自己悟出來的，『讀盡唐詩三百首，不會做詩也會吟』；你如今連做詩也會了，更加不用教，倒是常常談論一下，或許有些好處。」

這個下午，兩夫妻便在唐風宋雨中度過了，兩個人有說有笑，有問有答的，倒比以往和睦許多，連丫環下人們見了也暗暗稱奇。吳應熊和建寧兩個，更覺得深爲不易，自此便常將詩詞拿出來討論，每於風朝月夕，不是對句，就是聯詩，建寧的學問一天比一天好起來，也就越發用功，以詩詞來爭取夫君的賞識與歡心。而兩人的感情也就在詩詞唱和中愈來愈篤，度過了結縭以來最和諧的一段時光。

2

順治十三年閏五月，可謂是清朝廷順心如意的吉祥之月。先是五月初九日，兩廣總督李率泰疏報：廣西都康、萬承、安平、鎮安、龍英五府，上映、下石、全茗、果化、都結、恩城、憑祥七州，上林一縣，都陽、定羅、下旺三司，各土官投誠，清軍不戰而勝，可謂大捷。接著，工部於十二日啓奏：乾清宮、乾清門、坤寧宮、坤寧門、交泰殿及景仁、永壽、承乾、翊坤、鍾粹、儲秀等宮修建峻工。禮部且擬定於本年七月十六日，行遷宮大典，請皇上正式入住乾清宮。紫禁城修建工程斷斷續續，修修停停，已經有三四年了，如今終於落成，可謂天大喜事。

皇上連日頒旨，嘉獎不斷，尚可喜、耿繼茂因擊敗李定國軍有功，於歲俸六千兩外各加一千兩，吳三桂屬下之進士、貢監俱照漢軍例，升轉補授。一時朝野上下，笙歌逐日，彩袖映月，一派歡騰景象。

然而這天順治密召吳應熊往絳雪軒見駕，卻是爲了另一件大喜事。兩人剛見面，順治就迫不及待地聲稱「免禮平身」，興奮地宣稱：「我終於找到她了。」

「誰？」吳應熊一時反應不過來。

順治滿臉歡悅，近乎雀躍：「就是那位漢人姑娘啊，我找了她十幾年，終於找到她了。下個月，她就會進京與朕相見。」

「恭喜皇上。」吳應熊真心誠意地說，他爲順治伴讀多年，交情不同尋常，深知貴爲天子，卻少有真正開心的時候，更知道他心中一直記掛著那位夢裏紅顏，十餘年來衷情不改，今日竟能夢想成真，確屬不易，因恭賀道，「皇上不日便要入住乾清宮，如今又得佳人，真是雙喜臨門。」

順治哈哈大笑，顯見乾清宮之事在他眼中，還遠不及尋得意中人來得更重要。「朕已經決意晉封洪妍爲賢妃，只等乾清宮大典一完，就行晉封禮。朕簡直等不及那一天了。」

「紅顏？」吳應熊大吃一驚，但隨即意識到自己的失態，忙垂首謝罪，「微臣冒昧直呼娘娘的芳名，有失體統，請皇上恕罪。」

「你我至親好友，一時口快失態，也是替朕開心，何罪之有。」順治心情愉快之極，萬事都不計較，顧自滔滔不絕地說道，「說起賢妃的身分，真是一件奇事，朕尋尋覓覓十幾年，豈知『遠在天邊，近在眼前』，原來她就是翰林大學士洪經略的女兒，只不過他們兩父女也失散已久，所以竟與朕交臂而過，睽隔多年。」

洪承疇的女兒，洪妍，真的是她！吳應熊的心中只如翻江倒海一般，既不相信明紅顏會重新認祖歸宗，回到洪承疇膝下，並且委身順治，卻又不能不懷疑她是眼看報國無望，遂決意犧牲自我，以身侍虎，謀求良機。怎麼才能見她一面，當面問知她的心意呢？後宮乃是臣子禁地，從此洪妍一入宮門深似海，他與她，豈非永無相見之日？一時間心思電轉，不知已經換了多少個念頭。

然而順治太興奮了，一向心思縝密的他今日一反常態，完全沉浸在自己的喜悅之中，竟沒有察覺吳應熊的失魂落魄。他從小到大的這番心事只有兩個人知道，一個是妹妹建寧，一個就是伴讀吳應熊，因而當他接到洪承疇的奏本後，第一個想到的人就是吳應熊，他急於把快樂與人分享，向人傾訴。

「朕直到三年前才無意中得知洪大學士的女兒曾在盛京宮中居住，當時就想，會不會就是那個念詩的女孩呢？因此便著令洪大學士經略湖廣、廣東、廣西、雲南、貴州等地，命其巡歷南方各省，以便尋找。蒼天不負有心人，終於他們兩父女就要進京了。不過，這裏面還有一件難事，令朕頗為躊躇。」順治有意地頓了一頓，看到吳應熊毫無反應，這才覺出有點蹊蹺，不禁清咳一聲。

吳應熊微微震動，呆呆地問：「皇上心中有何躊躇，不知微臣可能分憂？」

順治這方繼續說道：「洪經略與女兒失散多年，如今一旦重逢，即獻女入宮，說起來似乎於理不合；況且選秀之期已過，此前我曾答應過太后，漢女入宮，只此一次，如今又破格召漢女入宮，且迅即晉為賢妃，朝中群臣必有異議，就是後宮之中，也必有閒言。所以我有些顧慮，不知妹夫可有良策？」

吳應熊聞言，靈機一動，獻計道：「不如替賢妃娘娘偽造身世，另造戶籍；或者便由微臣迎於郊外，暫接娘娘在額駙府中奉養，而後由皇上在八旗中選定一位王公大臣，令娘娘拜於膝下，而後再送入宮，豈不方便？」

「的確是好辦法。」順治笑道，「這位王公，倒不必由朕指定，洪經略在朝中行走多年，對於人情世故，各人稟性，只怕比朕還清楚呢。你又與他情同父子，不如便由你代朕轉達旨意，請洪經略酌情處理吧。」

吳應熊一愣，頓時明白了，其實這方法只怕早就在順治心裏思索妥當了，可是如果由皇上當面向洪承疇提出來，說自己不方便娶他的女兒爲妃，而要洪妍改投旗人門下，未免奪其顏面。而且等到洪妍進了京才做打算，未免節外生枝。所以才故意在自己面前演了這一齣，要自己主動提出這個方法，再爲他在洪承疇面前說項，這一招置身事外，玩得可謂高明。可嘆自己只想著用什麼方法可以再見紅顏一面，竟不知不覺入了皇上的陷阱了。

但不管怎樣，能夠在洪妍入宮前先與她相見，問明她的心意，才是當務之急。雖然這樣做，自己的身分也必將暴露，但是總算可以與她以真實名姓相處，摘掉所有的面紗與掩飾，不亦快哉？如果自己可以勸服她不要以身犯險，那麼只要她願意，自己就是抛棄身家性命，從此與她歸隱江湖也是情願的。

這樣想著，吳應熊重又振作起來，逼起雙袖向皇上一拱手：「臣遵旨。」

接連幾日，吳應熊可謂食不下嚥，寢不安枕，滿心滿腦裏想著的只有一件事，一個人，就是明紅顏。他想紅顏允嫁順治一定是有苦衷的，或者是爲洪承疇所迫，或者是以身報國，無論如何，自己都要千方百計打消她的念頭，不讓她就這樣毀掉一生的幸福。他甚至悄悄備下了鞍馬弓箭，銀兩衣物，打算只要明紅顏同意，就與她連夜私奔，逃走天涯。雖然這樣做，未免對不起建寧——結婚這麼久，兩人的感情剛剛好起來，他卻又要撇她而去，說什麼也是有些冷酷無情的。然而爲了紅顏，一切都顧不得了。

帶著這樣的心思，吳應熊來到東郊十里亭設宴相迎，爲洪承疇接風洗塵，當洪承疇請出洪妍與他相見的時候，吳應熊只覺自己的手心裏滿滿的都是汗，然而那絕色的女子一亮相，他便驚呆了：那女子，並非洪妍！或者說，並非明紅顏！

她是美麗的，比明紅顏更加豔光四射，比陳圓圓更加嬌羞可人，比建寧更加溫婉柔媚，幾乎聚齊天下女子所有的優點，增一分則肥，減一分則瘦，即便用「驚爲天人」四個字來形容也絕不逾分。然而，她不是明紅顏，不是。

這到底是怎麼回事？

吳應熊心思電轉，一時怔忡無言。那位姑娘大概是見慣了天下男子爲她瞠目結舌的呆狀，微微一笑，斂衽施禮道：「額駙吉祥。」非但容止端莊，亦且語言清婉。吳應熊一驚回神，忙忙還禮問好。那姑娘又是盈盈一笑，轉身翩然離去。吳應熊猶自望著她的背影發呆。

洪承疇哈哈大笑道：「世侄一向少年持重，也會爲美人驚豔麼？」

吳應熊猛然想起此行任務，這女子既然不是明紅顏，便與己無關，只要照著皇上的意思完成使命便是，頓覺如釋重負，清咳一聲道：

「小侄奉皇命前來迎接洪世伯，聽說洪世伯護送皇妃入京，卻不知這位準妃子家世如何？該如何稱呼才是？」

洪承疇笑道：「世侄既是奉皇命前來，又稱這位姑娘為準妃子，自然已經預知皇上心意，又怎會不知底裏呢？」

吳應熊在心裏暗嘆一聲「老奸巨滑」，面子上卻仍笑道：「我只恍惚聽說準妃子身係顯宦，是一位大臣的千金，不過皇上並未深言，在下身為臣子，又豈敢打聽？」

那洪承疇是久經官場之人，只聽了這兩句，已經猜透皇上心意，是不願意讓世人知道此女乃是漢籍，當下笑道：

「這次鄂碩將軍與我一起巡歷江南，這位姑娘本是鄂將軍千金，自小寄居江南親戚家中，前次選秀時，這姑娘本也在冊，只因屆時抱有小恙，以至誤了大選，不過她的畫像卻已經被皇上見到，從此日夜存思，此次特地命我們前往探訪，既聞姑娘已經大安，便命護送入京。」

這番話，可謂錯漏百出，欲蓋彌彰，而洪承疇顯然也並不打算把謊話編得圓滿，所以故露馬腳，不過是為了投石問路，試探吳應熊的來意罷了。

吳應熊暗暗讚嘆，這位洪大學士的確運籌帷幄，洞徹先機，還不等自己開口點明，他已經替這位姑娘偽造好了一份完整的身世家譜了。托為鄂碩將軍之女，自然是因為鄂將軍既與其同行，必然深知底裏，所以故意拖他下水，更方便瞞天過海——但是，洪承疇要隱瞞的，究竟是什麼事呢？是皇上命他尋找洪妍，而他遍尋不得，故隨便找了一個女子來冒名頂替？還是這姑娘的確就是洪承疇失散多年的親生女兒洪妍，而明紅顏才是自己的錯覺，是與洪承疇毫不相干的一個人？

但是無論如何，只要她不是明紅顏，便萬事皆妥，由得洪承疇自說自話自作主張好了。因此，當吳應熊按原計劃提出要接這位董鄂姑娘入府暫住，而洪承疇卻以為理當讓她先回將軍府與父母團聚的時候，吳應熊並不堅持，只說「理當如此」，便與洪承疇在城門口分道而行了。

3

洪承疇帶了一位絕色女子進京的消息不脛而走，迅速傳遍了紫禁城裏的重宮疊殿。鄂碩將軍的府上忽然多了很多達官貴族，連日高朋滿座，車馬盈門。這些訪客中，地位最高而拜訪最頻的，莫過於去年剛剛晉為襄親王的十阿哥博穆博果爾了。

而隨著襄親王頻繁造訪鄂碩將軍府，懿靖太妃娜木鐘來慈寧宮的次數也忽然多了起來。想必是得到了莊妃皇太后的默許吧，襄親王府連夜派出一頂軟轎從鄂碩府裏接走了董鄂姑娘。與此同時，洪承疇則被連夜召見進宮，卻沒有像往常那樣留宿達旦，而是只隔了一盞茶功夫就灰溜溜地出宮了，神武門的侍衛都說，洪大學士那天的情形十分狼狽，經過守門時，還差點跌了一跤。

次日上朝，洪承疇呈本上奏，自稱年已六十有四，鬚髮全白，牙齒已空，右目內障，久不能視，只一左目晝夜兼用，精血已枯，且享俸多年而無一建樹，請予罷斥處分。

此言一出，文武大臣俱感意外，都知這些年洪經略備受重用，正是扶搖直上之際，如何竟突然辭官呢？

吳應熊更是暗暗心驚，不禁猜測這件事與那位從天而降的「董鄂姑娘」有關。是洪經略獻女之事已被太后知曉？還是董鄂姑娘的身分被拆穿了？如果是這樣，豈非自己辦事不力？他暗暗觀察著順治的反應。

顯然皇上也覺得意外，卻並不追問，只和顏悅色地說了些安慰的話，稱讚了洪大學士多年來的忠心不二，經略辛苦，非但不允罷職，反加賜太傅銜，仍兼太子太師。吳應熊附和著群臣一齊向洪承疇道恭喜，心中卻一直暗暗在猜測著那位絕色紅顏的真實身分以及如今的去向。

答案很快就揭曉了。朝廷裏的事，有一些撲朔迷離，看起來明明昭然若揭卻永遠也沒有答案；有一些卻瞬息外傳，縱然佈局嚴密卻不出三天已經眾人皆知，只不過，答案的版本很可能有許多種，越是詳盡的就越不能判斷真僞。容妃佟佳的早產是這樣，賢妃董鄂的去向也是這樣。

吳應熊得到的版本，是由「包打聽」何師我提供的，他在額駙府的酒席上神秘兮兮地告訴大家：那位董鄂姑娘，如今已被襄親王金屋藏嬌，事情所以會鬧成這樣，是因爲太后已經知道她根本不是什麼鄂碩將軍的女兒，而是一個漢籍女子。洪大學士也就爲了這個緣故，才被太后狠狠地教訓了一頓。太后不喜歡這來歷不明的漢女入宮，因此竟做主讓十阿哥博穆博果爾娶了她。

「漢籍女子？」眾子弟都被這意外的發現驚呆了，「洪大學士竟然獻漢女給皇上，這不是跟太后娘娘唱反調嗎？如今太后使了這招釜底抽薪，把美人拱手送給了十貝勒，就難怪洪大學士要引咎辭官了。」

吳應熊心中有數，只有他最瞭解爲什麼洪承疇會有獻女之舉——並不是他膽大包天，敢跟太后作對，而是皇上一往情深，堅持要納洪妍爲妃。倒不知何師我除了知道董鄂是漢籍之外，還瞭解到一些別的什麼？他飲乾杯中酒，故意做出無所謂的樣子問：「你說那位董鄂姑娘不是鄂碩將軍之女，那麼她的來歷到底怎樣？」

「說出來，保準嚇你們一跳。」何師我大賣關子，「在我說出來之前，不妨你們先猜一猜，猜得中，下一頓我作東；猜不中，你們輪流請我。」

一眾人等都是無聊好事之徒，自然齊聲說好，紛紛下注，有猜是縣吏之女的，有猜是民間碧玉的，吳應熊明知其實是洪承疇之女洪妍，卻故作不知，含含糊糊地道：「我猜她既然才貌雙全，自然應該是位大家閨秀，說不定是位前明大臣的女兒吧。」

卻不料，何師我哈哈大笑道：「你們所有人都猜錯了，所以，從今兒起，得輪流請我吃酒。」

眾人訝然：「全都錯了？那這位姑娘的身世豈不是很奇特？快說說，她到底是什麼來歷？」

何師我且不回答，反問吳應熊：「聽說吳世兄之前爲洪大學士接風，與這位姑娘有過一面之緣，到底相貌如何？」

吳應熊道：「的確是天姿國色，不可方物，生平所見，無出其右。」

何師我點頭讚嘆：「吳世兄博聞廣見，尚且都這樣說，可見名不虛傳，不愧與『禍水紅顏』的陳圓圓並列於『秦淮八豔』了。」

「秦淮八豔？」眾人大驚，「難道這位姑娘竟然出身風塵？」

何師我得意地大笑：「夠意外吧？實話告訴你們，這位董鄂姑娘，姓董名白字青蓮，正是『秦淮八豔』中最小的那一個，芳名董小宛！」

「什麼？」

這下，連吳應熊也著實地吃了一驚，知道「洪妍」並非「明紅顏」已經夠讓他吃驚的了，如今卻又聽說她並非洪妍，而是風塵女子董小宛，這真是太匪夷所思了。

只聽何師我繼續滔滔不絕地說道：「我猜啊，最初洪大學士找到這位董姑娘，並非為了給皇上獻禮，說不定是他自己臨老入花叢，英雄難過美人關呢。不知怎麼被皇上給知道了，因為垂涎董小宛的美名，便向洪大學士打聽，洪經略不敢藏私，自然要拱手獻上了。可是漢女入宮，又犯了太后的忌，再加上懿靖太妃從旁煽風點火，於是順水推舟，就把美人兒賞給十阿哥了。如今倒不知，這場鬧劇該如何收場呢。」

何刊道：「能怎麼收場，美人兒已經送進了襄親王府，生米只怕已經做了熟飯，難道還能搶回來嗎？料想後宮佳麗如雲，皇上也不會為了一個風塵女子跟兄弟翻臉，惹太后生氣吧？還不是不了了之，就此作罷。」

眾人聽了，也都深以為然，交口稱是。

吳應熊故作不信，試探地問：「可是，皇上是怎麼知道董小宛、又向洪大學士提起的呢？難道是在洪大學士南下之前，就密旨命他尋找的嗎？」

他這樣問，是因爲皇上明明親口告訴他，曾經密旨讓洪承疇尋找女兒洪妍的，但是，洪妍究竟是怎麼變成董小宛的呢？是兩個人原本就是一個人、洪妍離開父親後淪落風塵改名董小宛？還是洪承疇因爲找不到洪妍，所以抓了董小宛來交差？

何師我笑道：「諸位可還記得去年七月，朝中盛傳有使者在揚州奉旨買女子的事？」

陳刊道：「當然記得。兵科右給事中季開生還爲此上了一本，不過皇上聲稱絕無此事，使者去揚州不過是採買乾清宮陳設器皿，反而怪罪季開生妄揑瀆奏，將他革職杖刑，流放尙陽堡。從此朝中再沒人敢提這件事了。難道這位董小宛，和這件事有關嗎？」

何師我道：「雖不中，亦不遠矣。總之，空穴來風未必無因，且不說乾清宮的修峻完成是最近的事，卻從去年已經往揚州買器皿未免有點奇怪，就算是季開生誣告，這罪也未免判得太重了，多少有點殺雞儆猴的意思。我聽說，季開生所以被重判，其實與洪大學士有關，箇中詳情雖不深知，不過與這次的事一定有些關聯。總之，洪大學士以經略之名，足跡遍佈大江南北，四處搜覓美人是事實，這件事朝中很多大臣都心知肚明，不過是懼他勢力不敢說罷了。可是傳來傳去的，皇上也就多少有所耳聞，洪大學士擄了秦淮名妓董小宛，這件事在江南傳得頗廣，他明知紙裏包不住火，爲了開脫自己，就割愛獻美了。」

吳應熊半信半疑，越發覺得這件事神秘莫測，迷霧重重，不禁低了頭連連喝酒，心中輾轉難決。

座中人要數陸桐生最爲老成，眼見眾人的話題越來越涉及宮幃，生怕何師我更說出些什麼不敬的言辭來，將來傳揚出去，自己也脫不開干係，遂岔開話題道：

「咱們難得一聚，老是說些傳聞野史有什麼意思？倒不如做一番雅舉出來，也還不負盛時。古有建安七子，於西園聚社嘯吟。如今我們剛好有七個人，這裏又是額駙府西苑，額駙才高八斗，與那曹子建的身分文采人物風流也不相上下了，何不就做了這個東，我們也來效仿古人，結社習文，縱不成詩，取個樂兒也好。」

眾少年都是文武雙全的紈褲子弟，聞此趣事，都願附庸風雅。又不消自己破費分文，又得個題目與權貴結交，又給日後留下無限機會來往走動，豈有不連聲叫好、慫恿成事的？吳應熊便也鼓起興來，道是：「我來京之後，身單力孤，原也希望結交些好朋友，練武習文，切磋長進。如此，我們就結個社，大家且說說，這個社名可叫什麼爲好？」

眾人七嘴八舌，也有說以花名爲題，如今正當六月，荷葉田田，不如就叫個芙蓉社的；也有說花草之類過於女兒氣，如今是鬚眉結義，當取個氣魄些的名字，不如叫吟劍社，又有說詩社不是比武，刀槍劍叉的太過不雅，且無皇家氣派，這裏是額駙府，皇帝家眷，龍恩浩蕩，不如叫龍吟社，立刻便有那稍微老成的以爲直言「龍」字不妥當，會招惹小人非議……左說右說，只是不能統一。

可巧綠腰又在屏風後偷聽，起先聽見說什麼秦淮名妓董小宛也還津津有味，後來聽說要起什麼詩社，便覺無趣，想起建寧近日正迷戀做詩，便欲借機獻殷勤兒。原來自從吳應熊與建寧魚水相諧後，對綠腰便未免比先前冷淡些，綠腰雖不明白原因所在，卻本能地覺得必須重新巴結建寧來保障自己的地位，因此忙不迭地跑來通風報信。

果然建寧聽了大感興趣，便隨綠腰走來廳上，恰好聽見眾人正爲社名之事爭議不下，遂示意綠腰通傳一聲「格格駕到」，一邊自屏風後走出來，一邊笑道：

「既然又要有氣勢，又要有氣派，倒不如就以我的號，叫做『建寧社』可好？你們才前不也說要效仿什麼『建安七子』麼？建安，建寧，只有一字之差，且安寧原爲一體，豈不有趣？」

眾少年看見格格駕臨，都大驚非小可，一起跪伏在地，口呼公主殿下千歲金安。建寧賜了平身，居中坐下，笑道：「此係我家，你們是我夫君的朋友，便是我的客人，我理當出來招待你們，大可不必拘此君臣之禮。若是只管行起禮來，那是不容我請教了。」

眾人道：「請教不敢，公主果然有意於詩詞之道，肯指點一二，便是我輩的天大榮幸了。只是公主剛才賜旨以尊諱爲社名，卻是萬萬不敢的，這僭越之罪，萬不敢當。」

建寧皺起眉道：「左一個『賜旨』，右一個『尊諱』，又是什麼『萬萬不敢』，什麼『僭越之罪』，若是只管這麼說話，倒那真不好辦了。」

吳應熊笑道：「格格也是喜歡詩的，她既然想參與我們，倒不要逆她的意思。既然許她入社，大家從此便是詩友了，不必再拘束禮數，反爲不美。我這裏倒有一個主意，我們雖是七人，加上格格卻是八人，這一女七男的格局，正好比『八仙過海，各顯神通』，因此，我們這社倒不如叫個『八仙社』。」

建寧將絹子掩口笑道：「什麼『八仙社』，抬個『八仙桌』出來是正經。記得上次你同我說起過，神仙也有什麼『外八仙』『內八仙』之說，八仙是最逍遙的，我們這個社，倒不如叫個『逍遙社』，可好？」

眾人聽了，一齊大讚，說道是：「這個『逍遙社』的名字取得好，風流蘊藉，又暗合莊子《逍遙遊》之文，倒的確最恰切不過。」

吳應熊明知眾人是恭維公主、不肯逆上之意，卻也覺得這個名堂倒也可取，便也點頭笑了。建寧得到眾人盛讚，又見夫君俯首不語，有讚許之意，大為得意，益發說道：「既然是社，便要立社規，要推舉社長、擇定聚會日期、還要出題限韻、還有獎優罰劣……」說到這裏，自己先笑了，「提前說好在這裏，我是必輸的，可是不許罰得太重。」

眾人見她豪爽灑脫，談笑風生，漸漸也都放開懷抱，有說有笑起來，都說：「公主做的詩必是好的，賢伉儷琴瑟唱和，時有練習，不比我輩荒疏，哪裡是對手？」

席散，眾弟子分頭歸去，都相議論：「外界傳言額駙與公主夫妻失和，又說公主性子刁蠻潑悍，今日看來，兩個人有說有笑，同心同德，格格更是隨和親切，平易近人，可見傳言有偽，大謬不然。」

4

順治十三年七月初三（一六五六年八月廿二日），是個陰天，小雨自清晨起就淅淅瀝瀝下個不停，而建寧每到這樣的日子就特別坐立不安。她想起很多年前的一天，也是這樣的細雨連綿，也是這樣的坐立不寧，太后娘娘在臨摹，她便偷個空兒悄悄溜去了建福花園，並在那裏，第一次認識了小公主香浮。

想到香浮，建寧更加坐不住了，於是傳命管家備了轎子徑往宮中來。剛剛落轎，未走幾步，就迎面遇上了一身素服的大太監吳良輔，他氣急敗壞地告訴格格：襄親王殯天了，他正奉了皇上的命前去慰問呢。

十阿哥殯天！博果爾哥哥死了！

建寧簡直無法相信自己的耳朵，雖然她一向與博果爾的來往並不親密，可是他們兩個同年同月出生，每當他的生日宴辦過，緊接著就是她的，所以她一直都牢牢地記著他的生日，比任何人記得都牢。她且很留意他每次壽誕的規模，因爲在暗中比對，自己的壽宴是否得到同樣的禮遇。

太后給她的賞賜一向很豐厚。雖然他是位阿哥而她是格格，可是她剛出世就已受封爲和碩公主，而他卻一直到去年才正式晉封爲和碩親王。但是那又怎樣呢？他有額娘爲他操辦。每當她看到懿靖太妃滿面笑容地坐在紫檀椅上，博果爾一身吉服跪下來磕頭行禮的時候，她便很羨慕——她多麼希望自己也可以跪在額娘的膝下，端端正正地磕個頭，說聲「額娘辛苦」啊。莊妃太后從不用她行謝恩禮，太后說：我雖視你如己出，可是終究不是你的親生額娘，這個頭，就免了吧。

如今，博果爾死了，她再也不用同他暗中較勁、偷偷比對了。從此，在他出生的日子，沒有人再給懿靖太后磕頭，卻要許多人給他的牌位磕頭了。他才十六歲，那麼年輕，什麼都沒來得及享用，竟然就變成一尊牌位了。她再不能與他一起猜謎語、抓大把、搶瓜子兒，也不能與他鬥嘴了。

建寧沒有去見平湖，也沒有去見太后，逕自轉身出宮，卻找不到額駙府的家人了。轎夫和隨從們以爲格格去見佟妃，總要耽擱大半日才會出來，便都各自尋親訪友消遣去了，再沒想到格格竟然轉個身就出來了。建寧尋不見人，也不向人打聽，也不遣人去傳，只在宮門口略站了一站，便逕自向長街走去，漫無目的，一如那年偷偷出宮的情形。

一排排的酒樓、茶肆、綢緞莊、首飾店……然而，那些琳琅滿目的商品再也引不起建寧的注意。她現在已經對這條皇街很熟悉了，倒也不怕走失，可是也再不能覺得新奇、驚喜。然後，她停下來，抬頭看著晚霞滿天，華燈初上，終於覺得有些倦意，想回家了。她真慶幸自己還有個家可回。

忽然間，建寧的心裏充滿了對吳應熊的思念。她的失落、茫然、疲憊，和難以言訴的委屈，都只有伏在丈夫的懷中才能得到釋放，她比任何時候都更需要他，渴望他。

她想一想，抬手叫了一輛街車，告訴說去額駙府。車夫吃了一驚：「去額駙府？您是什麼人啊，就這麼大搖大擺地去額駙府？」車夫笑嘻嘻地上下打量著她，猜道：「看您這身打扮，也是大戶人家出身。可是就這麼去額駙府，又沒禮物，又沒隨從，不怕人家不理嗎？」

原來，建寧往佟妃處已是來往慣了的，所以雖是進宮，卻並未大裝。她見車夫看不出自己的身分，便故意道：「我又不是拜訪額駙、格格，要什麼禮物。他們管家是我親戚，我是去看親戚的。」

車夫恍然：「難怪呢，我說看您裝扮得整整齊齊，一看就是走親戚的模樣兒。你這幸虧是遇到我了，跟您說，去額駙府看親戚，走大門兒不行，不定多難為您呢。得走後門兒，悄沒聲兒把您親戚叫出來，領您順小道兒進去開開眼得了。您說我這主意好不？」

建寧倒被這車夫的熱心給逗樂了，也是懶得饒舌，遂道：「那就走後門兒吧。」

一時到府。建寧付過車資下來，守門兒的小廝見了，又驚又懼，忙迎上來接著，又要去傳管家、婢女來侍候。建寧吩咐道：「行了，又不是不認得路，我自己進去得了。」小廝們眼睜睜看她進去，又不敢跟著——他們是二門外侍候的，沒有允許不得隨便出入內府。

建寧沿著石子路徑自進了內院，仍舊吩咐小廝不必聲張，因這後門徑通額駙的東院，穿過東院再走一段路才到建寧的正院。建寧正急於要見到吳應熊，三步併做兩步地走進來，逕自推開門，只聽屋內「啊」的一聲，便見綠腰衣衫不整地從春凳上跳起來，跪下來給建寧請安，手裏猶自抓著一把酒壺。

吳應熊看清是建寧，也覺羞赧，卻自謂是已將綠腰收了房納了妾的，並不逾禮，只是白晝縱酒，終歸不雅，遂垂首抱拳道：「不知公主歸來，有失迎迓，請公主恕罪。」

建寧兩耳轟鳴，卻什麼也聽不清，她輪番地看看吳應熊又看看綠腰，只覺得渾身的血都往頭上湧來，比她第一次聽說綠腰已爲額駙伴寢還讓她震驚、憤怒、羞辱。因爲那時，她雖然朦朧地覺到了二人的背叛，可是對男女之情尙無認識，而且畢竟沒有親眼看見；這一次，卻是實實在在的捉姦拿雙，親眼目睹，而且，是在她對額駙最信任、最親密、最渴望的時候。鵲巢鳩佔，這真是是可忍孰不可忍，如果面前有一柄劍，她真想殺了他們！可是這一刻，她卻什麼也做不了。

她的心裏疼極了，就好像有一千根針一萬支箭在穿刺一樣。痛到了極處，她忽然抬起頭來像一隻受傷的幼鹿那樣軟弱地尖叫一聲，跳起來便向外奔去。吳應熊急忙追上來，一把拉住她，從身後緊緊地抱住她，不住勸慰：「你要去哪裡？」

建寧轉過身來，怒視著吳應熊，在他的懷裏簌簌發抖，卻說不出一句話。這一天，這一路，她一直都在渴望這一刻——見到他，抱住他，倚在他的懷中，對他哭訴，讓他疼惜。然而她看見的卻是什麼呀？綠腰，她的婢女，在她痛苦地徘徊於長街的時候，卻春風滿面地搶先一步倚在她丈夫的懷中，曲意承歡。在沒有她的時刻，額駙府裏翻雲覆雨，其樂融融。而她，卻是個不受歡迎的闖入者，一個從後門進府的外來人。他們兩個，巴不得她永遠不回來，巴不得這世上根本沒有她這個人！

建寧渾身顫慄著，眼裏好像要噴出火來，眼淚不受控制地流下來，順著衣襟一路滾落下去，止也止不住。

吳應熊驚訝極了，看著建寧滿臉的疲憊、哀傷，滿眼的破碎、絕望，再也想不到自己的所爲竟會給她帶來這麼大的傷害，她的眼神，看起來就好像什麼最寶貴的東西被人搶走了或者摔碎了一樣。他忽然覺得無比歉疚，雖然並不覺得自己真的犯了什麼彌天大罪，可是既然這樣地令建寧受傷，他願意做出補償，因此再次謝罪道：「是在下無禮，請公主責罰。」

「責罰？」建寧似乎清醒了，冷笑一聲，一字一句地道：「好！那就讓我好好想想，怎麼罰你們兩個！」說罷轉身便走。

看著建寧的背影，綠腰膽顫心驚地問：「駙馬爺，公主會怎麼罰我們？我現在怎麼辦？」

吳應熊心亂如麻，只得傳了管家來問：「今天是誰跟格格進宮的？爲什麼格格回府也沒見通報？」

然而管家也不知底裏，也只得一頓亂問，又將跟格格進宮的人捱個教訓了一頓，罰俸若干。

次日上朝，襄親王訃告天下，吳應熊方約莫猜到昨天建寧何以激動至此。心下更覺愧悔，因此特地命廚房備了精緻細點，親自捧了去正房謝罪。然而宮婢紅袖出來傳旨，說格格不願見他，請額駙回去吧。

接下來一連數日都是這樣，任憑吳應熊如何懇辭求見，建寧只是拒絕——事實上，不僅是吳應熊，建寧誰都不肯見，一連幾天把自己關在房裏，連襄親王的葬禮也沒有出席，七月十六日皇上遷居乾清宮大典，她也沒有去。

人們都說：格格從前在宮裏仗著太后娘娘疼愛，雖然也是一樣地沒規矩，也還知道些節制，如今嫁了人，不見沉穩，反倒越發無法無天，連場面上的禮數也不講了。只怕這次真是被額駙氣瘋了，這樣的抑鬱下去，真不知道會出什麼事。

整個額駙府籠罩在一種山雨欲來風滿樓的壓抑中，每個人都知道，格格會發作的，早晚會發作的，只是不知道什麼時候，又用什麼方式來發洩。府裏人竊竊私語，小心翼翼，各懷鬼胎地等待著格格的雷霆萬鈞。

然後，那一天，格格終於走出來了。她變得好消瘦，好蒼白，她端坐在椅上，叫來綠腰，命她跪在自己面前，平靜地說：「我以前賞過你很多東西，這次，還是要賞你——喝了它。」

紅袖小心翼翼地用托盤托出一杯酒來，誰都知道，那是一杯毒酒。盛在琥珀杯裏，紅得像血。

格格平靜而不容置疑地說：「喝下它！」

綠腰驚呆了，她磕著頭，哭著，求著：「格格，饒恕奴才吧，奴才再也不敢了。」

「喝了它。」

「格格……」綠腰百般央求無效，忽然撒起潑來，叫道：「我是額駙正式擺酒收房的妾侍，我侍候額駙有什麼錯？格格憑什麼以此降我的罪？額駙娶我，是格格金口玉牙點頭答應了的，現在又想要我的命，這醋罈子不是打得太奇怪了嗎？」

建寧蒼白的臉上終於有了一絲血色，那是惱怒的紅暈，她有些辭窮，又或者是不屑回答綠腰的話，只平靜地命令：「嬤嬤，她說不知道自己有什麼罪，你來告訴她。」

宮中來的人沒有不討厭綠腰的。她倚媚撒嬌，這些年在額駙府沒少作威作福，儼然一人之下眾人之上的腔調。以前有格格罩著，後來又加上額駙撐腰，眾人只好都讓她三分。現在格格既然下令要殺她，誰又是肯爲了她而得罪格格的？教習嬤嬤一生熟背規矩，那真是舉一反三，欲加之罪，何患無辭？既見格格發問，立刻流利地回答：「白晝宣淫，是謂不貞；背主偷情，是謂不忠。爲女不貞，爲婢不忠，皆是死罪。」

綠腰自知無望，忽然尖叫一聲，往外便跑，尖叫著：「額駙救我——」

「給我拿下了！」建寧大怒。她不喊額駙救命還好，這一喊，只有令建寧更起殺心。幾個高大的嬤嬤攔住綠腰，三兩下擒牢了，仍推她跪在格格座前。建寧拿起那杯殷紅的酒，劈手潑在綠腰臉上，怒道：「我本不想殺你，只是要試試你的忠心，看你還有沒有知恥之念？不料到了這個地步，你的心裏仍然只有額駙，沒有主子，這樣的賤婢，留你何益？」

綠腰拚命躲閃，哪裡閃得過，直被潑了一頭一臉，有酒水微微滲進嘴裏，她忙連連吐著口水，卻發現其味酸甜——那不是毒酒，只不過是一杯摻了石榴汁的尋常高粱酒罷了！建寧並無心殺她，不過是要試她。綠腰自知失策，但已悔之晚矣，復又大哭起來，不住磕頭求告：「格格，看在奴婢侍候您這麼多年的份兒上，饒婢子一次吧。」

然而建寧冷著一張臉。現在，大概就是把全天下的眼淚匯成海流淌在她面前，她也不會相信綠腰了。

綠腰被關進了後院柴房中，格格吩咐：誰也不許探看，也不許給她吃喝。眾人都知道綠腰必死無疑，只是奇怪格格爲什麼不馬上動手，他們猜測，格格是故意要鈍刀子殺人，讓綠腰慢慢地受折磨，好看看額駙會怎麼做。

吳應熊同樣不明白建寧的心意，他不忍心綠腰因自己受過，如果擅自營救會更加激怒建寧；可他也知道，建寧的悲哀因喪兄而起，可是人死不能復生，他又能補償什麼？建寧現在已經不可理喻，誰也不知道她下一步會採取什麼過激的行爲，也許一覺醒來，她會突然下令處死綠腰也說不定。即使她不殺綠腰，可這樣一天天拖延下去，綠腰斷食斷水，也早晚會送命的。

他一次次地求見建寧而不得，又寫了懇切的請罪書求紅袖轉交，卻仍然沒有回話。便在這時，他得到一個消息：就在十阿哥博穆博果爾死的前一天，皇上親自駕臨襄親王府，不但搶走了董鄂姑娘，還打了博果爾一個耳光——這，大概就是博果爾猝死的真正原因吧？

吳應熊感慨萬分，紅顏禍水啊，這還沒進宮呢，便已經掀起這樣的軒然大波，還連累了一位親王的性命。更不知進宮以後，又會引起多少風雨！皇上明知太后不喜歡漢女，而且已經是默許了十阿哥從鄂碩將軍府接走董鄂的，竟然還要不惜親自上門，爲了一個女子與親弟弟大打出手，可見他對這位姑娘的在意。在他心目中，一定是對「董鄂就是洪妍」這個誤會深信不疑的吧。只不知道，當他見到董鄂的真面目以後，會不會察覺她其實是另一個人。不過，那恐怕很難吧，畢竟他第一次見她的時候，雙方都還只是五六歲的孩子。一別十餘年，他哪裡還記得她的模樣，而董鄂又是那樣的絕代佳人，只怕他高興還來不及呢，又怎會懷疑魚目混珠？

不管怎麼說，董鄂姑娘已經進宮，並即將成爲皇上的新寵。這已是不爭的事實。而關心這件事的人都會有誰呢？太后娘娘、洪承疇、鄂碩將軍，還有後宮的那些妃子們，這裏面，當然也包括了建寧的摯友佟妃。

吳應熊終於想到了一個開解建寧的辦法，即使不能開解，至少也可以暫時讓她轉移心思。於是，他再次拜託宮婢紅袖，這次卻不是爲自己求見，而是爲了佟妃：他讓紅袖轉告建寧關於董鄂入宮的事，請問格格要不要進宮去探訪佟妃，安慰一番。

果然沒隔多久，紅袖便出來傳命管家備車，說格格要進宮了。

建寧是抱著安慰平湖的心才進宮的，然而見了平湖，她卻忽然覺得滿心委屈，率先哭了。反而要平湖好言安慰，問她：「是爲了十阿哥的事麼？」

建寧抽抽咽咽地道：「我與十阿哥同年同月出生，他額娘不喜歡我額娘，所以從小就討厭我，我們也很少來往。可是現在他死了，我才知道，其實，我在這世上也沒有幾個親人，博果爾畢竟是我的親哥哥。有人說他是被皇帝哥哥逼死的，我不願意相信，皇帝哥哥不會做這種事的，他對弟弟妹妹一向友愛，他不會逼死博果爾的。」

平湖半晌無語。建寧才意識到，其實皇帝哥哥爲了爭風吃醋而逼死十阿哥，最覺得難過的人應該是平湖啊。她不好意思地拭乾眼淚，問平湖：「你也不相信皇帝哥哥會這樣做吧？」

「我不知道。」平湖幽幽地說，「每個人，都欠了另一個人的。也許，是我欠了你皇帝哥哥；

而你皇帝哥哥，又欠了那位董鄂姑娘。」

「現在，他又欠了十阿哥的了。」建寧似懂非懂地說，「那麼我呢？我是欠了額駙，還是欠了綠腰那丫頭？」

平湖這是第一次聽建寧說起額駙府的事，她同情地看著建寧，那麼溫柔沉默，一語不發。

於是，建寧源源本本地將自己從出嫁直到近日發生的所有事情，一股腦兒道給了平湖，越說越委屈，越說越激動，越說越傷心。最後問：「你說，我該怎麼懲罰他們兩個？」

平湖輕輕嘆息，卻並不回答她的話，反問：「你一直說我才應該做皇后，可是，我該怎麼做呢？攛掇皇上把皇后廢了，取而代之？」

建寧一呆，說：「你不是那樣的人。而且，就算皇后廢了，太后娘娘不點頭，你也沒辦法做皇后。慧敏不是被廢了嗎？可是博爾濟吉特如嫣又進宮了。誰都知道，這大清後宮裏的皇后，只能是太后娘家的人。」

「可是現在董鄂妃進宮了，皇上對她十分寵愛，我聽宮女們說，這些日子，皇上一下朝就去了董鄂妃的寢宮，早晨直接從那裏去朝上，接連幾天，沒有一天例外。那些妃子聯手跟太后告狀也沒用。皇后當然也沒辦法。依你說，皇后該怎麼辦呢？下令殺了董鄂妃嗎？」

「那恐怕不行。皇帝哥哥既然能從十阿哥府上把董鄂妃搶過來，就不會在乎皇后的話。就是皇后，也不敢把董鄂妃怎麼樣吧？」

「豈止不能怎麼樣，聽說皇上還稟告太后，說想立董妃爲皇后呢。太后當然不肯，所以他們母子倆這幾天鬧得很不愉快。」平湖苦澀地說，「皇上尚且不能隨心所欲，何況皇后，或者其他人呢？」

建寧若有所悟：「我明白了，你的意思是說，殺人是不能解決問題的，最重要的，還是皇上心裏喜歡誰，是嗎？依我說，如果不是你堅持不肯跟皇帝哥哥見面，根本就不會有董鄂什麼事。」

平湖輕輕搖頭：「皇宮裏的事，很複雜，想做皇后，還是想做皇上心裏最重要的女人，都不是那麼簡單的事。但是額駙府裏就簡單得多了，而放在你身上，就更加簡單。你是格格，是太后指婚給額駙的，額駙府裏沒有人可以違你的意，而額駙對你也是日久情深，所以，你既可以做額駙府裏最尊貴的格格，也可以做額駙心中最重要的女人，這兩者是否如一，完全看你怎麼做。是不是殺了綠腰，也全在於你。問題是，殺了綠腰，就萬事皆休了嗎？」

建寧愣了。她從來沒有考慮過這個問題，她從來都知道自己是額駙府的最高主子，而自從愛上吳應熊後，就本能地認爲自己當然應該是他心目中最重要的女人，甚至是唯一的女人。因此，當她看到綠腰倚在額駙懷中的情形時，才會怒火中燒，甚至起了殺心。但是平湖的話提醒了她，皇帝哥哥身邊三宮六院自不必說，而吳應熊身爲世子，三妾四妾也在所應當，即使自己可以殺了綠腰，也不代表就會成爲他的最愛，因爲往後還可能有紅腰，紫腰……而且，誰又知道在額駙府以外，吳應熊到底有沒有別的女人呢？憑藉地位的尊貴，自己也許可以做到額駙府裏唯一的女人，但是卻不能成爲額駙心中最重要的女人，那麼權力又有什麼意思呢？

建寧終於明白了，卻又更加茫然：「香浮，你是說，關鍵不在我怎麼做，而在於額駙的選擇。

所以，作爲女人，就只能讓自己變得完美，然後等待男人來抉擇，是嗎？」

平湖道：「並不全是男人或女人的問題，而是，誰愛誰更深一些。愛得更深的那個人，就會變得無奈。」

建寧也無言了。到這一刻，她才會無比清楚地瞭解到，她有多麼愛額駙——愛到無奈。她不知道在吳應熊心中，自己和綠腰誰與他更近，但是她明白的是，殺了綠腰，一定會讓額駙的心離得她更遠。她能做的，就只有放過綠腰，等待額駙的心一天天靠近她。

然而，回到額駙府，建寧才發現：吳應熊放走了綠腰。他把自己捆著來負荆請罪，自願替綠腰接受一切懲罰。然而建寧看著他，只覺得心灰極了，冰冷極了——額駙的心，終究是離綠腰更近！

她想她的等待是無謂的，從她進府第一天起，額駙就在討厭她，疏遠她，他永遠也不可能與她真正親近。不論她怎麼做，都不會變成他心中的最愛。他寧可選擇一個下賤的婢女都不肯選她，就只爲，他喜歡的，是漢人！

她看著吳應熊，冷冷地問：「綠腰在哪兒？」

「在下願意受罰，請格格放過綠腰。」

「你寧可替她受罰，也要保護她，是嗎？」建寧絕望地問，「她對你，就那麼重要？」

吳應熊沒有回答。他想，這不是誰更重要的問題，而是，他不能讓一個女人爲了他而枉死。作爲一個男人，即使不能給他愛的女人幸福，至少也不能讓愛他的女人不幸吧？

只是建寧不會這麼想，她執拗地鑽進自己給自己設置的死胡同裏，一遍遍想著：他要綠腰，不要我。他要綠腰，不要我。

她沒有勇氣再盤問下去，甚至沒有力氣去想要不要懲罰吳應熊，她悲哀地揮一揮手：「走吧，我不想再看見你。帶著你的綠腰，走吧！」

吳應熊當然不會走。這裏是敕造額駙府，他若離去，不僅是對皇上不忠，也是對父親不孝——額駙爺居然停妻納妾，那就是欺君，是滿門抄斬的死罪！額駙府就算是一座監牢，一座墳墓，他也只有死守在這裏，甘爲殉葬。

附注

1、《清史編年》載：「順治十三年十月二十八日奉皇太后諭，晉內大臣鄂碩之女、賢妃董鄂氏為皇貴妃。十月初四日，賞皇貴妃父母金一百六十兩、銀八千兩、金茶筒、銀茶筒、銀盆各一，緞八百匹、布一千六百匹、馬十六匹、鞍十六副、甲冑十六副。」並未言董鄂進宮與封賢妃之事。

《清世祖實錄》卷一零三，則據《湯若望回憶錄》稱：「順治皇帝對於一位滿籍軍人之夫人，起了一種火熱戀愛，當這軍人因此申斥他的夫人時，竟被對於他這申斥有所聞知的天子親手打了一個極怪異的耳摑，這位軍人於是乃因怨憤致死，或許竟是自殺而死。皇帝遂將這位軍人的未亡人收入宮中，封為貴妃。」後人考據，以為這位滿籍軍人即指博果爾，董鄂妃因博果爾之死須二十七天服滿，遂於八月方冊為賢妃，九月晉為皇貴妃。

《清史稿》卷二一四稱董鄂氏「年十八入侍，上眷之特厚，寵冠後宮」。至於何時進宮，出身來歷，則一言不提。

至於董鄂妃即秦淮名妓董小宛，則多見於野史，謂洪承疇搶小宛入府，後因百官參奏，遂獻於皇上。《清宮遺聞》卷一亦有關於董小宛「被掠於北兵，輾轉入宮，大被寵眷，用滿洲姓，稱董鄂氏」等語，並記載了董小宛被掠後，初為博穆博果爾妃，其後方輾轉入宮一段。本著綜合以上各本，自圓其說而已。

第十八章　三阿哥玄燁

1

自綠腰失蹤後，額駙府再次成了一座冰窟，誰都不知道，這一次格格與額駙的冷戰，將要僵持到什麼時候。都說「冰凍三尺，非一日之寒」，而額駙府之冷，何止三尺，簡直是萬丈玄冰！

吳應熊益發自責：大丈夫報國無望已屬無能，身擁嬌妻美妾卻鬧得家反宅亂就更是笑話，究其根本，還是因爲他娶了格格爲妻，從此也就更做不了男人了。他更加思念明紅顏，幾次往二哥處打聽紅顏的下落，然而二哥說，連他竟也不知道她現在哪兒，有人說在大西軍中見過她，可是也做不得準。

皇上的心上人與自己的意中人不是同一個人，按說吳應熊應當感到高興才對，可是不知怎的，他卻有一種奇異的失落感，和一種莫名其妙的篤信：那位久富盛名的「神秘漢人小姑娘」，一定是紅顏，只能是紅顏。也只有紅顏，才配得上一個男人、一個君王如此長久而執著的思念，而董鄂，不過是個張冠李戴的美人兒罷了。」

吳應熊在董鄂進宮後曾與皇上又深談了一次，試探地問：「皇上，董妃果然是皇上說的那位漢人姑娘嗎？皇上確定沒有認錯？」

「沒認錯，就是她！」順治顯然整個人都沉浸在如願以償的快樂中，心滿意足地說，「當年在盛京驚鴻一瞥，我只當她早把我忘了，沒料想她記得和我一樣清楚。如今十多年過去，她比我記憶中的出跳得更美麗，更明豔照人，多才多藝，針神曲聖食譜茶經，莫不精曉，真是絕代佳人啊。」

絕代佳人。不錯，吳應熊曾經見過董妃一面，的確神姿豔發，窈窕動人。她也許擁有一身絕藝，也許媚夫有術，也許溫存可人，有著一些世人不及的妙處，但她絕不是洪妍，不可能是皇上幼時在盛京宮中見過的那位冷豔才女。只是，她竟然也會擁有盛京的記憶，這倒是一件奇聞。吳應熊猜測，這或許是因爲董鄂擅於答對，或許是洪承疇的提前伏筆，更或許竟是洪妍本人曾向董鄂面授機宜，令她代己進宮面聖。

然而順治信之無疑——也許，所以相信，是因爲希望相信，所以無疑，是因爲不願懷疑。他等待得太久，思念得太久，尋找得太久，一旦得到，即使有些許疑竇，也要自己勸服自己，讓自己快樂地信任，並把這快樂公告天下。

董鄂進宮次月即晉爲賢妃，十二月初六，又冊爲皇貴妃，與皇后只有一步之遙。頒詔之日，下恩赦十條，包括全國秋決之各犯，除謀叛、強盜、貪贓外，一律減等；順治八、九兩年拖欠在民之未完錢糧，予以豁免等等，勢必讓全天下的人都爲了皇貴妃的冊封大典而歡騰，而感恩，和皇上一樣地感謝上蒼。這可是前所未有的殊典——從來只有冊立皇后才要頒詔天下的，這冊封妃嬪竟然也要頒詔恩赦卻是有悖常理。

宮中盛傳，說董鄂妃寵冠後宮，皇上甚至想廢了博爾濟吉特如嫣，冊董鄂爲皇后，因爲太后堅執不允，才改封皇貴妃。百官們將信將疑，都說一個初初進宮來歷不明的妃子，冊封爲皇貴妃已經是百世之隆遇了，還想立爲皇后，這不可能啊。皇上雖然年輕氣盛，也不會如此糊塗、輕舉妄動吧？

然而二十五日朝上，禮部奏議奉先殿籌建事，以供晨昏謁見、聖誕忌辰行禮之用，順治欣然允許，親口下諭：自即日起，太廟牌匾停書蒙古字，從此只書滿漢兩種文字。

此令一下，群臣皆驚，停書蒙古字，那不是把滿蒙並坐天下的誓盟公然粉碎，堂而皇之地向皇太后宣戰嗎？都說太后與皇上爲了皇貴妃的事屢次爭執，關係日見緊張，但是竟然鬧到要在牌匾上停書蒙古字，那等於是把對太后的不滿公告天下了，甚至不惜得罪太后所代表的整個蒙古草原。

皇上竟然爲了一個女子與太后反目至此，這究竟是衝動之舉，還是早有預謀？從朝廷到民間，到處都嘁嘁切切地傳遞著這樣的聲音，和各種各樣的傳聞。額駙府中，也不例外。

順治十四年正月，細雪，眾子弟齊集額駙府，飲酒驅寒。雪勢雖不甚綿密，天氣卻是鋼冷脆硬，眾人圍著爐子說些醉語，免不了又涉及到宮闈中事。這些人非富則貴，都與朝廷或後宮有著沾親帶故的關係，又耳聽八方，緣結兩朝，小道消息特別多，也特別花哨，往往草裏藏珠，難辨真假，吳應熊也惟有聽著而已。

主講的人仍是何師我，搖頭晃腦地道：「董小宛出身風塵，而竟能嫁入皇室，晉封爲皇貴妃這樣尊榮的稱號，如此僭越，只怕她福小身薄，未必擔得起啊。」

陳刊道：「何兄，你一口一個董小宛，好像很確定皇貴妃的出身，前次不是還說是傳言嗎？莫非又有了什麼新的證據不成？況且，我聽說『秦淮八豔』各自流散後，那董小宛也在江南才子冒辟疆的幫助下落籍從良，嫁入如皋水繪園爲妾；如果入宮的這個是董小宛，那麼嫁給冒辟疆的那個又是誰？」

何師我道：「說起冒辟疆，我這裏有一篇奇文，正是如皋名士冒辟疆的《影梅庵憶語》，其中提到董小宛曾經求過一支籤，籤書云：『憶昔蘭房分半釵，如今忽把音信乖。癡心指望成連理，到底誰知事不偕。』諸君以爲如何？」

吳應熊反覆吟誦，點頭道：「這詩的意思是說，兩個人本來已經珠聯璧合，誰知道忽生意外，難成連理。倒不知這件意外指的是何事？」

何師我笑道：「這篇憶語話外有話，與其說是回憶自己與愛妾董小宛的婚後生活，毋寧說是對於董小宛的悼文。」

眾人大驚：「董小宛死了？」

何師我得意地道：「所以才說話外有話了。如果董小宛真的死了，那便不是『不諧』，而是『不幸』了。冒辟疆在自己的『憶語』中讓董小宛染病夭亡，倒是個明哲保身的好辦法。」

陳刊恍然道：「不錯，只有如皋水繪園的董小宛死了，紫禁城承乾宮裏的董鄂妃才能鳳冠霞帔，厚封高位。原來是一而二，二而一，移花接木，瞞天過海啊。」

眾人這時也都醒悟過來，都道：「這麼說，冒辟疆寫這篇文章，既是爲了抒發憤懣之情，也是想借悼亡云云，掩天下人耳目了。」

「總比讓人知道她的女人被洪承疇充公了好吧？」何師我笑道，「名士也好，名將也好，總之，一個男人不能保護自己的女人，就是天大的糗事。冒辟疆受此奇恥大辱，除了自欺欺人地寫兩句酸文歪詩，又能如何呢？難道公告天下她的侍妾被皇上奪去了不成？丟面子還是小事，只怕連命也沒了。」

吳應熊心中難過，顧左右言他道：「這裏雖是私處，難說隔牆有耳，諸位還是少談國事爲妙。」

陸桐生率先贊成：「正是，正是，管她是董小宛還是董鄂妃，只要皇上高興，普天同慶，便是好事。依我說，我們也該找些賞心悅事來樂一樂，當作助興也好呀。」

陳刊道：「就是，大家把士氣鼓舞起來，別只是說這些兒女私情，風月閒話，如今朔風正緊，瑞雪當空，女兒家自該裹足閨中，我們鬚眉男兒卻不該當煨灶貓兒一樣縮骨怯寒的，越是天寒地凍，越要縱馬揚鞭，打圍騎獵，也是應一應年景，討個瑞雪豐年的吉利，才不失咱們大好男兒的英雄本色。」

眾人一疊聲叫好。何師我便慫恿吳應熊說：「咱們輪流做東，無非吃酒聽戲，早就厭了。這次改改規矩，不如額駙向公主討個情，借圍場開放兩日，請大家縱一回情，這個東，寧可小弟來做。」

吳應熊笑道：「做東小事，無足掛齒。只是小弟雖然陪皇上圍獵過幾次，卻從未試過自己借圍場來用，況且兄弟並不在旗，只怕未便開口。」

何刊道：「哎，您是當朝駙馬，皇親國戚，不在旗又如何？若說你不便開口，就請格格進宮時跟皇上求個情兒，沒有不成的。」

吳應熊雖覺為難，盛情難卻，且自小弓馬嫻熟，也是技癢，便答應下來，並說一應三牲同祭旗都由自己備下，只等訂了日子，便請諸位往圍場祭山神土地去。

及至眾人散去，吳應熊方覺棘手，獨自在廊下走來走去，不知如何才能讓建寧召見他。恰見紅袖拿冷了的燕窩粥去廚房重新熱過，忙上前一步陪笑道：「姑娘慢走，今天瑞雪初降，天氣驟寒，公主可曾加衣？」

紅袖含笑站住，只用眼角瞟著吳應熊道：「多謝駙馬惦記著。這是怎麼了，太陽又不曾從西邊升起，駙馬倒學會知冷知熱了。」

吳應熊含笑不語，並不理她的調皮。紅袖只得答他，卻也不肯好聲氣，仍是一逕使性子，用調侃的口吻說：「寒衣是一早備下的，難道咱們都是死人，竟不曉得天寒加衣的道理，還要駙馬來教導不成？公主這會兒心情好得很，前中午還披著毛毛衣裳往花園子裏散了一趟回來呢。」

吳應熊聽了，眼前不由浮現出一幅畫來：那建寧鶴氅雁翎，迎風冒雪，獨自飄飄然地走在殘花敗柳之間，偌大的園子顯得空曠蒼涼，尊貴的公主卻是孤零零天地一飄鴻，縱然身在富貴鄉又如何呢？他想她嫁了自己著實可憐，滿洲的格格來了漢人府上，除了丫環，再沒一個做伴的人，只好逛花園看雪做遊戲。

自從綠腰的事後，他一直沒能與建寧面對面，開始時，是他一直懇求而她拒見，後來他也就有意地回避著她了。因此，雖然額駙府說小不小說大不大，可是兩個人同在一座府裏，卻已經將近半年不見面了。自己尚有一班詩朋酒友唱和應酬，那建寧卻是深閨禁院，多少春花秋月、楊柳芳菲，也都只好付與冷雨幽窗、孤燈寒枕罷了。想著，不由得出了神，愣愣地站在走廊間，紅袖什麼時候走過了也不知道。

紅袖熱了燕窩回來，見吳應熊還在廊下徘徊，抿嘴一笑，並不打擾，且進來向建寧笑道：「格格猜怎麼著？咱們那位駙馬爺竟是轉了性子，剛才向奴婢問起，說是天寒下雪，記著給格格加衣，被我糗了兩句，這會兒一個人在廊下參禪呢。」

建寧正在試新衣，伸著胳膊量長短，袖子蓋著半截手腕，袖口處絡滿了流蘇，每一舉手拂袖就有漫天雲彩飛舞，裙襬處更是用金絲銀線交織著繡了一隻孔雀。不過她以慧敏爲戒，知道一味求奢慕華是爲大忌，所以衣裳的底料並非大紅大紫，卻是孔雀藍。這樣，金銀線壓在上面就不會顯得太過金碧輝煌，反而配合著底色，更把一隻孔雀襯得活靈活現，熠熠生輝，讓人只注意到孔雀的靈媚而忽略了金線的奢華。她對著鏡子左右照著，十分滿意裁縫的手藝，然而轉念想到：打扮得再出色又如何，連個欣賞的人也沒有，同錦衣夜行又有什麼分別？正在顧影自憐，忽然聽到宮女的稟報，不禁心中一動，想他還記得我的冷暖死活麼？

她與吳應熊僵持這麼久，又聽府裏人說他每天還是按時回府就寢的，並非留宿在外，早就心軟了，今天聽他一句問候，雖然話不多，卻著實說到心坎裏去，眼圈不禁紅起來。

紅袖看她不語，已經猜到心意，笑嘻嘻道：「人家惦記格格，怕格格冷著凍著，格格好歹也給幾句暖話兒呀，要不，我請駙馬進來吧，可別凍壞了身子不是玩的。」

建寧便不說話。紅袖得了主意，逕往外來，果然見吳應熊依舊立在那簷下犯傻，不禁笑起來，拍手叫道：「爺今兒個是怎麼了，做起老和尚來，還是參禪呢還是做詩呢，嚇得奴婢竟不敢驚動。」

吳應熊見她這樣活潑，倒也不由笑起來：「說不敢驚動，你的嗓門可是比誰都大。我是禪也忘了詩也忘了——你做什麼來的？」

紅袖宣了旨，又努嘴噘腮地做鬼臉，道：「我可是爲爺說了不少好話，磨得嘴皮子都脫了一層，格格才宣旨召見。爺可怎麼謝我呢？」

吳應熊聽到格格召見，大喜，且顧不得與紅袖說話，忙整冠進來。看到建寧正站在鏡前扭著身子試衣裳，不敢驚動，半載不見，她又長大許多了，已經完全是個大姑娘，體態成熟，神情嫵媚，臉蛋兒襯在新衣的光輝裏皎潔明豔，便如一樹傲冬盛開的臘梅花，映得一室生春。

建寧在鏡子裏看到吳應熊讚嘆的眼神，不禁慶幸這身衣裳做得合適極了，也合時極了。而吳應熊的求見也正是時候，他那種驚豔的神情，真是太體貼太窩心了。因笑吟吟轉過身子，問：「好看嗎？」

吳應熊如夢初醒，忙施禮請安，又問：「這是哪裡做的？」

建寧笑道：「是佟妃娘娘跟我一起畫了樣子，交給宮裏繡娘做的。」

吳應熊點頭讚嘆：「果然不同俗品。外間的裁縫店斷沒這樣的眼光手法。佟妃娘娘近日可好？」

建寧從來未見吳應熊竟有興致與她討論針線刺繡這些家常話兒，奇道：「大男人也會在意刺繡針法嗎？」

吳應熊笑道：「真正美好的東西，長眼睛的人都會看到，和男女老少又有什麼關係呢？」

建寧忽然觸及舊事，冷笑道：「怪道我送你的手帕被你拿去裹馬蹄，原來是刺繡手藝太差，只配給馬裹傷。」

吳應熊一驚想起，大爲後悔，捶頭道：「原來是爲這個！那日我騎馬出去，不甚傷了馬腿，身上並無別物可以裹傷，因懷裏只有那條手帕，情急拿來一用，便忘了是公主所賜了。該死，該死！」

建寧聽他話中之意，分明自己所贈手帕一直隨身攜帶，珍藏懷中，所以才會有隨手取用之事，倒覺安慰，遂轉嗔爲喜道：「好久遠的事了，不同你計較。我只問你，今兒天這樣冷，你爲什麼不穿件大衣裳就到處走呢？又不說話。若是紅袖不叫你進來，難不成你在外面一直站著？凍病了可怎麼好？」

吳應熊笑道：「我知道格格必然不會這樣狠心，所以才使了這招苦肉計，竟然一招奏效，也在意外。原以爲總要站上大半夜才進得來呢。」

建寧向他扮鬼臉道：「我才沒你那麼狠心壞肚腸呢。」扭轉身子，佯怒不睬。

吳應熊忙又百般安慰，軟語哄轉。他以往與建寧相處，雖然也曾同榻共枕，奈何建寧年幼，終不能有男女之情，心情不好時便把她當公主敬重，心情好時又看作是小妹妹疼愛，而今許久不見，忽然發現建寧早在不語婷婷間長成花樣女子，千嬌百媚，風情萬種，這方真正引發出歡愛之心，拿出丈夫的款兒來與她調情逗趣。

正所謂「小別勝新婚」。是夜，二人魚水相諧，雲雨無休，可謂成親以來，真正意義上的洞房花燭夜。

2

次日，建寧進宮向皇上請求借圍場之事，自然一求即准，便又興沖沖去見平湖。原來平湖產後體虛氣弱，每逢冬寒必發嗽疾，十分辛苦。見了建寧，惟有在枕上微微點頭，以目示意而已。

建寧大爲痛心，忙趨前握了手問：「你要吃些什麼不？趕緊好起來，我陪你去建福花園，採桃花，我們再埋兩罈桃花酒，留給我們的兒女好不好？」

平湖勉力起身，氣喘吁吁地問：「你見過燁兒沒有？他近來可好？」

建寧低頭道：「我也不是很容易見到他，就只在絳雪軒碰見過兩次，從皇帝哥哥搬進乾清宮後，我就很難見到皇子們了。」

平湖閉上眼睛，眼角有淚沁出，面色益發蒼白。

建寧咬咬牙說：「香浮，你是不是想見玄燁？我幫你，說什麼都要想辦法把玄燁叫來見你。」

「真的？」平湖睜開眼睛，那幽幽的眼神裏忽然放出光來，問建寧，「你有什麼辦法？」

建寧語塞，她只是憑著一腔義勇脫口而出，其實哪裡有什麼辦法可想。但是話已出口，又見平湖聽說可以見兒子立刻就有了幾分生氣，便豁出去說，「這個你別管，總之，不出一個月，我怎麼都會想法子把玄燁帶來見你。不過，你可得好好將養，不然見了兒子，也是這樣病怏怏的話也說不出，不是白見了嗎？」

「我一定會好起來的，你放心，我會好起來。」平湖蒼白的臉上浮起一朵微笑，淚光盈盈，如梨花帶雨。

建寧看著，在心底暗暗地發誓：我既然說得出，就一定要做得到。哪怕惹怒太后，被砍了頭，也要做到！偷也得把玄燁偷出來！

回到額駙府，建寧把皇上允准出借圍場的事說了，吳應熊自是喜歡，命廚房備了精緻小菜與建寧對飲。建寧笑道：「你常喝的那些酒雖然也還好，終究平常。今天叨你的席，我沒什麼回敬的，就帶罈酒湊份子吧。」

吳應熊笑道：「格格的酒都是從皇宮內苑帶出來的，自然是好酒。」

建寧正色道：「這酒雖是我從宮裏帶出，可不是太后、皇上賞的，便是太后、皇上，也都沒喝過呢。」因命紅袖去園中樹下掘出罈子來，倒了一小壺，仍將罈口封好，埋回原處。

吳應熊聽她說得這麼鄭重，又藏得這般隱秘，大覺驚奇。及至斟在杯中，未及就飲，已聞得一股清香撲鼻而來，且顏色醇亮，有如明玉。遂舉杯湊在唇邊微啜一口，只覺入口芬芳，沁人肺腑，五臟間俱迴蕩著一股清爽之意，飄飄欲仙。不禁大聲稱讚：

「我這輩子也算好飲，喝過不少名酒佳釀，然而似這等仙品，竟是聞所未聞，更別說品嘗了。格格卻是從哪裡得來？」

建寧得意道：「告訴你，這樣的酒，全天下也只有兩罈，我帶了一罈子進府，這些年也不大捨得喝，所以才留下這半罈子。你既然懂得欣賞，總算不糟蹋。」

吳應熊笑道：「原來你藏了這樣好東西，也不肯與民同樂，倒躲起來吃獨食兒。不如你告訴我配方，我們也照方兒釀來，以後不就年年都有得喝了嗎？」

建寧道：「告訴你吧，這叫桃花酒。沒有桃花樹是釀不出來的。那年我要砍了你的梅樹種桃花，你又不讓，現在倒想釀桃花酒了，這可不是緣木求魚？」

吳應熊更奇：「依你說，這酒連太后、皇上都不曾喝過，你倒反而有份享用，且又懂得釀製之法，這卻是為何？」

建寧道：「這裏有一個天大的秘密，而這釀酒人的身分也是貴不可言，這酒方子更是獨一無二。告訴你也行，不過，你得先替我解決一個難題。」

吳應熊笑道：「你說得這樣神秘，越發讓人欲罷不能了。也好，不如把你的題目說出來，看我有沒有解疑之道。」

建寧道：「三阿哥玄燁今年已經四歲了，還一次都沒見過親額娘呢。平湖想兒子都想病了，可是太后娘娘不許三阿哥去景仁宮，也不許平湖去乾清宮或慈寧宮。我從小沒有額娘也就算了，可是三阿哥明明有額娘，而且就在身邊，同住一個宮裏，卻不能夠見面，也太可憐了。你幫我想個法子，怎麼能把三阿哥偷出來，讓他們母子見上一面。我必好好謝你。」

吳應熊大驚：「偷阿哥？這也太異想天開了。三阿哥又不是一件東西，想偷就偷的？」話雖這麼說，吳應熊也知道佟妃境況堪憐，況且，他雖不知道佟妃究竟與李定國將軍有何關係，也猜到她是身繫明清兩朝的關鍵人物，建寧又是這樣的軟語央求——因此三個緣故，遂慨然承諾：「好，我一定幫你想個辦法，演一齣偷龍轉鳳！」

吳應熊的主意相當簡單直接，就是讓建寧去求她的素瑪姑姑裏應外合，向太后稟報三阿哥發了痘疹，使其搬出慈寧宮，隔離於別殿。那時，宮人怕死，必會對隔離之所敬而遠之，只派幾個兵士把守，就容易對付了。吳應熊問：「你覺得，素瑪會不會幫你這個忙？」

「一定會的。」建寧篤定地說，「我有的是辦法對付素瑪姑姑，她要是不答應，我就哭，鬧，撒嬌，她最終還是會答應的。」

「那麼就有了三成的希望，不過，最重要的還是在三阿哥身上，他肯不肯配合呢？」

建寧想了想道：「也一定肯的。哪有兒子不想見額娘的？玄燁已經跟我打聽額娘好多次了，只是不想惹怒太后。現在我告訴他可以帶他見額娘，不管叫他做什麼都一定會答應的。別看玄燁才四歲，可聰明呢。」

吳應熊笑道：「皇上賜宴時，我也見過三阿哥幾面，的確聰明絕頂。只要三阿哥肯合作，就又有了三成把握了，再接下來，就是那些守衛的人可不可以信任。」

「那更沒有問題了，宮裏那些侍衛的嘴臉我有什麼不知道的，只要給點小恩小惠就能打發了，若是不行，我就親自出馬，隨便指個什麼理由把他們支開就是了，不信侍衛敢不聽我的話。你不知道我在宮裏是出名的刁蠻公主嗎？」

吳應熊笑著拱手：「失敬，失敬。」

建寧也笑了，說：「我知道你心裏在想什麼，一定是說：原來你還有自知之明，知道自己刁蠻呀。你說，是不是這樣？」

吳應熊笑而不答，卻往下說道：「現在，事情已經有九成把握了，但是最後的一成，卻也是最重要的，是整個計畫的關鍵：就是怎麼能讓太后相信，三阿哥是真的得了痘疹。太后一定會請太醫確診的，據我所知，傅胤祖醫術高明，又對太后忠心耿耿，可不是用銀子能打動得了的，也未必肯買格格的賬。如果賄賂不成，整件事都敗露了，反而會害了素瑪嬤嬤。」

「這倒是個難題。」建寧蹙眉想了一想，說，「我雖然不知道怎麼辦。不過，我可以去跟平湖商量，看她怎麼說。」

「難道佟妃娘娘會有辦法嗎？」

「那可說不定。平湖的醫術可精通了。我有一次傷風，在家裏吃了好幾天的藥都不見好，那日去看平湖，她聽我說話聲音重重的，就吩咐阿笛給我煎了一服藥，喝下去就好了。」

吳應熊一愣：「你前些日子傷風了嗎？怎麼沒人跟我說？」

建寧白他一眼道：「說了你會在意嗎？只怕我就是死在這府裏，若沒人專門通報，你也不會知道的。」

吳應熊也覺內疚，忙陪笑施禮。建寧見他滿面通紅，倒過意不去，忙揮揮手笑道：「都是過去的事了，你只要能真的幫我讓平湖她們母子見面，從前的事就都既往不咎。能醫者不自醫，平湖那麼好醫術，卻治不好她自己的病。我眼看她一天天瘦下去，心裏別提多難過了，可是一點忙也幫不上。這次，說什麼也要把三阿哥偷出來讓她見一面，也許她心裏一高興，病就好了。」

吳應熊暗暗稱奇，一方面看到建寧對平湖的一番真情，著實覺得感動，另一面也對容嬪的身分益發好奇，深宮裏的娘娘竟是位醫術高手，這本身已經夠奇怪的了，更何況，她在宮外還有著千絲萬縷的牽扯，看來這位容嬪的身分之奇，竟不亞於撲朔迷離的董鄂妃呢。

事情照著吳應熊的計畫一步一步地進行著。

平湖讓建寧交給素瑪一種特製的藥膏，讓她塗在玄燁身上，很快便起了許多紅色斑點，並伴隨著低燒、抽搐等症狀，外表看起來完全與痘疹一樣。然而出乎意料的是，太后大玉兒並未下令將三阿哥隔離別殿，卻以痘勢太凶爲由，直接將他送出了宮，寄養在長平公主陵園的小屋裏，看護她的，即是爲長平守陵的阿箏和阿琴。

建寧興沖沖地來通知平湖，告訴她：「事情進行得太順利了。現在，只要你扮成我的侍女，藏在轎子中跟我混出宮去，就可以去見玄燁了。同時，還可以祭拜長平仙姑，豈非一舉兩得？」

平湖的臉色卻驀然暗沉下來，半晌方道：「不，我不去了。」

「什麼？」建寧大驚，「你不是一心想見玄燁嗎？這麼好的機會，怎麼可以不去？」

「我不能去陵園，我不能見玄燁。建寧，你替我告訴阿箏、阿琴，要好好照顧三阿哥，但什麼也不要跟他說。一定要小心。」

「小心什麼？」

「小心，太后的人。」

「你的意思是……」建寧若有所悟，「你是說，太后這麼安排是有意的？」

「太后讓玄燁住到公主陵園去，絕不是巧合，一定會有埋伏。如果我這時候去見玄燁，不論我有沒有祭拜行禮，都會被太后以私祭前明公主爲由降罪的，同時也會害了玄燁，說不定這輩子都不讓他再回到紫禁城了。」平湖從袖中取出一瓶藥油遞給建寧，「你把這個給阿琴，讓她每天辰時爲三阿哥塗抹一次，量不要太大，讓他一點點好轉，這樣，才不會讓太后疑心。等他大好了，太后就會把他重新接進宮裏來的。」

建寧接過瓶子，又失望又嘔氣，忍不住哭起來：「你真的不去見玄燁了嗎？玄燁滿心以為這次可以見到額娘，他看不見你，會傷心的。」

平湖卻忍住了不哭，只是再次說：「建寧，幫我好好照顧他。」短短幾個字，她說得異常艱難，連身子也禁不住微微搖了兩搖，遂重新躺下，面朝床裏，再不肯說話。

建寧告辭出來，又是傷心又是失望，快快地回到府中。吳應熊見她一雙眼睛哭得又紅又腫，忙問端的，建寧忍得正辛苦，再也不能承受獨自抱守秘密的孤獨沉重，不禁伏在吳應熊懷中，邊哭邊說，將所有的心事合盤托出。從第一次夜訪建福花園說起，長平仙姑，香浮小公主，桃花酒，公主墳，一直說到今日改顏重來的佟佳平湖。

吳應熊震驚極了，也感動極了。他終於明白為什麼李定國將軍會一直與佟妃有信件往返，也明白了太后對佟妃母子的感情何以如此奇怪，更瞭解了建寧與平湖那深厚的友誼根末。

「原來佟妃娘娘的母親竟是長平公主，你為她們母女保守秘密這麼多年，也真是不容易。」吳應熊幾乎要對妻子肅然起敬了，「建寧，你去過公主墳麼？」

「當然了。我出宮以後，每年仙姑的生辰死祭我都有去上香的。」

吳應熊更加感動而且自責，暗暗對自己承諾：一定要幫建寧想出辦法讓平湖母子見面。這不僅是為了自己一向以來對建寧的疏忽做出補償，也是替父親對大明後裔盡忠。他擁抱著建寧，柔聲安慰：「你放心，佟妃對自己的處境很清楚，也很克制，這不是壞事，至少可以保證他們母子的安全。況且，三阿哥的事一定還有別的辦法可想。當務之急，是你要趕緊送信給阿箏、阿琴，讓她們萬事小心，千萬不要被太后看出破綻，那樣，佟妃娘娘的苦心就白費了。還有，三阿哥那裏，也要你去好好開導他才是。你這個做姑姑的，責任重大呢。」

建寧抽抽噎噎地說：「我真不知道怎麼跟玄燁說，他聽說可以見額娘，開心極了，現在饒是見不著，白白吃了一番紅斑之苦，不定多傷心呢。還有阿箏阿琴，她們也很多年沒見香浮小公主了，這次還以爲可以久別重逢呢。」

「所以，你一定要早點把事情和她們說清楚，免得夜長夢多，禍從口出。」吳應熊再三叮囑，「太后的心思深不可測，太后的眼線更是無孔不入，一定要萬事小心。」

有人知道的苦楚便不算真的苦楚，有人支持的壓力也顯得沒那麼沉重，建寧倚在吳應熊懷裏，心情略爲好轉，卻仍然怏怏地問：「你說，太后娘娘到底想做什麼呢？」

吳應熊嘆道：「太后母儀天下，統領後宮，她的心思不是你我可以猜得透的。不過，這次把三阿哥送到公主墳隔離，絕對是一箭雙雕，甚至三雕，既是要測試阿琴、阿箏的反應，進一步確定佟妃的身分；也是等著佟妃有所行動，還要看看都有什麼人去探望三阿哥，順藤摸瓜；再一點，很可能太后根本無心挽救三阿哥的性命，而想順水推舟，聽天由命。」

「什麼？」建寧一驚，「你是說，太后想三阿哥死？」

「那也未必。太后留三阿哥住在慈寧宮，固然是做姿態，就像當年把你留在慈寧宮親自撫養是一樣的心思；但畢竟三阿哥是皇上的骨血，是她的親孫子，這便又和你的身分不同，而她對三阿哥的情感也會很矛盾。三阿哥天資聰穎，乖巧可愛，太后每日與他朝夕相處，不可能沒有真感情；可是想到三阿哥的出身，又未免會有遲疑。這次痘疹是她交給上蒼的一道選擇題，如果三阿哥就此喪命，那是天意；如果三阿哥死裏逃生，也是天意，也許以後她會對三阿哥比從前更好，甚至委以重任也未可知。」

建寧低頭細細思量這一番話，越想越有道理，不禁道：「你怎麼這麼聰明，什麼都猜得到，想得透。你能想出偷龍轉鳳這樣的好法子，又能猜到太后一箭三雕的計謀，那你不是比太后更威風？如果你帶兵打仗，一定戰無不勝，比那些文武朝臣強多了。」

吳應熊苦笑不語，心情忽然低落下來。他一生最爲抱憾的，正是這一點：雖然文武全才，奈何文不能定國策，武不能上戰場，縱有一腔抱負渾身肝膽又如何呢?也惟有圍場獵鹿、吟詩鬥酒而已。他長嘆了一口氣，不禁沉默了。

3

三阿哥玄燁，這未來的康熙皇帝，大清歷史上執政時間最長、建功最偉的皇上，自幼在太后的親自撫養下長大，比別的阿哥領受了更多的恩寵，也接受著更爲嚴格的教育，三歲從文，四歲習武，讀書過目不忘，學藝一見即通，深得太后喜愛。然而他心中，自有一件憾事無可彌補，便是不能見到自己的親生額娘佟妃。

他明知道額娘就住在離慈寧宮不遠的景仁宮裏，可是兩宮之間就彷彿隔著天塹銀河一般，不能接通。容嬪不必像別的妃嬪那樣來慈寧宮晨昏定省，而阿哥們也不能擅自出入後宮的妃子殿。一牆之隔，遠如天涯，他不知多少次猜想過額娘的模樣，盼望著有朝一日能夠母子相認。當建寧姑姑告訴他，只要假裝生痘就可以見到額娘的時候，他毫不猶豫地答應了，並說：別說生病，只要讓我見額娘，受傷也行呀，被箭射、被武師的刀砍也行呀。建寧說，不行，要想見你額娘，就必須得痘，受傷或者生別的病都不行，只有得痘疹，才能讓你搬出慈寧宮，躲開太后侍衛的看守，和你額娘相見。

玄燁答應了，任由素瑪嬤嬤將藥膏塗在他身上，眼看著皰斑點點，又紅又腫，四肢也變得虛軟無力，還發起燒來。素瑪嬤嬤還要他做出又痛又癢的樣子，可是他這麼昏昏沉沉的，做戲真是很辛苦呀。他又要抵抗著昏睡的誘惑，又要做出痲癢難受的動作，終於騙得太醫和太后都確信無疑，並讓他遷出了慈寧宮，又下令全宮避痘。

他在昏昏沉沉中被抬上了車，只覺得馬蹄得得，走了很久很久，如果只是去別殿，不該走這麼遠，他懷疑自己已經被送出宮門了，可是怎麼也沒想到竟會送進陵園來，而且連侍候的人也都換了。當他問清楚這是前明公主守陵人住的屋子時，吃驚極了。他知道，太后娘娘放棄了他，不再過問他的死活。

四歲孩子的心一塵不染，他從不懷疑太后娘娘是這世界上最疼愛他的人。他雖然渴望見到母親，但是從未謀面，感情畢竟有限；而父皇政事操勞，不苟言笑，不能相夕相處，也就無法與太后的恩情相比。但是現在，一場小小的痘疹就讓太后拋棄了他，把他交給上蒼聽憑生死，孩子的心，被重重地傷到了。

而這份傷，就全倚賴著母親的柔情來安慰。玄燁在被拋棄被欺騙的痛苦中，等待著佟佳平湖的到來，他想，額娘的現身會撫平他所有的傷痛的，只要能倚在額娘懷中痛痛快快地哭一次，所有的冒險和失去都值得了。

然而，建寧姑姑卻告訴他：「燁兒，對不起，你額娘不能來見你。」

孩子的心，再一次被拋棄重傷，再一次被欺騙重傷，再一次被冷落重傷。他絕望地沉默，卻不肯哭泣。他是個男孩子，不能為了失敗流淚。這是從懂事起便銘記的守則，刻在骨子裏了，再難過也不會違背。可是，他忍得多麼辛苦，多麼痛楚啊。

建寧看著小小的侄兒，有種感同身受的難過。母親綺蕾去世的時候，她也就像玄燁這麼大，她是知道那種冷落和孤獨的滋味的。她忍不住抱著侄子許諾：「燁兒，你放心，你額娘不是不想見你，她比你更難過，更傷心。姑姑向你保證，一定要讓你見到額娘，一定會的。」

她這麼說，是出於一份義勇，一份衝動，但同時也是篤信：雖然她不知道該怎麼做，但是吳應熊一定會想出妙計幫助她的。她對吳應熊充滿了信任和欽佩，覺得自己的夫君聰明極了，又變成那個射鴉的少年騎士。只要有他在，就沒有做不到的事。

吳應熊聽到建寧的請求，在屋裏徘徊良久，細細地推敲了宮廷關係的每一層每一面，他深知這件事危險重重，但是面對著建寧充滿期待的眼神，他無法拒絕。

「建寧，你是不是說什麼都要讓她們母子見面？」

「是。」

「不惜代價？」

「是。」建寧點頭，「你會幫我的，是吧？」

吳應熊也只有點頭：「是。」

「你真的有辦法？」

「是。」

建寧笑著投進丈夫懷中：「我就知道，你一定會有辦法的！」

吳應熊的新主意是兵分兩路：一方面要將玄燁偷出陵園，另一面則將平湖偷出皇宮，然後雙方在額駙府會面。他分析：「太后要監視的，是去公主墳探訪三阿哥的人，卻不會在意從公主墳出來的人。你是玄燁的姑姑，又是佟妃的好友，去探訪三阿哥也是人之常情，便被太后知道也沒什麼，況且，讓三阿哥離開陵園總比離開慈寧宮容易，又有阿箏、阿琴做內應，就更加沒問題；倒是偷妃子出宮是大事，如果洩露，只怕你們兩個都要被重罰。」

建寧口快地道：「就罰也不是死罪。大不了把我罵一頓，削去公主封號，總不會下囚牢吧？至於平湖，她現在的日子就和打入冷宮也沒區別，又怕什麼呢？只要能讓她們母子見面，又對玄燁沒傷害，她怎麼樣都願意的。」

「話雖如此，還是要儘量小心。」吳應熊躊躇，「而且，不光要想辦法偷佟妃出宮，還要想辦法再把她送回宮裏，你總不能一天內進宮兩次。」

「那就讓平湖在我們家多住幾天好了，反正她那裏等閒也沒人去，她也從不出去別人的宮殿。就算失蹤幾天，只要阿笛、亞瑟她們掩護得好，就沒有人知道。過兩天我進宮時，再把她扮成我的侍女偷送進去就是了。」

「既然這樣，那就謀事在人，成事在天，走一步看一步好了。」吳應熊苦笑，「大不了，賠上我們這個額駙府，把我關進天牢就是了。」

建寧這方猛然省起：「是呀，我們是金枝玉葉，了不起削爵革號，廢爲平民；你只是臣子，窩藏容嬪可是欺君之罪，說不定會殺頭的。」她有些動搖地說，「要不，我們還是再等等吧，也許有別的方法可想呢。」

吳應熊心中一動：她這樣重視這次見面，說過不論要她付出什麼代價都在所不惜，然而當聽說可能會給他帶來不利的時候，卻忍不住動搖了。可見在她心目中，把丈夫看得比她自己還重。而越是這樣，他也就越應該幫她完成心願，不然，真是愧爲人夫。他摟一摟妻子的肩，故作輕鬆地笑著安慰：

「放心吧，太后和皇上剛剛厚賞了我父親，還冊封我母親爲福晉，他們肯讓你這位金枝玉葉下嫁給我這個無功草民，也是看在我父親平西王的份上，斷不會輕易砍我的頭的。再說了，作爲一個漢人，能夠幫到長平公主的遺孤，是莫大的榮幸；而作爲當朝臣子，能讓我的格格福晉開心，也是義不容辭。不過，這件事成與不成，也只有盡人事而聽天命了。」

「一定成的，你有這麼好的法子，就一定會成功。」這一次，建寧是真正發自內心地笑了，緊緊抱著丈夫的胳膊，誠心誠意地說：「應熊，你真好！」這還是，她第一次直呼他的名字。

4

佟佳平湖終於見到了兒子玄燁。繡幕重帷的額駙府公主殿暖閣裏，三阿哥玄燁睡得好熟，好香。平湖坐在他身邊守著他，看著他，眼淚像斷線的珠子般撲簌簌滾落下來，止也止不住。

她不知多少次夢見他的模樣，而今終於見到了，他比自己夢見的想像的更加可愛、俊美，就像世界上最珍貴的寶玉一樣，充滿了光輝。她拚命地擦著自己的眼淚，想把他看得更清楚一些。可是，眼淚是擦不完的，她和他之間，好似隔著一層霧，越想看得清楚，就越不能真切。她不知該不該把他喚醒，聽他喊一聲娘親；還是應該給他唱一支歌，讓他睡得更香沉些。但是現在，她看著他，什麼也做不了，怎麼也看不夠，既不忍把他推醒，也不能發出聲音。

便在這時，玄燁忽然睜開了眼睛，母子倆四目交投，心意相通，片刻間已經交流了千言萬語。她不需要向他交代任何事，他也不必問她是誰，他看著她，眼神明淨如水，晶亮如星，然後，非常清晰柔軟地喊了一聲：

「額娘。」

平湖的眼淚更加洶湧了。她慢慢地點頭，努力把話說得清楚：「玄燁，我就是你的額娘，我好不容易才見到你，有很多話要跟你說，你能記住嗎？」

「我能。」玄燁懂事地答應，「老師一直誇獎我記性好，無論額娘說什麼，我都一定會記得清清楚楚，照額娘說的話去做。」

「那好。你要記住，你是漢人。將來有一天，你做了皇上，一定要替漢人說話。」

「我知道佟佳是賜姓，額娘是漢人。」玄燁口齒清楚地說，「可是太后娘娘說過，外公已經入了旗籍，我是阿哥，是滿人。」

「你是阿哥，是當今皇上的親生骨肉；可是，你的身上，同時也流著明朝皇室的血。你有一半漢人血脈，這是不能改變的。你將來做了皇上，一定要替漢人做主。」

「可我不是太子，怎麼做皇上呢？」

「你一定會做皇上的。皇上是天子，這是天意。不可違背。」平湖再三叮囑，「你做了皇上，一定要替漢人做主。」

「孩兒記住了。」玄燁似懂非懂。但這是額娘的話，是額娘第一次見他時說的話，他一定會記得，並照做！他從臥榻上爬下來，卻請母親在椅子上坐好。

平湖似乎已經知道他要做什麼，也不推辭，當真端莊地在檀木椅上坐定。玄燁在椅子前跪下，恭恭敬敬地磕了個頭，響亮地說：「兒臣給額娘請安。」

「孩兒平身。」平湖親手扶起兒子，將他抱在懷裏，眼淚再一次流下來，「好孩子，你一定會成爲未來的帝王的，一定會！」

平湖在額駙府上住了三天。

這三天裏，她除了將畢生的領悟與志願擇精取要地教導給兒子之外，還特意避開建寧，而單獨與吳應熊進行了一場關乎天下時局的長談，詢問李定國大軍的近況。

吳應熊在迎佟妃入府前早已先去見過了二哥，防備著有此一問，當即源源本本地稟報：自順治十一年三月，李定國與孫可望正式決裂後，南明朝不斷內訌，大西軍分崩離析，幾度敗於清軍之手——是年，大西軍將領、南安王劉文秀與興國侯馮雙禮、將軍盧明臣率師六萬，戰艦千餘出川峽，兵分幾路，卻分別被清將領陳泰、蘇克薩哈伏兵襲擊，六戰皆敗，戰船被燒，盧明臣赴水死，馮雙禮受重傷，劉文秀率部退回貴陽。李定國亦先後大敗於新會、興業等地，退入梧州。

此前，永曆帝曾於十一年七月遣內臣至廈門，冊封鄭成功爲延平王；而同年八月，順治帝亦遣使赴閩，意欲招降鄭成功，卻以鄭成功不肯剃髮而和議不成，遂改撫爲剿；十月，鄭成功揮師南下，期與李定國會師，亦曾馳援虎頭門，卻因聽聞李定國戰敗入梧，轉而回師。李定國軍遂聯合白文選部護送永曆帝入雲南，改雲南府爲滇都。三月，永曆進封李定國爲晉王，劉文秀爲蜀王，白文選爲貢國公，以及御史、侍郎多人。

平湖苦笑道：「大明之復國，大西軍固當倚若長城，鄭成功卻也名如其人，這件事，我早已替他謀到，無奈永曆帝疑心甚重，又狐疑狼顧，直到這時候才著手去做，只怕早已貽誤時機……唉，永曆稍安即喜，只怕難成大器。卻不知他如今怎樣了？」

吳應熊道：「這一向由於鄭成功之師牽扯了朝廷大半軍力，加之水災頻仍，朝廷一時無暇發兵雲南，而大西軍亦久無行動，雙方並無大的戰事。」

平湖頓足道：「當戰不戰，當和不和，永曆終究不是經國之才，無奈他如今是我大明唯一的希望，即使是阿斗，也只得勉力扶他一扶。況在如此亂世，強敵環伺之下，永歷朝得享十載而屹然猶在，倘或天可憐見，未必沒有復國之望。然而大明復國，終非一人之力可爲，李定國、孫可望、鄭成功，這幾方缺一不可。倘若他們不能聯手合力，仍是一盤散沙，各自爲政甚或自相殘殺，事情終究難成。罷罷，也只有盡人事而聽天命罷了。」

「盡人事而聽天命。」這是前些天吳應熊剛剛同建寧說過的話，這個亂世，無論天下局勢，還是兒女情結，原來都是一樣的無奈和莫測，都只有盡人事聽天命而已。

吳應熊深深感慨，卻無言可勸。只爲，他自己的父親就是那個出賣了大明的天下第一奸臣，卻又讓他談何忠心報國呢？所有的語言都顯得蒼白無力，他能做、也只能去做的，便是遵照公主的吩咐，盡人事，而聽天命罷了。

平湖昂頭出了半日神，遂伏案修書一封，交與吳應熊道：「請額駙務必設法把這封信交與李將軍與永曆，若他們肯聽我之勸，或許復國還有一二分希望。不然，也只求天可憐見，保佑燁兒健康長大，替我大明治理這改天換日的大清天下了。」

佟妃的聲音並不響亮，這幾句話也只說得平平淡淡，然而聽在吳應熊耳中，卻無啻於焦雷一般，比起他當年親閱李定國大西軍氣勢時猶爲心折。這柔弱的女子，竟有一種頂天立地、指點江山的氣概，當她說話之際，便如全天下的日月星辰都掌握在她手中，由她揮灑一般。雖然，她也許不能操縱這日月的軌道，可是，她就是有那樣的氣度，不怒而威，令人信服。

這一刻，吳應熊比建寧更加篤定：平湖，就是香浮。只有真正的公主，才有這般的氣勢！

附注

1、有學者作《董小宛考》，認為董小宛不可能是董鄂妃，理由是冒辟疆在《影梅庵憶語》中稱董小宛卒於順治八年，亡年二十七歲。那麼董小宛就比順治大了十幾歲，似乎不可能發生戀愛之情。

但這其實只是冒辟疆掩人耳目的「假語村言」，因其不可能直陳董小宛去向，惟有混淆時間以自脫，將許多事件的先後順序及時間打亂，更將小宛被劫一事寫於明亡前，避開洪承疇一事。然而董鄂妃實際卒於順治十七年，其年恰好二十七歲。由此可見兩人之間還是有著千絲萬縷的瓜葛，若同為一人，也非不可能。

冒辟疆寫《影梅庵憶語》，耗時多年，最終完稿於董鄂妃卒後。此處已先引用「壬午得籤」一段，是為講述故事方便，不可細究。

2、《湯若望傳》載：順治病危時，曾想到立一位從兄弟為帝，但是皇太后和親王們都認為皇位應該由皇子承繼。皇帝派人問湯若望的意見，湯若望則完全站在皇太后的立場上，認為應該立皇子為帝。順治於是欲立年紀較長的福銓為帝，然而湯若望認為玄燁在幼時出過天花，不會再受到這種病症的傷害，而福銓年齡雖長，卻未出過天花，時時都得小心這種可怕的病症，隨時會有得病的危險。於是，最終玄燁登上了皇位。

而其他的史傳中亦曾記載過玄燁得痘的事，並特別注明是遷於宮外休養而竟得痊癒。至於療養之地竟在公主墳及額駙府中，則為本書首創，不必認真。

第十九章　一歲榮親王

1

建寧盜妃出宮的計畫還是敗露了。

正月裏節慶多，宮中不免有些賞賜，吳良輔帶人托著盤頒至景仁宮時，見只有阿笛領著眾宮女出來領旨謝恩，卻不見容嬪、啞瑟，問時，只說容嬪病重不見客，看時，又見簾幕低垂，十分嚴密，心中便有些懷疑，卻並不說破，只隔簾請了聲安便又帶人去了。

然而吳良輔不聲張，那跟隨的小太監們卻多留了個心眼。尤其是小順子，跟著吳良輔這許多年，耳濡目染，早已學到了萬事留一手的自保絕技。皇上身邊的太監，幾乎各個都有靠山，爲宮裏不同的嬪妃作眼線，出賣皇上的行蹤，收取額外的好處。

小順子的買主，是鈕鈷祿遠山。

當遠山得知了景仁宮的古怪後，便猜測這裏面必然藏著什麼大蹊蹺，大秘密，只恨不能深曉底裏，沉吟半日，想得一個主意，吩咐小順子道：

「這件事沒憑沒據，倒不好聲張的。你聽我的話，去太醫院宣個太醫，引著往景仁宮去一趟，就說太后娘娘聽說容嬪病了，讓太醫去看看。料想太醫院也好，景仁宮也好，都不會當真到太后娘娘跟前問個真假，就是問，我也自有辦法應對。等咱們探明了景仁宮的虛實，抓個滿錯兒，再到太后跟前討賞去。太后知道你這樣忠心能幹，說不定從今往後認你做心腹，你豈不飛黃騰達？」

一席話，喜得小順子抓耳撓腮，幾乎不知道怎樣奉承遠山才好，不住點頭說：「貴人想得真是穩妥周到。奴才若能得到貴人提攜，定不負貴人的大恩大德。但有所命，刀山火海也爲貴人去闖。」遂袖著手顛顛兒地去了。

不出一個時辰，仍又回來，喜不自勝地告訴：「貴人的妙計果然妥當。這回探準了，容嬪娘娘果真不在景仁宮裏。太醫費了半日口舌，起初她們說什麼也不肯給太醫診視，奴才再三說是太后的旨意，娘娘不讓太醫診脈，奴才不好回稟的。阿笛聽了，這才從簾子裏請了一隻手出來叫診脈。待太醫要看面色，就死也不肯答應了，這還不是有鬼？依奴才看，裏面根本就是亞瑟在裝神弄鬼，就是不知道佟妃娘娘去了哪裡，做什麼要唱這一齣空城計。」

遠山聽了，也想不出來，且命小順子回去，自己往太后處請安。昏省之後，眾命婦奉承太后顏色說笑一回，一時眾人散去，遠山故意落在最後，先娉娉婷婷地行了個大禮，方猶猶豫豫地回道：「有件事，擱在臣妾心裏，若不向太后說明，是對太后不忠；若說出來，又覺對姐妹不義……」如此惺惺作態一回，方向莊妃耳邊將事情說了。

大玉兒略一思索，已經猜到平湖無端失蹤，必與建寧有關，當下並不發作，只叮囑遠山且勿聲張，卻命小順子次日早晨來見，當面吩咐：

「你往神武門去守著，如果十四格格進宮，就說我的話，不必停轎，徑直抬到慈寧宮來。她一日不來，你就一日守在神武門，連吃飯也不許離開，明白嗎？」

小順子不明所以，然而這是太后親口所命，而且是下命給他一個人聽的，那就不僅是一項重要的任務，更是一種無上的榮耀了。別說只是少吃一頓午飯，就是三天不吃不喝也沒關係。因此緊張得早起飯也不敢多吃，水也儘量少喝，生怕爲內急誤了大事。一大早便兩手叉腰站在神武門前，自覺比師父吳良輔更加威風。

這些年來，他一直仰著師父的鼻息生活，早已覺得不甘心，生來就是奴才的命了，這也不怨什麼，可是一輩子當奴才的奴才，又有什麼前途可言？可是師父深得皇上信任，地位鞏固不可動搖，他根本沒有機會越過師父的頭去，就只能靠給嬪妃們賣情報獲取一點蠅頭小利，說到出人頭地，卻從來都看不到什麼希望。這回可好了，這回如果能攀上太后這棵大樹，從此有了慈寧宮做靠山，自己在宮裏的地位就算是坐穩了，說不定將來還可以與師父吳良輔平起平坐呢。

如此守至第二天，終於看見十四格格的朱輪紫帷大車搖搖晃晃地駛到了神武門口，格格攜著一個侍女裝扮的手一同下車登轎，命道：「去景仁宮。」

小順子以前所未有的敏捷一個箭步衝上前去，挺身攔住轎子：「傳太后娘娘懿旨，請格格往慈寧宮一行。」

建寧一愣，吩咐道：「知道了，你且回慈寧宮覆命，我隨後就來。」

小順子道：「太后娘娘請格格進了宮，直接就去慈寧宮謁見。特地叫奴才等在這裏。」說著，喝起轎夫便叫開步。

建寧同平湖在車中面面相覷，忙問：「怎麼辦？我說肚子疼，讓他們停轎，你趁機逃跑好不好？」

平湖搖頭：「太后一定是都知道了，我們越是耍花樣，就越多麻煩。還是實話實說好了。」

「實話實說？說什麼？說我接你出去玩好不好？」

「不要撒謊。就說我思念玄燁，求你帶我出宮見兒子最後一面，又求你把玄燁帶回家裏，請了一位治痘疹的名醫給他看病，如今三阿哥已經大好了，所以你才送我回宮。或許太后看在三阿哥痊癒的份兒上，不會爲難你。」

建寧道：「我才不怕太后爲難我，橫豎我是嫁出去的女兒潑出去的水，只要犯的不是死罪，她最多罵我幾句，不會拿我怎樣的。我是怕她找你麻煩。」

平湖搖了搖頭，也不知道是說不怕呢還是說不必擔心。建寧便也不再說話了。從神武門往慈寧宮不多遠的路，兩人緊緊地握著彼此的手，彷彿走了一輩子那麼長。一時到了門前，二人下轎進來，跪下請安。

太后大玉兒端坐在炕上，手肘支著炕几，只慢慢地啜茶，只當沒聽見。兩人無奈，只得跪著垂頭不語。足有一盞茶工夫，太后方慢慢放下茶杯，抬起眼皮說了聲：「起來吧。」

兩人謝了起身，垂著手一聲兒也不敢言語。太后並不理睬侍女打扮的平湖，卻用閒聊一般的語氣問建寧：「格格多久沒進宮了？」

「沒多久啊。」建寧膽顫心驚地回答，「上次進宮是三天前。」

太后微微一笑：「那就是佟妃失蹤的那天嘍？」

建寧一驚，正不知該作何答話，平湖已忙稟道：「謝太后惦記，臣妾在此給太后請安。」

大玉兒故作驚訝道：「原來佟妃也來了。我不是叮囑過你，好好在宮裏養病，沒事兒不用來慈寧宮請安的嗎？」

平湖垂頭道：「臣妾聽說三阿哥患了痘疹，出宮治療，惟恐遭遇不測，連最後一面也見不到，因此一時情急，就趁十四格格進宮時，求格格帶臣妾出宮見阿哥一面。請太后降罪。」

太后點點頭道：「原來如此。你身爲妃子，居然擅自出宮，原本罪無可恕，不過母子連心，也在情理之中，我就罰你禁足三個月，不許離開景仁宮半步，你服麼？」

平湖道：「臣妾遵旨，謝太后開恩。」

太后又點一點頭，繼續道：「十四格格膽大妄爲，擾亂後宮，我要是再任你出入宮闈，還不知要惹多少麻煩。從今往後，沒有我的命令，不許你再擅自進宮，凡在宮中走動，必要經我特別下旨，記住了麼？」

建寧雖然難過，也只得苦著臉答應，暗想找機會求求皇帝哥哥，或許總有轉圜之機的。

只聽太后又往下說道：「但是妃嬪私自出宮，三阿哥又從住處失蹤，這些事光憑你們兩個是做不到的，必有奴婢內應。做奴婢的，不能安分守己，看見主子胡鬧也不勸阻，反而欺君罔上，裝神弄鬼，如果饒了她們，這後宮還有規矩可言嗎？傳我的旨：景仁宮、公主墳兩處宮婢怠忽職守，看護不力，皆當處死，以儆效尤。」

平湖、建寧一齊大驚，忙又跪下苦苦哀求。大玉兒面無表情地聽著二人求了半晌，便如賞花聽戲一般，直待二人哭累說啞了，方將手輕輕一抬道：「我累了，你們退下吧。這件事，我主意已定，不必再說。」

建寧還要再求，平湖卻將她一拉，暗示不必再說。二人退出宮來，建寧哭道：「太后娘娘的樣子好兇。我從小就怕她，可是從來沒像今天這麼怕她。她說殺人的時候，連眼睛都不眨的。我們現在怎麼辦呢？要是再想不到辦法，阿琴她們就沒命了。而且，以後我們想見面也難了。我們去求求皇帝哥哥好不好？」

平湖搖頭道：「皇上現在全心都在董鄂妃身上，連三阿哥出宮診治都不聞不問，又怎麼會爲了幾個宮女的生死跟太后作對呢？太后這次大開殺戒，除了警告我們兩個之外，多少也是拿著這件事向皇上示威，同時告知後宮，她仍然操縱生死大權，要使眾人心存敬畏。這件事注定是無可挽回的了，是我害了阿琴她們。」

建寧訝道：「她們要死了，怎麼你好像很平靜似的？你不爲她們難過嗎？」

平湖道：「我當然難過。但這是已經決定了的事情，我多難過也於事無補。而且，如果玄燁知道與我相處的這三天時間是用很多人的性命換來的，也會更加珍惜，從而記住我的每一句話。那麼，阿琴她們就死得不冤枉了。」

建寧愣然地望著平湖，忽然感到很陌生，就好像第一次認識她。她在平湖的臉上，看到一種孤絕冷峭的神情，就好像她心中有一件極重大的事情，除了這件事，其餘所有的人和事都無所謂，都可犧牲，都不在意。那樣的神情，建寧從前在長平公主的臉上見過，在孔四貞格格的臉上見過，而今天則在莊妃太后的臉上也見到，那是摒絕了正常的人倫感情後的一種果敢堅決，心無旁騖，在她們眼中，除了一個至高無上的目標之外，世間的萬事萬物，都只不過是棋枰上的一粒棋子罷了，講究的是「落子無悔」。

一子錯，滿盤皆落索。下棋的人，不能忽視每一顆棋子，但也不能太執著於每一顆棋子，既可拈起，便可放棄，必要時，丟卒保車亦在所不惜。建寧忽然覺得心寒，在平湖心中，自己，是不是也只作爲一顆棋子存在，隨時皆可爲了平湖那個至高無上的目標而放棄？她與阿琴亞瑟她們，對平湖來說有區別嗎？

2

順治十四年十月七日，董鄂妃於承乾宮產下一子，這是順治帝的第四個兒子，也是他最喜愛的皇子，自此更加日夜留連於承乾宮內，不肯略分恩澤於諸宮。諸妃謀之於太后，晨昏定省之際，難免酸風醋雨，口沫橫飛。

太后帶笑聽著，等她們說得口乾舌燥了，方嘆道：「我十二歲嫁給先皇，姑侄三人共事一君，什麼事沒經過？後宮裏的這些心思又怎麼會不明白呢？不過討好皇上，要靠你們自己的本領，我這個做太后的，當然巴不得皇上雨露均沾，也好開枝散葉，子孫綿綿。我也不是沒有勸過皇上，可是你們太不爭氣了，董鄂妃懷胎十月，你們都沒有抓住機會，現在她誕下皇子，立了大功，皇上自然更加寵愛她了，我又怎麼幫你們呢？」

遠山道：「皇貴妃懷胎十月，可是到了第九個月還是霸著皇上，十天半個月才輪到別的妃子一晚，匆匆聚一面就又背出宮去了，都難得見第二面，又怎麼有機會表現呢？」

太后仍然帶著那個慈祥而又無奈的微笑，很包容地問道：「那依你們說怎麼樣？」

眾妃子紛紛獻計，這個道：「最好找個錯兒，把那個董鄂妃送出宮去，不許她見皇上的面。」那個說，「要是太后下旨，讓皇上與董鄂妃一個月只能見一面就好了。」你一言我一語，說得十分熱鬧，卻沒一個主意可行。其中惟有遠山若有所思，含而不語。

太后不置可否地聽了半晌，遣散眾人後，獨留下遠山與皇后如嫣兩個，先向如嫣道：「皇上偏寵東宮，的確是一件不大不小的事情，最不利於廣開皇嗣的，但是皇上已經大了，這些事我不便太多干預，倒是你這個皇后，統領六宮，是應該好好同皇上談談了。」

如嫣爲難道：「太后不是不知道，皇上最不喜歡跟我說話的，每次見了面，總是故意跟我說漢人的話，我又聽不懂，怎麼談呢？」

大玉兒不耐煩道：「你進宮也這麼多年了，聽不懂，不會學嗎？你身爲皇后，母儀天下，學習漢話也是份內事，我聽說你沒事就往靜妃那裏去，慧敏脾氣雖不好，學問也還不錯，爲什麼不跟她好好學學呢？」

如嫣委屈道：「我是在學啊，可是皇上說的話好難懂啊，都是四個字四個字的，不是成語就是典故，我哪裡學得來呢？」說著，捂住臉哭起來。

大玉兒更加心煩，斥道：「好了好了，我又沒罵你，說幾句就哭，我們博爾濟吉特家族的臉面算是被你丟盡了。」又轉向遠山道，「你平時最多話的，今兒怎麼不聲不響？所以我把你留下來，問問你是不是有什麼話不好當著人面兒說。現在人都散了，你有什麼，就說吧。」

遠山喜不迭地跪下來說了一聲「太后英明」，未及說明，卻先請罪道：「遠山雖然想到一個笨辦法，可是冒犯太后威儀，故而不敢說。」

大玉兒道：「有什麼冒犯不冒犯的，你且說來聽聽，我不怪你就是。」

「遠山斗膽，想請太后裝幾天病。」

「裝病？」大玉兒一愣，但立刻就明白過來，「你是想讓我裝病，然後傳命後宮諸妃侍奉，再留下董妃不放她回去，好讓皇上與她見不到面，可是這樣？你怎麼會有這種想法呢？」

遠山垂頭道：「我也是從容嬪娘娘患病這件事上想到的。佟佳娘娘從前何嘗不是深得皇上歡心？然而自從生了三阿哥，得了一場大病，就再也不肯見皇上的面了。」

大玉兒暗暗心驚，這方察覺，原來遠山的用意還不止是霸佔皇上幾天，更希望借自己之手除去董鄂。董妃剛剛生產，倘若以侍疾為名留在慈寧宮，失於調養，極有可能重蹈平湖的覆轍。這人的心思，又深又毒，竟是後宮裏的一個厲害人物，雖然對自己不足為害，卻不得不小心留意，防她惹事生非。當下並不表態，只道：「你說的不無道理，不過董妃剛剛生產，還未出月，論理晨昏定省一切禮儀皆免，不妨等些日子再做打算吧。」

當承乾宮裏喜氣洋洋，慈寧宮中雲山霧罩的時候，景仁宮裏卻是香冷花殘，一片慘澹之情。

是年春天，李定國幾次設法謀與孫可望和好。五月，遣白文選入黔勸和，孫可望非但不從，反拘捕白文選而奪其兵；孫可望又派親信張虎前往，手執永曆帝金簪為質。不料那張虎對李定國久有異心，入黔後非但不思勸和，反謊稱永曆帝令其行刺。孫可望聞言大怒，決意發兵進犯雲南。其部將十停倒有八停持不贊同意見，無奈孫可望主意已定，難以挽回。馬進忠、馬寶、馬惟興等人遂與白文選密謀，決意伺機暗助李定國。八月，孫可望舉兵攻打雲南，大西軍公開破裂。九月，南明永曆帝削孫可望秦王封號，命晉王李定國、蜀王劉文秀合師進討，與孫可望戰於交水，約白文選為內應，馬進忠等皆率軍相從李定國，馮雙禮、馬寶歸降，張勝被擒處死。孫可望大敗東逃，劉文秀、白文選追至貴州，孫可望走投無路，竟然一不做二不休，率兵丁家口五百餘人於寶慶降清。

十一月二十八日，孫可望自寶慶赴長沙，抵湘江，經略大學士洪承疇率文武官相迎，隨其歸降者有總兵都督等官員二十二人、副將、參將、游擊等官一百餘員。經此一役，大西軍銳氣大衰，諸將吏自知南明必敗，皆動搖無固志。平湖一番苦心，終付東流。

消息輾轉傳至景仁宮，平湖嘆息一句：「南明亡矣！」一口鮮血噴出，向後便倒。其後雖經太醫百般延救，奈何沉痾難復，這一病，就再未好轉過。

而建寧自從被太后再度禁足，除非宮中有大節慶，宣召諸福晉命婦入宮領宴，就難得見皇帝哥哥一面，至於平湖，更是一別經年。反是吳應熊每日入朝，又時常陪順治圍獵垂釣，俟機便替建寧道些思念之苦。

順治許久不見妹妹，也十分想念，聞言一時起興，便道：「其實自額駙府重建以來，我一直都想去看看，不如改日去你家吃臘八粥可好？常聽十四妹吹噓你家戲班子比宮裏的還好，我也很想見識一下。」吳應熊自然滿口說好。回家說與建寧知道，也自歡喜，遂一心一意張羅起來。

到了臘八這日，建寧一早親自往廚房查看，只見各色紅綠豆、長短米俱已備齊洗淨，配菜也都葷素合宜，點頭稱讚，又問管家：「說起來，臘八吃粥的由來到底是怎麼樣的？」

管家笑道：「難怪格格不知道，說起來，這是前朝的老規矩了。說是明太祖朱元璋小時候給地主放牛，冬天裏又冷又餓，就挖了許多田鼠洞，找到許多豆粒、米粒，就把這些雜七雜八的豆米煮成了一鍋粥。做了皇帝後，爲了表示不忘本，就在臘月初八這天下令御廚仿照當年自己的做法煮了一大鍋粥遍請群臣——這麼著，上行下效，傳至民間，就留了這個吃臘八粥的習俗。」

「是嗎？跟明朝的皇帝有關？」建寧心裏一動，不由想起平湖來，這位明朝的公主，今天可有臘八粥吃麼？

一時順治來到，建寧率府中上下叩頭迎見，請至中堂，擺出四方雕漆大桌子來，一溜雁翅排開數十樣葷素菜肴，當中一只明火小泥爐煮著鍋粥，香氣四溢。建寧親自替哥哥佈了菜，問道：「皇帝哥哥，我很久沒見到佟妃娘娘了，她最近可好？」

順治嘆道：「說起佟妃，真是讓朕頭痛。聽太醫說，她近來常常嘔血，十分憔悴。朕想去探望，她也拒不肯見，按說朕對她也不薄，可佟妃的個性就是這樣固執倔強，後宮裏嬪妃眾多，哪個不是天天巴望著朕能移駕前往，惟獨她卻這樣古怪，既然不想見朕，當年又來選什麼秀呢？幸好有董妃深知朕意，每每設言解勸，又常向太醫詢問佟妃的病情。」

吳應熊只得順著皇上的心意讚了幾句「董妃真是善解人意、大度周到」等語，建寧卻聽不入耳，諷刺道：「董妃自然是好的，做什麼都合哥哥的意，生的兒子也特別得哥哥歡心。一樣是阿哥，這位新四阿哥可比三阿哥來得隆重得多了。」

順治笑道：「你又胡說了，什麼新阿哥舊阿哥的，都是朕的兒子嘛。不過，四阿哥的確天資聰穎，你可聽說過有小孩子一出生就會笑的？四阿哥就是。他第一眼看見朕，就衝著朕笑，好像知道朕是他的阿瑪似的。」

建寧忙問：「你這樣讚他，是不是想立他爲太子？」

順治笑而不語，卻談起天下戰事來，笑道：

「朕聽說，十四妹出生的時候，皇阿瑪正在錦州跟明軍作戰，久圍不下，可是十四妹一落草，阿瑪就贏了，所以特別喜歡你，還稱讚你的出生是『勃興之兆』，當即冊封你爲和碩公主。四阿哥這一點跟你還真是有點像，從他出生以來，南邊捷報頻傳，打了多少個大勝仗。連孫可望也在寶慶遞了降表，這可真是意想不到。」又向吳應熊道，「南明之亡，指日可待。我已決定任命平西王為平西大將軍，帶同固山額真李國翰率軍西行，乘此賊黨內亂，人心未定之際，由川入黔，相機攻取。俗話說：上陣父子兵。這個先鋒之職，你可有興趣？」

吳應熊心中黯然，推託道：「承蒙皇上青睞，原不當辭，不過微臣久居都中，弓馬生疏……」

建寧也推著哥哥的胳膊撒嬌說：「朝中那麼多大臣，為什麼偏偏要他去衝鋒陷陣嘛，皇帝哥哥，你另派一個人去好不好？」

順治扣留吳應熊在京，本來就是為了控制平西王吳三桂，最怕的就是他們父子合刃，「將在外，君命有所不受」，所謂請他出任先鋒云云，純為試探，聞言哈哈笑道：「你是想扣著額駙在京城陪你是嗎？好，好，看到你們這麼恩愛，我這個做哥哥的也放心。」遂不復提起。

一時戲班子遞上水牌來，順治便點了一齣《紅拂記》，聽至得意處，不禁以手按板，向左右笑道：「《紅拂》這齣戲詞是好的，只可惜道白不佳。不合用四六詞，反覺頭巾氣，使人聽之生趣索然矣。」

吳應熊向來不諳此道，既見皇上喜歡，便也只有屏息聽之，不時附議一二。建寧難得有人陪她聽戲，更是興致盎然，意見不斷，又自告奮勇說改天要替《紅拂記》改道白。

順治笑道：「你能嗎？」

建寧道：「皇帝哥哥小看人，怎麼就知道我不能？」

吳應熊也說：「若說改曲子詞，或者有些難度；若只是四六道白，格格盡能的。」

順治聽了，倒也意外，不禁哈哈笑道：「都說士別三日，刮目相看。原來嫁妹三載，亦當刮目也。」

建寧聽見丈夫維護自己，更加有意賣弄，笑吟道：「開瓊筵以坐花，飛羽觴而醉月。」

順治越發驚訝，不由問道：「這又是什麼？」

建寧道：「是從前長平仙姑教我的，說是漢人擺宴席，最講究環境幽雅，要『春在花榭，夏在喬林，秋在高閣，冬在溫室』，還要有絲竹助興，這樣，才是聲、色、味俱佳。皇帝哥哥，今天我們在這花園裏吃臘八粥，看紅拂記，算不算聲色俱全呢？」

順治笑道：「我每日在宮裏，拘手拘腳的，倒沒你兩個逍遙自在。果然好戲、好花、好酒、好朋友，這才真是『醉酒當歌，人生幾何』啊！」說罷哈哈大笑。

然而吳應熊聽見最後兩句，卻不知爲什麼，忽然覺得有些不祥。

是夜飛觴鬥觚，吟花醉月，賓主盡歡而散。自此，每隔數月，順治便往額駙府一行，與妹妹、妹夫飲酒聽戲，以解愁悶。

3

轉眼歲盡，除舊迎新，家家鳴竹換符，戶戶張燈結綵，宮中連日慶宴，太后高興，未免多喝了幾杯，一時觸發舊症，犯起頭疼病來。傳胤祖來診了脈，說是酒後中風，是急症，可大可小的。

依照宮中舊例，凡太后抱恙，眾嬪妃、命婦須當早晚請安，輪班照料，甚至留宿慈寧宮，朝夕伏侍。諸妃叫苦不迭，惟有董鄂妃最爲細心，侍奉湯藥，每每親口品嘗，親手餵食，深得太后歡心。每到別的嬪妃侍藥時，太后便挑三說四，百般不如意；直要到董鄂妃近前來，才會略展笑意。董鄂妃遂自告奮勇留在慈寧宮中，衣不解帶，事必恭親，以至於皇太后竟是一會兒也離不開她。

順治原不捨得愛妃如此辛苦，然而太后鳳體違和，非董鄂妃親自餵食不肯吃藥，做兒子的不能近身服侍，豈能再憐惜妃子違逆母后，遂只得孝道爲先，每晚胡亂翻張牌子，捱過漫漫長夜。眾妃曠怨已久，難得承恩，無不極盡所能，俯仰承歡。遠山自謂得計，更是變盡花招奉承皇上。

然而對於一國之君來說，什麼樣的風情才算是獨一無二、絕無僅有的呢？當年佟佳平湖可以技壓群芳，憑的是一個「才」字，可以投皇上所好，談詩論詞，出口成章。時至今天，既然平湖已經退出競爭，遠山也就心平氣和地承認：她的確是夠特別，夠高貴。

但是今天的董鄂憑的是什麼呢？是美麗？賢慧？還是多才多藝？遠山有點不願承認，可是她也明白，要想獲得皇上的心，就只能趁虛而入，出奇制勝，而無法與董妃展開公平的競爭。

這日，皇上召了三五個妃子往絳雪軒賞梅花，遠山亦在其中。一行人說說笑笑，迤邐行來，忽然聽得隔牆一陣絲竹之聲，悠揚悅耳，順治不禁止步問道：

「這是誰家的戲班子在排演聲樂？」

眾妃俱笑道：「這裏是皇家內苑，尋常人家的絲竹聲哪裡傳得到這裏來？自然是宮中教坊在演奏。」

順治一時興起，笑道：「他們練習演奏怎麼演到這裏來了？也罷，不妨叫他們過來好好唱一齣來聽聽。」

遠山故意阻攔道：「罷喲，自從宮中裁去女樂，吹拉彈唱的都換成了太監，男人扮女人，有什麼好看？說不定嚇皇上一跳呢。」

順治奇道：「朕每天在宮中見的不是宮女，就是太監，又怎麼會嚇到？我記得你從前還送過十四格格一盒子偶戲，應該很喜歡聽戲才是啊。叫他們過來就是了。」

遠山笑著，親自轉過垂花門去，一時帶了七八個人出來，無不穿紅著綠，塗脂抹粉，或吹笛，或抱琴，或搖扇，或揮帕，搔首弄姿，盡態極妍，本當是一幅趣意盎然的八美圖，然而由太監妝扮出來，便顯得十分醜怪突兀。眾人見了，都不由哄然大笑。

順治向遠山道：「難怪你說會嚇到朕，做了這許多花哨，原來藏著這些心思。不消說，這些人是你故意藏在門後邊的了，是八仙過海還是什麼？」

遠山笑道：「這是秦淮八豔。皇上可聽說過麼？」

順治心中一動，笑道：「秦淮八豔？朕從前倒聽吳額駙說起過，記得有什麼陳圓圓、董小宛、柳如是，各個都是錦心繡口，花容月貌，卻被你扮成這副怪樣子，可不荼毒？」

遠山撇嘴道：「歌妓舞娘，多認識幾個風騷文人，就被捧上了天，其實也不過是些庸脂俗粉罷了。會好得到哪裡去？」

順治道：「你想得太簡單了。別的且不論，單只說這個陳圓圓，還是個身繫明清兩朝的關鍵人物呢，若是尋常脂粉，又怎麼會有本事翻雲覆雨，讓劉宗敏、吳三桂這樣的人物爲之臣服？」

遠山命太監扮歌妓只爲取樂，對這些漢人典故哪裡知曉，既見皇上對於太監扮醜不感興趣，後面的節目也就不敢再拿出來，只得命他們隨便唱了一段《冥判》作罷。她聽說皇上近來常往吳府做客，同額駙、格格一起飲酒聽戲，便有意投其所好，安排了這麼別出心裁的一齣，指望博順治一笑，卻不料話不投機，大爲掃興。心中暗暗另打主意，指望再出些新花招哄皇上歡心。

鈕鈷祿遠山不是沒有見識的女子。她深深明白，一個妃子想要獲得皇上的心，光懂得千依百順是沒有用的，太監和宮女會比他們更加謙卑服從；單只是若即若離倒也不好用，因爲皇上只在乎得到，只要得到過了，倒也不在乎「即」之後她是否會「離」。

真正想長久地獨擅專寵，就得有獨佔鰲頭的本領，獨樹一幟的個性，獨出心裁的創意，甚至獨斷專行的氣度。只有獨一無二，才能百無禁忌。

但是她怎麼也沒有想到，她的「獨出心裁」，卻恰恰觸犯了皇上的「心頭大忌」。

原來，自從琴、瑟、箏、笛爲了佟妃出宮的事被太后下旨縊死，吳良輔與遠山的仇就算是結上了。只不過，遠山在明而吳良輔在暗，所以絲毫不曾察覺罷了。

以吳良輔的老於世故與耳目眾多，很快就弄清楚了佟妃出宮的事敗露在哪一個環節上。太后一手遮天，他既然無力對抗，也就不去費那份心思；然而小順子是他的徒弟，卻可任他捏扁搓圓，當時雖不便聲張，隔了半年待事態冷淡下來後，到底揑個錯兒痛打了一頓板子，此後隔三差五便找由頭教訓一頓，不是餓飯，就是罰跪，整得小順子生不如死，這也不消說他；惟有遠山貴人，說遠不遠，說近不近，說高不高，說低不低，畢竟是個主子，等閒不易對付，只能慢慢地等待機會。

終於，在阿琴死後整整一年，這個機會由鈕鈷祿遠山親自送到了吳良輔手中——遠山在絳雪軒花園裏玩弄的小把戲，給吳良輔提供了一個絕佳的藉口，讓他終於可以爲阿琴報仇了。

是晚，吳良輔照例托了水盤請皇上翻牌子，卻沒有像過往一年那樣，故意將寫著鈕鈷祿的牌子藏在後面，而是有意擱在最顯眼處。果然順治一眼瞥到，隨即翻起說：「今兒朕不想留在乾清宮裏，不如往遠山貴人那裏去坐坐吧。」

吳良輔清咳一聲，故作遲疑地說：「鈕鈷祿貴人……這個……」

順治笑道：「你是不是有話要說？做什麼這樣吞吞吐吐的？」

吳良輔道：「今天在花園裏，老奴遠遠地跟著皇上和幾位娘娘，看見教坊司來了八個人扮神扮鬼地唱曲子，老奴也聽不懂，只聽見些什麼『歌台，舞臺』，『秦台，楚台』，不知是什麼意思。」

順治不在意地道：「哦，那是遠山貴人變的戲法兒，讓教坊司的人扮『秦淮八豔』逗朕開心罷了。唱的那段是《牡丹亭》裏的〈冥判〉，說杜麗娘到了陰間，閻王見了也驚豔，故事雖然荒唐，詞兒卻雅，所以你不懂。」

吳良輔點頭道：「哦，或是老奴多心了。老奴聽見那閻王拷問杜麗娘來處，還以爲鈕鈷祿貴人這樣做，是在暗示皇上，說皇貴妃來歷不明呢。」

順治聽到「皇貴妃」三個字，登時著意，他本來心中有鬼，難免多疑，不禁問道：「依你說，遠山貴人想暗示朕什麼？」

吳良輔道：「貴人心思縝密，城府深沉，老奴也猜不透。不過皇上之前曾同老奴說過，對於皇貴妃進宮的事，朝野裏議論紛紛，雖然沒在皇上面前明白提起，卻也每每風言風語，使皇上深覺煩惱。今天鈕鈷祿貴人唱的這一齣，又是『秦淮八豔』，又是『秦台楚台』，豈不是在暗示秦淮歌妓已經入宮了麼？」

順治一驚，勃然變色，猛伸手打翻了水牌：「賤人，竟敢中傷皇貴妃！吳良輔，傳朕旨意，鈕鈷祿氏性情尖刻，嫉妒成性，不如讓她同靜妃做伴，好好思過反省去吧。」

吳良輔忙阻止道：「皇上無故責罰遠山貴人，倘若太后問起，知道又與皇貴妃有關，豈不又責怪皇上偏寵東宮，且令皇貴妃爲難？」

順治聞言有理，沉吟道：「依你說該當如何？若不治她之罪，朕實心意難平，且愧對皇貴妃。」

吳良輔早已成竹在胸，此時看見火候已到，遂更趨前一步，悄聲獻策道：「老奴聽說，皇太后近日身體違和，諸宮嬪妃本當晨昏定省，侍奉湯藥，其中尤以皇貴妃萬事身體力行，最爲辛苦；然而皇后與遠山貴人卻疏於禮節，難得往慈寧宮去一趟，有失孝道。不知皇上以爲這個理由如何？」

這番話正中順治下懷，不禁撫掌道：「好啊！朕一直都想廢了皇后，只爲太后一直阻攔才不能如願。這次太后鳳體欠安，皇貴妃事必躬親，藥必手進，不辭辛苦，何等恭謹？皇后卻每天好吃懶坐，賴在坤寧宮裏手足不動，只管招著這一班妒婦惹事生非，搬弄口舌，哪裡還有一點國母的儀容？」

順治早已對皇后不耐煩，如今一則要為皇貴妃出氣，二則要借機尋皇后的晦氣，三則自己多日不見董鄂，滿心裏正不自在，難得吳良輔獻上了如此現成的一個題目，正可大做文章。當下心中暗暗計議，暫且隱忍不發。

隔了幾日，太醫上書，稱太后痊癒。順治得訊，一早先往慈寧宮請安賀喜，上朝之後，又鄭而重之地與王公大臣們稱喜一番，宣詔豁免順治十年、十一年民間未完地畝人丁本折錢糧，以示慶祝。次日，又以皇太后病中皇后有失定省之儀為名，命群臣商議廢后事宜。群臣聞言大驚，心想：皇上三年之內，兩度廢后，這不擺明了與皇太后以及蒙古王公過不去呢，遂拚死力諫，陳明利害，終於勸得皇上鬆了口氣，雖不再提廢后的事，卻下旨從今往後，暫停中宮箋奏，以示懲戒。

如此賞罰分明，先賞後罰，以示對太后得病這件事的極大重視，雖然小題大做，然而借了「孝順」之名，太后大玉兒雖然明知順治是在借題發揮，卻也就不好說什麼了。

可憐的博爾濟吉特如嫣，就這樣無緣無故被定了一個莫須有之罪，成了名存實亡的空頭皇后。而鈕祜祿遠山更是俸祿減半，節慶賞賜全免，就同打入冷宮沒什麼分別了。可憐的是，一直到死，她都不明白自己做錯了什麼。

4

正月十八，爲四阿哥百日慶典。順治帝輟朝半日，於暢音閣大宴賓客，其聲勢之隆重熱鬧甚至遠超過皇上壽誕。吳應熊與建寧也都受邀前往，分前後殿列席入座。

董鄂妃打扮得重冠繡錦，不同尋常，抱著四阿哥出來給太后、皇上行禮，大玉兒滿心不喜，卻也惟有和顏悅色地善祝善禱，遞了紅包在奶娘手中，餘次懿靖太妃、皇后、寧妃、眾命婦也都依次有賞。惟有建寧因一心惦記平湖，百般看董鄂不入眼，雖也照例打賞，卻是繃著臉一絲笑容也沒有。

一時臺上唱起戲來，鑼鼓震天，四阿哥吃了一驚，撇嘴欲哭，董鄂妃忙命奶媽抱四阿哥去後面睡覺。懿靖太妃娜木鐘見情，離座走來笑道：「好個珠圓玉潤的喜人孩兒，讓懿奶奶抱抱。」

董鄂妃陪笑道：「謝太妃誇獎，四阿哥睏了，該叫奶娘送他回去睡午覺了。」

娜木鐘道：「那正好，我正有點肚子疼，就親自送四阿哥回去，順便借你屋子洗個手。」

董鄂妃正要說話，遠山也湊過來道：「四阿哥長得這麼可人疼，難怪人見人愛的，皇貴妃也忒小氣，就連讓人抱一下也不捨得。」說著顧自從奶媽懷裏硬抱過孩子來，塞在娜木鐘懷裏，猶自道，「我坐了這半天，正覺得腰酸的，也陪懿太妃往後邊逛逛去。」說罷，擋在娜木鐘身前轉身下樓。

大玉兒看在眼裏，心中一動，眼見董鄂也欲隨後跟去，故意叫住說：「客人都是衝著四阿哥來的，四阿哥還小，做額娘的就是主角，要招呼客人的。皇貴妃若抬腳走了，客人們豈不笑我們拿大，不懂禮數？」

董鄂妃無奈，只得回身命奶媽好生跟著，自己仍下來執壺把酒，爲各位嬪妃命婦斟茶遞水，寒暄一番。然而她的眼神，明顯地飄忽，顯得心神不定。

大玉兒端坐看戲，心裏也是一樣地不平靜。她太瞭解娜木鐘了，相處半生，她深知娜木鐘心胸狹隘，睚眥必報。她的獨子博穆博果爾是爲了同順治爭奪董鄂妃失敗而羞憤自殺的，今天皇上爲了自己與董鄂所生的兒子擺百日宴，娜木鐘觸景生情，心裏一定不痛快，又怎麼會這麼熱情地搶著要抱四阿哥，又堅持陪他回宮午睡呢？她的舉動中一定含著某種不可告人的陰謀。然而，大玉兒不打算阻止，後宮裏的故事，從來都是大同小異，娜木鐘即使做了什麼，也絕不是後宮中第一個吃螃蟹的人。而她可能會做的事情，在很久之前，自己也曾經做過。

彷彿有一扇古老的門被突然撞開，很多很多年前的記憶甦醒了，那已經塵封的往事，那情非得已的選擇，那手足相殘的慘劇——如果往事重來，時間倒流，她還會不會那麼做？

那是崇德二年，大玉兒的親姐姐海蘭珠在盛京關睢宮裏生下了一個皇子，這是皇上的第八個兒子。皇太極欣喜至極，特別頒發了大清朝第一道大赦令，所有的人都明白：宸妃海蘭珠是皇上最寵愛的妃子，而八阿哥是他最喜愛的皇子，這孩子將來必會繼承皇位無疑。

而這時，大玉兒也已經身懷六甲，並且太醫診脈已經確定爲皇子無疑。她從來都不懷疑，未來的大清帝位是屬於自己的兒子的，沒有任何人可以與兒子爭奪。她這做額娘的，必須在兒子出生之前，就爲他鋪平通往御座的道路，斬除一切障礙與對手。

因此，就在福臨出生的前三天，八阿哥莫明地中毒夭逝了。皇太極爲此誅殺了關睢宮裏所有的奴婢，卻最終也未能查出愛子的死因。而宸妃海蘭珠，亦爲了愛子的慘死一病不起，不久便香消玉殞了。

那已經是二十年前的往事，然而直到今天想起來，仍然還像發生在昨夜一般刻骨銘心。二十年來，大玉兒一直爲了這件事內疚，自責，她不能忘記八阿哥慘死的一幕，不能忘記姐姐海蘭珠心神俱散的眼神，也不能忘記關睢宮所有爲海蘭珠和八阿哥陪葬的宮女們。

她夜夜都聽到哭聲，那麼淒厲，委屈，充滿了怨恨與不甘心，那聲音，有時候像是嬰兒，有時候像是婦人，而閉上眼，她會看見姐姐海蘭珠懷抱八阿哥來找她，問她：爲什麼要那麼狠心?

那聲音，從盛京宮殿跟到了北京宮殿，滲透在紫禁城每一道縫隙裏。午夜輾轉難眠之際，她也想過翻宮掘地把那個哭泣的冤魂野鬼揪出來挫骨揚灰。可是，只有她一個人聽到那哭聲，這使她擔心隨意發威只會招惹口舌是非，於是只得暗自忍耐，甚至不能把自己的感覺說給任何人知道。

那兩條冤魂，就這樣一直活在她心底的最深處，與她呼吸共存。漸漸的，她習慣了那哭聲，並且認定那聲音是屬於姐姐與侄兒的。她害怕他們，也依賴他們。是的，依賴。不管怎麼說，她與海蘭珠都是一母同胞的親姐妹，儘管她們曾經爲自己爭寵，爲兒子爭位，但她們血脈相連，這是生死都不能改變的事實。如今，皇太極死了，多爾袞也死了，福臨登了基，而大玉兒也如願做了太后，卻覺得孤單，不管在宮中朝中，都是這麼的孤單！

這宮裏，已經沒有她的親人，就只有鬼魂與她做伴。有時候，大玉兒坐著坐著，會忽然自言自語，對著空中說：姐姐，你來看我嗎？

尤其這些日子，看著兒子福臨與自己越來越疏遠，越來越隔閡，大玉兒就更加覺得孤單而悲涼——她做了那麼多違心的事，難道就是爲了扶一個這樣的兒子登基，就是爲了讓這個兒子再立一個不合她心意的太子繼位嗎？

大玉兒對順治太失望了。她想，自己曾經付出了什麼樣的代價才幫他登上這個皇位，又使他得以親政的呀。若不是她當年用一碗參湯毒死了皇太極，又冒著生命危險夜探睿親王府說服多爾袞，福臨會以八歲之幼而在群虎爭位之際異兵突起嗎？若不是她忍心眼睜睜看著長平公主毒死多爾袞而不派醫救治，福臨能夠親政嗎？

可他是怎麼回報自己這個額娘的？他廢了博爾濟吉特家族的第一個皇后慧敏不算，現在又打算廢掉博爾濟吉特家族的第二個皇后如嫣；他還頒旨太廟牌匾停書蒙古字，破壞滿蒙一家共坐天下的誓言；如果再任由他一意孤行下去，自己這個太后在宮中還有地位嗎？

自從順治親政後，莊妃大玉兒的勢力範圍就一天天地被削減，起先雖交出了監聽朝政的權杖，卻依然母儀天下，掌管後宮，近年來，更連這個基本的權威也被一再挑釁。順治幾次三番想要廢后另立，雖然終被阻止，卻借著冊封皇貴妃的名義搞什麼頒詔大典，分明就是宣告天下：真正的皇后是董鄂妃。現在，又藉口皇后在自己病中疏於看顧，停了中宮箋奏，那不是廢后的前兆嗎？若再不採取行動，如嫣勢必就要被廢了。廢了一個如嫣不算什麼，然而博爾濟吉特家族在紫禁城裏還有地位嗎？如果容忍順治立了那個來歷不明的董鄂為皇后，大清顏面何存？

最重要的是，董鄂妃，會不會才是真正的香浮公主？大玉兒本來以為已經很確定佟佳平湖就是長平的女兒，然而現在卻覺得動搖了，董鄂妃的到來比平湖更加蹊蹺，而且來自南邊，會不會是南明朝廷派進宮來的刺客？而且，平湖一直對皇上愛搭不理的，似乎對爭寵這件事並不放在心上；而董鄂卻是用盡了風情手段，千方百計地籠絡順治，對自己也是小心奉承，忍辱負重，一副對皇后位志在必得的樣子。福臨已經明確地表示，打算立董鄂妃所生的四阿哥為太子，如果是那樣，皇太極與多爾袞一手打下的江山，豈不就要毀在不孝子的手上？

大玉兒曾經想過召董鄂為自己侍病時，找個藉口廢了她，然而一則董鄂盡心竭力，服侍得十分周到，即使再挑剔的人也不能無視她的孝順；二則投鼠忌器，當初自己已經把董鄂賞給博穆博果爾做福晉了，福臨竟能闖進襄親王府把人奪回，不惜逼死親弟弟，那麼如果自己與他正面開戰，他會不會為了董鄂向自己這個太后動手呢？

先是停了皇后如嫣的中宮箋奏，接著選一個合適的時機立四阿哥為太子，然後再正式廢掉如嫣改立董鄂妃為皇后——這是順治顯而易見的如意算盤。大玉兒身為太后，必須出手阻止。不然，大清的江山就要毀在那母子倆的手中了！但是，她要怎麼做？

同樣的難題，她並不是第一次遇到，然而，董鄂所生的四阿哥與當年海蘭珠所生的八阿哥不同，畢竟是自己的親孫子，她怎能忍心下手？那會遭天譴的。

就在她舉棋不定，左右爲難的時候，懿靖太妃娜木鐘打算出手了。而大玉兒就在那一瞬間下定了決心：就讓所有人去做她該做的事，讓所有事按照它該有的方向發展吧。

她曾經把三阿哥玄燁送到公主墳去聽天由命，但是天意讓玄燁戰勝了天花這樣的絕症，完璧歸來；那麼現在，她是不是該將四阿哥再交給上天檢驗一次，由上天替她做一個英明的決定？

上天很快給了大玉兒一個答案——就在宴會的次日早晨，四阿哥忽然發了天花，病勢洶洶。順治頒諭天下，傳命民間不許炒豆、燃燈、潑水，又命僧眾入宮爲皇子祈福。

然而這一切都未能保住四阿哥短暫而脆弱的生命，順治十五年正月二十四日，尚未取名的四阿哥不幸夭逝，三月二十七日追封爲榮親王。

——這堪稱是歷史上最年輕的親王，存世僅僅只有一百零六天。

董鄂妃生產之後本來就身子虛弱，爲太后侍疾時又受了些辛苦，未及調養，此番復遭此喪子之痛，登時大病。兒子的身體已經完涼了，她卻仍然死死抱著他，不許任何人把他從自己的懷中奪走。她整晚都以同樣的姿勢緊緊地抱著兒子，低低地同他說話，說了一整夜的話。

宮中所有的人都想：董鄂妃這次一定會崩潰了，四阿哥是眾人心知肚明的未來太子，董鄂妃失去的可不只是兒子，還有唾手可得的后位。這一招釜底抽薪，可是連她的皇后夢也一併打破了。

然而出乎所有人意料的是，董鄂妃第二天就又重新振作起來，再未當眾掉過一滴眼淚。當皇太后命人前去安慰她時，她反而柔和地回答：

「皇上並不只有我一個妃子，也不只是四阿哥一個兒子，無論是誰的兒女，只要是皇上的骨肉，我都會視如己出。又何必以四阿哥一人為念呢？也請太后與皇上節哀順變，將疼愛四阿哥的心思分潤在別的阿哥身上，便是臣妾的最大心願了。」

此言一出，眾人咸服，都稱讚皇貴妃是古往今來第一賢妃。然而太后大玉兒聽了，心中卻是另一番滋味——四阿哥死了，那一直懸在她心頭的一顆石頭終於撲通落地，不知是輕鬆還是沉重。四阿哥畢竟是她的親孫子，那麼乖覺可愛的一個孫兒，她怎能不惜，怎能不痛？尤其是她心裏非常明白四阿哥之死的真正原因，非常清楚誰才是殺死自己親孫子的兇手，她又怎能不恨？

但是，四阿哥死了，再也沒有機會做太子，董鄂妃也就不足為忌，沒有理由被立為皇后了。如嫣的地位可以保全，博爾濟吉特家族的女兒仍然是後宮中最堅定的力量，這不正是大玉兒所希望看到的嗎？

也許董鄂妃的確擁有一個皇后所應該具有的賢能豁達，但是上天不許她登上后位，所以才不以她的兒子為天子，讓他幼年而逝，這是天意；福臨曾為了董鄂逼死了博穆博果爾，懿靖太妃娜木鐘唯一的兒子，如今娜木鐘以其人之道還治其人之身，用計奪去了董鄂妃兒子的生命，又有什麼不對？這也是天意。

自始至終，大玉兒不過是冷眼旁觀，她沒有出手傷害他們任何一個人，她沒有害死自己的親孫子。上天替她做出了最好的安排，她真應該感謝上蒼。

大玉兒不禁仰首向天，喃喃著：天啊天，我相信你的存在了，我相信你決定的任何事都是最正確最英明的。福臨是真正的天子，所以你會幫我除去海蘭珠所生的八阿哥；但是董鄂妃的兒子不配做天子，所以，他被你假手於娜木鐘除去。這一切，都是你的意旨，是嗎？

沒有一個生命的死去是偶然的。歷史的重演，只是爲了遵循上天的旨意。當年，並不是她大玉兒殺死了八阿哥，而是天，是老天不容八阿哥活下去，就像此時，也是老天不許四阿哥活下去，擾亂朝綱。

二十年來，她一直都在捫心自問，如果時光可以倒流，她會不會做同樣的選擇。她現在知道了——她還會那麼做，因爲，那是天意。

大玉兒釋然長嘆，對著天空輕輕說：姐姐，我不後悔。

從今往後，她再也不必爲自己害死姐姐的孩兒而內疚，再也不會聽見那惱人的哭聲了。

第二十章　夫人夢

1

建寧漸漸將日子過出滋味來。就好像含著一塊飴糖，一點點地融化，隨著糖塊的慢慢縮小，留在嘴裏的卻是越來越濃香的甜味。當然也會有一點點擔心，捨不得把糖咽下去，因爲不知道吃完之後還有什麼。

然而在這一刻，她不想去顧慮那麼多，而只想靜靜地、滿足地享受著她的甜蜜——甜蜜的婚姻生活。

吳應熊對她非常好，那種好，既像是丈夫對妻子的嬌寵，也像是哥哥對妹妹的疼愛。他會真心誠意地誇獎她在餐桌上的精心搭配，會耐心地陪她看完一整齣《風箏誤》，並且認真地向她請教生旦淨末的分類，會將她介紹給自己更多的朋友並當眾評點她的新詩，會在半夜裏叫醒她，一起趕到城南街店去吃清晨第一碗餛飩，然後坐著馬車出城去遊山玩水，再一起登上香山看日落，讓她覺得一天的節目比一年都豐富，又好像一眨眼那麼快。

她常常覺得，只是準備一席別出心裁的小菜，或者讀完一部坊間傳奇，一天就已經過完了。她希望每天都能增長一點見識，好更配得上自己文武全才淹通經史的夫君，能夠與他平等地對話。她知道平湖在額駙府寄居的三天裏，曾與吳應熊有過不止一次深談，她不知道他們談了些什麼，然而本能地覺得那內容是無比重大嚴肅的。平湖的年齡並不比她大，可是卻懂得比她多得多，這也許就是丈夫特別敬重平湖的緣故吧。她甚至覺得，吳應熊對平湖比對皇帝哥哥還更加誠惶誠恐。她暗暗地把平湖當作榜樣，希望自己可以有一點像她。

雖然朝野上下都將董鄂妃視作一個驚豔傳奇，但建寧卻始終不以爲然。這倒並不是因爲她對董鄂有成見，自從四阿哥不幸夭逝後，真切的同情已經使她對董鄂的敵意盡消，每當進宮參見皇太后的時候，也總不忘問候皇貴妃。但她對董鄂從沒有親近感，更不會覺得羨慕。

女人的審美與男人是不同的，在建寧眼裏，最美麗的女孩從前是香浮，而現在是平湖，不論她變得多麼憔悴、蒼白，甚至都自慚形穢地不願意見到順治，然而建寧依然固執地認爲，那病態也是一種美，就好像母親綺蕾臨死前抬起的那隻折翼蝴蝶，令人心生憐愛。平湖眼中那種破碎決絕的一線幽光，就像是夏夜的螢火蟲，雖然微弱，卻連黑夜也不能遮蔽。建寧有時甚至巴不得自己生一點小病，好像平湖那樣嬌滴滴悲切切地說話，虛弱地抬起一隻瘦怯怯的手，拭去丈夫臉上疼惜的淚水。她羨慕平湖走路時連裙褶兒也紋絲不動的優雅，說話時低柔清晰卻又異常堅定的語調，舉手投足間那種形容不出的沉穩從容，還有回眸顧盼時的專注深沉，平湖對她來說，就像戲臺上的人，一舉一動都具有淒清的悲劇美，充滿了詩的意味。

建寧曾經問過吳應熊：「依你看來，佟妃和董妃誰更漂亮些？」

吳應熊想了想說：「是你。」

建寧甜甜地笑道：「我問的是佟妃和董妃，不算我。」

吳應熊很認真地又想了想，還是說：「是你。」

建寧笑得更甜了。她明知道丈夫多少是帶著點哄騙的意思的，可是被騙得這麼開心，又何必追究呢？她已經不再是初嫁時那個十二三歲不懂事的刁蠻公主，而長成十七歲的大姑娘——不對，是小婦人了。在嫁爲人婦整整五年，經歷了冷戰、誤會、疏遠與寬恕之後，好不容易才換來今天的恩愛和睦，她很珍惜，再不肯亂發格格脾氣，而懂得夫婦之道應當互相信任，彼此遷就，萬事當異地而處，己所不欲，勿施於人。

美中不足的是，吳應熊對她雖然溫柔體貼，卻並非推心置腹，他和她，始終還是隔著點什麼。都說是「女人心，海底針」，可是在建寧看來，她的世界對他來說是一覽無餘，而他的世界，卻是廣袤無邊，高深莫測。這也許和他們的年齡有關，經歷有關，背景有關，更和他們所關注的話題有關。她挖空心思，也只能與他談談戲劇、詩詞以及風花雪月，就和「逍遙社」裏的那些玩伴相似；然而他在入京以前的生活，他獨自出府時要見什麼人做什麼事，她便一無所知，而他則隻字不提。

這使得建寧一直覺得心裏有什麼東西懸懸的不能落下，即使是在最快樂的時候，也仍然感到不踏實，覺得一切恍如夢中。建寧勸自己，就連宮裏也有妃嬪不干朝政的規矩，做妻子的，不必知道丈夫所有的事，只要他對自己好，又何須刨根問底呢？

然而，再完美的玉也有它的瑕疵，越看重的感情就越會有不能碰觸的死結。建寧與吳應熊的結，是綠腰。

就當建寧已經將綠腰這個名字漸漸遺忘的時候，紅袖卻大驚失色地跑來說：在街上遇見綠腰了，還有綠腰手裏牽著的小男孩。

紅袖那天出府是爲了給格格買繡線，這些事不能託付買辦，因爲建寧一個月也拈不了幾次針，所買的繡線種類雖多數量卻少，又要極上乘的顏色細線，交代起來十分瑣碎，因此總是叫貼身侍婢去買，從前是綠腰，如今是紅袖。這就難怪兩人會走進同一家繡莊了。

綠腰見了紅袖，倒也並不回避，大大方方地上前招呼，還邀她到茶樓去坐，好像很高興見到熟人似的。紅袖當然不會接受，只說格格還等著自己回去呢。綠腰只當沒聽見，顧自滔滔不絕地誇耀著自己生活的寬裕，一副當家作主、衣食無憂的滿足狀。

她比以前在府裏時越發豐腴滋潤了，穿金戴銀，舉止誇張，每說兩句話就俯下身去問那孩子要不要吃什麼喝什麼，生怕人家注意不到那孩子的存在似的。但當紅袖問她是不是已經嫁了人、現在住在哪裡的時候，她卻意味深長地露出一個神秘的微笑，拋下句「說來話長」就不言語了。其實也根本不用問那孩子的父親是誰，因爲他長得跟吳應熊一模一樣，簡直就把一個「吳」刻在臉上

紅袖很討厭綠腰的賣弄，當下也沒有多問，拿了繡線便回府了，當作一件大新聞講給建寧聽。

建寧一行聽著，一行便不由自主地發起抖來。這一向她過得太開心了，而以往越是開心，此刻就越是傷心，綠腰與小吳應熊的出現讓她覺得，這些年來，自己一直都活在騙局裏，所有的快樂與恩愛都是鏡花水月。丈夫有了另一個家，另一個妻子，甚至還有了兒子，他們一家三口，在某個秘密的地方嘲笑著自己，嘲笑自己的無知，嘲笑自己的多情，嘲笑自己的坐井觀天。

她見識過北京百姓居住的那種普通的四合院，大門有照壁，二門有垂花，院裏有榆樹和花狗，堂屋分明間和暗間，每扇窗上多半都貼著剪紙，也有「喜鵲登梅」，也有「花開富貴」，喜氣洋洋的滿是生活。在那樣的房子裏，住著綠腰，有幾個僕婢，每當吳應熊打門的時候，他們就會擁上來親親熱熱地喊「老爺」，更重要的是，還有一個小孩擁上來喊「爸爸」，雞飛狗跳，笑語歡騰，好一幅其樂融融的天倫之喜。

建寧不能自控地想像著那藏在京城某處的吳宅私院，那個院落，比額駙府更像一個家。在那個家裏，吳應熊是名副其實的一家之主，再不用跪著給妻子請安行禮，不用蒙主寵召才可以登堂入室，不用小心翼翼地提防隔牆有耳，更不用對妻子的奴婢也陪盡笑臉，只因她們是從宮中帶來的陪嫁。

在那個家裏，吳應熊徹底脫離了宮規的束縛，可以做回完完全全的自己，做一個無官一身輕的漢人，一個頂天立蔭護一家婦孺的大丈夫，他有多麼得意、歡喜。

在那個家裏，沒有建寧的位置，沒有晨昏定省，沒有滿漢之分，君臣之禮，吳應熊喜愛那個家，一定超過額駙府。如果他可以自由選擇，他會希望從來沒有建寧這個人的存在，他只想和綠腰一生一世。是這樣嗎？

建寧再一次把自己關在屋子裏，呆呆地坐想，彷彿靈魂出竅。她的魂靈兒，已經飛越千家萬戶，比肉體更先找到吳應熊藏嬌的金屋，看到了那屋子裏發生的一切，甚至看見了屋簷上的獸頭，屋簷下的鈴鐺，還有掛在窗前的熏鴨和臘肉。她的靈魂在哭泣。她失去了吳應熊。也許，她從來都沒有得到過。她擁有的，自始至終都只是一個謊言，一個泡影，一個自欺欺人的夢境。

她有點希望沒有聽見紅袖的話，那樣，她就可以繼續自我欺騙下去，繼續感到快樂和甜蜜，就像相信吳應熊那個關於自己才是天下最美麗的女人的謊話一樣，也一輩子相信他是愛著自己的。可是不能，她已經知道了真相，而在她知道綠腰還生活在北京城的這一刻起，她就變得一無所有。她是個孤兒，從小就是，現在還是。偌大的額駙府裏，她只擁有自己的影子和眼淚，其餘的一切都從未真正屬於過她，就像先皇賜給她的和碩格格的封號一樣，徒具虛名，而終究不能給她帶來任何實在的快樂。她的日子，遠不如綠腰來得踏實真切。

這個晚上，建寧沒有召見吳應熊，也拒絕吳應熊的求見，理由很現成：鳳體欠安。吳應熊關切地問紅袖：「格格是哪裡不舒服？」

紅袖半真半假地回答：「心裏吧？額駙都不知道，我們做奴婢的怎會知道？」

吳應熊苦笑，只當建寧爲了什麼事在賭氣，過一陣子自然就好了，再也想不到東窗事發，只叮囑紅袖別忘了替格格準備宵夜就告退了。

紅袖到這會兒也有些後悔自己多嘴，回到房裏來，便向建寧耳邊勸道：「額駙對格格畢竟是體貼的，這時候還惦著格格的夜宵，怕格格半夜會餓。其實滿人也好，漢人也好，那些個王公大臣哪個沒有三妻四妾，額駙瞞著格格娶綠腰固然不對，可綠腰也是格格親口答應讓額駙收房納妾的，也算過了明路，現在生米煮成熟飯，不娶也娶了，連孩子都生了，格格不如做個大方，把她們母子接回府來算了，好過讓她們住在外頭，額駙三心兩意的，倒不踏實。」如此說了一籮筐的話，見格格總不開腔，不得主意，只得侍候過宵夜退下了。

建寧抱著膝，呆呆地倚著床柱子，也不許人放簾子，隔窗聽著落葉蕭蕭，寒露泠泠，落了一夜的淚。紅袖的話她不是沒想過，以前答應讓綠腰做妾侍也就是出於這些道理，可那是以前，在自己還不懂得人間恩愛的時候。現在，她比以前成熟了，卻也比以前更自私了，更不能容忍與別人分享同一個丈夫。如果接綠腰母子回府，就等於再次承認了她們的地位與存在，要每天面對那母子倆，要眼睜睜看著他們一家三口在自己面前親熱，表演水泄不通的天倫之樂——那怎能忍得下？那麼，就當不知道這回事好不好？就讓自己繼續活在謊言和幻象裏，得過且過，可以嗎？但她騙得了別人，卻騙不了自己，她如何能讓自己相信，她仍是吳應熊眼中最美麗的女人，心中唯一的摯愛？

月亮已經升至中天，而建寧的心裏，卻還是黑漆漆的，找不見一絲光亮。她知道，含在嘴裏的那塊糖，已經徹底融化淨了，剩下的，只有一粒苦澀的核，難以吞咽，又不捨得吐出。

她現在知道爲什麼即使在最快樂的時刻，也仍然覺得不踏實的緣故了，因爲，不論吳應熊對她多麼體貼、溫柔，卻一直關閉著自己的心沒有讓她走進去。他的心裏裝著另外一個人，她知道那個人不是自己，可難道會是綠腰嗎？

2

重陽將至的時候，吳應熊終於再次得到了明紅顏的消息——她現在緬甸。

是二哥告訴他的。二哥說，自從平西王吳三桂於順治十六年正月與多尼、趙布泰三路兵會師於雲南府，南明衛國公胡一青等次第降清，雲南清軍大集，四處搜掠，無所不為，滇民災難深重，永曆帝不得不撤至永昌，又因清軍一路進逼，復自永昌奔騰越，入銅壁關至緬境。明紅顏率領四千護衛隊一路隨行，今已面臨彈盡糧絕之勢，永曆帝居草屋，患足疾，旦夕呻吟，意志消沉。故而紅顏輾轉遞信來京，請二哥為之籌謀，並特別叮囑，讓二哥將她近況轉告應公子。說到這裏，二哥慨然長嘆：

「敵強我弱，局勢凶險，多少英雄豪傑都做了牆頭草、順風倒，明姑娘纖纖弱質，紅粉佳人，卻能誓死效忠，寧不讓我等鬚眉愧煞！」

吳應熊顧不得感慨，只聽說紅顏活著便已經喜動於色，他至少知道了兩件事：一，董鄂妃果然不是明紅顏；二，紅顏仍在為反清復明而戰，並且仍把自己視為可信任的朋友——就憑這，他已經要欣喜狂歌了。然而想到紅顏此刻的窘況正是為父親吳三桂逼攻所致，又覺慚恨，當下臉上忽陰忽晴，顏色幾變，半晌方問道：「李將軍近況如何？」

二哥道：「二月中旬，吳三桂、趙布泰等逼近永昌，李將軍命明姑娘保護永曆帝先行撤退，自己留下對抗強敵，在磨盤山設伏。這本來是條甕中捉鱉的好計，無奈大理寺卿盧桂生這個叛徒竟然通風報信，致使李將軍用計不成，反損失大半，倒便宜了吳三桂那條老狗！」

吳應熊聽了，益發面紅心跳，一來他與紅顏同仇敵愾，不禁為李定國的戰敗而嘆息；另一面聽說父親安全脫逃，又不能不感到慶幸；三則當面聽到二哥罵父親為「老狗」，又是尷尬又是難堪，勉強應道：

「我聽說鄭成功、張煌言於六月裏興師北上，進兵江南以牽制清軍，朝廷屢敗後，皇上曾下令親征，因為太后和諸位大臣阻止方改變成議，朝廷近日嚴令追查江南各府州縣官員迎降鄭成功者，株連極廣。」

二哥見他神色黯然，言辭閃爍，不禁錯會意思，囁嚅道：「應公子果然消息靈通，明姑娘也知所請為難，特地讓我轉告你，籌集糧款非一日之功，如果處境不便，不必勉強，更不必急在一時……」

吳應熊不待二哥說完，趕緊道：「我不是為這個煩惱，為義軍籌集糧款乃我大明子民份內之事，小弟即便傾家蕩產亦不敢辭，只是烽火四起，路途遙遠，音訊難通，小弟惟恐糧草不能準確送達，貽誤良機。」

二哥道：「公子只管籌措，我這裏另想辦法，半月後咱們還在這裏碰面，會齊了一起往南去。明姑娘口信裏說，永曆帝如今移駐者梗，結廬而居，群臣也都自備竹木，結宇聚處，編竹為城。緬人雖相待甚恭，卻斷絕內外消息，防犯甚嚴。這次明姑娘能夠送信出來，實是費了許多功夫。料想我們送餉入緬，也非易事。公子若不便親身前往，便交與我也是一樣的。」

二人商議已定，吳應熊告辭別去，一路思索用個什麼理由向朝廷告假。忽想起學士府就在前邊不遠處，洪承疇日前以眼病乞休，現正解任回京調理，不如前往請安，順便探聽些南邊戰況。早在洪承疇將董鄂假冒洪妍獻給皇上那日起，吳應熊就懷疑他們父女已經相認，不然董鄂妃何以得知當年順治在盛京與洪妍初見的情形，以至毫不懷疑她就是洪妍呢？或許就是洪妍向父親推薦了董氏，並讓她冒充自己進京面聖，為反清復明效力的。至於她們的聯繫方式，一定有著某種不為人知的秘密管道，正如自己長期在李定國和佟佳平湖之間傳遞消息一樣，那是一種常人不能想像的橋樑，或許便是通過洪承疇與皇上本人也未可知——既然皇上一心以為董鄂妃便是洪大學士的女兒洪妍，那麼他不自覺地在兩人間傳遞消息也是極有可能的。打定主意，遂往學士府來。

洪承疇正在家中起草奏摺，聽到門子來報吳應熊求見，倒也高興，親自迎出來笑道：「賢侄來得正好，你精通文墨，又為皇上伴讀多年，最瞭解聖上心意，可替我看看，這份奏章措辭如何？」

吳應熊辭道：「奏覆大事，乃是朝廷機密，微臣豈敢先皇上而閱，豈非欺君？」

洪承疇笑道：「還未上奏，便不算機密，你只當尋常文章來看，糾錯去病罷了，不必多慮。況且這摺子與令尊有關，正該與賢侄商榷。」

僕人獻上茶來，吳應熊又謙讓一番，方拿起奏章來看，正為清兵進緬一事，建議「平西王臣等追剿大兵，今年秋天暫停進發，俾雲南迤西殘民今歲秋成得少收，以延殘喘；來歲田地得開耕，以圖生聚，廣昭皇上救民水火至仁，而數萬大兵又得養精蓄威、居中制外，俾逆賊不能窺動靜以潛逃，土司不能伺釁以狂逞，絕殘兵之勾連，斷降兵之反側，則饑飽勞逸，勝算皆在於我。」「倘一年之內，餘孽猶存，此則於來年八九月間計算道路，實行進兵，則彼時雲南軍民漸定，兵餉芻糧湊備，土司苗蠻漸服，殘兵降卒已安，並調撥將兵次第齊集，然後責成防禦、分行進剿，庶爲一勞永逸，固內剿外長計。」

吳應熊看了，不禁長身而起，一揖到地，說道：「果然皇上能允恩師公所請，乃滇民之福也。」

洪承疇笑道：「世侄謬讚了。我想皇上以仁義治世，原不喜用兵，若能不戰而勝，自然是上乘之策。只是朝中大臣多以爲窮寇易追，應以快刀斬亂麻爲上。此疏能否成功，還在未知之數。」

吳應熊這時更加懷疑洪承疇上疏是受明紅顏所託，若此奏得允，則南明永曆朝廷與大西軍均得喘息之功，向北可望自己籌募糧餉，向南可待鄭成功之師來援，若得一年之期養精蓄銳，勵精圖治，或者南明有復蘇之望亦未可知。想至此，遂懇切說道：

「恩師公所言極是，料想朝臣若反對此議，理由無非是斬草理當除根，以免養虎爲患云云，若奏章上多多註明雲南環境惡劣，瘴癘盛行，南明內訌不止，派別林立，即便我軍不發兵，亦可垂拱而治，實不必勞民傷財，發兵進緬，或者更爲妥貼。」

洪承疇大喜，遂又舉筆填上「計逆賊潛藏邊外，無居無食，瘴癘受病，內變易生，機有可俟」

等語，復向吳應熊道：「如此，料想群臣反駁無由，聖上必然喜歡。可惜賢侄不愛做官，不然以你之眼光手段，且又深知皇上心意，只要略作爭取，即使宰相、尙書，也如探囊取物矣。」

吳應熊唯唯諾諾，又說了些時政軍情，不時以言語探刺，洪承疇表面似乎知無不言，分析入微，然而每每提及董鄂妃，則顧左右而言他，仍將話題回到軍事上來，又極力奉承平西王神武勇猛，戰無不勝。吳應熊無奈，又坐一會兒，便起身告辭，洪承疇百般留宴，吳應熊只說出門倉促，未曾稟報公主，不便遲歸，告辭出門。

次日廷議，洪承疇上奏清兵入緬事，聲稱「兵部密咨大兵宜進緬甸，令臣相機佈置。臣受任經略，目擊凋敝景象及土司降卒觀望情節，以爲須先有安內之計，乃可爲外剿之圖。」果然有滿蒙王公進言，以爲當乘勝追擊，以靖根株，順治卻深以爲然，當朝即允所請，下旨命暫停進兵，令洪承疇札付緬甸，只要獻出李定國，便可相安，倘若永曆來降，亦當優待；又因吳三桂專鎭雲南，以其許可權諭吏兵二部，命大小事宜悉聽平西王調派。

洪承疇又奏請吳應熊爲信使，順治欣然允諾，向吳應熊笑道：「虎父無犬子，這個喜訊，就由額駙親自送與平西王吧，亦可使你父子得以相聚。」

吳應熊當廷叩謝了，退朝後又特地再三謝過洪承疇舉薦之恩，遂回府來報與建寧知道。原以爲建寧必會哭鬧挽留，豈料建寧正爲了綠腰之事不得主意，聽說丈夫遠行，倒覺分開一段時日正中下懷，只淡淡地說知道了，又叫了管家來與額駙準備行李。吳應熊雖然詫異，不及多想，只連日將府中值錢擺設與自己收藏的古玩玉器分批挪出來當賣，悄悄交給二哥募集糧草，又藉口同行未免目標太大，不如兵分兩路，在雲南會合，請二哥押運先行，自己再籌些餉銀隨後追上。二哥見他在短期內籌集如此鉅資，十分高興，並無猜疑，當即約定了會面地點，就此別過。

又過數日，吳應熊打聽得二哥確已起程，方向國庫領了餉銀路資，帶領一隊精兵南下。建寧先於府中設宴餞行，又特地坐著朱輪大車一直送出城去，眼望著丈夫騎在馬上，揚鞭絕塵而去，方望著背影灑了幾滴淚，回頭說：

「走吧，是時候去大柵欄胡同看看了。」

3

大柵欄胡同就和北京所有的胡同一樣，都是狹長曲折，深藏在高宅深院之間的；而綠腰住的四合院也正像建寧所猜測的四合院一樣，照壁儼然，垂花門廊，院子裏一畦菊花，幾棵垂柳，下面設著石几竹凳，幾個僕婢穿梭，貓兒狗兒打架，窗子裏時時傳出小童的朗朗書聲，那是吳青——吳應熊與綠腰的獨子，他今年三歲，剛請了老師開筆，只會一部《三字經》，每天早晚背誦。

和建寧猜想的不同的是，這院子雖是吳應熊置給綠腰母子居住的，一應吃穿用度也都是吳應熊支付，但他來的次數並不多，而且從不過夜。原來早在綠腰出府之時，就已經有了身孕，那時建寧正在氣頭上，吳應熊惟恐建寧知道了更要惱火，只得暫做隱瞞，且趁著建寧進宮之際，冒死將綠腰送出府去，爲的就是要保住她母子性命。次年春，吳青出生後，吳應熊曾答應綠腰，既然不能給她名份，若她想離去，自當陪送嫁妝爲其擇嫁。然而綠腰斬釘截鐵地說，不在乎什麼名份地位，只要能親手帶大吳青，哪怕一年裏與吳應熊見上一面也是情願的。話說到這一步，吳應熊沒有理由再逼她另嫁，只得在大柵欄置了這份家當，金屋藏嬌。

這情形在別人也許是種幸運，所謂「齊人之福」，然而在吳應熊，卻是一種折磨。他心中的至愛始終是明紅顏，後來違心地娶了建寧，又在苦悶中納綠腰爲妾，本來已經覺得慚愧；及至後來送綠腰出府，又不知不覺與建寧發生了真感情，就更加覺得虧欠，每每背著建寧來大柵欄看綠腰，都覺得彷如偷情，既不忠，亦不潔；尤其面對一天天長大的吳青，聽他奶聲奶氣地喊「爸爸」，教他學寫「禮義廉恥信」，只覺如芒在背，失德敗行，實非君子所爲。

他一直很矛盾，既想找個時間把真相對建寧實言相告，又擔心她受不了這種背叛，巴不得一生一世瞞住她。建寧就像一個長不大的孩子，每得到一點快樂都恨不得當作禮物般緊緊摟住，生怕被人搶了去。看著她那種天真嬌憨的樣子，吳應熊常常覺得心疼，隨著他對這個小妻子瞭解的加深，他已經越來越喜歡她、疼惜她、甚至愛上她了。他總想給她多一點快樂，多一點疼愛。而她又是那麼容易快樂，容易滿足，同樣地，也容易被傷害。而他最不願意做的事就是傷害她，他只有對她隱瞞，年復一年地隱瞞下去。

如果在建寧和綠腰之間必定要傷害一個人，在情在理，他都只能選擇綠腰。他只有委屈綠腰，告訴她：他不能給她名份，他不想再對不起建寧，所以，他只有將她藏身在四合院中，寂寞終老。

綠腰痛快地答應了，沒有一絲遲疑。然而綠腰的心裏，卻從來沒有服氣過。她是綠腰，情愛舞臺上永遠的主角，世間獨一無二的尤物，比公主更加尊貴的落難佳人。曲子詞裏到處都是「小姐落難、英雄救美」或者「公子落難、佳人垂青」的故事，這使綠腰對未來充滿了希望，堅信只要堅持下去，總有一天會守得雲開見月明。

儘管，一連守了三年都沒有見到任何翻身的機會，然而，衣食無憂的生活使她盡可以繼續自己的幻想，毫不爲難地將這等待堅持下去。這漸漸成爲一種理想，一種信仰，甚至是一場大義凜然的戰爭——建寧生爲格格，嫁爲福晉，而自己偏偏一出世就是身爲下賤，開口奴婢，閉口該死，憑什麼？自己的相貌不如格格秀麗嗎？自己的才情不如格格端雅嗎？還是自己的性格不如格格溫柔？

綠腰從不懷疑，只要給她機會，和建寧易地而處，她一定會做得比建寧更好，更像一位知書識禮的格格，德容言工的夫人；然而建寧，只怕多活一日都難。她懂得什麼，只知道飯來張口，衣來伸手，就算掛一隻餅在她頸上，都還要人家幫她轉到前面來才曉得吃。

尤其是在這個小小的四合院裏，每個人都視綠腰爲主人，喊她做「太太」，吳青做「少爺」，從沒想過還有另一個「夫人」存在的時候，綠腰的理想就變得更加真實親切，幾乎觸手可及。她對自己說，出頭的日子就快來了，很近了，說不定就是明天，說不定明天一切就變得不一樣了。

那天在繡莊遇見紅袖，她最初也是慌張的，因爲身分見不得光，但她很快就鎮定下來，她可是額駙公開收房的妾侍，如今又做了他兒子的母親，她比建寧更像一個妻子，有什麼好怕的？當年建寧逼她喝毒酒她都可以死裏逃生，難道現在額駙爺會置她於不顧嗎？只要額駙在，相信格格也不能拿她怎麼樣。

她早已忘了當初建寧賜她的並不是真正的毒酒，更忘了在賜酒之際，她是怎麼樣涕淚橫流地乞求，她的記憶按照自己的心願重組了，那重新修飾過的印象中，她自己是何等的剛直不屈，額駙是何等的情深意重，而格格又是何等的黔驢技窮，措手無策。額駙送她出府一幕的戲劇性與艱難度在記憶中被無限地擴大了，她想：大難不死，必有後福，無論她遇到什麼樣的危難，額駙都會及時出現並救她脫險的。

因此種種幻想，當建寧帶著眾家丁忽然駕臨四合院時，綠腰只是略感驚慌，更多的竟是奇特的興奮與期待，這三年的生活太平淡太安逸了，她早就巴不得出一點事情，不管是什麼樣的事，只要夠刺激夠意外就好。更何況，公主的駕臨並不意外——她早就在幻想中預演過千次萬次了。

綠腰堪稱嬌媚地請了安，鶯聲嚦嚦，有如念白，又牽著兒子的手命他跪著喊建寧「額娘」，故意輕描淡寫地說：「這孩子叫吳青，三歲了，還沒給格格請安呢。」又傳令所有的人出來給格格磕頭，並且教訓說不能像漢人那樣問好，得行旗人的禮，別叫人笑話咱們不懂規矩。她揮灑自如地表演著，早把滿院子的人看得呆住了。

之前額駙府這邊只有紅袖一個人知道綠腰的存在，等進來院子看見綠腰已經心中慄慄，待見了吳青，更是目瞪口呆，連吳管家都在心中暗暗叫苦，不知今兒唱的是哪一齣；而四合院的人從不知道家主「吳老爺」竟是當朝駙馬，而面前這位從天而降氣度不凡的年輕女子更是金枝玉葉，十四格格，不禁嚇得跪了一地，磕頭如搗，卻不曉得皇家請安該是何種禮節，只得滿口亂喊著「格格萬歲」。

吳管家輕輕斥了句「該說格格千歲」，便也隨後跪下，叩請道：「老奴失查，請格格降罪。」紅袖見管家這樣，便也趕緊跪了，餘人自然也都忙忙跪下，登時院子裏黑鴉鴉全是人頭。

建寧俯視芸芸眾生，忽覺悲從中來，彷彿大風呼嘯著排山倒海而來，卻只是一路吹過山谷，空空蕩蕩。此前她滿心想著：來到之後必要將綠腰綁了去，至於做何懲罰，到時候先逼著吳管家拿個主意，若不滿意，再問皇帝哥哥。然而此時見了吳青，唇紅齒白，滿臉機靈，一雙眼睛黑白分明，滴溜溜看著自己，若當著孩子的面縛了他母親去，如何說得出口？又想著吳應熊小時候大抵便是這個模樣，由不得心軟，因親手拉起來道：「叫什麼名字？幾歲了？讀過書沒有？」只當沒聽見綠腰方才的話。

吳青並不怯生，兩手拱著大大方方施了一個禮，這才響亮地回答：「回額娘的話，我叫吳青，今年三歲，已經識了兩百多個字了，會背二十多首唐詩。」

建寧微笑，忽然淚盈於睫。她在這一刻感動地發現，她是多麼地愛吳應熊，當看到吳應熊的生命在另一個人身上得以延續的時候，她有多麼欣喜，感同身受。不，她不能降罪於那對母子，因為他們已經通過吳青與吳應熊血脈相連，而如果她除去綠腰，就等於對吳應熊剜臂斷足，她做不出來。她深深愛他，並且愛屋及烏，也在瞬間愛上這個有如吳應熊翻版的三歲男孩兒，她抱起他，輕輕顫一顫，沉甸甸地還真有點重量呢。她微笑地和氣地對他說：

「是麼？會背二十多首唐詩呢。來，背一首給額娘聽聽。」

吳管家聽了這句，由不得抬起頭來向綠腰看了一眼，恰值綠腰也抬頭向他偷偷一溜，兩人眼神相對，頓時瞭然：建寧這一句，是已經將吳青認下了。

4

從四阿哥夭逝的那一天，所有人就在等待董鄂皇貴妃的結局。

她的枯萎是可以看得見的，雖然依舊美麗，但是美得哀豔，美得涼薄，那一種晶光，慢慢地消散，就彷彿蠟燭一點點燃到盡頭，雖然仍在閃亮，但是人們都知道：它就要熄滅了，就要熄滅了。

令人堪虞的是皇上的健康，隨著董鄂妃病勢的日漸沉重，皇上也越來越瘋狂，失去了常態。他開始頻繁地傳召僧侶入宮，談禪論道，說生問死。

沒有人說得清皇上是從什麼時候開始親近佛法的，然而十四年秋天，在南苑狩獵偶遇海會寺住持、龍池派大師憨璞聰，則是順治正式潛習佛教的開始。自此後，皇上便時常召請憨璞聰入禁庭求教，聽說龍池派內有很多高僧，十分嚮往，特地遣使往江南拜謁湖州名僧玉林秀。

此前因皇太后奉湯若望爲瑪法，宮中朝上多敬基督，如今皇上崇尚佛教，上行下效，一時禪宗大興，宮中嬪妃乃至太監、宮女都紛紛奉佛，湯若望在朝廷中的特殊地位頓時崩塌，因此幾次三番進宮與太后商議，希望能勸皇上回心轉意，不要沉迷太深。無奈順治一心向佛，起初還對湯若望以禮相待，及後來四阿哥夭折，憨璞聰率僧眾入宮為之超度，並為董鄂妃誦經安神，順治接連幾日與大師朝夕對談，益發心志堅決，篤信虔誠。

十六年三月，玉林秀來京，福臨以禪門師長之禮相待，延入萬善殿供奉，自稱弟子，敬之甚恭，並請大師為自己取法名「行癡」，自號「癡道人」，時常答對。是日說起因果循環，偶然觸動往事，遂請大師往公主墳為長平超度，又特意遣人往額駙府傳命，邀請建寧格格同往。

早自長平公主逝後，建寧便一再鬧著要順治帶她前往祭拜公主墳，順治每每推託。及至建寧出嫁，往來自由，每逢清明、重陽、長平生辰死祭，自會遣人送去瓜果鮮蔬，或是親往執禮。然而自從三阿哥寄養之後，琴、瑟、箏、笛無辜慘死，建寧惟恐睹景傷心，便再未來過。這次舊地重遊，又是與哥哥一同前往，備感辛酸，及見了墳上荒草雜生，庵廢鐘頹，更覺難過。順治亦感歎然，親自拈香默祝，又見墳旁新增了四座小小墳頭，分別寫著琴、瑟、箏、笛的名字，忽想起當年夜探建福花園，琴、瑟、箏、笛敬茶說琴，一派天然的樣子，更覺感慨。

那些忠誠的前明宮女啊，她們謹小慎微了一輩子，活得那麼謙恭、沉默，生怕發出一點聲響來驚動別人，努力地使自己不被注意。她們從前明的縫隙裏、從李自成的大火中劫後餘生，在廢墟般的建福花園、在清寂的公主墳旁，悄無聲息而清心寡欲地延捱著時日，是最沒有奢望的一種人——如果說有，就只是能夠這樣苟延殘喘，安安靜靜地度過餘下的日子，直到安安靜靜地死去。然而這終究是奢望了。她們到底不得好死。到底還是成為權力與立場的殉葬，把生命祭獻給了這無常的爾虞我詐。世事無常，至此為極。

順治連連太息，問左右道：「何以此地無人打掃？」

吳良輔正低頭拔去阿琴墳上的青草，眼中早滴下淚來，聽見皇上問話，忙拭了淚回道：「自從太后下旨，公主墳所有守陵人因協助三阿哥私會佟妃娘娘皆被賜死，這裏便再沒人看顧了。」

順治從未就三阿哥一事與建寧探討過，此時不禁面帶愧色，向建寧道：「天下人皆視痘疹如豺狼虎豹，你卻是『明知山有虎，偏向虎山行』，我還沒有替佟妃好好謝謝你呢。」

建寧眼圈一紅，強笑道：「玄燁是你兒子，也就是我侄子，難道我疼他不是應該的？只可惜了阿琴她們。」

順治點頭道：「太后一向宅心寬仁，這次卻未免懲之過重了。佟妃關心三阿哥也是人之常情，況且三阿哥終得痊癒，正當普天同慶才是，何以不論功反降罪？也就難怪四阿哥終究難逃一劫了，焉知不是上蒼小懲大戒？設若四阿哥仍然健在，董妃又何至於憔悴至斯？朕又何至於如此束手？」

眾人聽這話裏竟有責怪太后之意，都不便應聲，惟有玉林秀高唱佛號，勸道：「生死由人，富貴在天。四阿哥原非凡間俗品，只為與皇上有緣，方投胎人世見此一面，如今緣盡離去，皇上當以等閒視之，比如河水自遠方流至此地，仍復流往彼處，並不因此地草豐花美而停滯，失卻河流之本性。倘若人心為河水之奔流而不捨，執意圈地築溝以為水窪泥潭，則河流面目全非，且不日便將乾涸，又豈為人心所願耶？」

順治聽了，若有所思，復向玉林秀行禮道：「謝我師指點迷津。依師父所言，天地萬物自有其來歷、歸宿，則弟子之來歷歸宿又當如何？」

玉林秀笑道：「來處來，去處去，有何疑哉？皇上本是金輪王轉世，夙植大善根，大智慧，天然種姓，故信佛法。不化而自善，不學而自明，所以爲天下至尊也。」

順治聽了這話，更如醍醐灌頂一般，神情大悅，回身向長平公主的墳塚合十揖拜，嘆道：「朕少時與慧清禪師答對，每有感悟，奈何年幼識淺，不能領會。此後每每來至庵堂寺院，見僧家窗明几淨，輒低迴不能去；若如此荒涼冷落，則又惘然若失，幾欲淚下。今聽大師之言，方知朕前身乃爲僧人，誠不謬也。」

建寧卻不以爲然，因問道：「大師說的什麼金輪王轉世，又是什麼天然種姓，是什麼意思呢？我知道唐朝有個玄奘和尚去過什麼天竺國取經，見過什麼金輪法王，可是皇帝哥哥是大清皇帝，又怎麼會是金輪王轉世呢？」

玉林秀道：「金輪王有多個化身，無遠弗屆，只要與佛有緣，並不在於西域中土，故而唐僧可往天竺國取經，金輪王亦可於中土轉世，宏揚佛法，普度眾生。公主可知佛祖釋迦牟尼得道前本是王子，爲尋求眾生解脫之道方棄王位而雲遊，終於菩提迦耶之菩提樹下悟道，創立佛教，其後更度化其妻子僕從一同悟道，是爲最早的九比丘與比丘尼……」

建寧不待大師說完，截口笑道：「難怪大和尚說皇帝哥哥是什麼金輪王轉世，原來佛陀與皇帝哥哥都是王子，難不成皇帝哥哥將來也要帶著三宮六院一同悟道出家做和尚的不成？」

眾人見她說得莽撞，都又是好笑又是著急，又不便呵斥阻止，惟順治嘆道：「董鄂妃慧根深種，絕頂聰明，悟道比朕更早，又何必定要朕度化？」

建寧一愣，詫異道：「皇貴妃也信佛嗎？這倒沒有聽說。」

順治微微搖頭嘆道：「皇太后供奉薩滿，又認了湯若望做義父，自然不喜歡人家信佛。所以皇貴妃除了同朕在私下裏談論幾句之外，從不與人談起禪悟之理。」

建寧撇嘴道：「皇貴妃當然會做人。其實佟妃的佛理也是極通的，只是皇帝哥哥不曾與她談論罷了。」

玉林秀聽到佟妃的名字，忽然低頭專注地看了建寧一眼。建寧只覺那雙目中有精光射出，不禁一震，肅然起敬，再不敢嘻笑調侃，莊容問道：「大師，依你所言，人的生老病死都是命數使然，這樣看來，人世間豈非無可憂慮之事，亦無所謂得失禍福？那麼悟道之後，人還有沒有喜怒哀樂呢？」

順治微笑：「十四妹這一問，已經靈光閃現。」

玉林秀亦點頭笑道：「格格果然有夙慧。老僧反問格格一句，什麼是喜怒哀樂呢？」

建寧張口欲答，卻忽然結舌，因「喜」「怒」「哀」「樂」只是四個字，形容四種情緒，可是真要切實回答這四個字是什麼東西，卻不知從何答起。喜也罷，怒也罷，都是相對而言，沒有喜，何來怒，沒有哀，何來樂，這樣看來，喜怒哀樂皆屬虛妄，又何談「有」「無」呢？

順治見她不答，心領神會，笑道：「十四妹已是悟了，喜怒哀樂皆屬妄念，妄念若息，則何來喜怒？」

建寧不甘心地追問：「喜怒哀樂是妄念，山川大河總是實在的吧？它們又當如何看待呢？妄念若息，山河大地還在不在呢？」

玉林秀道：「如人睡夢中之事，是有是無。」

建寧聽得似懂非懂，然而她生性大而化之，既然不懂，也就不去多想。順治卻如聆綸音，垂首沉吟，反覆掂掇，又凝望公主墳不語。

玉林秀見他這般，反怕他矯枉過正，又提起剃度出家的事，遂勸道：「皇上生為帝王身，正可光揚法化，保衛生民，行諸大悲大願之行，雖有佛緣，卻不一定必要出家才是正道，還望皇上以國家社稷為重，萬勿萌生此念。」順治點頭稱是，又灑淚祭酒，隨玉林秀持誦一番，起駕回宮。

次日上朝，順治下旨為崇禎帝立碑，並親撰碑文。是年秋天又以狩獵為名，自南苑出西紅門，經玉泉山、沙河，至昌平明崇禎陵祭拜，酹酒於陵前，更遣官通祭明朝十一陵，又啓用大批明朝遺臣，加開恩科，親自復試江南舉子，擢拔官員，分別予以重用。

一時間，舉國佛教盛行，文風大興，南明有遺臣士子拖家挈口來歸順者，皆予撫恤，群臣上表稱誦，都說今上垂拱而治，不兵而勝，是聖人治世之道。與此同時，朝中滿蒙王公卻覺惶恐不安，此兩族人皆以馬上功夫見長，不擅詩文，又多半供奉薩滿，不諳佛理，朝堂答對多不合聖意，難免見棄。一時朝中竟有漢臣壓過滿臣之勢，風聲鶴唳，謠言四起。滿蒙王公遂聯名上書，轉請湯若望遞於莊妃皇太后，只望太后規勸皇上，勿復聽信妖僧妄語，親漢遠滿，寵信奸佞。

大玉兒起先聽說順治沉迷佛宗，雖覺煩惱，然而念他新經喪子之痛，若能借佛法平心靜氣倒也不失爲一種慰藉之法，是以並不加干涉。及至後來聽說隨著順治的信佛，在寵信漢臣、偏愛漢人文化方面也更加綱舉目張，近來更一再親往祭拜明帝后陵，又尊稱四祖陵爲永陵，遣官告祭，如此下去，大清朝廷豈不成了明朝禁苑？尤其經湯若望與群臣提醒，大玉兒細算時日，想起順治第一次赴南海寺「巧遇」憨璞聰正是董鄂妃入宮後不久之事，而董妃也正是順治身邊信佛最誠的人，聽宮女說，兩人日常談話每以機鋒答對，旁人即便置身其側亦不能聞知，可見順治親近和尙絕非偶然。那麼董鄂妃煽動皇上崇信佛教，到底是何用意呢？

倘若自己從前猜的不錯，董鄂妃才是真正的香浮小公主，那麼順治近來參拜公主墳、祭祀崇禎陵的怪異舉止就是順理成章的事了，而董妃的用意也就昭然若揭，自是以佛法爲餌，蠱惑順治爲明朝的復國助力。難怪董妃想立四阿哥爲太子的美夢破滅後，會那麼快地重新振作起來，爲的就是要借助佛教的力量捲土重來啊。她已經唆使皇上在太廟上停書蒙古文、只讓漢文與滿文並行天下了，難道還想進一步滅滿興漢嗎？

大玉兒暗暗嘆息，彷彿又聽到藏在深宮中的隱隱哭聲，不禁舉頭對著空中輕輕說：姐姐，我不想殺人。

是的，她不想殺人。然而是可忍孰不可忍，要想阻止皇上的進一步滑落，就必得出手除去一代妖孽。她不想殺人，可是爲了大清天下，爲了滿蒙祖宗打下來的這一片江山，爲了多爾袞與自己的一世努力，她不得不有所行動，做出與本意相悖的事。

然而貴爲太后，她已經不再是當年逼上梁山的永福宮莊妃，那時面臨的是你死我活的鬥爭，她若不出手傷害海蘭珠母子，就不可能有福臨後來的一枝獨秀；她若不以一碗參湯毒殺皇太極，就會和多爾袞一起死在皇太極刀下。一切都是情非得已，並不是出自她的本來心願。她不想殺人，當年不想，現在更不想。更何況今天的情勢雖然重大，卻未若當年之凶險迫切，大可不必由她親自出手。那麼，又該假手於誰呢？

大玉兒將後宮嬪妃在腦海中逐次點了一遍名：

當年佟佳平湖有孕時，曾經幾次遇險，九死一生還落了個三阿哥早產，論起來，最可疑的人莫過於慧敏與遠山，或者寧妃也有份兒，當然如嫣進宮也是一個重要原因；

上次三阿哥玄燁得痘，正是寧妃率先提議送他出宮的，說是怕過給二阿哥福銓，遠山又在一旁落力幫腔，巴不得三阿哥出了宮就別再回來；

這次四阿哥慘死，遠山仍然難逃其咎，而娜木鐘更是罪魁禍首……

若想借刀殺人，除去董鄂妃，就還得著落在這幾個人身上。只是如嫣是個草包，非但不能指望她成事，更要將她瞞得死死的，以免洩露風聲；寧妃膽小怕事，打個邊鼓還可以，難成大事；娜木鐘卻是心狠手辣，又是對董鄂妃恨之入骨，巴不得將她剔骨剝皮祭奠兒子博穆博果爾的；慧敏從前已是無法無天，如今打入冷宮，更是無所顧忌；遠山雖然貴人封號仍在，也就和進了冷宮差不多，都是除死無大礙的。

想來想去，最好的人選正是懿靖太妃娜木鐘、廢后慧敏和鈕鈷祿遠山三個，只要製造機會讓她們與董鄂妃時常單獨相處，不愁她們不會主動出手，一犯再犯的。

靜夜裏，銅壺滴漏的聲音特別悠長清晰，大玉兒黯然長嘆，眼前浮現出董鄂妃那傾國傾城的絕色仙姿，「傾國傾城」？不，她是絕不會允許大清國爲了一個來歷不明的妃子而傾倒的！除妖平叛，這是她身爲皇太后的責任所在，不容推卻。她推開被子，披衣走到窗前，看著外面圓白的一朵大月亮，冷清清地流下兩行淚來。這淚，是爲了董鄂妃而流，也是爲了自己的兒子順治而流。

大玉兒不能預知，對付了董鄂之後，該拿自己的皇帝兒子怎麼辦？她平生從未像現在這般躑躅而又確定：董鄂必須死，可是福臨，福臨在董鄂妃死了之後，還能夠好好地活下去嗎？

附注

1、《清聖祖實錄》卷三，《清史稿》卷二三七，《明清史料》丙編第一零本，對於洪承疇疏請順治帝暫停進兵緬甸事都有著相差無幾的記述。《清史稿》洪承疇傳諭曰：「承疇再出經略，江南、湖廣以逮滇、黔，皆所戡定。桂王既入緬甸，不欲窮追，以是罷兵柄。」孟森《洪承疇章奏文冊匯輯》跋云：「承疇不忍縛故主立功而甘解兵柄，是其天良之微存一線，亦因之不甚得志，休致時封賞甚薄。」

第二一章　宛若化蝶

1

綠腰終於重新回到額駙府，幾乎有種隔世重來的感覺。那天，她摟著兒子吳青坐在八寶絡絲軟轎裏，緊跟著建寧的朱輪華蓋車一路招搖，只覺這情形好不熟悉。她想自己到底是等到這一天了，終於重新回到額駙府，名正言順地做夫人——不，事實上，她如今的境況和理想還有一點出入，就是她的身分是奴非主，仍然屈居於建寧之下。

她忍了三年，等了三年，日日夜夜想著的就是回到額駙府當家作主，如今這理想實現了一半，並不會使她見好就收，相反，只會讓她覺得自己所有的想像都是合情合理、切實可行的，而且也讓她更加焦慮——成功在即比全無希望更令人迫切。現在離成功只差一步，這一步，要怎麼樣邁出去呢？綠腰將寶押在吳應熊父子身上。她很清楚建寧饒過自己是看在吳青份上，「不孝有三、無後爲大」是從古至今顛撲不滅的真理，滿洲格格也不能例外，誰讓她嫁給了漢人爲妻呢。從前格格膽敢賜自己毒酒，是因爲自己還沒生下吳青，現在自己做了吳家長子的娘，兒子就是自己的護身符，既然後顧無憂，那就前程在握了。不過如今額駙不在府裏，自己總得稍忍時日，先站穩了腳跟，等到額駙回來才慢慢地設法，總有一天會除去建寧而代之，做一個真真正正的吳夫人的。

重回額駙府，與建寧同室共處，平分秋色。綠腰爲此早早地做好了諸如兵來將擋、逆來順受的一切準備，然而進府後才發覺，建寧並沒有爲難她，甚至不曾斥罵她。建寧照足漢人大戶人家的規矩，命府裏上上下下的人稱她作「綠姨娘」，安排她住在廂房，卻讓吳青跟著自己住在上房，親自教養。

那吳青也奇怪，自從住進額駙府，便每天黏著建寧，早晚請安，恭敬乖巧，凡讀書寫字一教就會，過目不忘，又特別喜歡看戲。雖只是三歲大的孩子，並不知戲文裏說些什麼，然而一聽弦子響便手舞足蹈，若合音律，連紅袖都說：「這孩子跟格格真是特別的投緣，不像庶出，倒像是嫡生的阿哥。」

綠腰聽了，說不出是悲是喜，她希望兒子在府裏的地位越牢靠越好，生怕家人輕視了他，不把他當少爺看待，知道兒子喜歡看戲，她心裏是緊張的，生怕別人說他到底是戲子生的；可是後來發現並沒有人把吳青的種種與她聯繫起來，就好像吳青跟她這個人沒關係似的，又滿心不是滋味兒，琢磨著格格莫不是想籠絡了吳青，再對付自己吧？先把自己的兒子變成她的兒子，再把兒子的爹迷惑了心神，準是這樣。

她盼著額駙早些回來，等額駙回來了，一切便將水落石出。「君爲臣綱，夫爲妻綱。」雖然格格爲君，可是額駙是夫啊，只要額駙爺最疼的人是自己，自己就有機會占格格的上風。

如此相安三個多月，終於盼得吳應熊從雲南回來，風塵僕僕，滿面于思，倒像出門三年一般。建寧命綠腰母子暫不露面，自己率著家下人等迎進門來，侍候著洗臉更衣，在暖廳裏設下宴席，接風洗塵，又令人捧出戲單子來，請額駙點戲。

吳應熊笑道：「你明知我不擅此道，況且一路上兵荒馬亂，正是頭昏眼花，不如改日再唱吧。」

建寧道：「寡酒無歡，就算不唱全本，清唱兩曲也好。我也知道你不大知道戲，所以替你點了兩齣，就是『明修棧道』和『暗渡陳倉』如何？」

吳應熊笑道：「我雖不知戲，也知道些名目，格格說的這兩個卻是耳生得很，在戲裏果真有嗎？」

建寧道：「怎麼沒有？不光這個，還有『瞞天過海』和『混水摸魚』哪。」

吳應熊道：「依格格說來，『三十六計』竟條條都是戲目了。」

建寧冷笑道：「也不光是『三十六計』，用詩題做戲目的也多著呢，額駙既知道戲目，應當聽過『楚王愛綠腰』和『吳山數峰青』吧？」

吳應熊聽了這句，已知必有緣故，心下慄慄，便不答話。

紅袖在一邊故意笑道：「格格記性一向好，怎麼獨獨記不住這一句？連奴才都知道是『楚王愛細腰』。」

建寧道：「明明是綠腰，你不知書，別胡說。」

紅袖笑道：「我雖不知書，卻知道禮。要不，額駙評評看，到底是個什麼『妖』啊？要不就乾脆是個『狐妖』？」

兩人一唱一和，吳應熊心知東窗事發，在劫難逃，只得勉強回道：「是『楚王愛細腰』，格格記差了。」

紅袖將手一拍道：「是吧？我就說不是綠腰，是『狐妖』。」

建寧道：「說對一回，就興頭成這樣兒？怎麼又冒出個『狐妖』來了？」

紅袖笑道：「格格說過，聽戲要的是應景兒，楚王愛的是『細腰』，可額駙愛的是『狐妖』呀。」

吳應熊情知建寧必是得了什麼訊息，再裝下去也是白饒，不知兩人更要說出些什麼羞人的話來，遂借酒蓋臉，起身做了個大揖，拱手嘿笑道：「公主恕罪，看在微臣長途跋涉，一身風塵份兒上，就饒過這回吧。」

紅袖撲哧一笑，站在建寧身後將手指刮臉道：「額駙好甜的嘴兒，必是在南邊又認得了什麼『細腰』、『狐妖』，更長本事了吧？」

建寧看吳應熊漲得滿臉通紅，遂向紅袖使個眼色，笑道：「這丫頭今兒瘋了，連額駙也敢打趣。還不快把人請出來呢？」

紅袖笑著走去，不一時領了綠腰母子兩個，一齊上來與吳應熊見禮，吳應熊見了吳青，又驚又喜，又聽他口口聲聲喊建寧「額娘」，更是意外，遂抱起吳青，赧然道：「幾個月不見，又長大了許多。可有繼續讀書？」

吳青回道：「額娘把老師辭了，親自教我，正在學千字文，剛念到『芥菜生薑』，額娘叫廚房拿生薑來讓我認，我吃了一口，好辣。」說著吐出舌頭來，逗得眾人都笑了。

吳應熊向建寧道：「格格費心了。若格格開門辦學，少不得也是弟子三千，賢人無數。」

建寧笑道：「無數不敢當，能有七十一個就好。」

吳青不解道：「為什麼是七十一個呢？」

吳應熊將兒子抱至自己膝上，笑著解釋給他聽：「古往今來第一大聖人是孔夫子，他有弟子三千，其中有成就的共七十二人，你額娘自謙不敢超過孔聖人，所以說是七十一個。」

吳青恍然道：「哦，孩兒明白了，那麼額娘就是第二大聖人。」

眾人益發大笑。惟有綠腰心中酸澀，看著他三人調笑，不敢插嘴，只在建寧身後站定了侍候，滿腹委屈。

撤了席，吳應熊隨建寧回房說些別後情形，綠腰獨自回房，沐浴薰香，一趟趟支使著自己的小丫頭往上房打聽著，開始聽說上房亮著燈，額駙格格兩個一直在說話兒，還想著哪來的這麼多話，心指望說完了才肯過來；後來聽說紅袖往廚房裏傳夜宵兒去了，又想著吃完就該過來了；及至小丫頭最後一次望風回來說，紅袖送出碗碟關門熄燈了，綠腰這才死了心，知道吳應熊今晚是來不了了。想著從前在府裏，自己剛被收房那會兒，額駙幾乎夜夜都在自己房裏歇息，上房裏十天半月才點一次卯，今昔對比，何等淒涼！又想到今天在廳裏，吳應熊當著建寧的面，自始至終不曾同自己交談一語，連一個對視的眼神也沒有，就只是抱著兒子逗弄親熱，又是何等無情！想來這自然不是他的本意，只爲懼於格格之威，方不得不如此。他冷落自己，是爲了消除建寧的妒心，怕建寧對自己不利才不得不忍辱負重的；他疼惜兒子，其實就是在疼惜自己，借著對兒子的愛撫來間接傳遞與自己的親熱。

這樣想著，綠腰一點點將對吳應熊的怨轉移到對建寧的恨上來，覺得自己今天的處境都是因爲建寧所致。雖然額駙從前說過不能給自己名份，但那是在府外頭的時候，如今自己進了府，自己爲自己掙到了名份，額駙反倒疏遠起來，自然是因爲察覺到建寧暗藏凶心的緣故。不然，爲什麼額駙表面上言笑晏晏，卻時時流露出抑鬱之色呢？

綠腰沒有看錯。吳應熊心裏的確很抑鬱。這次南下，他本來滿心以爲會見到明紅顏一面。豈知到了雲南才知道，父親的軍隊與緬人勢同水火，雖然奉旨暫停征戰，卻也列陣以待，虎視眈眈；而緬人外懼清軍兵勢，內忌永曆餘威，遂實行畫地爲牢之策，內外隔絕，消息不通，竟比戰亂時防範更緊。

二哥先他一步到達，已經與朝廷取得聯繫，當下便一一告訴：「這緬地如今便和銅牆鐵壁一般，既難進，亦難出。明姑娘飛鴿傳書，說她每天保護在皇上左右，又要督促親兵護衛隊，又要與緬人周旋，輕易不敢離開，倘若冒險出來與我們相會，只怕再難回去；我們要想送糧草進去，也須得等些時日，或是邊防鬆懈，裝作貿易商戶混入，或逢大小戰事，趁亂攻進。總之一時三刻是辦不成的。」

吳應熊聽到紅顏不能相見，大失所望。只得與二哥約定後會之法，且告辭回去。如此等了半月，始終未得其便。吳三桂倒疑心起來，反催促兒子回京，說是「咱們父子難得一聚，你不願離去，我自然歡喜。奈何此地不宜久留，久留則朝廷必然起疑。當年皇上把你留在京城陪讀，又把格格嫁入咱家，表面是信任，骨子裏卻是猜忌，要扣你爲質，挾制於我；這次許你南下，焉知沒有試探之意，你只管耽擱不去，那是將這許多年的小心都枉費了。」

如此催了幾次，吳應熊只得實說，來的時候答應替朋友押運一批貨物入緬，如今雙方罷戰，嚴防謹守，難以交接，倒不好就回去的。官差辦事或行軍夾帶私貨賺外快原是軍中常事，吳三桂向來知道兒子不擅這些經營之道，只當在京中居住日久，難免耳濡目染，不疑有他，反出主意說，這也好辦，我與緬人尚有書信往來，就讓信使把貨帶入境也是一樣的。你派個妥當人跟著，把貨物送到地方就是。不過你卻不可進去，倘若走漏風聲，被他們擒了扣下卻是大事。旁的人縱然有些差錯，我慢慢地疏通著，總會解決。

吳應熊無奈，只得向二哥說自己收買了平西王的信差，可以趁他送信給緬王時一同入境，不過自己不便同往。二哥早知吳應熊身分有異，非富則貴，並不深究，抱拳說：

「有勞應公子謀此良策。老二這一去，也沒打算再出來，就留在皇上身邊效力也罷，不知應公子可有什麼口信兒帶與明姑娘？」

吳應熊垂首沉思半晌，雖有萬語千言，卻無一句可轉託第三人代告。滿腹酸楚，恨不得這便隨二哥一同入境，從此留在明紅顏身邊，永不回京。轉念想：當真這般莽撞行事，父親必定以為自己被扣為質，倘若發兵討伐，豈不有違明紅顏為永曆朝廷爭取時間、休養生息之本願？遂只得交接了貨物，親自送到緬境驛棧，依依別去。

因此一番奔波，吳應熊回至京城，滿心裏俱是辛酸失落，見到綠腰母子，更覺錯愕，哪裡還有心情周旋安撫。既見建寧一切安排得妥當，況且本已理虧心虛，便都聽之任之，不加置否。每日雖與綠腰早晚碰面，也不多做寒暄，只照舊一早上朝，各處尋親訪友，替父親送些土儀給故舊同僚，閒時問問吳青功課便罷。

如此一連三日，建寧冷眼看著，也不說什麼，到了第四晚，卻攆著吳應熊往綠腰房裏去，吳應熊反不好意思，捱炕沿兒坐著，待走不走，待歇不歇的，說不出什麼。

建寧嘆道：「我知道你心裏的意思，怕我胡思亂想，又翻起舊賬來。你在路上這些日子，我每天看著小青，惦記著你的平安，就想著，槍炮無眼，你可千萬別遇上亂黨強人什麼的；那時候，可就只剩下吳青這一點骨血了。這麼一想，看在孩子份兒上，就什麼氣都沒有了，就只是替你擔心。我在佛前許過願，只要你平平安安回來，什麼事我都不計較。你回來這些天，我且不提這些，就是想讓你靜心想想，今後怎麼打算？如今看你也是個沒主意的，只好替你拿主意了，咱們呀，從前怎麼樣兒，往後還是怎麼樣兒吧。」

吳應熊到了這個地步，哪裡還有話說，惟有諾諾點頭應承而已。當下別過建寧，遂往綠腰房裏歇了一晚，次日一早仍往建寧房裏來請安。

一時額駙府仿如又回到從前一妻一妾的格局，表面上倒也相安。即使有時吳應熊悶悶不樂，書房獨寢，建寧也並不追根問底，只一心照著漢人賢女傳的三從四德做起，便如學做詩的一般，從頭學起做人妻子的規矩來。常來府裏的那些公子王孫見了，都讚嘆公主賢德，又豔羨吳應熊治家有道。惟有吳應熊心中卻自有一段固執念頭，每每垂首不樂，只是無人傾訴。

不知不覺，臘盡春回，新的一年又開始了。

2

自從順治准了洪承疇之奏，令清兵暫停進緬，罷戰養息，滇邊遂得一年安靖。次年四月，戶部上奏，計算雲南一省每歲俸餉達九百餘萬，建議清兵還京，並裁綠旗兵兩萬。洪承疇、吳應熊等也都上書附議，請求息兵戈，減賦稅，使黎民安居，百業復興。吳三桂知悉後，上了一本著名的「三患二難疏」：

「永曆在緬，李定國、白文選等分住三宣六慰孟艮一帶，借永曆以鼓惑眾心，倘不乘勝大舉入緬，以淨根株，萬一此輩復整敗眾，窺我邊防，兵到則彼退藏，兵撤則彼復擾，此其患在門户。土司反覆無定，惟利是趨，如我兵不動，逆黨假永曆以號召內外諸蠻，萬一如前日元江之事，一被煽惑，遍地蜂起，此其患在肘腋。投誠官兵雖已安插，然革面尚未革心，永曆在緬，於中豈無繫念，萬一邊關有警，若輩生心，此其患在腠理。今滇中兵馬雲集，糧草取之民間，勿論各省餉運愆期，即到滇召買，民室方如懸罄，市中米價日增，公私交困，措糧之難如此。召買糧草，民間必須搬運交納，年年召買，歲歲輸將，民力盡於官糧，耕作荒於南畝，人無生趣，勢必逃亡，皮之不存，毛將焉附？培養之艱又如此。臣用是徹底籌劃，惟有及時進兵，早收全局，誠使外孽一淨，則邊境無伺隙之慮，土司無簧惑之端，降人無覬望之志，地方稍得蘇息，民力略可寬紓，一舉而數利存焉。竊謂求時之方，計在於此。」

順治命司儀當朝念了吳三桂奏本，笑道：「平西王之疏直可作詩文賞鑒，韻律鏗鏘，而詞藻華美，行文有行雲流水之致，致使朕只顧欣賞文采，奏章裏到底說的什麼反倒忽略了。現下達政王、貝勒、大臣及戶兵二部奇文共賞，並就此疏速議上奏。」

退朝後，順治於養心殿單獨召見吳應熊，議道：「你們父子二人倒是奇怪，你一力主張停戰，令尊卻執意進軍，又各自都有一篇道理，朕反不得主意了。」

吳應熊拱手道：「皇上日理萬機，胸有成竹，我父子雖各執己見，只爲角度不同，忠於朝廷的心卻是一樣的。臣去年曾往滇邊一行，眼見罷戰之後，百姓雖已恢復耕作，卻日夕擔憂戰火再起，

惶惶不可終日。若能撤軍返京，無異於遍告天下，從此兵戈不起，天下太平，是比安民告示更見成效，南北百姓，莫不念皇恩浩蕩。」

順治笑道：「我說你們父子各執一辭，果然不錯，你說是撤兵息戰，方使百姓安居；平西王卻說是早收全局，才能一勞永逸。聽起來，倒是平西王的話更有道理。」

吳應熊道：「原來皇上心中已有定論，何以今日朝上仍令眾大臣重議？」

順治笑道：「你有所不知，雖說後宮嬪妃不可參政，但私下裏有些議論也是難免的。皇貴妃就一直主張撤兵呢，可是太后向來主戰，我不忍拂貴妃之請，更不便忤逆太后。既然如此，倒不如交給群臣代朕決定。」

吳應熊聽了，心中大不是滋味，百姓的禍福生死，原來不過決策於後宮的唇舌之間，這與草菅人命又有何異？

順治並不知吳應熊心中所想，顧自長嘆道：

「皇貴妃自從四阿哥出事後，表面上雖然言笑如常，但我深知她內心一直不能釋懷，只是怕讓朕難過，才不肯提起。豈知這樣只會更加傷心亦且傷身，這兩年來，太醫往來不斷，奈何皇貴妃只是一天天消損下去，朕看了好不焦慮。偏偏除夕暢春閣晚宴後，朕在前廳招待王公大臣，太后帶著各位嬪妃貴人遊園，遠山貴人逞能說要親手放炮仗，卻毛手毛腳的燒著了皇貴妃的衣裳，懿靖太妃又亂喊亂叫的，竟把皇貴妃撞進湖裏去，雖被太監及時救起，卻害得病勢更加重了。朕到現在想起來都覺害怕，若是皇貴妃有什麼不測，卻叫朕如何獨活？如今皇貴妃不喜興戰，朕雖知不妥，卻不願拂其心意，故此爲難。」

吳應熊心中一動，他雖然已經知道董鄂並非洪妍，然而猜測兩人間必有些關連，不免愛屋及烏；且知道建寧一直深以佟妃冷落景仁宮而耿耿於懷，不如穿針引線，設法使順治與佟妃見上一面，讓佟妃來勸阻皇上，遂趁機道：

「啓稟皇上，其實微臣一直有件事瞞著皇上：上次三阿哥得痘，臣將其帶入府裏診治，爲免節外生枝，只回稟太后說是延請名醫治癒的。其實，三阿哥的病是佟妃娘娘親自醫好的。佟妃娘娘的醫術，與國手相比亦毫無遜色，且多偏方妙法，或於皇貴妃之症另有裨益也未可知。」

順治詫異道：「朕一向知道佟妃博才多識，原來還精通歧黃之術，這倒不曾聽說。難怪上次你們甘冒奇險也要把佟妃偷出宮去，又從公主墳接走了三阿哥，原來如此。既是這樣，朕就往景仁宮一行，若果然能令皇貴妃康復，你這薦舉之功也是不可沒的。」當下並不耽擱，即命吳良輔傳旨，擺駕景仁宮。

平湖多年不見順治，花朝月夕，未嘗不後悔自己的固執自矜，攬鏡自照，也想著這張臉縱不比當年嬌豔，卻也不失清秀，未必就不能面君了。然而終於等到這一天，順治再次駕臨景仁宮，平湖最先意識的卻仍然是回避，心下還有一絲絲的怨恨，恨他冷落她這麼多年，恨他任由太后殺了琴瑟箏笛，恨他偏寵皇貴妃與四阿哥，恨他縱使不能相見，竟連一句問候也無，今日突然駕臨，提前又全無通報，都不給她一點時間梳妝準備。

因此，任由宮女們驚惶奔跑，催促叮嚀，平湖卻只命奴婢迎出宮外，自己在暖閣裏坐定，垂下珠簾，放了紗帳，嬌怯怯請了安，稟道：「請皇上恕罪，臣妾面貌慚陋，恐驚聖駕，就不出來奉迎了。」

順治心中不悅，然而今日前來原是有事相求，不便相強，只得在外間坐了，款款說明來意。平湖聽了，越發心如秋水，寂冷蕭條——等了幾年才等到他駕臨，卻原來是爲了別的妃子。然而這是皇上的親口所託，她可以推辭他的邀請，卻不能拒絕他的請求，這便是平湖心底裏最深沉矛盾的愛情。她只有應承他：「臣妾不過會些雕蟲小技，豈敢妄稱『醫術』二字，只怕有負皇上所託。且太后吩咐臣妾不可在宮中隨意走動，若皇貴妃不嫌敝處簡陋，只好有勞芳駕。」

順治隔著珠簾聽她嬌聲低語，雖然謙遜，倒並不推辭，十分喜悅，又聞到一股熟悉的幽香透簾而出，更覺別有情致。想到這許多年來將她冷落在此，忽感歉然，問道：

「前些日子我去建福花園，看見桃花都落盡了，聽花匠說，你今年一次都沒去過，雖說是養息，每天從早到晚只管待在屋子裏也沒好處，起得了身，還是出門走走的好。若是嫌一個人悶得慌，我叫皇貴妃給你做伴兒。」

平湖不置可否，卻道：「聖上駕臨，臣妾無可侍奉，不如彈奏一曲，以謝誑駕之罪吧。」

順治意出望外，大喜道：「久不聞愛妃雅韻，固所願也，不敢請耳。」

侍女奉上香茶花糕來，順治品茗嘗糕，忽覺此情此景好不熟悉。未及想得清楚，忽聽「錚琮」一聲，琴聲已起，雖近在咫尺，而如遠隔天涯，聲高韻雅，繞梁穿戶，令聞者頓有今夕何夕，身在何處之感。順治吃著茶，又聽了這曲子，忽然心中一動，終於想起這熟悉的感覺從何而來，不禁道：

「朕幼時曾有一位忘年交，也爲朕彈過這曲《蒼梧謠》。自從這位故交仙逝，朕只當此曲已成絕響，孰料愛妃竟然懷此絕技，何以從前沒聽你彈過？」

平湖默然不答，半晌，方微微喘息道：「臣妾倦不可支，請皇上恕罪，不如改日再來吧。」

嬪妃拒絕見駕已是罕事，及至皇上親臨，還要隔簾相陪更非尋常，如今索性攆皇上走，這簡直與欺君無異了。景仁宮婢女此時已經全部換過一新，還從未領教過佟妃這種「大逆不道」的行徑，聞言都大驚失色，一齊跪在地上，卻不知該如何說話，只是低著頭不敢抬起。

順治雖覺平湖比前益發任性了，卻不忍責備，倒是很聽話地站起身來，笑道：「正是勞你費神，好好歇著吧，明兒我叫皇貴妃來與你說話。」遂起駕回宮。眾婢女叩頭跪送，直等著聖駕走遠了，猶癱軟在地，無力起身。

3

次日廷議，眾大臣上疏，盡皆同意吳三桂進兵之請。順治遂下旨，由戶部撥給雲南十七年八分兵餉銀三百三十萬兩，復命學士麻勒吉、侍郎石圖等前往雲南與平西王面商機宜。吳應熊主動請纓，不予恩准。

吳應熊想起去年在雲南，父親曾經說過朝廷早有疑己之心，如今看來，竟不是空穴來風。這次戶部提意撤兵，想來便是爲了牽制平西王兵力，不願他長期霸居一方，羽翼長成。而吳三桂執意進軍，群臣又一致附和，皇上雖然權衡利弊准其請奏，卻必然更加猜忌，不許自己南下父子會合，便可窺一斑。至於昨天在養心殿說什麼太后與皇貴妃之爭，即便真有其事，也不過是借辭虛幌，其真正的用意，還是在試探自己父子是否故作不同政見來矯飾機心，另有謀圖。從此往後，自己在上朝對答之際倒要加倍小心了。

退了朝，吳應熊即趕往二哥處報訊。雖然二哥南下未歸，院中卻留下一個老僕人打掃，眼神既差，耳朵且背，便在他耳邊打雷也只是翻翻眼睛，再沒一言半語回覆，究竟是不是啞的也不知道。吳應熊也不理他，顧自進了房，從書案上取下一樽梅花瓶，在耳邊微搖一搖，竟有聲響，忙斜傾著一倒，果然從瓶中掉出一封信來。

這半年來，他一直用這種方法與南方保持聯絡，不過，總是他去的信多，明紅顏回的信少，自是由於南北音訊不通之故。今兒竟有收穫，可謂意外之喜。展開信來，紅顏清秀的小楷蝴蝶般撲入眼簾，便像有生命的一樣，更爲意外的是，紅顏說自從罷戰以來，滇邊安靜，民生漸復，且聽說戶部有撤兵之議，估計短期內不會有戰事，所以已經決定近日返京，並相約在崇禎陵見面。

吳應熊看到明紅顏要回來的消息，起初一陣狂喜，然而接著便意識到：紅顏打算回京，是因爲不知道父親吳三桂有「三患二難疏」。而自己剛剛寫給紅顏的信裏，正是要告訴她清軍即將進兵雲南一事。如果紅顏知道了這件事，必定會打消返京的念頭，留在雲南永曆帝身邊準備應戰。那樣，自己就不能與她相見了。那麼，自己還要不要通知她最新的變故呢？

他已經六年不見明紅顏了。如今她終於要回到京城，並主動約他見面，倘若失去機會，又不知何時才能再見。然而，如果用隱瞞消息的方式來博得見面機會，豈非對紅顏不忠？他已經對她隱瞞了自己的身分，隱瞞已婚的事實，難道還要隱瞞戰局嗎？更何況，那進兵雲南的軍隊還是由父親吳三桂帶領的呢。

吳應熊一嘆再嘆，到底還是從懷中掏出早已寫好的信來，閉上眼睛，塞進了梅花樽裏。如此，也就親手斷送了與紅顏見面的機會。

這日早膳過後，董鄂妃帶著幾個婢女，捧著禮盒往景仁宮拜訪。平湖親自在門外迎接了，延入內室，診脈觀色，董鄂千恩萬謝了，忽然嘆道：

「我並不是怕死，可是心中有太多的事放不下，不能一時就死。有時候想想真划不來，人生不滿百，常懷千歲憂，可是一旦大歸，那些心事又同自己有什麼相關呢？人生在世，時時事事都惦記著安身立命，倘若心願不了，便至死不能瞑目。然而一口氣不來，卻又向何處安身立命？那些心願，豈不都成了夢話？」

平湖怦然心動。她不知道董鄂這番話是不是故意衝自己說的，然而她無疑說出了自己的心事。一口氣不來，向何處安身立命？她與她，都是生死不能由己的人，她們的身上，都有著太重的包袱，太多的心願，至死不能消歇。她忽然有些明白順治對董鄂妃的迷戀了。

當下平湖並不置可否，只命侍女傳筆墨，親自開了一張方子，又指定一日三餐飲食，叮囑道：「除此之外，絕不可再用別食他藥，亦不許隨意加餐，按方用藥，依時進膳，如此，不消兩月，必可望好。」

董鄂妃謝了辭去，從此依方用藥，果然不到半月，臉上已見光潤，比前更覺嬌豔。順治大喜，後宮中連日歡宴，彩袖輝煌，笙歌瀰漫，又打賞了景仁宮許多禮品，命吳良輔帶人送去。過了片刻，仍舊捧回來，說是佟妃自謂奉旨試藥乃是份內中事，無功受祿，愧不敢當。

順治無奈，嘰咕道：「佟妃這脾氣，竟是越來越古怪，天下人再沒第二個如此。」

董鄂妃笑道：「臣妾的病是佟妃娘娘治好的，恩同再造，理當親自登門道謝，豈有反勞皇上賞賜之禮？難怪佟妃不喜歡。」當即打點了幾色精緻針線，別樣糕點，命宮女捧著，親自往景仁宮問候。

平湖仍是婉拒，董鄂笑道：「原不算什麼禮物，只是親手繡製的幾樣玩意兒，聊表寸心。娘娘若不受，是怪我出手寒酸，不屑往來了。」平湖這方收下了，又命奴婢奉上茶來。

剛談了幾句，忽然慈寧宮女官忍冬走來，宣稱太后娘娘詔見，又給兩位娘娘見禮。董鄂與平湖都忙起身還禮，笑道：「有什麼事，隨便遣個宮女來告訴就是了，怎麼勞姑姑親自來傳？」

忍冬笑道：「太后久不見佟妃娘娘，著實惦記，要請娘娘過去說話，又怕娘娘身上不適，若是別個人來傳，娘娘見是太后之命，少不得要強撐著前往，豈不有違太后本意？故而命奴婢前來，若是娘娘精神還好呢，就陪娘娘走一趟；若是見娘娘倦怠，就只是過來看看，說句話兒。這番意思，怕別的人不能體諒，反增娘娘煩惱。」

平湖與董鄂聽了，俱各狐疑，卻只得笑道：「太后盛意，真個思慮周到。」董鄂妃便起身告辭，平湖也不相送，匆匆換過衣裳，且隨忍冬往慈寧宮來。

寧妃、遠山等正圍著太后奉承說笑，忽見忍冬陪著佟妃走來，都覺詫異，滿面笑容地站起來問好。平湖一一道謝，又給太后請了安，方才落座，太后向左右笑道：「娘兒幾個天天說笑，倒覺平常，佟妃難得來一回，我看了她，倒想起正有幾句體己話要說。」

遠山忙站起來笑道：「太后娘娘說的，佟妃娘娘是稀客，意思嫌咱們都是熟面老臉的，看得多了，倒生厭煩，還不快識趣回避了呢。」眾人笑了一回，遂都跪安辭去。

大玉兒笑著點手召平湖坐近來，又命忍冬換茶。忍冬知機，忙帶了眾宮女出去，隨手將門掩住。命眾人散了，自己坐在外間守著，不許一個人進去。佟妃心知有異，卻不便動問，只得端坐著低頭品茶，暗思何事。太后倒也並不繞圈子，開口便問：「我聽說，皇貴妃請你治病，可有這事？」

平湖陪笑道：「不過是出主意請貴妃略改變些飲食習慣，並無『治病』之說。」

太后笑道：「食療之法，自古有之。你能用飲食令皇貴妃起死回生，這能耐也就不小。」

平湖更加心驚，小心答道：「臣妾自幼多病，家中常有名醫往來，耳濡目染，略記了些飲食之法。皇貴妃身子原無大礙，只為四阿哥不幸夭逝，傷心鬱結，故致夢醒顛倒，神思恍惚。臣妾只是略爲調理飲食，豈有『起死回生』之術？果有此方，臣妾亦不致纏綿病榻，能醫者不自醫了。」

太后道：「我說你『起死回生』，並非你的仙方有效。而是因爲我知道，這一年來，懿靖太妃等人一直在承乾宮暗布眼線，換掉貴妃之藥，又常在飲食中做文章，這才使得皇貴妃日漸羸瘦，神思不屬。若不是你爲她開方調治，用食材行使『以毒攻毒』之策，再過個一年半載，皇貴妃必死無疑。這還不算是『起死回生』麼？」

平湖聽了這一句，此前種種猜測盡成事實，見太后將這樣的大事如此直說無諱，反倒不得主意，只得眼觀鼻，鼻觀心，垂首不語。

大玉兒笑道：「你心裏必然奇怪，想我既然知道懿靖太妃她們搗鬼，爲何不加阻止，反而任其在後宮興風作浪，豈非借刀殺人，助紂爲虐？」

平湖忙道：「臣妾不敢。」

大玉兒道：「是不敢，還是不贊成呢？」

平湖道：「太后統領後宮，母儀天下，日理萬機，凡行事必有宏旨深意，非臣妾可以妄測，又豈有不贊成之念？故曰不敢，是不敢猜測、不敢評論、不敢參與之意。」

大玉兒笑道：「好一個『不敢』。之前我倒不知道，你原來這般牙尖嘴利，言辭便給，倒是我眼拙，看差了你。今日看來，你倒是後宮裏第一個耳聰目明、心清如鏡之人。」

平湖既不便承認亦不好分辯，明知太后似褒實貶，語中有責怪自己多事之意，遂恭敬回稟道：「謝太后過獎。慚愧臣妾近來愈感神倦體乏，不得不閉門養息，以便早些康癒，侍奉太后。」婉言承諾，從此不理皇貴妃之病就是了，管她們下毒也好，放炮仗燒衣裳也好，把她推入水也好，都不會再加干涉，更不會告密給皇上。

然而皇太后似乎仍不滿意，輕笑道：「你倒也乖巧懂事，難怪皇上對你一直另眼相看。我從前只道你來歷不凡，是我一位故交之女，直至董鄂進宮，才知道之前竟是我弄錯了。那董鄂妖媚惑主，勾引得皇上一味親漢遠滿，沉迷佛教，如此下去，只怕於國家社稷無益。故而我明知後宮中有人作法，卻裝聾作啞，任其自然。原以為四阿哥夭折，貴妃傷心之餘，必會有所收斂；豈知她不知進退，越發引逗得皇上行為乖張，倒行逆施，若再不除去妖孽，只恐夜長夢多，等到大錯鑄成，就悔之晚矣。不過，懿靖太妃那些人難成大事，各個都不及你一半聰明，故而我今天特地找你來，想你輔佐皇上，使他遠離妖邪，歸返正道。」

平湖聞言大驚，太后話中的意思，分明是要她親自動手除去皇貴妃，將功贖罪。董鄂妃係南明永曆帝暗置宮中之眼線，這是她早已猜到的，所以才會冒著暴露身分的危險替董鄂開方診脈；如今果然惹火燒身，也在意料之中，然而太后這樣當面鼓對面鑼地打開天窗說亮話，而且竟然要她親自出手，卻是出乎意外。她知道太后既然打定主意，董鄂妃已是必死無疑，心中既為董鄂的命運惋惜，亦為順治的處境悲傷，既不敢應承，亦不好推拒，只得含糊答應，謝恩辭出。

回到景仁宮中，平湖親自在案上設了香鼎，命奴婢盡皆退避，不許一個人打擾。自己浴手焚香，靜坐沉思，足足想了整個下午。這次交手，教她清楚地知道：無論才智心機，膽魄氣勢，自己都遠遠不是太后的對手，除卻就範，無法可施。然而真要奉旨殺人，談何容易？殊不論自己與董鄂是友非敵，即便看在順治待皇貴妃一片癡心的份上，她亦不願成爲殺害他心中至愛的兇手。

自從孫可望降清後，平湖對南明與大西軍早已不抱任何希望，一心只將未來寄託在自己兒子玄燁的身上；然而董鄂的進宮讓她知道，永曆帝並沒有對紫禁城死心，即便是困獸之爭吧，亦還是勇氣可嘉。她雖不願再與他們聯手，卻也希望能助其一臂之力，現在反而讓她親手殺死永曆最後的希望，叫她如何做得出來？

然而太后曾經懷疑過她的身分，如今好不容易釋去前嫌，又將如此機密大事洩露於她，如若抗命，必定會成爲太后眼中釘，大禍不日便要臨頭了。除非她去向順治告密，如果是那樣，結果會怎麼樣呢？順治或者會爲了董鄂向太后問罪，但滿朝文武卻不會爲了個妃子與太后反目，只會一味死諫，結果必然是兩敗俱傷，把所有最尖銳的矛盾暴露於陽光下，董鄂妃的來歷會被張揚出來，而自己的身分也有可能曝光。牽二連三，受累者何止千萬。做大事者須丟卒保車，而不可因小失大，自己任由琴、瑟、箏、笛枉死而不肯向皇上求情，也是爲此。這一次，難道要爲了皇貴妃而與太后正面爲敵嗎？

她從不畏死，但是如果自己的死並不能阻止董鄂妃悲劇的發生，那麼犧牲又有什麼意義？平湖的耳邊忽然響起董鄂說過的那句話：「一口氣不來，向何處安身立命？」她想董鄂其實也是早已看穿了自己的命運，有所意料的吧？如今太后所以會聯合她對付董鄂，並不是把她當作自己人，而是因爲把對香浮小公主的猜疑轉到了董鄂的身上，這未嘗不是一個將錯就錯、移花接木的脫身良機。

如果董鄂死了，太后的疑心就會落到實處，再也不會捕風捉影猜忌於她了。那樣，也許她就會安全了，更重要的是，玄燁也就安全了。否則，誰知道什麼時候會再來一次痘疹之災呢？

正不得主意，忽然婢女叩門求見，平湖低聲道：「不是說了不要打擾我靜修嗎？」

宮女賠罪道：「是四阿哥來了。」

平湖霍然起身，一時只當自己聽錯，不禁問：「誰？」

宮女已經帶了玄燁進來，跪著給平湖請安。平湖看到兒子，幾乎以爲自己打坐久了，走火入魔，生了幻象，忙將玄燁拉至自己身邊坐下，摸著頭問：「你怎麼來了？」

玄燁含淚道：「孩兒正在校場練功，素瑪嬤嬤過來傳旨說，太后娘娘聽說額娘身體不適，命我來給額娘請安，還叫我陪額娘用過晚膳才回去呢。」

平湖大喜過望，反而不敢當真，忙命侍女傳了跟四哥來的奶母進來，問她：「三阿哥來這裏的事，太后知道嗎？」

那奶母道：「回稟娘娘，太后深知娘娘思兒之苦，特意命奴婢送阿哥來與娘娘相見的。」

平湖這才確信是真不是夢，轉身抱住玄燁道：「從上次在吳額駙的府裏見你一面，如今又有三四年不見了，長高這麼多。」一語未了，淚如雨下。

在這瞬間裏，她已經明白地知道：太后恩威並施，無異於一種催促，一種承諾，一種命題——要麼她殺了董鄂，作爲回報，她以後就可以經常見到四阿哥；要麼抗命不遵，則答案不問可知。

她沒的選擇。生在帝王家，就注定了她沒有別的路可走。

平湖在心中悲哀地嘆息：皇帝哥哥，對不起，你錯信了我，而你我最大的過錯，便是生在帝王家。

4

順治十七年八月十九日壬寅（一六六〇年九月廿三日），董鄂妃亡故。沒有人懷疑她的死因，她已經病了那麼久，傷心了那麼久，大去只是早晚的事。

然而順治不這麼想，他固執地認爲天妒紅顏，而董鄂死於非命。承乾宮三十名太監、宮女悉被賜死，爲皇貴妃殉葬，全國均須服喪，官吏一月，百姓三日。親王以下、滿漢四品官以上，並公主、王妃以下命婦俱於景運門內外齊集哭臨；他自己則輟朝五日，並改用藍筆批閱臣工奏本，以示哀悼。

這一切都是逾制的——按照舊例，只有皇帝及太后之喪，才會以藍筆批本，並以二十七日爲限；其餘即便皇后之喪亦無此制，而董鄂不過是皇貴妃罷了，其禮制卻遠逾皇后喪儀，奏本用藍筆批覆長達四個多月。這還不算，順治又爲了不能在董鄂生前將其立爲皇后而抱憾，遂於三日後追封董鄂妃爲皇后，二十六日行追封禮，又命眾臣擬定謚號，從四個字加至十四個字，最終選定「孝獻莊和至德宣仁溫惠端敬皇后」。

九月十日，董鄂遺體於景山壽椿殿焚化，順治又親製《行狀》，文中直以「后」來稱呼董鄂妃，盡述其生平行止，充滿溢美之辭。誦讀已過，遂由群僧執燭念誦：「出門須仔細，不比在家時，火裏翻身轉，諸佛不能知。」其後，棺槨與宮殿連同其中珍貴陳設俱被焚毀，火光沖天，從黃昏一直燒至天明。

凡此種種，太后大玉兒聽而不聞，視而不見。她知道，順治是在借著逾制來宣洩對自己的不滿，甚至是一種挑戰。但她不想正面與兒子爲敵，四阿哥死了，董鄂妃死了，她要做的事已經成功，又何必再火上燒油呢？不論順治任性地給予他們什麼樣的死後殊榮，稱四阿哥爲「朕之第一子」也好，封爲榮親王也好，或是追封董鄂妃爲皇后也好，遍請全國僧道爲其超度，甚至焚燒了兩座華美的宮殿殉葬也好，死亡，始終是唯一不能改變的事實。而死人，是不能再繼續作亂，與活人對著幹的，憑她生前怎麼樣地妖媚惑主，化蝶之後，再如何干政？

大玉兒特地向洪承疇要了順治親製的《行狀》來看，看到「后妃靜循禮，事皇太后，奉養甚至，左右趨走，皇太后安之」一句，不禁冷笑數聲，道：「這是怨我那年留下皇貴妃服侍湯藥，使她勞神才患病了。」

洪承疇忙陪笑道：「皇上至孝，哪裡會有埋怨太后之心呢？這篇《行狀》原是皇上懷念皇貴妃，述其平生功績，難免有溢美之處，況且皇貴妃曾爲太后侍病，自是大功一件，皇上特地記此一筆，也是孝順太后的意思。」

大玉兒不答，只管往下看，至「后至節儉，不用金玉。誦《四書》及《易》已足業；習書，未久即精。朕喻以禪學，參究若有所省。后初病，皇太后使問安否，必對曰：『安』。」等語，又不由連連冷笑，道：「既是『至節儉，不用金玉』，何以又令太監、女官生殉，燒了兩座宮殿陪葬？」又指著最後一段道，「這裏說，皇貴妃臨死前對皇上說：『吾殆將不起，此中澄定，亦無所苦，獨不及酬皇太后暨陛下恩萬一。妾歿，陛下宜自愛！惟皇太后必傷悼，奈何？』依大學士看，是什麼意思？」

洪承疇強笑道：「自然是皇貴妃怕太后傷心，勸皇上要以皇太后健康爲念，不可一味緬懷悼念。這是她的孝心，太后何以不解？」

大玉兒笑道：「她會有這樣孝心！死之前不想別的，倒一味只管跟皇上說起我這老太婆，豈不奇怪？皇上特地寫了這些句子，不知道是給誰看？」

洪承疇聽了，一聲兒也不敢吭。他本是董鄂妃的掛名父親，雖然太后未必知道這齣偷龍轉鳳之計，皇上卻是深信不疑，這段日子沒少給他賞賜，早已引起朝中大臣諸多猜忌。今天皇太后特地召他入宮談論皇貴妃之事，安知不是聽到了什麼風聲？從前他與太后原有肌膚之親，然而這些年來，南北征戰，疾病滿身，齒搖髮落，耳鳴眼花，早就被太后所棄，另召入幕之賓了。今天忽然又召他前來，若非刺探，難道還是敘舊不成？罷罷罷，是福不是禍，是禍躲不過，反正皇貴妃已去，死無對證，不論太后問什麼，總之給她個抵死不認賬就是了。

幸喜太后並不糾纏，卻另問起一事：「我聽說皇上近日又開始大興土木，祭拜前明諸陵，上月二十六去了昌平，回來沒幾日，又說要去郊區散心，從初九離宮，如今已經十來天了，你可知他去了哪裡？」

洪承疇明知順治去了石景山、玉泉山兩處，太后眼線眾多，必定早已知曉，卻不便說破，只得含糊道：「皇上月前頒旨，故明陵每年春秋兩次由太常寺差官致祭。這時候出宮，大概順路祭陵去了。」

大玉兒故意詫異道：「又祭陵？莫不是為皇貴妃死了，皇上祭死人祭上了癮？我聽說他前日和大臣們合計著，說要替前朝太監王承恩也立個碑，這可真是稀奇，連太監也當成寶供奉起來了。說起來，你和那些人更有淵源，皇上怎麼倒不帶你同去的？」

洪承疇這方知道太后詔見他的真正用意，聞言忙離座跪下，誠惶誠恐地道：「臣雖曾效力於前明，然自從三官廟太后垂青，曉以大義，自此剃髮易服，誓死相從，更未生過二心。還望太后明鑒。」

大玉兒聽他提起三官廟舊事，那原是二人初次定情之地，未免感念舊情，忙親手扶起道：「我並無疑你之心，何必如此？今兒找你來，不為別的，只想你替我勸勸皇上，不可一味任性，當以社稷為重，私情為輕。佛法教義，也講的是普度眾生，豈有為了參禪而荒廢朝政、誤盡蒼生之理？」

洪承疇略作沉思道：「我與大覺禪師玉林秀曾有一面之緣，如今解鈴還須繫鈴人，我輩之言未必入耳，不如我這就修書一封，請玉林秀大師前來，若由他勸諫皇上，或可見效。」

大玉兒點頭道：「但願你這法子好用，既如此，你就看著去辦吧。果然能使皇上規引入正，我必重重謝你。」

洪承疇叩謝道：「忠言諫君是爲臣工份中之事，何敢望謝？」遂辭去。卻不還家，徑往額駙府吳應熊門上來，令門子通報進去。

稍頃，中門大開，吳應熊親自迎出來，恭請入中堂用茶。建寧聽說洪大學士來訪，深以爲罕，亦特地過來見禮，洪承疇欲跪不跪地，方說了句「微臣給公主請安」，建寧早已接連說了三四聲「平身」，令吳應熊扶住了，仍送回座中坐下，自己略陪了半盞茶功夫，即告辭入內，復命人傳出話來，請大學士用了晚膳再去。

洪承疇謝了，這方從從容容地與吳應熊說話，因道：「冒昧造訪，是有一個不情之請要拜託世侄。此事關係重大，稍有不妥，攸關性命。然而舉目京城，除了世侄之外，老夫竟無人可託。」

吳應熊聽他說得重大，謹慎問道：「不知何事？但要晚輩可以效勞，雖死不敢辭。」

洪承疇拈鬚沉思，又沉吟了一下方道：「世侄可知道，老夫原有一個女兒叫作洪妍，於崇禎十四年在盛京失散？」

吳應熊聽到「洪妍」二字，心如鹿撞，忙道：「略有所聞。莫非要在下幫恩師公尋找令千金麼？」

洪承疇道：「那倒不必。此前我在南方經略時，已經與女兒因緣相認了。只是她在江湖流浪已久，散漫慣了，不願意受拘束，故而不肯同我入京。而我身爲朝廷重臣，突然多出個女兒，也有諸多不便，所以，我想請你替我去赴她之約。」

「洪妍在京城？」吳應熊益發驚訝，只覺一身的血都湧上頭來，不禁離座而起，接連問道，「她如今在哪裡？什麼時候來的？你見到她了嗎？爲何我不知道？」

洪承疇見他這般衝動情急，倒覺詫異，一時瞠目無語。吳應熊亦自覺失態，索性離座長揖到地，懇切致辭：「實不相瞞，晚輩與令千金早有數面之緣，已成摯交。惟因洪姑娘從不肯在晚輩面前提起身世，故而晚輩也只得對師公隱瞞，還望師公恕罪。」

洪承疇初而大驚，然略一思索，便已透悉，恍然道：「難怪當日你迎我入京時，看到董鄂姑娘那般吃驚，滿臉疑惑之色。原來，你早就知道董鄂妃並不是洪妍。我自謂此計萬無一失，卻原來早已被你看破。這許多年來，還要感謝你在皇上面前替我遮掩，若非如此，老夫項上人頭早已不保。既如此，老夫倒不當再有所隱瞞了。」因拉吳應熊坐下，將皇上如何鍾情於洪妍、向自己索討爲妃、並命自己經略之餘悉心尋訪之事，從頭細細說明，嘆道：

「那日，我的部下在江南抓獲一批抗清叛逆，本欲解往京都受刑，忽然門上報說有個女子來訪。我尋找了女兒那麼多年，怎麼也沒想過會在這種情形下相見，更沒想到她竟然一直爲永曆做事，這些年來，不知多少次與我同城相處，擦肩而過，這次若不是爲了救她的同黨，只怕還不肯露面呢。」

吳應熊早猜到洪妍已經與父親相認，卻也爲這種相認的方式覺得驚詫，不禁「哦」一聲，問道：「那麼洪姑娘可知道聖上也在尋找她的事？」

洪承疇道：「豈會不知？董姑娘便是洪妍推薦給我的。她說自己另有要務，不便進京，董姑娘色藝雙絕，必然能得到聖上的眷顧——事實上，皇上對皇貴妃的確情深義重，為了皇貴妃的死，幾次三番想要削髮出家。剛才太后召我去，談的就是這件事。言語之間，太后分明對我已起了疑心，想來早已在我身邊布下天羅地網。倘若查知小女之事，我父女二人性命事小，只怕宮中朝上牽連甚大，無辜枉死之人必然不少，則老夫就罪孽深重了。所以要拜請世侄替我去見小女，告知她京中情勢，囑她早早離開，不可耽擱。」

吳應熊忽然想起一事，脫口道：「剛剛降了朝廷的義王孫可望前日突然暴斃，說是出獵時被箭射殺，然而箭簇究竟何人所發，邸報上卻語焉不詳，弄得朝上人心惶惶，京中探子遍佈，洪小姐此時來京，凶險實多。」

洪承疇一愣，欲言又止，眉宇間似有無限煩惱，最終說：「你既然自稱是她知己，理當知道她神出鬼沒的脾性，從來只有她找我的份兒，我若想找她，卻是千難萬難。故而才要委託賢侄代我赴約，提醒她慎重行事。」

吳應熊若有所悟，遂細細問明赴會之所，想到即將可以與紅顏見面，不禁心中怦怦亂跳，又命下人擺上酒菜來，陪洪承疇飲至夜深方散。

次日一早，吳應熊命管家往朝中送了假條，自己出了門徑往洪氏祖墳來，先畢恭畢敬地在洪老夫人的碑前灑酒祭拜了，然後便坐下來靜靜等候。洪承疇告訴他見面的時間是午時朝散，然而他卻迫不及待，坐立不安，只有早早地來到洪氏墳園坐定，才能靜得下心聽松風陣陣，落葉蕭蕭。

看著洪老夫人的墓碑，他便想起了八年前在川蜀戰場上邂逅洪家祖孫的情形。那是他與明紅顏的第二次相會，同初遇一樣短暫而記憶深刻。他不能忘記明紅顏說過的每一句話，做過的每一件事，她每一個細小的動作與眼風，一顰一笑，一舉手一投足，都令他神馳魂與，滿心感激。是她讓他知道，愛一個人至最深處，就是對她毫無所求，只要能有所贈予便是最歡喜的。他只恨可以爲她做的並不多。

日上中天，看日影可知午時早已過了，然而紅顏的芳蹤依然不見。

吳應熊不死心，沉著氣一直等到戌時，暮色四合了，這才相信紅顏大概是不會來了。她是臨時有事耽擱，還是看到自己改變了主意？可千萬別出了什麼差錯，遇上了太后的眼線吧？

如此想著，便越覺憂心，吳應熊情急生智，忽然想到倘若紅顏回京，除了洪氏祖墳和學士府外，應當還有一個地方可去。遂出了墓園，一路打馬直奔至二哥處，只見院門虛掩著，應手推開，卻並不見那位打掃看屋的老僕人。一直走進堂中來，只聽窗裏一個女子的聲音虛弱地問：

「是何叔嗎？」

那聲音細若游絲，幾不可聞，然而聽在吳應熊耳中，卻無異於雷霆霹靂一般，一顆心幾乎跳出腔子來。連忙幾步搶進屋中，只見窗邊炕上，一個女子半倚半坐，鬢髮散亂，臉色慘白，正是紅顏！

明紅顏顯然受了極重的傷，只略問了一句「是何叔嗎」已經氣喘吁吁，似乎連抬起眼睛的力氣也沒有，然而吳應熊的突然闖入還是迫使她抬眼注視。她看著他，卻毫不驚訝，好像早就在等待他的到來似的，她看著他，似乎微微笑了一笑，緩緩地抬起一隻手來。

吳應熊接住那隻手，辛酸得幾乎要流下淚來，看到重傷的紅顏，真讓他又驚又喜，又痛又憐，所有的猜測都被證實了，是她殺了孫可望，所以才會受到這樣的重創，以至於不能按時赴約。他忍不住責備她：「做這麼危險的事，爲什麼不告訴我，爲什麼不讓我代勞？」

紅顏低語：「你爲我，已經做了很多，怎麼知道，我在這裏？」

吳應熊衝動之下，真想這就對她坦白一切，她已經與洪承疇相認，接受了那個漢奸的父親，是否，也可以接受一個漢奸之子做朋友呢？而且，他已經同她父親交談了一切，即使瞞著她，想必也不能持久，倒不如趁此一抒胸臆，好過一直在隱瞞的陰影下歉疚。他鼓足了勇氣道：

「紅顏，有件事，我一直瞞著你，其實我……」

話未說完，卻聽見院門輕輕一響，似乎有人進來。吳應熊忙拔劍在手，閃身窗後向外看去，卻是那看屋的老僕人來了，手裏拎著一個藥包。吳應熊心想，原來這個裝聾作啞的老傢伙姓何，只得開了門迎上去。

老何見著吳應熊，微微一愣，仍然不說話，逕自往廚下生了火，將紙包裏的藥倒進吊子裏，三碗水煎成一碗，雙手端著過來。吳應熊接了，一勺一勺親手餵進紅顏口中，眼看她喝了藥，闔眼朦朧欲睡，滿腔的話再也說不出來，輕輕替她拉上被頭蓋至頸下，眼看著她睡熟了，仍不捨得離開。只呆呆地守候在榻邊，眼也不眨地看著她，看著他心目中的女神，想像著她的夢裏是不是有他。

這個晚上，吳應熊沒有回去額駙府，他捨不得，捨不得離開。每次面對明紅顏，總有一種忘忑的感覺，彷彿他一轉身，甚至一眨眼，她就會憑空消失，然後幾年不見，憑他走遍天涯海角，亦不能再次握住她的手。如今，他終於又重新見到她，聽到她，而且是這樣柔弱蒼白的她，這樣的傷痛，悲哀，他怎麼可以離開。

他守候在她身旁，默默地坐了整整一夜，心情異常平靜。如果可以，他情願就這樣一直守著她，直到天荒地老，那將是他畢生最大的快樂，除此別無所求。

第二二章　夢裡的眞相

1

自從皇貴妃娘娘董鄂死後，冷清了多年的景仁宮忽然熱鬧起來。

先是三阿哥玄燁獲准晨昏定省，爲景仁宮帶來了一片生氣，讓宮中所有人都重新正視起了容嬪的地位——此前眾人幾乎已經忘記了平湖是生過皇子的容嬪娘娘；而皇上的聖駕親臨更是萬眾矚目，所有的嬪妃、太監與宮女都在竊竊私議，猜測皇上在董鄂妃死後，會不會對佟佳平湖重拾舊愛；而最最讓景仁宮的侍女們受寵若驚的，是皇太后她老人家竟然也親自駕臨了。

大玉兒駕到的時候，只帶了素瑪和忍冬兩個貼身侍女，一到景仁宮，就命令所有的宮女出去，自己關起門來同容嬪娘娘密斟了半夜。素瑪在暖閣內，忍冬在暖閣外，宮女們進出沏茶上點心，只能先遞給暖閣外的忍冬，再由忍冬遞給簾子裏的素瑪。

據景仁宮的侍女說，正殿的門窗一直閉得緊緊的，換茶的宮女只來得及在忍冬撩簾子的刹那，聽見太后娘娘說了一句：「福臨不想當皇上，只想做和尙，你看怎麼辦？」

就是這麼一句話。可這是多麼重要多麼機密的一句話啊，機密到誰聽見了這樣的話都可能招致殺身之禍，理該三緘其口密不透風的；然而同時，它的重要性又注定了這樣的一句話必定會被傳揚出去，就像風那麼快。

當天晚上，宮裏所有的人，宮外所有的臣，就都知道了這麼一句話，並且各自展開了天馬行空的猜疑和推測。而所有的推測到最後又都歸結爲一件事：爲什麼皇太后會將這樣重要的一句話說給容嬪娘娘聽？而太后與容嬪之間，又是否會有著某種特別的關係或者交易呢？

這句話，洪承疇聽說了，吳應熊聽說了，建寧公主也聽說了。這三個人，難得地聚在一起，將他們各自的所知做了一次交換——當然，這交換仍是有所保留的。

洪大學士扼要地說了太后娘娘曾召自己商議勸諫皇上之法、而自己舉薦高僧玉林秀的事，建寧也說了皇帝哥哥在拜祭公主墳時與玉林秀的一番對談，吳應熊嘆道：「如此看來，大師縱然機鋒百出，卻未必再能動搖皇上出家之心。這就難怪太后要另闢蹊徑，請容嬪娘娘出馬了。」

他們的討論和宮裏宮外所有人的討論一樣，到最後都不約而同地歸結爲一句：爲什麼太后會將這樣的大事與容嬪商議呢？

而建寧對這猜疑有著理所當然的結論：「當然了，平湖是宮裏最聰明的人，無論什麼事與她商議，都一定會有解決辦法的。太后娘娘一定是看到這一點，才去向平湖請教的。」

她用了「請教」這個詞，不難看出太后和平湖兩個人在她心目中的地位與份量。吳應熊與洪承疇不約而同地向她注視了一眼，然而吳應熊不無惆悵地想的是：曾幾何時，自己才是建寧心中最聰明能幹、智謀百出的人，現在她卻將這個位置讓給佟妃了，看來她與自己之間已經日漸疏離，有了很深的隔閡；而洪承疇想到的，卻是建寧的母親綺蕾當年夜勸皇太極的往事。他想：歷史竟然在不知不覺間重演了，只是不知道，如今容嬪娘娘採取的，會是當年綺蕾娘娘同樣的手段嗎？

那還是崇禎年間的往事，皇太極最愛的皇子八阿哥未滿周歲即夭逝了，愛妃海蘭珠因受不了喪子之痛，不久也隨之病逝，皇太極因此一蹶不振，將自己關在宮裏茶飯不思，朝事盡廢，其情形正同今天順治帝接連失去四阿哥、董鄂妃之痛如出一轍。當時也是群臣束手無策，皇后哲哲遂不得不屈尊紆貴，親自去求已經失寵出家的廢妃綺蕾出山，勸皇上振作。而綺蕾以大局爲重，毅然出手，終於勸得皇太極回心轉意，自己也只得重新還俗，再次成爲帝妃。當年十二月，他們的女兒出世，就是十四格格建寧。

據說，那天晚上，綺蕾跳了一夜的豔舞，才重新燃起了皇太極的求生欲望的。而今天，嬪妃娘娘會用什麼樣的方式令順治帝斷絕出家的念頭呢？

沒有人猜得到，那天晚上，容嬪佟佳平湖奉太后懿旨求見萬歲，既沒有敘舊，也沒有邀寵，更沒有濃歌豔舞，卻是談了一夜的禪。

那天，平湖走進乾清宮的時候，順治正盤膝坐在佛龕前，手捻佛珠，低聲念經。昔日金碧輝煌香濃玉軟的乾清宮，如今青煙繚繞燈光明滅，不像宮殿，倒像佛堂。而剃光了頭髮、身披僧衣的順治盤坐在蒲團上，低眉斂額，除了頭上沒有燒戒疤之外，看起來就和一個普通和尚沒有什麼兩樣。當他聽見平湖「給皇上請安」的問候時，連眼睛也沒有睜開，只木然道：

「貧僧行癡。請問施主有何指教？」

平湖注視著順治，這個傷心欲絕、萬念俱灰的男人，還是當年那個意氣風發的皇帝哥哥嗎？他的臉上明明白白寫著「傷心」二字，已經完全將功名情欲置之度外，雖然還沒有正式受戒，卻早已當自己身在佛門了。她知道，不論同他說什麼，他也不會聽得進去的。唯一的方法，只有以毒攻毒。

她深吸一口氣，輕聲問道：「皇上自名『行癡』，請問何者為『癡』？」

果然順治聞言一愣，抬起眼來。這句機鋒，原是佛法教義，向與諸法師時常講論的，遂隨口回答：「不知無常無我之理謂之癡。」

平湖又問：「再問皇上，何為『無常』，何為『無我』？」

順治道：「剎那生滅，因果相續，謂之『無常』；六根清淨，四大皆空，謂之『無我』。諸行無常，諸法無我，是謂『法印』。」

平湖又問：「皇上自謂皇上，遂有『玉璽』；皇上自謂和尚，可得『印璽』？」

順治張了張口，忽然結舌。所謂「印璽」，指的是佛教之真正教義，為學佛人一生追求。他參了這許多年佛法，遍訪名僧大師，晝夜講習佛法，自以為即使未得三昧，已相去不遠，豈料竟被平湖三兩句話打敗，不禁茫然若失，垂首道：

「吾自問見識疏淺，不能看破，故名『行癡』。」

然而平湖仍不放過，又接連問道：「再問皇上，何爲『三毒』？何爲『六根』？」

順治道：「貪、嗔、癡，謂之『三毒』；加上慢、疑、惡見，謂之『六根』。」

平湖又道：「然則，皇上因董妃之死戀戀難捨，是謂『貪欲』；怨天尤人，謂之『嗔怒』；不能順天應命，謂之『行癡』；輕視天下感受，謂之『傲慢』；既欲追董妃涅槃而去，又不捨皇太后親情牽絆，是謂『猶疑』；決之不下，遂生幻滅，謂之『惡見』——皇上之悖離佛旨，何止『行癡』？實是六根皆不淨，四大總未空，更不能了悟『諸行無常，諸法無我』之法印，豈非枉稱佛門弟子？」

一番話，說得順治如醍醐灌頂，冰涼徹骨，由不得雙手合十，誠心誠意地道：「謝仙姑指教。」

這個瞬間，他竟然在幻念中將平湖視作了長平公主。而平湖就在那一聲「仙姑」的稱呼下如被雷殛，她不能確定：皇帝哥哥這樣稱呼，究竟是在恍惚中一時口誤？還是他已經在參禪中得到了某種知識，對自己的真實身分有所勘破？倘若是那樣，她的身分之謎還能維持多久？她好不容易才取得的皇太后的信任豈非付之東流？而她扶子登基的大計還有可能實現嗎？

2

順治十七年十二月十三日甲午，順治帝重新臨朝，雖然面色蒼白，卻神智清爽，顏容和霽，命秘書官宣旨道：「自端敬皇后董鄂氏去世，數月以來，宮中辦理喪儀，諸凡吉典皆暫停止。朕念諸王臣民哀思未已，是以駐蹕南苑，間幸郊原，聊自寬解，以慰臣民。今已數月，尚守服制，吉事概未舉行，臣民咸有慘然未舒之色，朕心反覺不安。」遂令禮部傳諭：「除朕在宮中仍行期年之禮外，其郊廟、視朝、慶賀諸大典禮，俱著照舊舉行，諸王以下至軍民人等凡吉慶等事亦照常行。」又決議自明年正月初一日起，停止藍筆批覆，重新改爲紅筆。

此諭傳出，群臣欣然，都以爲皇上終於恢復正常，不再爲過度思念皇貴妃而逾制異行了。所有人都知道這必定是容嬪娘娘勸諫得值的功勞，卻想像不出她究竟用什麼辦法取得成功的。人們可以確定的，只是佟佳平湖即將重新得寵、成爲宮中除太后外最有權勢的女人，而當朝廷傳出晉升容嬪之父佟圖賴將軍爲一等公的消息時，這預測就更加確定無疑了。

遠山等貴人又開始想方設法地巴結平湖，想要借一點機會分澤皇恩了，而平湖則一如既往地淡漠，輕易不肯見人。但是這一回，再沒有人向皇太后抱怨她的冷淡、傲慢、獨擅專寵，卻爭著有意無意地向太后暗示，自己是容嬪娘娘的好姐妹，對於容嬪遊說皇上的事，自己是有份參與意見的。

而建寧格格和容嬪娘娘的友誼是眾人皆知的，人們原本就知道吳額駙是皇上最寵的臣子，如今又多出容嬪這個靠山，那還不趕緊有多巴結就多巴結、要多賣力便多賣力嗎？而「逍遙社」裏，何師我、陸桐生那些公子哥兒更是借著起詩社、送戲班的名目，隔三差五地上門獻殷勤。

然而向來好熱鬧、愛虛榮的建寧格格這次卻一反常態，對萬事都有些懶洋洋提不起興致，自從綠腰和吳青進府後，她忽然覺得自己有點老了。

建寧今年只有二十歲，生平足跡只踏過盛京與北京兩地，不在宮中就在府中，未識民間疾苦，不知餓為何物，稼穡耕織更是聞所未聞，五穀不分，六畜不近，生於綺羅叢，長在脂粉地，寒著棉，夏穿紗，從未為生計略縈於心。然而她卻覺得辛苦，徹夜不能安眠，片時不可解頤。

二十歲的女子，心心念念惟有一個「情」字，而獨獨在這個字上，為她一生所欠缺。早在幼時已經父母雙亡，所親近者只有一個皇帝哥哥，然而福臨九五至尊，日理萬機，又能撥得多少情分在她身上？後來結識了香浮、平湖、四貞、遠山這些個閨伴，她們卻個個心事重重，城府深沉，所言所行，只教會建寧一件事，就是愛情的辛苦。然後，她自己的愛情來了，果然是好事多磨，深不可測，經歷了許多誤會、隔閡、疏冷、寬恕、乞憐、垂慕、患得患失、忽冷忽熱之後，如今表面上看起來似乎風平浪靜了，卻是以她的一再退卻包容來換取的，是一樽蓋著華麗錦袱、打碎了又黏起來的精美玉瓶。

她知道，那樽玉瓶看起來仍然很美，但須珍藏密斂，輕拿輕放，不堪一擊。碎的玉瓶永遠不可能真正恢復完整，她餘生都將帶著這傷痕辛苦下去，除了再碎一次，別無選擇。於是，在這含辛茹苦與委曲求全之中，她老了，在這如花似錦的雙十華年裏，不等盛開已經略見凋萎。

這夜，已經熄了燈，忽然綠腰低低地在窗外咳了聲，問：「格格睡下了嗎？」

建寧原不想理會，卻聽得窗外又是幽幽的一聲長嘆道：「綠腰自知罪不可恕，然而對格格的忠心卻從未動搖的，若不是爲了格格與額駙，也不敢半夜打攪了。」

建寧聽到「額駙」二字，由不得應了一聲：「有話進來說吧。」

紅袖早已在外間侍候動靜，聽到吩咐，忙重新掌燈，拉閂開門，請進綠腰來。

綠腰請了安，便在床邊矮凳上坐下，覷著顏色問道：「額駙今兒沒在府上，格格可知道麼？」

建寧果然不知道，聽了倒微微一愣，反問道：「你怎麼知道？」

綠腰臉上一紅，垂頭道：「額駙今兒沒來上房請安，綠腰只怕格格以爲是被賤婢絆住了，所以特地來格格面前剖白真心。」

建寧不耐煩地揮手止住道：「綠腰，你我從前何等好來，這些年雖有許多誤會芥蒂，終不至於連句真心話也說不得了。你有什麼話，便直說罷，不必這麼吞吞吐吐的。」

綠腰笑道：「瞞不得格格，自從格格許我回府，綠腰敢不小心侍候？既知額駙不在上房，又不曾往賤婢房中去，便替格格留心查問，方知額駙今兒並未回府來。這在從前可是從未有過的事，最近卻不是第一次了，格格你想想看，近來京城裏正在宵禁，額駙不說深居簡出，反越往外走得頻，這可不是有蹊蹺？昨兒匆匆忙忙慌裏慌張的一大早出去，又不叫一個人跟著，又說不是上朝，焉知不是在外面有了什麼人呢？」

建寧聽了，愣愣地出神，問道：「依你說，咱們卻該怎麼著？」

綠腰聽到「咱們」二字，頓時喜上眉梢，渾身輕得沒有二兩沉，更加湊前了計議道：「格格要知道真相也不難，只要派幾個得力的人跟著，少不得查出額駙去了哪裡，同什麼人見面。若不與娘兒相干便罷，若是果真吃著碗裏的望著鍋裏的，咱們到時再有話說。」

建寧對這些事向來沒有主意，只得心煩意亂地說：「你同紅袖商措著辦吧，我明兒早起還要進宮，回來再說吧。」說完翻身向裏睡下，綠腰跪安告退也只當沒聽見。她的心裏，已經在想明天進宮的事了。

建寧能夠信得過、願意分享心事的人，始終只有平湖。平湖是另一朵萎在枝上的花，暗香雖在，而豔色已凋。她那麼冷靜明理，對萬事萬物都有現成的答案，總能在千頭萬緒中得出最直接的線索，做出最簡捷的決定，說出最有效的安慰。就連一意孤行要出家爲僧的皇帝哥哥，高僧玉林秀都勸不回，她也能勸得回心轉意，又怎會不懂得幫自己指點迷津呢？建寧相信，平湖的決定才是最正確、最明智的。

果然，平湖在聽完建寧的訴說後，立即否決了綠腰的追蹤計畫，婉言勸告：「愛就是愛，不論是對等的愛還是不對等的愛，完整的愛還是分散的愛，只要得到了，就是全部，不必斤斤計較，更不可得隴望蜀，勉強求全。」

建寧不甘心：「可是我給他的卻是全部啊，除了他，我心裏再沒第二個人，第二件事。他卻不是，他瞞著我在外面安置綠腰，還跟她生了兒子；這還不止，現在他又有了別人，雖然還沒有查準，可他近來往外面走動得那麼頻，回到家來也不肯多說話，一個人坐在梅樹林裏，一會兒愁一會兒笑的，不是爲情所困又是什麼？」

平湖反問：「如果他跟你實話實說，如果你猜的都是對的，你打算怎麼做呢？派人殺了她，還是再接一個綠腰回府安置下來？」

建寧低頭想了一想，說：「我已經接了綠腰回來，也不在乎他再多娶一個，憑他在外面認識一百個女人，我在額駙府裏也照樣安置一百個好了。皇帝哥哥三宮六院，何止二三百個嬪妃？可哥哥眼裏就只有董鄂妃一個，董鄂妃死了，哥哥傷心得連皇上都不想做，喊著鬧著要出家。宮裏宮外的人都說，若不是你攔著，哥哥這會兒早上了山做和尚了。可見做不成唯一，能做第一也是好的。我只恨他不肯對我坦白，既爲夫妻，何事不可商量，非要隱瞞於我，可見那女人在他心裏比我還重。」

平湖道：「依你說，董鄂妃原比這宮裏所有的后妃都更得意，只要皇上在心裏認她做第一個，就算宮裏再有多少個妃子也是無謂的，是嗎？可皇上自己卻不這樣想，直至皇貴妃死後仍以不能封她爲后爲憾，這可不是得隴望蜀？皇貴妃雖然集三千寵愛於一身，卻青春早逝，幽明異路，終究又於情何益？皇上冷落後宮，獨寵董鄂，傷了那麼多嬪妃的心，那些人又情何以堪？我拒絕面聖，你一直不贊成，其實皇上見不到我卻會記住我，同皇上見到我的面卻不能記在心上，孰重孰輕呢？皇上想念皇貴妃而見不到皇貴妃，你以爲這便是得到，那又何必強求我面聖，強求在一起的片刻呢？情之為情，概因無可名狀，無可限量，才彌足珍貴；倘若強求形式，那便不是真情，而是貪欲了。」

建寧一時轉不過彎來，蹙眉道：「那你的意思，到底是在一起的好，還是不在一起的好呢？」

平湖道：「在一起也好，不在一起也好，都視乎你是否動了真情，倘若遇到合適的人，交付了一生的真情，那便是得到，至於得到的是多還是少，卻是沒有什麼道理可言的。」

建寧道：「依你說，情之為情，原只在乎真假，卻沒有多或少。那麼我倒想問問，隔河相望一生，與執手相看片時，哪個更可貴呢？」

平湖道：「能夠隔河相望，已是緣分，若能相望一生，更是情中至情；執手相看，亦是緣分，即便只有片時，也當珍惜。就只怕執手片時便嚮往一生相守，隔河相望則必索舟楫遙渡，如此得隴望蜀，則永世不能饜足，又怎麼會快樂呢？」

建寧若有所悟，又問：「你的意思是說，我已經嫁了額駙，得以與其相守，便當知足，可是這樣？」

平湖笑道：「其實你得到的遠比你自己知道的多，你與額駙的緣分，又豈只是相守那麼簡單？這世上，有多少人能嫁給自己喜歡的人？即便他心中有些秘密你不能知道，但你只要知道你在的地方就是他的家，而他總會回到這個家裏來，還不足夠麼？再要疑神疑鬼，刨根問底，就是自尋煩惱了。」

建寧似懂非懂，笑道：「你的話太像參禪，我雖不能盡明，也覺得爽快多了。正是呢，從皇貴妃去世後，太后好像忽然對你好起來，不僅重新允許我進宮探訪你，還把四阿哥送來讓你親自教養，大家都在猜那晚你到底跟皇帝哥哥說了什麼，怎麼他忽然就放棄出家的念頭，再不固執了呢？這到底是怎麼回事？」

平湖不願多談，顧左右而言他道：「自從義王孫可望出獵時中箭而死，最近城裏宵禁，戒備森嚴，百官外出都須稟報登冊，你來了這大半日，還是早些回去的好，免得又被人閒話，太后再下道禁足令，反爲不美。」

建寧道：「就是的，我聽說孫可望是被刺客射死的，你聽說了嗎？」

平湖笑道：「我深居宮中，哪裡聽這些新聞去？」三言兩語，遮掩過去。建寧見她談興不濃，只得起身告辭。

3

在建寧猜疑吳應熊是不是在府外有一位紅顏知己之前，明紅顏已經知道了有建寧這個人。只是，她並不知道自己的情敵竟是位公主，而且是滿洲的公主。

這些日子，吳應熊每天一下了朝就會往小院裏來，只要趕得及，就會親自爲紅顏煎藥，做飯，照料得無微不至。可是兩個人這樣地朝夕相處，心卻並沒有比從前更近，總好像有什麼人什麼事阻隔在他們中間，不得逾越。他們討論南明政局，擔憂朝廷下一步的舉措，有時吳應熊也會有意談起洪承疇的事情。紅顏雖然聽得很用心，卻從不追問，顯然，她仍不打算坦白身世，於是，吳應熊也只好對自己的真實身分繼續維持緘默。

這日紅顏吃過藥，看看窗外的天空一層層陰沉下來，知道就要下雪，想著應公子今天大概不會來了，就讓老何早早地關了院門，說要早睡。可是嘴上這樣說，眼睛卻一直不由自主地向窗外張望，聽見風吹草動，都不由得側起耳朵，以為是應雄來敲門了。

其實，早在她看清自己的心之前，她已經深深地愛上了「應雄」。也許這是她不願意承認，也不敢承認的，身為女子，這樣的事怎麼可以由自己主動？況且，她還是個立了生死契把身心獻給了反清復明大業的戰士，除非應雄也跟她一樣把生死身家都拋之度外，完全地無牽無掛，否則，兩個人是無論如何走不到一起的。

雖然她與應雄聚少離多，然而他熾熱的眼神早已讓她明瞭他的心意，而在她將募送糧款的大任交託給他的時候，也就等於把自己的性命交在了他手上。她就像信任自己那樣信任著他，簡直把他看作自己的另一半。

這樣的肝膽相照，卻一直不能推心置腹。他們甚至從來沒有好好地談過一次知心話。他總是那樣沉默地傾聽，眼神專注，有種鹿一般的淒苦，鶴一樣的孤潔。她知道自己對他隱瞞了許多事，同時覺得他對於她也仍然是個謎，她有些害怕知道那謎底，卻又一直忍不住猜測。

而一切，在夢裏有了答案。

夢裏也在下雪，白茫茫的一片，明紅顏踟躕在雪中，似有所期，若有所待。尋尋覓覓間，忽然聞到一股梅花的清香，沁雪而來，身不由己，她追著那梅花的香味一路尋去，不知不覺來至一個極寬闊的院落，只見重台樓閣，亭軒儼然，分明是某戶豪門內苑。

紅顏徘徊在梅花林間，不禁想：應公子呢？這可是自己當年與應公子在城牆根同遊的梅林？怎麼不見應公子？想著，她便聽見了應雄的聲音說：「原來你也喜歡梅花。」

她回過頭，卻看見有個女子陪著應雄從那邊走來，笑靨如花地說：「是啊，幸虧當年不曾真讓人把它們拔了去。」兩人挨肩攜手，狀甚親密。女子說幾句話，便將頭擱在應公子的肩上嬌笑，笑容比梅花更加明豔。有雪花落在女子的髮鬢上，應雄隨手替她拂去，眼中滿是憐愛。

紅顏覺得心痛，她喃喃地說：「原來，你已經有心上人了。」

可是他聽不見她。他們兩個都聽不見她，也看不見她。

紅顏哭了。抽泣聲驚醒了自己，也驚醒了守候在一邊的吳應熊。

吳應熊是在紅顏睡著後才來的。老何替他開的門，既不問好，也不拒客，只向紅顏屋子指了一指，便掩上門出去了。吳應熊一直走進裏屋來，看到紅顏已經睡了，便不敢驚動，只坐在炕沿邊，看著她依然蒼白的臉上，慢慢浮起一片紅暈。他想她不知道夢見了什麼，眉頭這樣緊蹙著，是在擔心南邊的戰事嗎？他握住她的手，希望可以用這種方式傳達自己的關切與支持，使她在夢中感到一點安慰，感到不孤單。

正是這一握，使他們的心在瞬間連通，讓他在她面前變得透明。

這些日子以來，他一直在猶豫，不知道該怎樣同她坦白。以往每次聚散匆匆，隱瞞事實還情有可原；可是這次，他有這樣多的機會與她單獨相處，卻仍然沒有告訴她自己已婚的事實，這已經不是隱瞞，而亦近欺騙了。可是，她從來沒問過，他又怎樣說出口？

但是他不知道，甚至連她自己也不知道——如果太愛一個人，愛得割心裂肺靈魂出竅，就會兩個人變成一個人，在某個瞬間走進他的心裏去，看到她本來不可能看到的事實。

並不需要他自己說一個字，而紅顏已經看到了一切。只是，她不知道她看到的人就是建寧，而建寧是個格格。但是心痛的感覺讓她知道，那個女子對他很重要，她和他的關係，比自己跟他更近。這種比較讓她背脊發涼，有著莫名的孤苦感，孤苦得彷彿置身在茫茫黑海中，無助地一點點地沉沒下去，而他近在眼前，卻不肯伸手拉她一把。她在沉沒的絕望中哭泣起來，聽到一個聲音在耳邊說：

「紅顏，我在這裏。」

睜開眼，她立刻接觸到他的眼神，四目交投中，他和她猝不及防地，同時看穿了對方的心意——那是愛。千真萬確毫無遮掩的摯愛。

一時間，她和他都顫慄了，在莫名的感動中莫名地悲哀，同時在想：原來他（她）也是愛著自己的！然而，自己卻如何回報這愛？他是已經沒有了自由身，而她，則已把自己交給了反清復明的大業，只會愛國，不會愛人——愛對於戰士來說，是多麼名貴而不可承載的事情！

明紅顏的心，從來沒有像現在這般淒苦過。她知道，錯過了應雄，今生她都不會再遇上一個人像他這樣懂她、敬她、愛她的人。如果能同他在一起，兩個人相濡以沫、相敬如賓，不論怎麼樣的亂世，應該都有他們遺世獨立的空間吧？然而，偏偏她卻不能對時局置身度外，更何況，他已經是有婦之夫。

她垂下眼睛，輕輕說：「明天，你不要再來了。」

吳應熊聞言，心就像被重錘砸了一記似的，他早就知道會有這一天，總有一天明紅顏會離開他，離開京城，回到永曆帝的身邊，為國而戰，直至為國而死。他愛了她這麼久，一向聚少離多，醒裏夢裏都在盼望重逢，盼望相守，多一天，再多一天。這些日子的相伴，是上蒼憐憫他的癡心，厚待他的禮物，是他們好不容易的緣分。他應當滿足。他知道明紅顏會同他說再見的，不是今天，也在明天。

他只是沒想到，她說的話，卻不是「我要走了」，而是「你不要再來了」。她必定知道了些什麼，是他身為吳三桂之子的身分，還是他娶了滿清格格的事實？

「為什麼？」他苦澀地問。對紅顏，他一直在愛慕之餘有著更多的敬畏。他早已在心底對她發過誓：凡她意願所向，他必赴湯蹈火而為之，絕無反顧。即使她要他離開，他即便一千一萬個不願意，也只好這樣做。可是，他仍然忍不住要問，為什麼？

「應公子，你以後不要再來了。」說話的竟然是老何。他急匆匆地走進來，就好像聽見了兩人的對話，並在替紅顏回答吳應熊的疑問一般，簡截地說：「應公子，你被跟蹤了。這地方太危險，非但你以後不必再來，就是明姑娘也必須儘早離開。」

吳應熊無言了。認識這麼久，他從沒聽老何開口說過話，甚至一直以為他又聾又啞。然而現在才知道，老何非但不啞，而且口齒清晰，語氣果決。然而他太悲傷了，悲傷得連驚愕的力氣也沒有，他只是默默地從身後將一隻錦袱包裹的小弓取下來，托在手上遞給明紅顏，半晌方道：「你回到南邊，難免與清軍衝突。倘若有需要，可持這只弓求見吳三桂，相機行事，或有所助。」

這是他第一次送她禮物，這個禮物，還是上次洪承疇說起他們父女相見的情形時他就想到的。那一次，明紅顏為了營救自己的同伴，不惜暴露身分求見洪承疇；這樣的情形，也許今後還會再發生，但是捉捕抗清義士的人可能會變成吳三桂，而被捉捕的更可能是明紅顏本人，那時，這只弓也許會幫到她的忙。

紅顏眼中有靈光一閃，似有所悟，卻欲言又止，只是默默地接過弓來，低了頭輕輕撫摸。吳應熊悲哀地看著她的手勢，那樣溫柔，那樣傷感，就好像她撫摸的是他的手臂一般。他們兩個，就這樣，借著這只弓，做了今生唯一的一次牽手。

4

夢境真是世界上最奇怪的事情，可以讓真實的情景變得虛幻，而又讓很多的秘密浮出水面。

順治也在夢中尋尋覓覓。董妃臨死前最常說的一句話就是「一口氣不來，向何處安身立命？」董妃不明白，他身為皇上，亦不能明白。他為她焚燒了兩座宮殿，殉葬了三十宮人，為的就是給她一個「安身立命」之所，使她在天國裏不會孤單。他以為這樣就可以給愛妃一個交代，讓她安心地「離去」，可是他自己，為什麼卻仍不能心安理得地「放下」呢？他想找到她，問她：你得到安身立命之所了嗎？

此時，他正臥在萬壽山萬壽亭暖閣裏小憩。閣內設著暖爐香鼎，亭外卻是飛雪滿天。萬壽亭海棠樹下，是明朝崇禎皇帝懸頸自盡的地方，一代君王，生前有黎民百姓愛戴，滿朝文武臣服，死時卻只有一個太監王承恩相陪——他不能夠讓他的愛妃也這樣！因此，他第一次違背了她節儉愛民的素願，厚葬豐殮，極盡奢華。

自從六歲那年見到她，他心心念念就只有一個願望——找到她，娶她，立她為后。這個承諾，終於在她死後才算是徹底地實現了，他與她，摯誠相愛，攜手相親，雖然只有短短四年，卻也羨死鴛鴦了。

可是，為什麼他仍然不能從容，不能心安？曾經得到，而終於失去，多像是一場春夢。

在夢裏，他回到了六歲的盛京，十王亭後的值房裏，有個陌生的小姑娘在那裏讀書。他從沒有見過那麼美的小姑娘，也從沒有見過那麼靜的小姑娘。宮廷裏的女孩子除了格格就是奴婢，要麼驕橫，要麼怯弱，總是嘰嘰喳喳的，然而她，不卑不亢，靜如雕像。

他隔著窗子問她：「你看的什麼書？」又說，「我拿了果子來給你吃。」但那女孩只是不理睬。他無奈，忍不住要試試她的學問，遂背手身後，仰頭念道：「花褪殘紅青杏小，燕子來時，綠水人家繞。枝上柳綿吹又少，天下何處無芳草。」

女孩兒先是愣愣地聽著，忽然抬頭道：「錯了，不是『天下』，是『天涯』。」

他笑道：「你總算說話了嗎？」女孩察覺上當，臉上一紅，啐了一口，扭頭不答。

六歲的福臨一技奏效，再施一技，故意長嘆一聲，接著吟道：「『牆裏秋千牆外道，牆外行人，牆裏佳人笑。笑漸不聞聲漸杳，有情反被無情惱。』古人形容得果然不錯，可惜只有一個字用得不恰當。」

那女孩果然又忍不住問道：「是哪個字？」

福臨詫異道：「你竟不知道嗎？就是牆字呀，應該用個窗字才恰當。你我明明是隔著一扇窗子的嘛。」

女孩終於笑了，道：「不聽你胡謅。」

他看見她笑，喜得無可不可，不知道該怎樣恭維才好，問她：「你是誰？怎麼會來到這裏？」

不料女孩反而問他：「你又是誰？這裏是哪裡？」

福臨奇道：「你竟不知道嗎？這裏是盛京皇宮啊。你住在皇宮，倒不知道這裏是哪兒？」

女孩愣了一愣，臉上變色：「是皇宮？他們竟把我們抓到盛京宮裏來了？」

福臨更加奇異：「抓？他們爲什麼要抓你？又是誰抓了你們？你告訴我，我替你報仇。」

女孩一雙黑亮亮水靈靈的大眼睛望著他，問道：「你替我們報仇？你住在宮裏，你是誰？」

「我是九阿哥福臨。」男孩子當著女孩面吹牛是天性，福臨豪氣勃發，大聲許諾：「我是未來的皇上。等我做了皇上，就娶你爲妃。」

「清賊的皇上？」不料那女孩竟是一臉鄙夷之色，凜然道：「我不與清狗說話！」

福臨見說得好好的，女孩忽然翻臉，大覺不捨，忙叫道：「你幹嘛罵人？我怎麼得罪你啦？」正欲理論，卻值忍冬找來，拉住他道：「九阿哥，你找得我好苦，娘娘喊你去上課呢。」福臨雖不捨，也只得走開，好容易等得下課，忙忙地又往十王亭來，卻已是人去屋空。

更恐怖的，是問遍宮裏，都說從沒見過有那麼一個小姑娘，額娘莊妃更是斥責他胡思妄想，命他以後不許再提什麼「神秘漢人小姑娘」了。福臨就這樣斷送了他生平第一次懵懂的初戀，爆發了生平第一次的傷心和叛逆。而從開始到結束，他都不知道，那個他渴望誓死捍衛的小姑娘究竟是誰，從哪裡來，又到哪裡去了。他甚至不知道，她叫什麼名字。

隔了那麼多年，他才從范文程口中得知，那年困在盛京宮中的女孩，叫作洪妍；又隔了那麼多年，洪承疇才終於找到女兒，並化名董鄂送進宮來，他終於可以和她在一起；可是，這麼快，這麼快她又離他而去，留他孤零零地一個人在世上受苦，她怎麼忍心？

在夢裏，他拉住她的衣袖，求她：「你不要再走了，我找得你好苦，想得你好苦，好容易見了面兒，你可再不能走了。」她卻冷冷地將袖子一甩，喝道：「清賊，還不受死?!」

他一驚醒來，面前明晃晃一柄長劍，俏生生一個女子，正是洪妍。

是洪妍。她站在他的面前，手裏持著一柄劍，寒光閃閃，逼近他的喉嚨。她的身後，從敞開的暖亭門外，可以看見白雪紅梅，蔚然成林。自從那年他爲了長平仙姑將那幾株海棠移進宮後，就命人在這裏改種了梅樹，此時正是花開季節，梅花的香氣動聲動色，透雪而來，也都彷彿帶著莫名的殺氣。她烏黑細長的蛾眉，嬌豔欲滴的紅唇，在茫茫白雪中分外清朗，賽過梅花。而她的語調，鋒利如刀劍，凜冽如冰霜。

雖然十多年不見，雖然只是驚鴻一瞥，他還是一眼認出了她。

而隨著那一眼相認，有千百個念頭湧入頭腦中：她是洪妍，是盛京宮裏那個神秘的漢人小姑娘，是他愛了十幾年的心上人，只有洪妍才會有這樣冷豔的眉眼，只有洪妍才會有這般孤傲的神情，他絕不會認錯的——可是慢著，如果她是洪妍，那麼董鄂妃是誰?

他看著她絕美的臉，卻彷彿看到了世上最可怕的事情一樣，忽然輕輕地開口念道：「花褪殘紅青杏小，燕子來時，綠水人家繞。枝上柳綿吹又少，天下何處無芳草。」

她一愣，本能地接口：「錯了，不是『天下』，是『天涯』。」

他苦笑，幽幽地說：「你總算說話了嗎？」而後接著吟道，「『牆裏秋千牆外道，牆外行人，牆裏佳人笑。笑漸不聞聲漸杳，有情反被無情惱。』古人形容得果然不錯，可惜只有一個字用得不恰當。」

她也幽幽地問：「是哪個字？」

他答道：「你竟不知道嗎？就是『牆』字呀，應該用個『窗』字才恰當。你我明明是隔著一扇窗子。」

這正是他們當年在盛京初見時的對話，他一直記得，而她，也依然記得。她是洪妍，她真的是洪妍。可是如果她是洪妍，那麼董鄂妃就是冒牌貨，是一場誤會！他真心寶愛守護了這麼多年的愛情，豈非都是虛妄？而一直冒名頂替欺騙了他這麼多年的董鄂，對他的愛還會是真的嗎？

這些念頭，一個比一個更可怕，一個比一個更致命，他整個都被擊倒了，遠在她的長劍將他的喉嚨刺穿之前，他的心已經千瘡百孔，鮮血淋漓。什麼是真？什麼是假？什麼是愛？什麼是仇？什麼是生？什麼是死？在她把他所有堅信的一切都瞬間奪走的時刻，難道他還會怕死嗎？

他苦澀地重複著六歲時的誓言：「我是九阿哥福臨，未來的皇上。等我做了皇上，就娶你爲妃。」

如今，他真的做了皇上，也千方百計地實踐諾言，納了董鄂爲皇貴妃，又在死後封她爲孝獻皇后。然而今天才知道，一切都是誤會。他愛錯了人，封錯了后，從頭至尾都活在一場謊言裏。

他望著她，萬念俱灰地說：「你殺了我吧。如果殺了我才能博你歡心，你殺了我好了。」

她下不了手。她看著他的眼睛，那眼神，就像世界上的一切都不存在了一樣，她從來沒有看過那麼悲傷的臉，看得心都要碎了。他是皇上，九五至尊的皇上，可是他看起來就像是全天下最貧窮的人，整個人都是空空洞洞的，好像所有的一切都被奪去了。

這十幾年中，雖然她一直都知道他在尋找她，並且將計就計地令人冒名頂替，借父親洪承疇之手將董鄂妃送進宮去，俘獲了皇上的心，使他在國策朝政上一再偏傾南明，並努力製造太后與皇上的矛盾，但她一直都沒有看重他的感情，以爲不過是擁有天下的帝王的怪癖，越是得不到的就越珍貴，如此而已。直到此刻，她看到他的眼睛，才知道那份情有多深有多重，而她，卻辜負、欺騙、利用、踐踏了這份情。

她忽然覺得罪孽，再也舉不起她的劍。她不能對著那樣的眼神刺出劍去。應該出劍的人，不是她，而是他。是她欠了他，比生命更寶貴的東西。

長劍「嗆啷」落地。她看著他，也感覺到了難言的悲傷。此前她已經知道，皇上經常會來這萬壽亭打坐，於是在她離開京城之前，便決定來此孤注一擲，尋機行刺——董鄂妃已死，佟妃娘娘的身分曝露在即，雖然皇上並沒有繼續追究，但是難保將來某一天，他會想明白其中的機關並採取行動，那時，他們就連宮中最後一線希望也失去了。因此，不如殺了他。她早就聽說當今皇上武功高強，劍術精湛，早就做好了一場惡戰的準備，抱定了不成功便成仁的心念，卻怎麼也沒想到情形會是這樣。順治竟會毫無抵抗，而她自己則無法下手。

而順治看到長劍落地，心中也是一樣地難辨悲喜，好像被噩夢魘住了不能醒來，迷茫地問：

「如果你是洪妍，進宮的人是誰？」

紅顏覺得心痛，她不知道該怎樣回答他，更不知道該怎樣安慰他。甚至，當聞聲趕來的士兵將她重重包圍時，她也不知道該拾起自己的劍來抵抗。

順治舉起手，莊嚴地下令，卻只有三個字：「放她走。」

侍衛長驚訝地說：「皇上，她是刺客。」然而皇上已經不再理會，他坐在那海棠樹下，閉上眼睛，低宣佛號，彷彿什麼都不在意了一樣，連生命也置之度外，無論她取去也好，留下也好，他都不想要了。

她知道，他已經死了，即使她一劍未發，他卻已經自己先把自己殺了。她轉過身，從那刀劍聳立中姍姍離去，忽然流了淚。爲了敵人，她竟然，流淚了。

第二三章　只有香如故

1

建寧坐在鏡臺前，妝匣打開著，紅袖已經將她一頭又黑又厚的秀髮梳得光滑如緞，挽成流雲的形狀，並一件件地爲她的雲髻插上簪飾，翡翠珠花，茉莉別針，碧玉搔頭……映得原本豐厚的頭髮更加流光溢彩了。「綠鬢如雲」，指的就是這個意思吧？

忽然，房門被猛地推開，綠腰也不通報，也不敲門，慌慌張張地闖進來說：「格格，不好了，不好了。李柱兒死了。」

建寧一愣，顧不得教訓她的莽撞無禮，本能地問：「誰是李柱兒？」

紅袖也吃了一驚，緊跟著問：「怎麼死的？什麼時候的事？」

而紅袖的緊張，也使得建寧更加驚奇了，偏偏綠腰發著抖，枉負了平日伶牙俐齒，這會兒卻是上下牙捉對兒打架，越急越說不明白。還是紅袖幫忙解釋：「李柱兒是咱們院裏的武師，平時管二門上守夜的，綠姨娘說額駙可能在外頭有人，所以就派了他悄悄跟著，看額駙去哪兒了，見過什麼人。誰知李柱兒自己倒不見了，這有好幾天沒回來，原來竟是死了。」

建寧這才想起來前些日子綠腰建議自己找人跟蹤額駙的事，自己隨口答了句讓她和紅袖看著辦，後來進宮和平湖談了一場，心境放寬許多，覺得只要自己是一心一意愛著丈夫，而吳應熊也還疼愛自己，其餘的就都不重要，便把這件事忘了。沒想到綠腰真的找人跟蹤了額駙，而那人竟死了，他是怎麼死的？他的死，和跟蹤額駙這件事有關嗎？倘若有關，又是何人所爲？想到這裏，她忍不住問了句和紅袖同樣的問題：「那人是怎麼死的？是意外嗎？」

「是，是被人捅死的。」綠腰舌頭打結，顛三倒四地說，「有人看見他的屍首漂在河裏，撈起來，後背上有把刀，是被人從後面捅死扔進河裏的，都死了好幾天了。」

那便不是意外了。是有人殺了他，還把屍首扔進河裏去。一個小小的護院家人，什麼人這樣恨他？會不會，是他的跟蹤露了形跡，於是，被殺人滅口？是誰呢？額駙？還是與額駙會面的人？

建寧心煩意亂，隱隱覺得丈夫瞞住自己的事遠比府外藏嬌更加嚴重，那就像埋在深井裏的秘密，知道比不知道更危險。而從紅袖和綠腰的神態中知道，她們的心裏，也和自己有著同樣的猜測，卻誰也不敢將心中的懷疑說出口。

主僕三人你看著我，我看著你，還是紅袖先開口，哆哆嗦嗦地問：「格格，要不要報官哪？」

建寧略微沉吟，問道：「那個武師家裏，還有什麼人？」

綠腰一邊發抖，一邊努力回想，艱難地回答：「只有個老娘在鄉下，京城再沒有親人了。」

建寧點點頭：「多一事不如省一事。不必報官，說給吳管家，把李柱兒好好葬了，多給點撫恤，讓人把骨灰送到鄉下給他老娘，就說是得急症死的。」停了一停，又說，「還有，傳我的命，馬上備車，我要進宮去。」

她必須馬上見到平湖。只有平湖才能安撫她心中的不安，替她看清楚所有發生在額駙府外面的事情——即使看不清，也會告訴她該如何面對這宗意外，尤其是，在意外發生後，該如何面對她的丈夫。

然而來至景仁宮，建寧還來不及說明來意，就聽外邊高聲稟報「皇上駕到」。平湖還沒怎的，建寧已經先喜得迎出來道：「皇帝哥哥來了，可是知道我在這裏，特地來看我的嗎？」

順治已經大踏步地進來了，看見建寧，微笑說：「十四妹，你來了。」

「原來不是衝我來的。」建寧笑，「皇帝哥哥，可是找平湖有話說，我要不要回避呀？」

順治恍若未聞，臉上帶上一種古怪的笑容，顧自在茶案旁坐下，親自尋了一只汝窯青花九龍杯出來，卻又並不遞給宮女，只握在手中把玩，呆呆地出神。平湖忙命宮女換茶。

順治道：「不必另沏了，我聞著這茶就很好，何必又沏？」這才放下杯子，平湖親自把壺，斟了一杯。順治啜了一口，點頭讚道：「好茶！」

建寧笑道：「不過是龍井，又不是沒喝過，何至於此？皇帝哥哥今天的心情似乎很好啊，已經許久不見你笑了，終於想通了？」

順治仍然帶著那種古怪的神情，笑嘻嘻地道：「恰恰相反，是因為朕怎麼都想不通，非但想不通，而且看不透。朕活了二十幾年，自以為博覽群書，通今博古，卻到今天才知道，朕連自己身邊的人都不認識，不明白，古人云：名利如浮塵，情愛如雲煙。朕卻是連浮塵與雲煙也不能分得清楚。」

建寧聽這話說得雲裏一句，霧裏一句，摸不著頭腦，平湖卻是從順治進門來，就一眼看出他表面上從容平靜，眼神裏卻有一種難言的哀戚，失魂落魄一般，聽他言語，更充滿幻滅之意，便有不祥之感，含糊勸道：「名利情愛，皆無止境，人生至難得的，便是『糊塗』二字。皇上又何須太明白？」

順治轉向平湖，微笑地問道：「我既然自名『行癡』，本來就是個糊塗人，何曾有一時半事明白過？倒是這一兩天裏，想起了許多往事，卻更加糊塗起來，佟妃娘娘，你真個是姓佟，是佟圖賴將軍的千金麼？你真個是佟佳平湖嗎？你可還記得，同朕的第一次見面，是在哪裡？在什麼時候？」

建寧與平湖聽了這話，面面相覷，俱各慌張，平湖更是忙斂衽跪下道：「臣妾不知道皇上聽到了些什麼，又想起了些什麼，然而臣妾乃是皇上嬪妃，這便是真的。餘者何為真，何為假，何處來，何處去，原不必掛慮。」

「沒有所謂，沒有所謂。」順治恍恍惚惚地重複著，微笑著，眼中卻已經有了淚意，逼近了平湖問道，「你曾問朕什麼是『諸行無常，諸法無我』？朕不能回答。朕連自己是誰也不知道，根本是『不知我』，又何謂『有我』呢？你是朕的妃子，可是你知道朕是誰嗎？」

平湖莊重回答：「您是皇上，是九五至尊，天帝之子。」

「天子？」順治忽然哈哈大笑起來，眼角的淚終於隨著笑聲震落，「好一個天子！連朕自己都不知道，朕到底是誰的兒子？朕的父親是誰？朕的帝位從何而來？又將託付於誰？朕的這個帝位，又是否坐得安心？朕是天子，朕的一切，就只有天知道罷了。」

建寧早已看得呆了，訥訥地問：「皇帝哥哥，你這是怎麼了？你是喝了酒，還是撞了什麼？怎麼說起這些話來？」

順治笑道：「實話告訴你吧，我不是真命天子，皇貴妃也不是真的董鄂妃，就連這位佟妃娘娘也不是佟將軍的女兒，這個皇宮裏，到處都是幻象，沒有一樣是真的。朕做了十八年的皇上，一直跟南明作戰，稱永曆帝朱由榔是僞帝，可是朕又是什麼？朕才是真正的僞有皇帝，大清朝裏沒一樣是真的，從頭到尾都是假話，是一場夢。而朕，就好比莊周夢裏的蝴蝶，看到的一切都不是真的，連自己也不是真的。只有你，十四妹，只有你是真的，你一直把朕當成親哥哥，那麼真心實意，從小到大，你的喜怒哀樂，親疏遠近，表現得都那麼真實，毫無矯飾。十四妹，你知道我爲什麼那麼喜歡你，一心一意想對你好一點嗎？就是因爲你夠真，只有你是真心對我好，不管我是不是皇上，你都會把我當成親哥哥，對我從來無所求，你是這皇宮裏唯一最真實的，唯一的。」

建寧更加驚惶，忍不住哭起來，她不知道該如何勸慰哥哥，只得求助平湖，拉著她的手說：「平湖，皇帝哥哥這是怎麼了？你幫我勸勸皇帝哥哥啊。」

然而順治什麼都聽不見了，他沉浸在自己的驚詫與彷徨裏，喃喃自語：

「我看到了她，洪妍，她拿著一柄劍，而不是詩書，可是我仍然一眼便認出了她。隔了十多年，她長高了許多，模樣兒也變了，但我依然認得她。此前我認錯過，我把董鄂當作她，從沒有懷疑過。可是，現在她本人出現在我面前，就那麼突然地出現。我看見她，便知道，從前竟是錯的。我以爲自己終於找到了她，把我所有的感情和珍惜都交給她，盡我所能使她快樂。董鄂妃去後，雖然得到了又失去比從來沒有得到過更加痛苦，可是我並不後悔，我以爲自己至少還擁有回憶。但是到現在才知道，原來都是假的，是錯的，我什麼都沒得到過，卻枉自歡喜地付出了許多年。洪妍，洪妍，她才是洪妍，她指著我，用劍指著我，她想殺我，可她最終沒有動手。她長得那麼美，可是眼神卻那麼冷，這樣的女人，從頭至尾就只有她一個。董鄂妃也很美，可董鄂妃不是她，當我看到她的時候，我就知道了，董鄂妃不是的，她才是……」

建寧早已哭成了一個淚人兒，她從來沒有看到哥哥這樣的軟弱狀，也從來沒有聽過哥哥如此感性的話。皇上是真龍天子，他的高貴的心深藏在雲層的後面，喜怒哀樂都如黃金般珍貴，不許凡人偷窺。然而此時的順治全無以往的威嚴鎮定，更像是一個迷了路的孩子，在他囈語般的陳述裏，有著怎樣驚心動魄的真實哦。

平湖也一直流著淚，她滿臉滿眼都是傷痛。她知道，在順治深深的破滅和迷亂中，她也是令他幻滅的原因之一，因爲，她也是謊言的一部分。順治的身世之謎，平湖的真實來歷，董鄂妃的冒名頂替……包圍著順治的諸多謊言中，哪怕任何一個被戳破，都足以使人崩潰，更何況是這麼多的謊言同時破滅。

順治看到了平湖的眼淚，忽然伸出手去輕輕觸了一觸，甚至放到唇邊嘗了一嘗，奇怪地笑著說：「愛妃，你在哭嗎？我倒真想知道，你的眼淚會流多久？等我死後，你也會流淚嗎？一個欺騙了我那麼久的人，會爲我流淚嗎？她流的眼淚，是真的嗎？董鄂妃對我的愛，是真的嗎？董鄂妃，到底是誰？你，又是誰？」

平湖泣不可仰，卻沒有一句話辯白。她覺得辭窮。這還是第一次，平湖發現自己無言以對，長平公主曾經預言順治有十年帝運，而今年，正是順治親政的第十年。平湖悲哀地想，也許，順治的皇位坐不久了。

2

順治十八年正月初七夜，子時，宮中白燈高懸，喪鐘長鳴，順治帝駕崩了。享年二十四歲，在位十八年。

整個紫禁城都在哭泣，養心殿的每一層樓臺，每一根樑柱，每一道門檻，甚至每一扇窗櫺，每一盞燈籠，每一塊磚瓦，都在哭泣，哀傷而壓抑，若隱若現，卻無止無休。珠簾在哭，簷鈴在哭，雕花在哭，玉璽在哭，花在哭，風在哭，井也在哭。

只有太后不會哭，雖然她的心比誰都痛，比誰都絕望，然而她只有把淚往肚子裏流，因為她還有更加重要的事要做——就是替皇上立遺詔。那便是歷史上著名的「罪己詔」，詔書中以皇帝的口吻，羅列了十四條罪過，痛責自己重用漢官、疏遠滿臣之過，而最重的罪孽莫過於「永違膝下」，不能盡孝於太后，並遺命立三阿哥玄燁為皇太子，嗣皇帝位，以內大臣索尼、蘇克薩哈、遏必隆、鰲拜輔政。

噩耗傳出，群臣哭臨，心中莫不深以為罕。寧妃尤其號啕大哭，不顧一切地往慈寧宮去謁見太后，質問道：「古有立嫡立長之說，如何福銓比玄燁年長，卻反而棄福銓而立玄燁？」

太后並不責怪，只淡淡地說：「這是皇上遺詔，此前皇上病重時曾與眾大臣商議，群臣也都以為三阿哥玄燁更合適。」

湯若望也做證說，皇上曾徵詢過他的意思，他認為天花這種不治之症是宮中大患，玄燁曾經患痘而邀天之幸得以痊癒，可知此生永無此憂；福銓卻從沒有出過痘，若立福銓為嗣，則時時都要擔心這種危險，是為不智。

寧妃無奈，只得哭啼離去。太后復道：「此事已定，無需再議，嬪妃干政，原是宮中大忌，我念在皇帝新喪，爾等傷心過度，遂加寬柔。然則下不為例，若有再犯，定罰不赦。」遂壓服口聲，宮中朝上再無異議。

初九日，年僅八歲的皇太子玄燁即皇帝位，頒詔大赦，以明年為康熙元年，奉親母佟佳平湖為康章皇后。十四日，諸王以下及大臣官員齊集正大光明殿，設誓於皇天上帝及清世祖靈前，誓曰：

「沖主踐祚，臣等若不竭忠效力，萌起逆心，妄作非爲，互相結黨，及亂政之人知而不舉，私自藏匿，挾化誣陷，徇庇親族者，皇天明鑒，奪算加誅。」

玄燁，終於登上了大清皇帝的金鑾寶座。大清歷史，就此掀開了新的一頁。寧妃痛哭叫屈的不和諧音，很快被湮沒在群臣百姓高呼萬歲的朝賀聲中了。

然而後宮裏還有另一個不和諧的聲音，來自大清廢后博爾濟吉特慧敏。

在嬪妃們爲順治跪靈的後殿，慧敏也來了，她和眾人一樣地念著經，然而唇邊始終有一抹不合時宜的若有若無的微笑，就好像正在從事一件饒有興趣的事情一樣。

太后大玉兒看見了那絲微笑，新后如嫣也看見了，還有寧妃，遠山貴人，以及許許多多的嬪妃都看見了，那笑容就像一根刺般插在她們的眼睛裏，扎在她們的心上，讓她們極不舒服，可是在這樣的地方，這樣的時刻裏，卻誰都不好說什麼。她們一心一意地念著經，用念經的聲音蓋住自己的心猿意馬，悲痛與茫然。冗長反覆的誦經聲就像催眠曲一樣，令得眾人昏昏欲睡，念一句漏一句地濫竽充數。然而慧敏的一句話忽然把所有人的瞌睡蟲都驚走了。

一身重孝的慧敏側著頭，用一種嘮家常的口吻對身邊的子佩很平淡地說：「看，我說過的吧，我就知道他這個皇上做不長，我的命，可比他的帝位要久。我到底是活著看見他的結果了。」

她的聲音並不大，而且是一種隨隨便便的無所謂的語氣，就好像說「燕子回來了，花要開了」或者「昨天晚上天黑得早，我一直睡不著覺」一樣，她說得這麼自然而然，理直氣壯，完全不理會周圍所有的人就好像聽到某種號令般，刷一下抬起頭望過來，那瞠目結舌的震動彷彿聽見了巨雷霹靂——就是晴天霹靂也不能使她們這樣震動。

這一切慧敏完全看不見，也許看見了但並不在意，又或者，她正在享受著這種注視和震動，然而她並不回顧她們，說完這句話，就又低下頭，繼續那若有若無的微笑和有口無心的誦經了。

大玉兒要驚愕片刻才會清醒過來，然後就被撲天蓋地的憤怒湮沒了，大喝一聲：「來人，給我捆起來！掌嘴！用力掌她的嘴！」

博爾濟吉特慧敏畢竟是曾經的皇后，是科爾沁草原上最尊貴的格格，侍衛、太監、宮女齊刷刷地跪了一地，卻沒有一個人敢動，太后的震怒和慧敏的平靜形成了鮮明的對比，而他們竟說不清那震怒和平靜哪一種更具有威懾力，使他們被過度的驚愕給定了格，既不能說話也不能行動。

慧敏的侍女子佩第一個醒過來，主子的話一出口，她就嚇得肝膽俱裂了，恨不得立刻把那句話變成有形有質的任何東西——哪怕是毒藥也好，一把搶過來藏起來咽下去，讓所有的人都不要聽見。然而來不及了，所有人都聽得清清楚楚，都跟她一樣震驚得瞠目結舌。是太后的一聲斷喝震醒了她，讓她知道：大難臨頭了。她不知道哪裡來的勇氣和機靈，猛地撲翻在地，一路趴到太后的腳下，不住地磕起頭來，哭著求告：「求求太后，奴婢願替主子掌嘴，就打死也無怨的。求太后饒恕主子吧。主子不是不敬，是因爲傷心過度，才說錯話的。」她哭著，頭磕得沁出血來，卻仍然不敢停。似乎只要太后不發話寬恕她的主子，她就會這樣一直地磕下去。

大玉兒看著她，也看著慧敏，卻一直不說話。別的人自然更不敢輕舉妄動。於是大堂之上，就只有婢女子佩不間斷的叩頭聲一下一下，響在所有人的心坎上，而那悲苦的求告，更是將殿堂裏的悲劇氣氛推到了頂點。所有人都在注視著這幕鬧劇如何收場，都想看清楚慧敏說出這樣大逆不道的話來，太后會怎樣處置她的親侄女。子佩的叩頭聲一刻不停，她們心裏的那桿秤就會吊上去一直放不下來，那連血帶肉的叩頭聲就像一把銼子，一下下挫磨著她們的同情心與罪惡感，挫得血肉飛濺；又像一把不稱手的榔頭，一下下悶重地砸著，將那些肉屑砸得更加夯實。她們自己也無法分辨，是希望這件事儘快結束還是期待一個更加隆重的激烈的高潮的到來。

子佩哭著，求著，一下一下地磕著頭，直到將自己磕得暈死過去。所有人到這時候不約而同地鬆了一口氣，於是一齊替廢后慧敏求起情來。她們彷彿忽然發現原來自己也是有同情心的——本來嘛，對一個已經沉了船的廢后，又何必窮追猛打呢，她也還不值得她們落井下石。於是正可以表演一下後宮裏難得一見的善良和大度。

大玉兒接受了這求情，不再堅持掌慧敏的嘴，卻仍命人將她捆起來，塞進柴房反省三日，並且不許人給她送飯送水。

三天後，柴房的門重新打開時，慧敏已經死了。

也許早在離開位育宮那天起，她就已經宣判了自己的死刑，失去了活下去的意義。然而她的尊嚴和固執逼著她堅持下來，堅持一定要看到順治的結果，才肯含笑瞑目。

博爾濟吉特慧敏，科爾沁草原上的美麗鳳凰，大清朝入主中原的第一任皇后，就這樣無聲無息地死在了柴房裏，輕巧而夷然地走完了她的一生。

太后大玉兒給了她一個體面的葬禮，那畢竟是她的親侄女，是她欽點的初任皇后，不論在她生前曾給自己帶來多少麻煩與不痛快，然而現在她已經死了，死亡帶走了所有的不快，她們終於又變成相親相愛的親姑侄了。

慧敏死得並不孤單，侍女子佩心甘情願地爲主子殉葬；慧敏也死得並不淒慘，她的唇邊甚至還掛著一絲微笑，神情異常平靜——沒有人知道，她的那絲笑容，究竟是爲了什麼而發。

3

廢后慧敏死了，新皇后如嫣忽然就升格變成了太后，而寧妃、遠山等也都變成太妃，永遠地輸給了平湖，並且再也沒有得勝的機會。所有的嬪、妃、貴人甚至宮女就此沒了指望，全都跟當年的慧敏一樣，等於是打入冷宮了，從此將永遠活在孤獨和黑暗中。整個後宮裏唯一得到好處的，似乎只有容嬪佟佳平湖一個人，因爲她現在成了皇后，康章皇后。

長平仙姑的預言到底實現了，女兒做了皇后，孫子成了皇帝，玄燁終於做了紫禁城的主人。

康熙元年正月初一，這是改國號的第一天的大日子，對於平湖而言，這一天意味著天下終於又回到了自己人的手中。她的母親長平公主，她自己，爲這一天付出了多麼巨大的代價，走過了何等艱深的道路。然而在這個揚眉吐氣的日子裏，她的心中卻沒有任何喜悅之情。

這一年裏，朝野上下發生了許多大事。幼主登基，四大臣共同輔政，也就等於太皇太后大玉兒再次垂簾聽政。然而與當年福臨做傀儡皇帝時不同的是，如今再沒有了攝政王多爾袞，因此大玉兒的地位也就更加重要、顯固、說一不二。她著令四大臣擬諭，以太監干政之名處斬內務府總管吳良輔，革去十三衙門，凡事皆遵太祖、太守時舊制，削減漢官定制，卻添設六科滿洲官員，又大興「文字獄」，荼毒中原才子，僅《明史》一案即牽連數百人，一時腥風血雨，草木皆驚。

至此，順治帝時期的親漢政策完全被推翻了，朝廷大力扶持滿清官員，又敦促平西王吳三桂入緬甸剿滅南明。大學士洪承疇因已休致在家，故無所礙，仍察例加恩，給予三等阿達哈哈番世職。然而其他的漢臣卻被處處掣肘，失去了實權。

此前鄭成功進兵江南時，沿江諸城邑官紳曾經納款助軍。事後朝廷追查，廣為羅織，江寧府按以金壇、無為、鎮江等地官紳降鄭成功一事上報，然而順治帝在董鄂妃的勸說下，卻只輕描淡寫地說了一句：「他們只是怕死罷了，不為大過，算了。」便就此輕輕揭過不提。如今順治帝既逝，這些案子又被重新翻騰出來，且變本加厲，加上大乘、園果諸教案及吳縣諸生哭廟案等，合稱「江南十案」，處凌遲者二十八人，斬八十九人，絞四人，流徙者更多。

因為牽連者眾，以至於處刑時不能在同一刑場執行，要分五地處斬，血流遍地，見者無不酸鼻。甚至江南按察使姚延著因為處治金壇獄時於心不忍，也以「疏縱」之罪被處絞。就刑之日，江寧為之罷市，士民哭踴，數百里祭奠不絕。

而這一切，平湖只能默默地看著，把眼淚往肚子裏流。皇太后不是順治帝，不要說勸她對南明懷柔了，就是對政局多議論兩句也是大忌；玄燁雖然是自己的親生兒子，然而他現在還小，手無實權。眼看著南明局勢危如累卵，平湖能做的，卻只有忍耐和等待，等待自己的兒子早日親政，管理天下。到那時，也許就有漢臣的出頭之日、漢人的半壁江山了。

就好像今天，太皇太后大玉兒的心情似乎特別好，在正式的宮廷宴慶後，又留下兩宮皇太后如嫣、平湖，兩位嫡皇孫玄燁、福銓，以及幾個向來得寵的嬪妃，一同圍爐閒話。她一反後宮不談朝政的規矩，主動聊起南明永曆帝被擒的事，平湖聽得心如刀絞，卻不能表現出半點難過之情來。

說到吳三桂面見永曆的一幕時，大玉兒講得繪聲繪色，就好像親眼看見了一般，得意地說：

「平西王舉兵圍緬，那緬甸小國寡民，哪肯爲了一個前明餘孽的僞皇帝得罪咱們大清軍隊，立刻就擒了朱由榔獻給吳三桂。聽說那永曆也還有幾分氣勢，進了軍營，自顧自南面而坐，就跟上朝似的。諸官兵見了，竟然不由自主，一齊跪下來行叩拜禮，連吳三桂也跟著跪了下來，口稱『萬歲』。朱由榔痛罵了吳三桂幾句後，長嘆了一聲說：『朕本是北方人，如今只有一個心願，就是回歸都中，謁見十二陵而後再死，你能滿足我這個願望嗎？』吳三桂磕頭如搗蒜地連連稱是。那朱由榔揮了揮手，命他出去。然而吳三桂伏在地上，腿都軟了，半日不能起身，左右隨從將他扶出來，聽說面如死灰，汗流浹背，就跟見了鬼似的，幾乎大病一場。從這天之後，說什麼也不肯再見朱由榔，竟是嚇破膽了。這個吳三桂，以往我看他還好，允文允武，人高馬大的，原來膽子竟這麼小。」說著呵呵地笑起來。

眾嬪妃聽太后說得好笑，也都跟著笑起來，湊趣地說些「咱們大清鐵騎天兵神將，所向披靡」的吉利話兒，又問：「不知道那個僞帝罵了吳三桂一些什麼話？怎麼就會把他嚇成這個模樣兒呢？」

大玉兒笑道：「那倒不清楚，不過猜也猜得出，無非是說他忘恩負義，賣主求榮，也就是他信上的那些話罷了。」說著拿出一遝紙來遞給玄燁說，「這是書記官抄錄的，說是吳三桂駐兵緬甸的時候，朱由榔寫給他的求情信。文采很不錯的呢。你看看，這封信的意思都讀得懂嗎？有沒有不認識的字？念給大家聽聽。」她說話的語氣，就像並不是在討論國家大事、朝廷秘報，而只是在查問玄燁功課。

然而平湖知道，太后絕不是在借著讓玄燁讀信給後宮增添談資，而必定有著更爲深沉的目的。是什麼呢？炫耀自己掌控前朝的權力？趁機觀察眾嬪妃，尤其是漢人妃子的反應？考察玄燁的政治取向？或者還有什麼別的更可怕的用意？

自從玄燁登基，翻天覆地的大權又回到了大玉兒的手中，她再度成了全天下最有權力的女人，而從她大興殺戮的手段來看，她非常在意這權力，享受這權力。一個被權力欲沖昏了頭腦的女人是可怕的，她隨時都有可能爲了進一步展現自己的權勢，而任意將幼主罷免。

唐皇后武則天先是協助皇上參與政事，接著越俎代庖，等到皇上駕崩、兒子繼位時，她已經不習慣權力旁落了，於是竟視皇位如兒戲，一而再再而三地將兒子從金鑾寶座上拉下來，幾度易主，最後終於不耐煩，乾脆取而代之，自己坐上龍椅，成了中國歷史上第一個女皇帝。

武則天是第一個，敢保大玉兒不想做第二個嗎？如果玄燁的言行不合她的意，她會不會就像武則天那樣，隨意黜了幼主的皇帝位？

平湖的心都提了起來。然而她連一個眼色也不敢遞給兒子，因爲自己的一言一行必然處於嚴密的監視中。皇宮裏到處都是耳目，她不知道太后在哪裡布了眼線，是窗櫺上，門簾後，還是天花板，但是，一定會有的。她也不知道太后會不會還在懷疑自己，借著永曆的信在觀察自己。她甚至不知道自己該表現出什麼樣的態度來才是正確——故作漠然嗎？

佟佳平湖從來就不是一個沒有頭腦的女子，大玉兒根本不會相信她身爲皇后而不關心朝政，她這樣做只會愈蓋彌彰；然而表明意見呢，她該站在什麼樣的立場？讓她助紂爲虐贊成吳三桂弒主嗎？她說不出口；勸大玉兒放過朱由榔？那等於不打自招，承認自己和南明有瓜葛。

她能夠做的，只是低著頭剝花生，一粒一粒將它們放在太后的座前，再回頭給玄燁剝一只桔子，並細心地剔去絲筋，就像一個孝順的媳婦、一個慈愛的母親應該做的那樣。她將她的頭垂得很低，連一個眼神都不讓人捕捉了去。然而她每一根髮絲、每一個細胞都是耳目，在替兒子擔心著，祈禱著。

玄燁很認真地將那封信讀了一遍，向大玉兒請教了幾個較爲艱深的字眼，又從頭再看一遍，這才大聲讀起來：

「將軍新朝之勳臣，舊朝之重鎭也。世膺爵秩，藩封外疆，烈皇帝之於將軍，可謂甚厚。詎意國遭不造，闖賊肆惡，突入我京城，殄滅我社稷，逼死我先帝，殺戮我人民。將軍志興楚國，飲泣秦廷，縞素誓師，提兵問罪，當日之本衷，原未泯也。奈何憑藉大國，狐假虎威，外施復仇之虛名，陰作新朝之佐命，逆賊授首之後，而南方一帶土宇，非復先朝有也。」

剛讀到這裏，大玉兒打斷道：「玄燁，你看朱由榔這信寫得多好呀。這段話是什麼意思啊？他是在稱讚吳三桂還是在罵他啊？」

玄燁想了一下，說：「永曆不敢非議咱們大清，所以只是數落李闖亂國的罪跡，說平西王『志興楚國』，『縞素誓師』，本衷是要為前朝復仇，也就表示雙方是友非敵。他在信中稱李自成是『闖賊』、『逆賊』，卻稱咱們是『新朝』、『大國』，態度很恭敬，措詞很小心。」

大玉兒笑道：「所以說這些漢人最會的就是玩字眼了。你看他表面上態度謙恭，可是又說吳三桂『狐假虎威』，那可不是把咱們一起罵了嗎？你再往下讀來聽聽。」

玄燁遂又讀道：「南方諸臣不忍宗社之顛覆，迎立南陽。何圖枕席未安，干戈猝至，弘光殄祀，隆武就誅，僕於此時，幾不欲生，猶暇為宗社計乎？諸臣強之再三，謬承先緒。自是以來，一戰而楚地失，再戰而東粵亡，流離驚竄，不可勝數。幸李定國迎僕於貴州，接僕於南安，自謂與人無患，與世無爭矣。」

大玉兒復又打斷道：「這朱由榔訴起苦來，說得也是夠可憐的；這李定國倒也是個人物，可惜不如孫可望識相，咱們大清幾次去書招降，他不肯棄暗投明，死心塌地地為了個偽皇帝賣命，可見也是個沒腦子的。這下邊全是朱由榔哭哭啼啼訴委屈的話，不念也罷，直接念那最後一段吧。」

玄燁翻至最後一頁，讀道：

「不知大清何恩何德於將軍，僕又何仇何怨於將軍也。將軍自以為智而適成其愚，自以為厚而反覺其薄，史有傳，書有載，當以將軍爲何如人也！僕今者兵衰力弱，煢煢孑立，區區之命，懸於將軍之手也。如必欲僕首領，則雖粉身碎骨，血濺草萊，所不敢辭。若其轉禍爲福，或以遐方寸土，仍存三恪，更非敢望。倘得與太平草木，同沾雨露於聖朝，僕縱有億萬之眾，亦付於將軍，惟將軍是命。將軍臣事大清，亦可謂不忘故主之血食，不負先帝之大德也。惟冀裁之。」

玄燁讀完，仍將信紙折疊如舊，奉還大玉兒。大玉兒滿面笑容地接過來，又問：

「你看這朱由榔多周到，先說你要殺我，我不敢不同意；又說你要是肯讓我保留自己的地盤，我也不敢奢望；最後說，你只要留下我的命，就算是不忘本了。以退爲進，又以進爲退，一波三折，翻來覆去，其實說的不過是四個字：饒了我吧！」

眾嬪妃多半聽不懂這信上究竟說了些什麼，然而見太后笑了，便也都跟著湊趣地笑起來，說：「這皇帝老兒有些意思，怎麼求饒的時候，跟小孩子一樣？」

大玉兒卻忽然沉下臉來，喝道：「你們說的什麼話？朱由榔哪裡好算是皇帝了？咱們大清王朝，只有一個皇帝，就是康熙帝。如今可是康熙元年，你們把誰叫皇帝老兒？」

這罪名太大了，等同欺君。眾嬪妃大驚失色，忙跪下來叩求太后恕罪，平湖雖然沒說過話，卻也只好一起跪下，連玄燁也跟著跪下來，說：「請太皇太后息怒。」

大玉兒拉起玄燁說：「起來，起來，大年過節的，幹什麼又跪又求的。」又向眾嬪妃道，「你們呀，如今玄燁做了皇上，你們也都是太后了，怎麼說話還是這麼不知輕重，連個小孩子也不如！」將玄燁拉在自己身邊坐下，又笑問道：「皇帝，你如今說說看，咱們該拿這個朱由榔怎麼辦呢？」

平湖心中暗暗嘆息，此時已經確知眼前是一個被權力欲膨脹至喜怒無常的女人，在她面前，稍微說錯一句話，甚至即便沒有任何錯，只要她願意，就可以讓成千上萬的人頭落地。她要殺要罰，或許不是因爲被得罪了，甚至不是因爲不高興，而僅僅是要告訴世人：她有這個權力。在這樣的太皇太后眼前，兒子的帝位可以坐得穩嗎？

只聽玄燁回答：「朱由榔已經勢微，不足爲敵，況且究竟是前明皇室。我大清治國宗旨是滿漢一家，皇阿瑪在世時也一直推行懷柔之策，即在臨去前也曾數次拜謁崇禎陵，又善待明朝宗室，對南明也網開一面，以爲窮寇莫追。孫兒以爲，如今永曆既被平西王所擒，大勢已去，就算留他性命，也不可能再有力量翻雲覆雨，不如接來京中贍養，也可向天下顯示我大清的胸襟。」

平湖在心裏爲了兒子的這番話暗暗擊節，但又深深擔心這不是大玉兒願意聽到的。果然，太后的臉色陰沉下來，雖然語氣還是很和悅，神情卻十分嚴肅，篤定地說：

「玄燁，你要記住，對敵人一定不可以心軟，剪草必須除根，否則貽害無窮。這朱由榔說得可憐，可是他自稱『有億萬之眾』，分明是恐嚇，留著他的性命，難道還讓他給那億萬之眾做皇帝，好領導他們反清復明嗎？所以我說，應該告訴吳三桂，就連押回北京獻捷亦不必，免得夜長夢多，徒生意外。且不說長途押解勞民傷財，如果那些殘明餘孽在途中劫囚車怎麼辦？他不是還想見十二陵嗎？我們偏不讓他如意。就把他留在雲南府，放餌釣魚，守株待兔，讓那些殘明餘孽自投羅網，好就便一網打盡，豈非一勞永逸？」

玄燁聽了不忍，猶疑道：「讓平西王親手弒主，會不會有干天和？」

大玉兒搖頭道：「怎麼能這麼說呢？平西王面見朱由榔時竟然下跪，可見在他心中，永曆還是皇上。平西王的心裏，始終是漢人。他曾經背叛前明歸順李自成，後來又叛了李闖投降咱們大清，這個人出爾反爾，不足為信。這次他擒獲朱由榔，正是逼他表明心意的一個好機會，如果讓他親手殺了朱由榔，也就可以逼得他沒有退路了，從今往後，只有一心一意忠於咱們大清。」

玄燁道：「那不就成了《水滸傳》裏的『投名狀』？」

大玉兒愣了一下說：「什麼投名狀？」

玄燁笑道：「那是書裏的故事，說北宋末年，災荒四起，民不聊生，逼得各路英雄揭竿起義，反上梁山。梁山首領怕他們心不誠，就要起義的人在上山前殺一個人，犯下彌天大罪，斷了自己的後路，以此表明落草為寇的決心。這個，就是投名狀了。」

大玉兒仍然笑著，可是笑容已經很難看，淡淡地說：「你如今是皇上了，又要讀書，又要上朝，又要學著批閱奏章，又要和大臣們議論朝政，怎麼還有閒情看這些雜書呢？漢人的書最容易移情易性的，不如以後別再看了吧。」

玄燁諾諾答應。大玉兒便不再說，仍然閒話家常。

一時席散，大玉兒命眾人跪安，卻特地留下平湖，嘆道：「玄燁好像看了許多漢人的閒書，他有很多時間嗎？你這個做額娘的，怎麼也不留意一下？」

平湖明知太后之怒並不在於玄燁看閒書這樣的小事上，況且玄燁的作息也全不由自己做主，卻仍小心翼翼地道：「是臣妾疏忽，今後會留心提醒的。請太后恕罪。」

大玉兒恍若未聞，長嘆了一口氣，彷彿自言自語地說：

「我就是怕你不知分寸，提醒得太過了。也不知道是不是因爲玄燁的身體裏有一半漢人血統的緣故，所以才這麼親近漢人，護著漢人。這天下是大清的江山，是大清列祖列宗辛辛苦苦打下來的。很多年前有個人告訴我，說大清朝不完全是滿人的，也不全是我們蒙古人的，還有一半是漢人的。如果我不能順應天命，福臨就只有十年的帝運；而如果我肯還朝於漢人，就會保住大清王朝三百年昌盛。我本來不信這些話，福臨登基的第十年，我曾經擔心過，還催著福臨大婚，以防萬一；直到那年太太平平地過去，我才放下心上這塊大石。可是我沒想到，這帝運十年，指的不是登基，而是親政。從福臨親政到駕崩，可不真的就只有十年，叫我不信也不行。就是因爲這樣，我才明知道你是漢人，也答應立玄燁做皇上。一個漢人女子生的兒子做了皇帝，也就等於我還了一半的江山給漢人了吧？不過，這已經是我的底線。我最多就能做到這裏。我可以讓有漢人血統的皇帝坐鎮我大清的江山，可是我不能讓大清王朝改天換日，大清的列祖列宗在天上看著我呢。如果玄燁一直記著他是漢人，我寧可和老天爺再賭一次，也不能讓大清江山葬送在他手上。」

大清江山，改天換日，這番話說得何其嚴重！平湖只覺心驚膽寒，忙跪下道：「太后過慮了。玄燁自小在太后身邊長大，由太后教導成人，他要走的路，早就由太后指引規正，又怎麼可能違逆太后之意呢？」

大玉兒呵呵笑道：「你一口一個『太后』，說得我好不高興。可是俗話說得好，『天大地大，沒有爺娘大；爺親祖親，沒有親娘親。』我說十句話，哪有你這個親額娘說一句話入耳貼心呢？只怕我就算耗費再大的心力，也教不好玄燁，他始終還是你的兒子，是漢人的皇帝。唉，我這個老太婆可真是爲難啊，不如你來告訴我，怎麼做，才能讓玄燁忘記他身體裏的那一半漢人血液呢？」

平湖只覺得自己的身子一點點冰冷起來，就彷彿在一個無底的冰窟裏越沉越深。她明白了，原來大玉兒是在逼自己給她一個絕對可以信得過的答案，讓她相信，她才是玄燁唯一的親人，而自己對玄燁沒有任何的影響力。然而，除了死人，誰能給出這樣的保證？

太皇太后分明是在同自己做交易。這已經是她們之間的第幾次交易？

從前，太后大玉兒曾向身爲容嬪的佟妃要求過董鄂皇貴妃的性命，而此時，太皇太后的大玉兒則是在向已經成爲康章皇太后的平湖要求她本人的性命。而兩次的籌碼，都是玄燁。於是，注定了大玉兒是永遠的贏家！

平湖在瞬間做出了決定，爲了玄燁的帝位，爲了漢人的江山，她除去犧牲，別無選擇。更何況，順治死了，永曆也死了。他們一個失蹤，一個被擒，幾乎同時交出了權力。就好像冥冥中有一隻無形的大手，將他們同時拉下了本不該屬於他們的王位，而將明清兩股力量合二爲一，把天下交付在身兼滿漢血脈的康熙帝玄燁手上。這是天意！玄燁，才是真正的天子！

只要能解除太后的疑慮，只要玄燁仍然可以稱帝，只要天下江山至少有一半能回到漢人手中，有什麼是平湖不能付出的呢？生又何歡，死又何懼？生命，對她而言早就不是屬於自己的了。

平湖恭順地低著頭，似乎答非所問地說：「臣妾這些日子因為觸犯痼疾，身子越來越差，只怕有負太后寵愛，命不久長了。以後，教導愛護玄燁的職責，就全拜託太后費心了。」

大玉兒聽了，故作驚訝地問：「你身子不舒服嗎？什麼時候的事？怎麼不見召太醫？」

平湖苦苦一笑，卻仍然溫婉地道：「太后不是說我精通岐黃嗎？人家常說的：能醫者不自醫。我自知這病只是捱日子罷了，也不知是十天，也不知是半月，就再沒福氣領受太后的恩寵了。」

這番話，等於是在向太后應承，自己情願一死，但不知還可以延捱多少天活命？大玉兒見平湖如此痛快決斷，倒也訝然，半晌方嘆道：

「這真是讓我心痛啊。然而你既得了這樣的病，也只得認命了。我明兒叫傅太醫來好好替你醫醫脈，總要盡力診治。這個月，你想吃什麼，想做什麼，千萬別委屈了自己，知道嗎？不過你身子這樣弱，只怕過了病氣給玄燁，況且他又要天天上朝，政務繁忙，大概不能常來看你了。」

平湖在心裏輕輕嘆了一聲。那就是說，太后只給了她一個月時間，一個月之後，她就必須自我結果了。而就連這一個月，太后也不願意讓她見到玄燁。看來，之所以肯延緩她一個月的壽命，並不是想讓她死得無憾，而只是要做到「無虞」罷了。太后是要她用醫術使自己一天天憔悴，「正常自然」地死去，免得眾人疑心。平湖在心裏淌滿了淚，卻仍然只能滿懷感恩地說：「太后想得周到。臣妾叩謝太后恩寵。」

4

玄燁讀到的信，吳應熊也讀過了。他再次有了那種生不如死的恥辱感。

自從結識明紅顏、可以身體力行地爲南明朝廷獻力以來，他努力地逼自己忘掉身爲天下第一大漢奸之子的悲哀，父親是父親，自己是自己，雖然父親叛明投清，他卻是忠於前朝的，可以無愧於天地。然而此刻，在永曆帝的乞命書前，他不得不再次面對自己身爲叛臣之子的事實，不得不爲了愛莫能助而絕望，而悲痛，而慚恨。

信是洪大學士帶給他看的。洪承疇說，這封信他自己看了很多遍，幾乎已經會背了，開篇第一句即云：「將軍新朝之勳臣，舊朝之重鎭也。」這句話，不止是說吳三桂，也是說他洪承疇，真令他羞祚莫名，汗流浹背。而後邊永曆帝自敘這些年顛沛流離的慘痛經歷，更讓他既痛且哀：

「幸李定國迎僕於貴州，接僕於南安，自謂與人無患，與世無爭矣。而將軍忘君父之大德，圖開創之豐功，督師入滇，覆我巢穴。僕由是渡沙漠，聊借緬人以固吾圉。山遙水遠，言笑誰歡？只益悲矣。既失世守之河山，苟全微命於蠻服，亦自幸矣。乃將軍不避艱險，請命遠來，提數十萬之衆，窮追逆旅之身，何視天下之不廣哉？豈天覆地載之中，獨不容僕一人乎？抑封王錫爵之後，猶欲殲僕以邀功乎？

第思高皇帝櫛風沐雨之天下，猶不能貽留片地，以為將軍建功之所，將軍既毀我室，又欲取我子，讀鴟鴞之章，能不慘然心惻乎？將軍猶是世祿之裔，即不為僕憐，獨不念先帝乎？即不念先帝，獨不念二祖列宗乎？即不念二祖列宗，獨不念己之祖父乎？不知大清何恩何德於將軍，僕又何仇何怨於將軍也。將軍自以為智而適成其愚，自以為厚而反覺其薄，史有傳，書有載，當以將軍為何如人也！」

當真一字一淚，椎心瀝血。「史有傳，書有載，當以將軍爲何如人也！」又當以自己爲何人呢？洪承疇被問得愧不能答，吳應熊被問得啞口無言，難道平西王吳三桂就毫無所動嗎？最重要的是，永曆帝既已被擒，明紅顏此時何在？倘若緬甸人擒獻永曆帝時紅顏也在旁邊，必會殊死一戰；而如果當時紅顏不在，事後也必會設法營救。而不論是哪種情況，紅顏此時的處境都一定很危險！吳應熊真是一分鐘也不能等，只想立刻飛撲至紅顏身邊去保護她，安慰她。

而吳應熊想到的，洪承疇也想到了，且特地預先寫好一封信，請他交轉吳三桂，又告誡吳應熊，身爲朝廷命官，說走就走，且是奔赴前線是非之地，罪名匪輕。倘若弄巧成拙，非但救不了紅顏，反而引火焚身，不如循常規向朝廷乞假探親，自己再活動禮部的舊同事代爲美言，大抵太后是不會阻攔的。

果然，吳應熊遞上假條沒幾日，禮部便合議下旨說，平西王吳三桂擒永曆、滅南明，建功至偉，遂加恩派了吳應熊一個美差，著他公私兩便，往雲南頒旨賞賜。

臨行前夜，建寧特地在後院戲園設宴爲丈夫餞行。吳應熊的心此時早已飛去了雲南，原本無心飲宴，然而自從順治駕崩，建寧一直鬱鬱寡歡，難得她今天有興致，他又怎麼忍心不振作起來、陪她盡興呢。況且，此次遠赴雲南，世事難料，誰知道還會不會再回來？倘或有變，今晚就是同建寧的最後一聚了。吳應熊打定主意，今晚一定要好好陪建寧看戲、喝酒、說一夜的話，她想做什麼，他都會陪她去做，只要她高興就好。

這一年中，建寧變得越來越古怪，沒人時便對著那盒泥偶說話，把《長生殿》的唐明皇叫皇帝哥哥，把《趙氏孤兒》的莊姬公主叫長平仙姑，把《倩女離魂》的張小姐叫香浮小公主，哭一陣笑一陣，說一陣又唱一陣。府裏很多人都說格格是不是瘋了，吳應熊覺得心痛，卻無能爲力。建寧的心就好像對現實世界封閉了一樣，只要她不願意，別人說什麼她也聽不進，做什麼她也不在意。

新皇登基已經整整一年，連年號也改作了「康熙」。然而建寧還是完全不能接受哥哥的死，也不許家中舉行任何祭奠儀式，似乎那樣做了，就會坐實哥哥的死。

自從去年正月，哥哥在景仁宮裏對她和平湖說了那番奇奇怪怪的話後，第二天宮中就傳出了皇帝得痘的消息，但又不許任何人探視，同時命令城門緊閉，重兵把守，對每一個進出的人嚴加審查。又過了兩日，初七夜，忽然召群臣入宮，一進來就讓人去戶部領帛，接著來至太和殿西閣門前，宣佈皇帝駕崩的噩訊，又以天花傳染爲名，不許百官瞻仰遺體，裝裹後直接封棺，停靈於景山壽皇殿。而吳良輔等近侍太監，也都賜死殉主。於是，關於皇帝哥哥死前的情形，便沒有一個人看見，或者看見了也都無法說出來。

建寧不相信哥哥會死，奉召入宮後，她一不往慈寧宮叩問太后，二不去太和殿拈香化紙，卻直奔停靈的壽皇殿，堅持要見哥哥最後一面，嚷著說：「你們不讓我親眼看見，我怎麼都不會相信哥哥死了。宮裏到底有什麼陰謀？爲什麼不許群臣朝拜皇上？你們開棺！開棺讓我看了我才相信！」

最後，是皇太后聞訊趕來，命令侍衛不顧死活地將她拖出去，綁了手腳塞進轎子裏送回額駙府的。

太后且諭令吳應熊，要好好看著公主，沒事不要讓她出門。換言之，就是再一次對建寧下了禁足令，而這一次與往常不同的是，從前只是不許她進宮，現在則乾脆不許她出府了；另一面，又以格格神智不清爲名，派了一位太醫住進額駙府專爲建寧調理，名爲診病，實爲監視，建寧等於是被軟禁了。

然而建寧已經不在乎。她不再像從前那麼一心喜歡往府外頭跑了，待在屋子裏，繡繡花，看看書，一天很容易過去。她唯一覺得遺憾的，只是不能見到平湖，不能與平湖討論哥哥的事。哥哥同自己說完那些奇奇怪怪的話後就再沒有上過朝，露過面，對外聲稱是患痘，卻又不見召太醫，只是湯若望、蘇克薩哈這些人早早晚晚地出入頻繁，行蹤奇怪。而哥哥的死訊一傳出來，遺詔也跟著出來，說是學士麻勒吉、王熙此前已經奉旨擬詔，就好像哥哥早知道自己必死一樣。況且那個遺詔羅列了十四條罪狀，幾乎完全否定了順治一生勤政治世的功績，哥哥又怎麼會同意擬寫這樣的一份遺詔呢？

建寧堅信哥哥不會忍心這樣丟下她一走了之，他只是學佛學得走火入魔，於是離宮出走，借死逃遁，去某個深山尋找得道高僧講談佛法去了。總有一天，他會回來找她，告訴她，他還好好地活在某個地方，比如深山古寺，抑或泛舟江湖。她很想去看看平湖，和她談談哥哥的事，可是這次太皇太后真的很生氣，已經整整一年了，都不肯取消對她的禁足令。吳應熊每天上朝回來，偶爾會帶來平湖的消息，說她已被封爲康章皇后，接著又晉升爲太后，與博爾濟吉特如嫣合稱兩宮皇太后。似乎都是好消息。然而建寧相信，平湖不會在意這些虛名浮利，皇帝哥哥走了，平湖一定比誰都傷心，再多的利益再高的榮譽堆在她面前，她也不會覺得開心的。

不能見到平湖，建寧所有的心事就只有向丈夫吳應熊傾訴了。但是吳應熊爲人謹慎慣了，即使是在自己家中，也輕易不肯議論朝政。沒有人知道，倘若他可以開誠佈公地和建寧多談談，交換心裏的懷疑和想法，會不會讓建寧好過些，不會變得那麼抑鬱，消沉。然而，建寧自從大鬧壽皇殿後就有些癡癡呆呆的，吳應熊擔心，如果讓她知道自己對於順治離奇暴斃這件事其實也有很多疑慮，會不會更加胡思亂想，惹出更多意想不到的麻煩。於是，對於建寧所有的疑問與猜測，他就只有抱以不置可否的一笑，或是空洞地勸她放寬心，別想得太多了。

漸漸地，建寧也就不再對他徒費口舌了。建寧不對任何人徒費口舌，在太皇太后下令對她的行動關了禁閉之後，她也同時給自己的心關了禁閉。

但是今晚，建寧好像很開心也很清醒，不住地催著吳應熊說笑話，又同吳青兩個比著出謎語猜謎語，猜對了就小孩子般拍手笑著，賭輸了就乖乖地喝酒，喝了一杯又一杯。吳應熊不得不勸她：「酒這東西，微醺爲佳，過則傷身，不如喝碗湯壓一壓，吃幾口熱菜吧。」

綠腰在旁笑道：「駙馬爺真是體貼，格格要是不領情，倒辜負了爺的一片心。」說著親手舀了一碗湯放在建寧面前。吳應熊暗暗稱奇，隱隱覺得不對勁，卻又說不上是什麼地方不對。

到散席時，建寧已經醉得站都站不穩了，吳應熊親自扶她回房，命紅袖好好伏侍，正欲告退，建寧卻忽然叫住說：「我有一句話問你，說了再走不遲。」又命紅袖自去歇息，不見呼喚不要進來。紅袖會錯了意，向著吳應熊一笑，拽了門出去。

連吳應熊也誤會了，不禁有些意外，自從綠腰母子進府後，建寧很少這麼主動過，遂笑問：「公主酒勁未過，要不要再喝點茶水？」

建寧恍若未聞，卻定定地望著吳應熊，輕輕問：「你走了，還會回來嗎？」

「當然會。」吳應熊有些心虛地說，「我奉朝廷之命去雲南頒旨，辦完公事就回來，格格怎麼這樣問？」

建寧嘆道：「如果那位洪姑娘不讓你回來呢？你會不會跟她走？」

吳應熊一驚，本能地反問：「什麼洪姑娘？」

建寧的臉上忽然浮起一絲微笑，是神智不清的人特有的那種癡笑，然而眼中卻有了淚意，慢慢地說：

「你不用瞞我了。上次洪經略來府裏找你，綠腰躲在屏風後已經什麼都聽見了，她同我說，你跟洪承疇商議著，要趕去昆明救一位洪姑娘。皇帝哥哥臨死前，曾經同我說過一些奇奇怪怪的話，一直念著『紅顏』、『紅顏』。我本來不知道是什麼意思，以為只是說『紅顏知己』或者『紅顏禍水』，但是那天我才明白，原來紅顏是一個人的名字，是洪經略女兒的名字。而這個人，對你很重要，可以讓你一聽到她的名字，就會拋棄京城的一切，什麼也不顧地奔去雲南救她。甚至，都沒打算告訴我，你還會不會回來？」

吳應熊又是驚訝又是震盪，他知道，只要建寧一句話，自己明天就可能走不成，甚至，自己和洪承疇都活不成。然而事到如今，只有豁出去，建寧放過他最好，如果不能，他強衝也要衝出去。遂推誠布公地說：「是我不好，不該一直瞞著你。但我可以對天發誓，我和洪姑娘是清白的。她自幼離開洪大學士，寧可與奶奶乞討為生，也不肯棄國投降。我很敬佩她的剛烈，所以一直在暗中幫助她。不過，她並不知道我的真實身分，不知道我是平西王的兒子，也不知道……」

說到這裏，他忽然有些語塞。他說他和洪妍是清白的，可是，在心裏呢？他在心裏是坦蕩的嗎？

「也不知道你是大清的十四額駙是嗎？」建寧替他接下去，「那好，我陪你一起去雲南，當面告訴她你是誰。如果你們兩情相悅，我就像當年接綠腰進府一樣，把她接過來做你的第二房妾侍，你看好不好？」

「洪妍不是這樣的人。」吳應熊連忙道，「她是一個純潔、驕傲、自愛、高貴的俠女，決不會答應與人做妾的。事實上，如果她知道了我是誰，只怕連見也不願意再見到我呢。我這次去雲南，只是爲了救她，並沒有其他的非分之想。她是恩師公的女兒，我又怎麼配得上她呢？」

建寧的心一層層地沉下去。從她聽綠腰轉述了那些話，知道了有洪妍這樣一個人存在的時候，就已經很受傷了；但是她告訴自己，要忍耐，要寬容，要像漢人賢女傳裏那些三從四德的賢妻一樣，不但要善待丈夫，還要善待丈夫喜歡的女子，真誠地接受她們；她決定哪怕有一把刀插向自己的胸膛，也要忍著痛來接受；然而她沒有想到的是，吳應熊還要當胸刺她第二刀、第三刀，而且每一刀都刺得那樣準、那樣狠！

他當著她的面，那樣真誠、生動地表白自己對另一個女人的熱愛。他說他配不上她，在那個「純潔、驕傲、自愛、高貴」的女人面前，他連非分之想也不敢有，連自己已有妻室也不敢承認。在他心目中，什麼額駙，什麼格格，根本不值一文，他願意犧牲一切只爲了見那女子一面，而自己在他心目中，從來就沒有過這樣的地位。她嘆息一般地問：

「你說你去雲南，只是爲了救她，沒有非分之想；你說如果她知道了你是誰，可能會不願意再理睬你；那如果她肯理你，如果她不在意你是誰，如果她願意跟你在一起，你是不是就打算跟她遠走高飛，再也不回京城，再也不回這個家了呢？」

「我……」吳應熊結舌了。這個問題，他早已問過自己，而答案是肯定的：只要能和紅顏在一起，他願意捨棄世間所有的一切。家庭、功名、建寧、吳青、甚至性命，他通通都可以不要。可是這句話，當著建寧的面，卻是再也說不出口。

然而建寧已經明白了。平湖說過，做不成唯一，做第一也好；做不成第一，做其中之一也好。

但是在吳應熊的心裏，滿滿的就只有洪妍一個人，只有洪妍才是第一，也是唯一，還是全部。自己與他的過往，從頭至尾只是一場夢，風一吹就散了，不會留下任何痕跡。她連其中之一都算不上。她根本在他的心裏就沒有存在過，生動過。他連騙她也不肯！

她張開口，連自己也聽不清自己說的話：「你走吧。」

吳應熊呆了一呆，幾乎以為自己聽錯，不禁問：「格格，你說什麼？」

建寧悲哀地看著他，就好像第一次看見他，又好像這是最後一面，一定要努力把他看清楚。她看得這樣專注，這樣深沉，彷彿一直看到他的心裏去，清冷而明白地說：

「你走吧。既然你從來沒有喜歡過我，既然那個洪姑娘在你心裏這樣重要，你就去找她吧。平湖同我說，愛一個人，是自己的事情。能夠一世相守，或者隔河相望，都是緣分。我和你沒有相守的福份，也沒有相望的情份，但是，我遇到你，愛上你，又和你做了這些年的夫妻，總算這一生沒有白過。雖然我知道你心裏沒有我，卻也不想做讓你不高興的事，如果你要走，就走吧。」

建寧每說一句，吳應熊就覺得更羞愧一分，這是他的結髮妻子，是他曾經捧在手心裏呵護寵愛著的小小格格，他知道她愛他，卻從來沒有想過她的愛可以如此博大、艱忍，他怎能辜負如此深沉的愛，怎能忍心傷害她，使她心痛、流淚？

他走上前，抱住建寧說：「誰說我的心裏沒有你？誰說我不喜歡你？你是我的妻子，是我最親近的人。你相信我，我去雲南，只是為了救人，替洪師公送信。救了洪姑娘後馬上回來。你等我，我一定會回來的。」

隨著這句話，建寧的臉忽然光亮起來，就好像有一股生命之泉注入了她的身體，剛才還白如月光的面龐驀地升起一團紅暈，她看著丈夫，重重地點頭：

「我相信你，你說會回來，就一定會。我會等你的，會一直等你！」

附注

順治之死，歷史上一直稱之為清宮三大疑案之一。《清史編年》載：「順治十八年正月初二壬子，順治帝病，出痘。初六日病重，遣內大臣蘇克薩哈傳諭：京城內除十惡死罪外，其餘死罪罪犯悉行釋放。召原任學士麻勒吉、學士王熙起草遺詔。」「初七日丁巳，夜，子刻。順治帝逝世於養心殿。」

《張宸雜記》載：「時外城門俱閉，列卒戒嚴，九衢寂寂，惶駭甚，日晡時，召百官攜朝服入，入即令赴戶部領帛，領訖，至太和殿西閣門，遇同官魏思齊，訊主器，曰：『吾君之子也。』心乃安。」

《五燈全書》載：「世祖遺命，其遺體，召茚溪森來京，於景山壽皇殿秉炬火化，時在順治十八年四月十七日，逝世百日之後，孝陵所葬者，骨灰而已。」

第二四章　百年孤獨

1

就像是為了慶賀大清改元似的，康熙元年的春天來得特別早，建福花園的桃花，一入二月就開了。

平湖已經病入膏肓。她的身體一日千里地衰弱下去，幾乎以分秒來計算，就好像要迫不及待地迎接死亡似的。太皇太后大玉兒也許是為了彌補不讓平湖見玄燁的刻薄，終於開恩解除了建寧的禁足令，允許她進宮探望佟皇后，陪伴她一道走過最後的日子。

建寧和平湖，終於有機會再一次看到建福花園的桃花開。只是，平湖已經沒有力氣走路，只能由軟轎抬進花園。她命令侍女擺好桌几茶點，又扶著她在桃花樹下坐下，便命她們退下去了，吩咐沒有呼喚不要進來。

桃花映紅了平湖的臉龐，使她看起來似乎又有了一絲血色。她微笑著，雖然油盡燈枯般地憔悴，卻依然有一種不同尋常的美，那種美麗，不是任何鉛粉所能妝飾的。

建寧看著平湖那張美得出塵的臉，輕輕說：「香浮，你還記不記得，小時候長平仙姑教我們種桃樹的事，現在這些樹都長大了，每年都會開出這麼美的花，可惜，仙姑看不見了。」

平湖不答，建寧便又說，「那時候，你，我，皇帝哥哥，我們一起做遊戲，吃點心，聽故事，還有做彈弓打烏鴉，多麼快活。想起來，我一生中最快樂的時候，就是那段日子，有你，有哥哥，有長平仙姑，還有琴、瑟、箏、笛，如果我們一直不長大，該有多好。」

一陣風過，有早落的桃花飄飛下來，建寧癡癡地看著，臉上浮起一絲恍恍惚惚的笑，隔了一會兒，又說：

「額駙走了。是我放他走的。你說過，愛著一個人，不一定要日日夜夜在一起，可以守著他是幸福的；要是不能相守，能夠望著他也是幸福的；不能相望，能愛著他也好。我聽你的話，我放他走，讓他去找他喜歡的人。也許他永遠都不會回來了。可是他說過，要我等他。於是我就等他。不管他回不回來，我都會等他。」

平湖憐惜地看著建寧，伸出手輕輕摘去她鬢邊的花瓣，建寧回報她一個憨癡的笑，平湖不禁覺得一陣心酸。這次重逢，她第一眼就已經發現建寧不對勁，她總是自說自話，一會兒當她是平湖皇后，一會兒又當她是香浮小公主，同她絮絮地說起許多從前在建福花園裏與長平相處的情形。她分不清平湖與香浮，也分不清現實與回憶，好像活在自己的幻想世界裏，只對著自己的心說話。她說：

「香浮，你記得嗎?從前有段時間，你忽然不見了，人家說你是得痘死了。可是我不信，我一直覺得你會回來。後來長平仙姑同我說，你一定會回來的，會回到紫禁城來做皇后，還要我幫助你，照看你。我相信仙姑的話，一直在等你回來。現在，你真的回來了，真的做了皇后。」

平湖一震，終於有了回應：「是嗎?仙姑什麼時候同你說這番話的?」

然而建寧的思緒飄忽不定，這會兒又轉到順治身上了，她彷彿聽不見人家的話，就只順著自己的思路，絮絮地說：「他們也說皇帝哥哥是得痘死的，我知道又是在騙我。哥哥有一天也會回來的，我會像從前等你那麼等他。香浮，你也要好好活著，等他回來，不然，皇帝哥哥回來見不到你，會傷心的。」

平湖聽到自己的心嘆了一聲又一聲，她知道，順治的死對建寧造成的傷害，有可能比對自己還重，因爲在自己心中，最重要的事是復國大計，除此一切都可以犧牲；而對於建寧來說，親情和愛情才是最重要的。綺蕾、香浮、長平、順治，一次又一次的死亡，早已讓建寧的心千瘡百孔；而吳應熊的離去，更是將這顆破碎的心也完全掏空，幾乎是斷絕了她活著的希望。平湖不能想像，在建寧失去了香浮一次後，如今即將面臨自己的再一次真正大去，她會有多麼傷心。建寧說，香浮死後，長平仙姑曾經告訴她，香浮會再回來，會做紫禁城的皇后，要建寧一定等她。而建寧，也就真的等待了那麼多年。平湖不知道長平仙姑是在什麼情況下對建寧說那番話的，但是有所等待對建寧來說真的很重要。如今，她要將這樣的事再做一次。

「建寧，你說得對，心有所屬，心有所期，是快樂的。」平湖握住建寧的手，輕輕說，「皇帝哥哥一定會回來的。我聽說，有人在五臺山見過他。他的確沒有死。」

「五臺山？」建寧的眼神終於聚焦了，「真的有人看到皇帝哥哥了嗎？他在做什麼？爲什麼跑到五臺山那麼遠？我就知道皇帝哥哥不會死。可他什麼時候才會回來看我？」

平湖更加心酸，忽然想起長平公主常說的那句話：我們最大的不幸，便是生於帝王家。紫禁城中那麼些貴不可言的金枝玉葉啊，他們做格格，做阿哥，做皇帝，做妃子，做皇后，甚至皇太后，太皇太后，位高權重，鳳冠霞帔，可是，只爲了一個「情」關難過，從來就沒有人開心過。當歷史的煙塵散去，罡風吹散了眼淚，他們回頭往事，也只不過留下一句微弱的嘆息：何故生於帝王家？

建寧仍在催促：「香浮，你說的是不是真的？皇帝哥哥沒有死，他會回來找我們的，是不是？」

「是的。」平湖忍著淚，微笑地回答：「我聽說，有人去五臺山清涼寺上香時，看到一個和尙長得很像皇上。可惜再去的時候，那人就不見了。我想，大概皇帝哥哥現在還不想回來，所以在故意躲著我們吧。皇帝哥哥一心想參悟佛法，等到他參透的時候，就會回來找我們了。」

「就像玉林秀師父說的佛陀一樣嗎？」

「是的，就像佛陀一樣。當年，佛陀本來是迦毗羅衛國的太子，將來要繼承王位的。可是他一心想尋找世間真正的教義，就帶了幾個隨從到處求師，修煉。終於有一天，他在菩提迦耶的一棵菩提樹下悟道成佛，這才回到了家鄉，將他的妻子、兒子、姑姑、臣民，也都規引入教，成爲佛教徒。皇帝哥哥是佛陀轉世，想來他也會經過這樣的歷練，等到成佛的時候，就會回來找我們了。」

「他真的會回來嗎？」

「一定會。」平湖肯定地說，輕輕握著建寧的手，「只可惜，我等不到他回來了。所以，建寧，你一定要好好等他，等他回來，你要替我告訴他：從我見到他的第一個剎那開始，我就很喜歡他了，直到死也沒有改變過。你一定要替我告訴他這句話，好嗎？不然，我怎麼也不甘心的。」平湖這樣說，本來是爲了安慰建寧，然而不由自主，她的眼淚流了下來。

建寧一看到平湖的眼淚就慌了，忙忙說：「香浮，別哭，別哭，我答應你，我一定會等他，等皇帝哥哥回來，替你告訴他，你一直都很在意他，好不好？」

她手忙腳亂地替平湖擦著眼淚，忽然聽到一個少年的聲音說：「皇額娘，你怎麼哭了？」猛地抬頭，只見一個少年頭戴紫貂暖帽，身穿寶藍色常服，正滿臉關切地走來，雖只是家常打扮，且在年幼，卻是龍睛鳳目，不怒自威，不禁大喜：「皇帝哥哥，你下朝了？」

來的人當然不會是福臨，卻是當今皇上玄燁。

玄燁看到建寧臉上那種小孩子般歡呼雀躍的神情，不禁愣了一愣，方恭恭敬敬地施禮道：「兒皇給皇額娘請安，給十四姑請安。」

建寧這時候也明白過來，卻也並不見得多麼失望，只淡淡說：「原來是燁兒，一年不見，長得這麼高了。你做皇帝做得可好哇？」

玄燁不及回答，且在平湖身邊坐下來，關切地問：「皇額娘，你怎麼哭了？是不是身子很難過？幾位新太醫的藥吃著可好？如果中藥不見效，不如試試湯瑪法的西洋藥。你說好嗎？」

平湖卻只反問道：「太皇太后答應讓你來見額娘了？」

「太皇太后不知道我來。」玄燁笑道，「兒臣聽說姑母陪皇額娘來建福花園賞桃花，就說要四處走走，把侍衛打發了。太皇太后只是不許我隨便出入景仁宮，可沒說過我連花園也不能來啊。」

平湖頷首微笑，她知道，和兒子的每次見面都可能是最後一次。以前有很多話，她都希望等他長大時再對他說，可是沒有時間了，她必須利用這最後的機會把重要的話早一點告訴他，讓他能記住多少就記住多少，能做到多少就做到多少。她按住玄燁的手，轉身對建寧說：

「你還記得埋桃花酒的地方嗎？不如去看看，是不是又埋了新的酒？」

建寧凝神想了一想，點頭說：「我當然記得，我這就去找出來。」

玄燁看著建寧的背影走遠，嘆息說：「十四姑怎麼變成這樣了？像個小孩子。」

「她被人下了藥。」

「下藥？」玄燁一驚，「什麼人要害十四姑？額娘，你既然知道，爲什麼不救她？」

平湖嘆息：「十四格格太敏感，太重情，也太任性了。我替她把過脈，下藥的人手法很有分寸，目的不在害命。所以，那不是什麼致命的毒藥，只會讓人神智不清，對十四格格來說，也許糊塗些，比清醒更安全。」

玄燁似懂非懂，在平湖的身邊坐下來，又問：「額娘，你支開十四姑，是不是有話要同兒臣說？」

平湖點點頭，又定了一定，這才很鄭重地說：「燁兒，我告訴過你，你是漢人，你的身上流著大明皇室的血，將來做了皇上，一定要替漢人說話。你還記得嗎？」

「我記得，我都記得。可是……」

平湖不等玄燁說完，已經做手勢打斷了他，低微而清晰地說：「我知道，你現在還沒有親政，不能左右大局。所以，你一定要學會忍耐，要不露鋒芒，要順從太皇太后，不能讓她廢了你的皇帝位，一定要善自收斂，一直等到你親政的那天。那時，你要記著替額娘復仇。」

「復仇？」玄燁一愣，連忙說，「額娘的仇人，就是兒臣不共戴天的大仇，兒臣必爲額娘殲之。」

平湖輕輕點點頭，慢慢地說：「額娘的仇，就是大明的仇。燁兒，你記著，咱們大明朝有三個大仇人。第一個，是李自成，是他發動叛亂，壞我朝綱；第二個，是多爾袞，是他揮馬入關，奪我江山；第三個，是吳三桂，是他認賊作父，引清入關。如今，前兩個大仇人都被我母親設法除去了，他們的血，一直流在你的身體裏……」

「我的身體裏有李自成和多爾袞的血？」玄燁大爲驚奇，「額娘，你說的是什麼意思啊？」

「不要打斷我，也不必多問。我只要你記住，現在我們還有第三個大仇人，就是吳三桂。這些年來，我用了很多方法，無奈鞭長莫及，始終不能奈何於他。所以，這個大仇就只有交在你手上了。等你親政的時候，第一件事就是要『削藩』。」

「削藩？」玄燁愣了一下，若有所悟，「當年續順公沈永忠被刺身亡，我聽說是孔四貞格格爲了替父母報仇，用盡方法使他丟了公爵，沒了隨從，然後才實行刺殺的。額娘讓我削藩，是不是也是這個意思？」

「不只如此。」平湖冷冷地說，「我很瞭解吳三桂這個人。如果削藩，他一定不甘心。我已經算準了日子，就是十二年後。十二年是一道輪迴，那時候吳三桂已經有心無力，你下旨『削藩』，他一定會反。你就可以定他叛逆大罪，誅連九族，要吳三桂不僅身首異處，還要斷子絕孫。只有這樣，才可以告慰我大明列祖列宗。」

「額娘！」玄燁怦然震動，他從沒有看過額娘這樣地說過話，這樣冷冽，這樣決絕，這樣不留餘地，令人心寒。他不由訥訥地問：「誅連九族，那就是連吳額駙和建寧姑姑也不放過嗎？」

「建寧？」平湖一震，望向桃花深處建寧踽踽獨行的身影，臉上那層冷絕的神情退去，重新露出溫柔憐惜。這一生中，建寧可以說是她唯一的朋友，雖然從小到大，她待建寧從未像建寧對她那麼真心、熱誠，然而，終究是一段難得的友情。

在紛飛的桃花裏，許多前塵往事在瞬間浮上心頭，宛如星辰明滅，許久，平湖方輕輕說：

「刑不上大夫。何況建寧是皇室女兒，是格格，更不在刑法之內。至於吳額駙……罷了，他到底為我們大明出過力，只要吳額駙不參與吳三桂的謀逆之亂，就得過且過吧。」

2

吳應熊趕到昆明的時候，已經是二月底了。父子重逢，喜悅之情不言而知，卻顧不得寒暄，先分君臣賓主站定，高聲宣旨。吳三桂接了旨，回身恭恭敬敬供在案上，又吩咐隨從打賞同來的朝廷官兵，請去營房梳洗，稍後於西花廳設宴洗塵。一時眾人散去，這才向兒子呵呵笑道：

「我自上疏給朝廷，就在想，這次來頒旨的人會不會是你？果然天從人願。」

吳應熊早在一進門時，就已經看見父親座旁的壁上懸著一張弓，正是自己送給明紅顏的那張，不禁心中鹿跳，無奈身邊耳目眾多，不便就問。一直忍耐到這時候，才忙忙地問父親：「這張弓怎麼會在這裏？送弓來的人現在哪裡？她怎麼樣了？」

吳三桂哈哈大笑道：「看你緊張的。前些時有個姑娘拿著這張弓來見我，要我放過朱由榔。我問她和這張弓的主人是什麼關係？她卻又含含糊糊地不肯說，只說是一位好朋友應公子送給她的。我就猜著八成是你的紅顏知己，所以明知道那姑娘是大西軍中的非凡人物，也不肯難爲她，請她住在西廂房好吃好喝，又特地請了你圓圓阿姨來陪她。我待你的朋友，總算不薄吧？」

吳應熊笑道：「父親有所不知，這位姑娘的確身分不凡，這裏有洪師公寫給您的信，您看了就知道了。」

吳三桂展讀之下，大驚失色：「原來這姑娘竟是恩師的女兒。那不就是世妹？幸虧我不曾刻薄了她，險些釀成大錯。快快，快請洪小姐出來，容我面謝怠慢之罪。」忽又轉念，「不妥，應當我親自去見才對。」說著，回頭命左右，「先去通報洪小姐，就說吳某求見，稍時便去，免得世妹怪我不速而至。」

吳應熊想到就要見到明紅顏，心跳得更急了。自從那次在小院裏深情一握，他從她的眼中讀出了她所有的心思，明晰了她最真的心事，就一直處在坐臥不安中。因爲他終於知道，她是愛著他的。那天，她讓他走，他竟然順從了，是因爲他太激動太震撼了，以至失去了思考的能力。他搖搖晃晃地走出去，如坐舟中，直到第二天早晨才依稀清醒過來，知道他錯過了什麼——她已經向他示愛，他還在等什麼呢？她說讓他走，分明就是邀他同她一起走啊。她的意思等於在請他做出抉擇：你是留下來，同我一起遠走高飛，還是就這樣離開我，從此天各一方？而他竟然沒有聽明白，想明白，他枉自爲她知己，竟錯會了她的心意，以爲她真是要離開他，他真是太傻了！

可惜的是，當他醒悟過來時，已經遲了。第二天一早他來不及上朝就先奔去了小院，卻早已人去院空。老何和紅顏都是決斷俐落的人，說走就走，竟然一刻都沒有耽擱。吳應熊就那樣再次失去了生命中最重要的梅花！這一年中，他尋尋覓覓，一直在等待明紅顏的消息。如今他終於知道，她就在平西王府中，與他近在咫尺，他終於又可以見到她了！

可是，見到她，他又該說些什麼呢？他的身分將再也無可遮掩地暴露在她面前，承認自己就是吳應熊。那樣，她還會再理睬他嗎？如今南明已滅，永曆帝命懸一線，而在這時候，讓紅顏知道自己就是生擒永曆的逆臣吳三桂之子，她怎麼還會原諒自己？

不，不能讓她見到他，不能讓她識破他的身分。自己此次來滇只是爲了救她，來之前答應了建寧一定會回去的。只要紅顏活著，來日方長，他們終會有再見的時候。那時候，只要她願意，他會毫不猶豫陪她遠走天涯。南明既滅，她已經再不必爲復國大業奔忙了，或許，會願意跟他隱居山林的吧？

吳應熊一念想定，忙道：「父親且慢，我還是先回避的好。」然而就在這時，只聽門外稟報：「洪小姐來了。」簾子一挑，明紅顏已在陳圓圓的陪伴下姍姍走了進來。

不知是不是眼花，在兩個明豔照人的絕代佳人前，屋裏的燈彷彿突然暗了一下。那曾經傾城傾國的陳圓圓雖已年近四十，卻依然嬌豔如玫瑰，光潤如寶石；而明紅顏則像是茫茫白雪中開得最豔的那枝梅花，經歷了這樣多的風沙星辰，這樣多的生死搏殺，卻只會使她更加冷豔芬芳，欺霜傲雪。

當她一走進來，吳應熊的眼光就定在她臉上不能移動了。他著迷地看著她，也悲哀地看著她，完全是人爲刀俎我爲魚肉的被動。他想，他的身分就要被揭穿，他的命運就要被宣判了，她會怎麼做？他又該怎麼做？

而明紅顏看見吳應熊，也是一樣的震驚，脫口問：「應公子？你怎麼會在這裏？難道你也……」

「被捕」兩個字不及說出口，只聽吳三桂哈哈笑道：「世妹，我本來說要登門謝罪才見誠意的，怎麼你倒來了？我真是有眼不識泰山，若非犬子帶來恩師洪大學士的信，我到現在都還不知道原來是世妹。圓圓，你還記不記得當年洪恩師給女兒擺滿月酒的事，這位就是洪世妹，一轉眼，竟長得這麼大了，比你還漂亮呢。說起來，那次滿月酒，應熊也有去的，不過他那時候還是個小孩子，什麼也不懂；而洪世妹你，還在襁褓中呢，現在都能帶兵打仗了。真讓我不認老都不行。」說著，又「哈哈」笑了起來。

吳三桂的聲音是這樣的聒噪，聽在紅顏耳中，就像有千萬支大炮同時轟鳴一樣。她驚詫地望著吳應熊，眼睛越睜越大，就是太陽從西邊升起也不會讓她這般驚奇的吧？她看著他，眼前彷彿泛起許多往事，他們在茶館的初見，在城牆根兒的談話，在小樹林的重逢，在二哥院裏的握手相望，多少次，他欲語還休，她早就知道他有難言之隱，卻怎麼也沒想到，那隱瞞的事實竟是這樣——他竟是天下第一大漢奸吳三桂的兒子，那他豈不就是……就是滿清十四格格的丈夫，那個漢人中唯一做了大清額駙的吳應熊？他們的婚禮曾經震動天下，所有的滿人和漢人都在議論，她早就知道吳應熊的名字，早就該想到吳應熊與應雄只有一字之差，而她竟然毫無所查！她，她竟然愛上了大清格格的駙馬，和漢奸之子做了知己！她不僅是大漢奸洪承疇的女兒，還是大漢奸吳三桂之子的朋友！她一生中唯一愛上的人，原來並不是什麼抗清義士應公子，而是滿清額駙吳應熊！

在這個萬念俱灰的時候，不知爲什麼，紅顏忽然想起了順治皇帝福臨，想起了她在萬壽山行刺時順治那悲哀的眼神。原來世上真是有報應這回事的。她騙了福臨，吳應熊騙了她！福臨看清真相時有多麼幻滅，她此刻就有多麼絕望。她終於清楚地感受到福臨夢破時的心情了，那是比死去更難受、比凌遲更痛苦的折磨。

她看著吳應熊，似有千言萬語要說，然而張開口，卻只有一句：

「你殺了我吧。」

「你殺了我吧。」這是順治在萬壽亭說過的話。紅顏不知道，此刻到底是自己在說話，還是順治在說話，歷史重演了，噩運附體了，明紅顏知道，到了此時此地，除卻一死，自己已經別無選擇。她不可以再活著面對這個世界，面對南明滅亡的悲劇，面臨永曆被俘的事實，面臨應雄原是吳應熊的噩夢！她寧願死！

她一步步走向吳應熊，臉上是哀極痛極之後反常的平靜，她望著他，眼睛眨也不眨，就好像很想看清楚他到底是誰一樣。吳應熊被這眼神懾住了，他想向她表白，告訴她自己雖然生而為吳三桂之子，但是他的心是向著大明的，只要她原諒他，他願意為她做任何事；他想擁她入懷，緊緊地抱住她，就算她咬他打他砍他刺他也不鬆手。然而，他卻只是愣愣地看著他，不能做任何的動作，也說不出一個字。

明紅顏一步步走過來，一直走到與吳應熊只有咫尺之隔，用耳語般的聲音說：「應公子，你騙得我好苦！」忽然，以閃電般的手勢猛地拔出吳應熊腰間的佩劍，回身一橫……

血光濺開，吳應熊本能地伸出手去，抱住明紅顏，然而，他卻是喊也喊不出，哭也哭不出的。明紅顏在他的懷中軟倒下來，又一點點硬了，冷了。他抱著她，腦子裏空空的，什麼想法都沒有了。明紅顏死了，死在他的懷中，他們終於相擁，在她的絕命時刻。他一直在想著怎麼向她表明身分，還有心事，現在，她終於明白了，什麼都明白了，於是，她選擇了死亡，以死來回應、來抗拒這真相。她死了，他又豈能獨活?!

吳應熊拾起劍，耳語般地說：「紅顏，等等我！」

然而不等他動手，吳三桂已經一聲斷喝，猛地飛過一只茶杯，打掉長劍。接著飛身離座，抓住吳應熊的胳膊大聲喝道：「應熊，你可不能做傻事啊！」

吳應熊抬起眼睛，那是一張滅絕了所有希望的臉，他沒有說一句話，也不做任何反抗。然而吳三桂明白，兒子死志已萌，即使這一刻攔得住他，下一時也防不住。如果他真的一心向死，誰也不能時時看住他。

早在看見明紅顏持弓來見時，吳三桂就已經對她和兒子的關係猜到了幾分，此時看到吳應熊的眼神，更是對這段孽緣瞭然於胸。他一生梟雄，卻也是真正情種，當年忍心負義，一叛再叛，也不過是「衝冠一怒爲紅顏」；而如今，兒子的心上人無巧不巧就叫作紅顏，他還有什麼不明白的呢？更何況，這位紅顏就是洪妍，是他恩師洪承疇的女兒，吳三桂不能不感慨，不能不震動，不能不爲之扼腕。

洪妍刎劍的一幕，太像三十年前洪承疇守衛松山之役的重演了。那一天，死的是洪承疇的妻子、洪妍的母親洪夫人，而三十年後，洪妍再次步了母親的後塵，在敵營中刎劍身亡；三十年前，吳三桂和洪承疇都還是大明的臣子，三十年後，他們又在大清的朝廷同殿爲臣。洪夫人母女倆如出一轍的死亡，難道是上天在報應洪承疇的不忠？還是在提醒吳三桂不要重蹈覆轍？

吳三桂忽然覺得心寒，彷彿那柄長劍貫胸而入，刺中的是他本人，情急之下，忍不住脫口而出：「應熊，只要你好好活著，我就放永曆不死！」

一語出口，連吳三桂自己也驚呆了，這是一句多麼嚴重的承諾！然而他並不覺得後悔。或許，一直以來，他就在尋找一個說服自己放過永曆帝的理由吧？他根本就不願意處死永曆，不忍心斷絕大明朝最後一點血脈。他早就想放過他，只是沒有勇氣。而兒子的舉止，讓他找到了這個理由，在瞬間做出了決定。他抓住吳應熊的胳膊，很低聲卻很肯定地告訴他：

「應熊，你救不了洪姑娘，可是救得了永曆。只要你不死，我就放過他。洪姑娘在天之靈，也會得到安慰的！」

自始至終，陳圓圓都站在一旁沉默地看著這一切。直到這時候，才輕輕走上前道：「王爺，把他交給我吧。讓我來勸他。」

3

昆明商山寺只是一座不大的寺院，但是很精緻、整潔，庭園幽雅。師太陳圓圓雖然也一樣穿著僧衣禪鞋，然而衣裳不是麻布，而是一種質地很軟的絲棉；鞋也不是草芒，而是千層底的布鞋。此時，她正坐在茶桌前，素手焚香，水袖拂案，煮茶亦如舞蹈。

「茶，原作荼，最早見於詩經：誰謂荼苦，其甘如薺。茶的甘苦，只有喝茶的人知道……」陳圓圓的一把歌喉曾經讓天下為之傾倒，如今雖已久不彈此調，然而她的聲音，卻還像十五二十時那般娟媚曼妙，即使再低柔也好，總能清清楚楚送到人的耳中，由不得你不聽。

「這是茶則，這是茶匙，這是茶漏，這是茶針，這是茶夾，合稱茶道，又叫作茶藝五君子。」陳圓圓擺弄著手中的茶具，聲音彷彿清風拂過竹林，又似空谷回聲。

「茶藝五君子。」吳應熊喃喃重複。這情形太像他小時候了，那時每當他心情不快，就會去弘覺庵找圓圓阿姨喝茶，傾訴煩惱。陳圓圓很少對他的問題真正給予解答，就只是請他喝茶，給他講解茶道。而他的煩惱，也就在那一杯又一杯的茶水中被洗滌乾淨了。但是今天，陳圓圓想說的卻不是茶經，而是自己的身世。

「我的一生，所經歷的重要男人，不多不少也剛好五個。」圓圓嘆了一聲，這還是她第一次對吳應熊說起出身。這麼久沒有提起那些舊事前塵了，何況是對著一個晚輩，她不禁有一點踟躕，頓了一頓才接著說下去：「他們都是有名有姓有來頭的大人物，可是能不能算做君子，我就不知道了。第一個是爲我梳攏的客人，是個有名的江南才子，叫冒襄，字辟疆，他曾與我立下百年之約，可是天不從人願，被老賊田畹棒打鴛鴦；田畹就是第二個男人，他是崇禎皇帝最寵愛的田妃的父親，是國丈，仗勢欺人的『仗』，他把我從冒辟疆的手中強搶了去，送進宮裏做宮娥，想要討崇禎皇上的歡心；這第三個當然就是崇禎皇上了，他每天擔心著兩件大事，腦子裏只有多爾袞和李自成這兩個大男人，對女人卻沒什麼興趣，所以我入宮沒多久，就又被送了出來，要不也不會遇見你父親了；第四個男人就是你父親吳總兵大人，他在田府看見我，第一眼就認定了，百般設計向田畹把我要了來，要說他是對我最好的，可是我卻害了他，可是害他不是我的本意，是命中劫數，是我命中注定要遇見第五個男人，那就是劉宗敏。田畹曾經把我獻給崇禎，他沒有要我，可是大明一樣亡了國；劉宗敏曾經把我獻給李自成，他也沒有要我，大順也沒能坐得穩朝廷；多鐸把我獻給多爾袞，他仍然沒有要我，他把我還給了你父親，可是，我卻沒臉再跟著你父親了。」

也許是寂寞心事封存得太久，也許是舉目天下無知己，陳圓圓根本不理會吳應熊是不是願意聽，甚至是不是在聽，只管熟練地演習著茶藝，唱歌般地說下去：

「大明朝廷，關外清兵，李自成的大順軍，還有你父親的遼東兵營，這些人事關係著天下百姓的命運，關係著一個時代的興衰滅亡，甚至關係著滿漢兩族數百成千年的民生大計。這些個大事情在幾天之內發生了天翻地覆的大變化，改朝換代那樣的大動盪，我只是滄海一粟，只爲身處在這動盪時代，便也隨著顛沛流離，命運幾次轉手，一會兒被搶進府裏，一會兒被送進宮裏，一會兒被大順軍俘虜，一會兒被八旗軍劫獲，一會兒又被當成禮物送回到你父親身邊。從始至終，我沒機會說一聲願不願意，可是天下人已經將個禍國殃民的罪名栽在了我的身上，稱我是紅顏禍水，亂世妖孽，恨不得將我千刀萬剮。我本也無顏苟活，有心一死全節，又怕辜負了你父親的一片心，且不忍教他獨自承擔賣國罵名。我怕我死了，天下人會更要嘲笑他，侮辱他，拿我的死做文章，說他還不如一個娼妓。我唯一的選擇便只有出家爲尼，悄無聲息地苟活在這世上，朝夕侍佛，清洗我的罪孽，也爲你父親的後世積福。」

陳圓圓說著，輕輕捲起衣袖，露出一條如雪如玉的胳膊。兩行清淚無聲無息地流過她皎如美玉的面頰，她似乎在對吳應熊說，又似乎在對自己說：「你父親不許我剃度，可是我是誠了心要侍奉佛祖的，我不能在頭上燒戒，就用自己的皮肉供奉他。」

那雪白的肌膚上，醜陋而不規則地呈露出一個又一個的戒疤，每排三個，分爲三排，那是香頭燙熾的，觸目驚心，彷彿仍能聞到一股皮肉焦灼的味道。

吳應熊震驚了，這一刻他知道陳圓圓是愛父親的，也從而知道了父親爲什麼這樣熱烈地愛著陳圓圓。這樣的女子，的確是曠古爍今，絕無僅有的，她值得一個男人爲她割頭刎頸，也值得一個時代爲她傾覆顛倒。

世上是有這樣一種女子，這樣一種天生尤物，生來就是要被人叫做紅顏禍水，要改變歷史蒼生的命運的。諸如妲己，西施，褒姒，玉環，她們生就了花容月貌，其使命就是要傾國傾城的。

吳應熊忽然原諒了父親，甚至有一點點羨慕，因爲他可以遇見這樣的女子，並爲這樣的女子所愛，她令他的一生變得不同，也令天地爲之變色。然而這樣的男女，注定是不能享受團圓的結局，不能像世間任何一對平凡夫妻那樣，享受安寧的天倫之樂、魚水之歡，他們注定要聚散離合，風雲際會，將個人的哀樂跌落在政治的漩渦裏，發動一場又一場的戰爭、廝殺、背叛、出賣，爲了他們的破鏡重圓，卻打碎了多少百姓的美滿生活，無數人爲之馬革裹屍，無數人爲之家破人亡，無數人爲之流離失所，而究其原因，不過是爲了一對平常男女的恩愛與怨憎。

他們的愛情注定被天地詛咒，他們的故事卻將永鐫青史，留給後人傳說。

「圓圓阿姨。」吳應熊誠心誠意地叫了一聲，他終於明白，圓圓阿姨爲什麼要放棄榮華富貴，拒絕恩愛伴侶，而執意出家。因爲她不堪承受那天地的凝眄，那歷史的重負，那整個朝代的矚目，以及全天下百姓的咒罵。她和自己一樣，活在「天下第一大漢奸」的陰影下，除了遺世獨立，便再沒有安身之地。

「你和我不一樣。」陳圓圓就彷彿聽見了吳應熊的心聲一般，瞭解地說，「你是個大男人，要比我這個弱女子有用得多。你的命，也比我有價值得多。我陪伴了洪姑娘這些天，多少也知道些你們的故事。她是個紅粉英雄，你也不弱啊，爲南明朝廷做了那麼多事。」

「可是南明還是滅了，紅顏也死了，這些改朝換代、江山易主，又和我有什麼關係呢？」吳應熊灰心地說，「父親幫助滿清滅了大明，現在連最後一個南明皇帝也被他生擒了，我們吳家注定是天地間最大的罪人，不論我做什麼，也不可能替父親償還這筆賬，更不能讓紅顏活轉來。」

「洪姑娘求見你父親，爲的是什麼？」陳圓圓忽然問，「她明知道此行是自投羅網，爲什麼還要孤身犯險？」

吳應熊一愣：「是爲了救永曆帝啊。」

「是啊，南明雖滅，永曆未死，洪姑娘也並沒有放棄。」陳圓圓換了茶葉，重新燙壺洗杯，水煮三沸，邊斟邊說，「洪姑娘來平西王府是爲了救永曆帝，現在她死了，就只有你可以幫她。你父親答應過，只要你不死，就可以放永曆一條活路。現在，這世界上就只有你一個人可以救永曆，可以幫洪姑娘完成遺願了。」

吳應熊終於明白了陳圓圓今天爲自己講茶的目的，她是在勸自己保全性命，以此來換取永曆的命。他忍不住再叫了一聲「圓圓阿姨」，嘆道：「即使永曆不死，南明也已經滅了。死灰不能復燃，這世上徒然再多兩條傷心的生命，又有什麼意義呢？」

「生又何歡？死又何懼？生命豈非本來就是沒有意義的？」陳圓圓也嘆息道：「每個人能在歷史上起到的作用，往往自己也並不知道，也不能掌握。就好像我自幼淪落煙花，連生身父母是誰也不知道，也算是夠薄命了。可是誰知道竟先後與幾朝的皇帝、大將結緣，惹出這樣天翻地覆的大禍來，其實我又做過什麼呢？只不過是命夠長罷了。但是我一死，就可以救天下嗎？你死了，又有何益？你活著，至少可以救永曆的命，至於南明滅不滅，清朝亡不亡，終究又豈是你、我、或是洪姑娘甚至永曆帝一兩個人所能決定的？即使是兩條傷心的生命，也終究是活著的生命；可是如果你死了，這世上就會再多幾個傷心的人，你的父親，你的妻子，你的孩子，他們都會為了你的死而傷心，流淚，連洪姑娘在天之靈也會不安的，難道你就不顧惜？」

「建寧！」吳應熊忽然叫了一聲。這些日子，他為了紅顏的死而痛不欲生，早將京城的一切都忘記了，然而陳圓圓的話提醒了他，還有一個承諾要守。建寧眼淚汪汪的樣子忽然浮在眼前，那麼癡情，那麼柔弱，充滿了信任。他接過陳圓圓遞過來的茶，一飲而盡，臉上泛起一種說不清是清醒了還是認命了的坦然，平靜地說，「圓圓阿姨，我答應過建寧公主，說一定會回去。她在等我。我已經讓紅顏失望，不能再讓建寧也失望。你放心吧，我不會輕生的，我明天就回京城，再不會讓愛我的人傷心失望了。」

當他說這番話的時候，他彷彿已經看見，京城裏桃花盛開，而建寧站在花樹下，等他。

4

隨著吳應熊回到京城，各種關於雲南府永曆之死的流言蜚語也跟著蔓延開來。有人說永曆根本沒有死，吳三桂在弒主前良心發現，無力下手，於是隨便絞死了一個大西軍中的將士充數；有人說，真正的永曆帝壓根就沒有被擒，早在吳軍入緬前就跑掉了，被縛的只是李定國安排的一個相貌酷似永曆的替死鬼；還有的人說，吳三桂曾經承諾讓永曆帝還見十三陵，這次吳應熊赴雲南，就是爲了接引永曆回京的，此時真正的朱由榔早就喬裝打扮回到都中，並且隱姓埋名，被吳應熊保護起來了；但是也有的人說，遣往雲南頒旨的朝廷命官清清楚楚親眼見了平西王絞死永曆及太子的情形，而且他用的那張弓，就是當年莊妃皇太后在暢音閣賞賜吳應熊的那張鑲寶小弓。

對於種種傳聞，太皇太后大玉兒最滿意的是最後一種，因爲那就意味著自己有先見之明，吳三桂用自己賞賜的寶弓絞殺永曆帝，豈不就等於是自己親手剿滅了南明一樣嗎？

當年吳應熊初進宮不懂規矩，莽莽撞撞地射了一隻烏鴉下來，洪承疇爲了替他開脫罪名，說了一大堆吉祥話兒，什麼烏鴉就是太陽，吳世子用太后賞的弓箭射烏鴉，就好比后羿的奉旨射日，又說皇上射了戲臺上的月亮，這日月合起來就是個「明」字，將來剿滅南明的豐功偉績必定由平西王父子來建樹——沒想到這些一時搪塞的阿諛之辭，如今竟都一一實現了。可見冥冥之中，自有天數。

大玉兒志得意滿，遂命禮部以「永曆既獲，大勳克集」詔告天下。只是由於皇上生母、孝康章皇太后佟佳平湖的死，將慶宴延後舉行。佟佳皇后的葬禮，建寧依然沒有出臨。大玉兒早已對她的乖戾怪僻習以爲常，並不多加責怪，只是對眾人說：「十四格格的癔症越來越重了，我白操了這些年的心，她有什麼不如意？怎麼好端端的竟得了這個病呢？」

眾嬪妃都忙勸道：「太皇太后對格格的好，可真是讓人羨慕。其實格格也不是病，只是有些小孩子脾氣罷了。十四格格從小就任性，一輩子也不肯長大，其實這也沒什麼不好，只要她高興，太皇太后就算沒白疼她。反正她要什麼有什麼，要怎樣又怎樣，說不定過得比咱們都樂呵呢。」

大玉兒笑道：「你們說得也是，那就隨她高興好了，別逆著她。我昨天跟吳額駙也是這麼說的，讓他一切都隨建寧的意，就當她是個小孩子，寵著點就好了。」

吳應熊本來非常擔心平湖的死會讓建寧徹底崩潰，然而讓他意外的是，建寧似乎並不在意，她認真地告訴自己：「平湖沒有死，她只是走開一下子，過些年，就又變成另一個人回來了；皇帝哥哥也會跟她一起回來的。平湖要我等你，說只要我肯安靜地等待，你就一定會回來，現在你不是回來了嗎？香浮和皇帝哥哥也會回來的。」

她仍然把平湖和香浮分不清，更分不清過去與現在，有時候難得清醒一陣子，會有紋有理地說話、做事，然而略好幾日，就又變得迷迷糊糊。吳應熊起初深爲傷神，但是後來就覺得，這樣也沒什麼不好。建寧嫁進額駙府這麼多年，有限歡喜，無限辛酸，一直苦多樂少，很少開心。如果幻想能使她變得寧靜、快樂，未嘗不是一件好事。

無論大玉兒說的「一切都隨建寧的意」這句話是不是虛情假意，然而額駙吳應熊卻真的是照做，做到了十足十。結縭以來，他從沒有像現在這樣地寵過建寧，萬事都順著他，慣著她，縱著她。

也許吳應熊也是有些癡的，別的男人可以三妻四妾，左擁右抱，他卻只是魂不守舍，左右爲難。從前愛著紅顏的時候，他心裏就只有一個明紅顏，無論建寧是怎樣地癡情，綠腰是怎樣地柔順，他卻只是憐惜她們，呵寵她們，卻始終不能產生愛慕之情。直到明紅顏死在他的懷中，雖然愛念依然刻骨銘心，但當比翼雙飛的美夢徹底破滅之後，他便不得不正視建寧對他的愛情，以及他對於建寧的愛情。

在從雲南風塵僕僕、滿身瘡痍地趕回京都時，他一路上想著的都是紅顏。肯回京來，只是因爲他對建寧有一份承諾，他不願意違背了這承諾。哪怕見到建寧後再追隨紅顏去死，他也總要先回京來見上建寧一面，完成自己的諾言。然而，當他回到額駙府，見到建寧的笑靨時，一心求死的念頭忽然就煙消雲散了。

建寧站在繁花落盡的花園中，臉上帶著一個明淨而憨癡的笑，那樣歡快地迎上來說：「我就知道你會回來的。我一直在等你。」他突然就覺得心疼了，而隨著那疼痛，某些在雲南死去的東西，在他的身體裏復活起來。

吳應熊自己也沒有想到，竟會在建寧瘋了之後真正愛上了她。他把所有的心思都放在了建寧身上，每天一下朝，就回到府中陪伴建寧，同她一起看戲，下棋，喝茶，吃點心，不論她喜歡做什麼，他都會陪她。有時候她半夜來敲他的門，說想吃城南門口的餛飩，他也會立刻套上馬車陪她一起去。他活了半世人，到如今彷彿才忽然有了過日子的心，才能在平實的日子裏過出甘心快樂來。他的快樂非常簡單，就是寵愛建寧，討建寧歡心。他甚至掘了後花園裏最鍾愛的梅樹林，全部依照建寧的心思改種桃花。

那些樹齡超過十年的梅花樹被連根掘起，轟然倒下，發出那樣深沉悲涼的嘆息，就好像倒下的是一個時代。吳應熊幫著建寧在坦然暴露的樹洞裏種下桃樹，還很有興致地催促建寧同時埋下兩罈酒。建寧說，桃花酒要用沒結過果子的桃花來浸釀，可惜自己沒有女兒，不過也沒關係，那酒，就留著吳青成親的時候喝吧。她說這番話的時候，笑得那樣滿足，快樂，毫無保留。吳應熊的心就忍不住又疼了起來。

桃花開了又謝，轉眼十二年過去了。

十二年中，發生了多少大事，康熙帝用計擒了鰲拜，終止四大臣輔政的局面，終得親政，並於康熙十二年三月正式提出「削藩」。朝臣意見相左，爭論不休，以爲三藩佔據南方一線，握有重兵，朝廷若是輕舉妄動，必興戰事。太皇太后大玉兒也特地召進孫兒來勸他三思，然而康熙堅持說：「三藩擁兵自重，側目朝廷，又每年向朝廷要求大量餉銀，天下賦稅，半耗於此。吳三桂更是蓄謀已久，不早除之，必將養癰成患。今日是撤亦反，不撤亦反，不如先發制人，倘若天佑我朝，逆賊必不足爲忌。」

「撤藩」既成定局，吳三桂聞訊暴怒。他倥傯半生，一旦交出兵權，便與平民無異了。雖然他的財富已足可保後半生衣食無憂，然而權勢卻是土崩瓦解，部下更是歸入八旗，淪爲士兵，而且是旗軍中最沒有地位的漢人士兵。很顯然，大清朝廷已經決定過河拆橋，鳥盡弓藏。是可忍孰不可忍，他吳三桂只得一反！然而吳三桂知道，兒子吳應熊在京爲質，倘若自己這邊有什麼輕舉妄動，兒子的性命不保。更何況，自己搏命拚殺是爲了什麼，打下江山來，還不是讓兒子去坐嗎？倘若吳應熊有什麼三長兩短，縱然自己做了皇帝，又有誰繼續大統？

是月，吳三桂派了部將偷偷來至京城，將起義計畫告知吳應熊，勸他收拾細軟，安排家人同自己一起返回雲南。吳應熊事出意外，愣了一下才說：「父親怎麼會有這樣的想法？叛逆可是誅連九族的大罪啊。」

那部將道：「公子怎麼這樣說？上次你去雲南，王爺才知道，原來你一直在暗中贊助義軍反清復明。王爺沒有怪罪你，反而很感動，這是爲什麼？不就是因爲王爺心中一直有復國大志嗎？起義抗清，原是早晚的事，公子覺得高興才對，怎麼反而遲疑起來了呢？」

吳應熊嘆息道：「那是不同的，我助義軍抗清，是爲了光復我大明王朝；可是父親起義，卻是爲了自己做皇帝。我記得從前佟皇后說過，真正的天子，只有三阿哥玄燁。如今果然康熙帝坐了天下，這是天意使然，人心不可違背。父親不如順時應勢，就像平南王尚可喜那樣，同意撤藩，貽養天年。請將軍把我的這番話告訴父親，不要逆天行事，落得晚節不保，就後悔晚矣。」

那部將怒道：「公子這就錯了，君臣父子，天經地義。王爺忠於前明，反抗滿清，這是忠君；公子爲人之子，理當遵父命行事，才叫盡孝；怎麼反而口出妄言，非議王爺？豈非不忠不孝？王爺這麼辛苦是爲了誰？還不是爲了公子嗎？王爺做了皇上，公子就是太子了。王爺今年已經花甲，說句大不敬的話，就是稱帝，也不會久坐皇位的了，將來的金鑾寶座，大好江山，還不都是太子的嗎？我今天看到小少爺聰明機智，將來亦是帝王之才，公子就算不爲自己考慮，也要爲小少爺的前途考慮吧？雖然你現在貴爲額駙，皇親國戚，可是大家都明白，當年皇太后肯將十四格格下嫁，是爲了籠絡王爺爲朝廷賣命；如今南明既滅，王爺的利用價值就盡了，『撤藩』就是一個信號，倘若王爺不反，半生操勞便將付之東水，辛苦經營的地盤也要拱手讓人，雖然公子下半生衣食無虞，小少爺卻是前途黯淡，難道做個平民就算數了麼？公子應該早做打算，就像王爺替公子做的一樣，也早日爲小少爺鋪墊前程呀。公子人中龍鳳，且不可目光短淺，安於現狀，須爲大局著想。」

然而任憑那部將口若懸河，舌燦蓮花，吳應熊只是堅拒不從，反要他勸說父親順應天意，答允撤藩爲上。部將一連在府中住了十幾日，仍是一籌莫展，本以爲這次遊說任務只能以失敗去回覆王爺了，然而讓他意出望外的是，他的話卻打動了另一個人，就是非常喜歡聽壁腳的綠腰。

綠腰在這十二年裏，已經等得越來越不耐煩了。她不明白，爲什麼吳應熊從雲南頒旨回來後，忽然就有了一種中年的感覺，變得沒有稜角起來。而且，他對建寧好得出奇，每天陪伴左右，十天半月也難得到自己房裏來一回。從前建寧剛剛下嫁、威風八面時，自己也還可以同她一競高低的；如今她變得癡癡傻傻了，怎麼額駙反而視她如珠如寶起來？這樣下去，自己什麼時候才可以獨擅專寵，等到做夫人、做主角的一天啊。

而部將的話卻給她指了另一條路，一條比做吳家正室更輝煌、更榮耀的路——她竟有機會可以做太后呢，那不就跟莊妃大玉兒一樣了？太皇太后大玉兒啊，那在宮中是多少威風多麼權貴多麼至高無上的人物，而她竟可能與她平起平坐，取而代之。這真是太不可思議了！

任何事在綠腰的思想中都是一場戲，只要有劇本，就可以照搬演唱；所有的事都是可能的，想得出劇情來，就一定會實現。她沒有想過戲散後會怎麼收場，印象中，這樣的劇碼都是大團圓結局的。大宋皇帝趙匡胤黃袍加身是戲，前明王朝朱元璋布衣開國也是戲，越王勾踐臥薪嚐膽更是戲，那麼公公吳三桂起義，焉知不會也唱一齣登基大典呢？那時候自己鳳冠霞帔，還怕不會萬眾矚目嗎？

綠腰雖然淺薄，卻並不軟弱。她懂得按兵不動的道理，更懂得兵行險招的必要。要想出人頭地，就得鋌而走險。有什麼事是可以不付出代價就獲得利益的呢？與其坐而待斃，不如先發制人。綠腰決定豁出去，無論如何都要搏這一搏，要麼呼奴喚婢做夫人，要麼割頭交頸下地獄，總好過人為刀俎，我為魚肉。

於是，在一個萬籟俱寂的夜晚，綠腰找到部將，提出了帶兒子吳青與他一同去雲南的計畫。那部將正為了不能說服吳應熊而發愁，聽到綠腰的建議，正中下懷，喜出望外，當即決定連夜起程，將綠腰母子偷出府去。

到了雲南，吳三桂看到吳青時，果然喜悅非常。他早料到兒子吳應熊可能不會贊成自己的造反大計，然而卻不能不與他商議。自己已經年過花甲，打下江山來又能坐多久？這一切奔波操勞，不都是為了子子孫孫嗎？現在好了，兒子不贊成自己又怎樣，可以傳位給孫子呀。

於是，他給孫子吳青改了名字叫吳世璠，於當年十一月二十一（西元一六七三年十二月廿八日）召集十營兵馬，同往拜謁永曆墓，自稱「天下都招討兵馬大元帥」，去滿裝，易明服，發表《反清檄文》，正式起義。與此同時，京城之中，朱明王朝的遺孤楊起隆遙遙呼應，於次年二月起兵造反；接著，靖南王耿精忠在福建，平南王尚可喜之子尚志信在廣東，也都相繼回應，公開叛變；「三藩之亂」正式打響了。

5

沒有人知道，倘若那天綠腰不是一念之貪，攔了吳青私赴雲南，吳三桂的起義還會不會依計進行？

綠腰，一個小小的侍婢，一個低賤的歌女，雖然一生都巴不得要做主角，喜歡興風作浪，可是，就連她自己，也絕想不到會在歷史上起到這樣翻雲覆雨的作用吧？

最讓綠腰得意的是，平西王吳三桂並不因為她只是兒子的一個侍妾而輕視她，完全把她當作真正的兒媳婦看待，讓軍中上下府裏內外的人都稱她作「少夫人」。吳三桂且說，建寧雖是格格，到底是滿人，當然不及漢人媳婦親；況且，她還替自己生了一個這麼英俊能幹的孫子世璠，她就是吳家的大功臣，是名正言順的吳家大少奶奶。

綠腰的夫人夢終於實現了。然而她現在已經把夢做得更大，更輝煌，眼光放得更高，更遠，她不僅要做夫人，還要做皇后！這些年中，她跟隨著吳三桂的大軍，從昆明一直戰至貴州，眼看著「三藩」在一年多的時間裏迅速佔領了雲南、陝西、甘肅等十一個省，兵臨長江，將大半個江山都坐擁懷中，已經越來越堅信公公一定可以打下中原，坐鎮紫禁城。

想到就要重回宮中，而且是鳳冠霞帔地回宮，綠腰就激動得渾身發抖。她覺得自己當年的決定真是太英明了，如果不是她的一齣「紅拂夜奔」，王爺怎麼會下決心起義、「三藩」怎麼會群起響應、天下諸軍怎麼會相率背叛、這千千萬萬的兵馬人群又怎麼會爲之奔徙搏命呢？這一切的天翻地覆、風雲變色，都只是爲了她綠腰一個人呀。

尤其是當廣西的孫延齡也舉兵起義、歸附吳三桂時，綠腰的自我認知便達到了最頂點。孫延齡是誰？他就是定南王孔有德的女婿、宮中人稱「貞格格」的孔四貞的丈夫。當年在宮中，孔四貞的第一次亮相，就奪去了所有人的注意力，人們把她形容得那樣傳奇、高貴、神秘、威風。那些人怎能想到，現在她的丈夫竟成了自己公公的一名手下，而她本人，豈不也就成了自己的一名宮女嗎？

綠腰得意極了，威風極了，她甚至已經開始想像兒子吳世璠的登基大典，到那時，自己就是名符其實的皇太后，別說建寧了，就是丈夫吳應熊也要看自己的臉色行事。因爲，正是她在關鍵時刻一子定大局，促成了公公吳三桂的起義之舉的。到那時，她要讓建寧給她提鞋，端茶遞水；要孔四貞粉墨登場，扮了刀馬旦唱戲給她聽。

然而，也許真的是天意要康熙穩坐天下吧。戰爭打了整整五年，三藩軍隊已經佔據了長江以南的大部分地區，大清局勢岌岌可危。康熙十七年三月，吳三桂迫不及待地在湖南衡州稱帝，改國號周，建元昭武，準備進軍江北。

眼看著天下即將再次易主。然而就在這時，吳三桂卻忽然中風，並得了痢症，不久撒手西辭。吳家軍群龍無首，屢戰屢敗，不久分化成了兩派，一派主張繳械投降，歸順清廷；另一派則奉吳世璠為帝，奮其強弩之末勉力支持，繼續抗清。

綠腰終於做了太后，然而到這時候她也有些知道，紫禁城大概是回不去了，自己與兒子最好的命運，也不過是像永曆帝那樣，偏安一隅，苟延殘喘而已。

吳世璠所率的大周軍節節敗退，潰不成軍，到了十八年底，已經一直退回雲南昆明，這是爺爺吳三桂的發跡地，如果昆明失守，起義就等於是徹底失敗了。

康熙二十年十月二十八日，清軍攻下貴州，數路會師於昆明城外，城內文武官員人心惶惶，紛紛出降，並且聲言要獻出周帝吳世璠降清。

這一天，距離崇禎十七年三月十八日已經隔了三十五年之久，而北京的紫禁城與雲南的昆明府何止千里之遙，然而此時，周皇帝吳世璠所面臨的困境與心情，卻與當年的崇禎帝朱由檢一般無二。崇禎帝無以面對敗國之恥，獨走萬壽山於海棠樹下懸頸自盡。而此時，吳世璠又能有什麼樣的選擇呢？

朱由檢也許是一個太遙遠的歷史，世璠年紀太小，沒大聽說過；但是永曆帝朱由榔他是知道的，並且聽人說，爺爺就是在這座平西王府裏用朝廷賞賜父親的鑲寶小弓親手絞死了他，宣告了南明永曆王朝的滅亡。今天，如果他吳世璠被部下擒獻康熙帝，他們也會將他用弓弦絞死嗎？

與其讓別人動手，不如自己代勞了吧。吳世璠命令將府門重重緊閉，任由外面喊殺震天，自己卻在內廳設了一席酒宴，邀請太后同飲。他給自己和母親綠腰各準備了一壺酒，命令歌姬在旁邊彈奏《四面楚歌》，一遍又一遍地彈奏，一邊聽曲一邊喝酒。

綠腰笑道：「什麼時候了，皇上還有心思聽曲子，又什麼曲子不好彈？偏偏選這一首。皇上莫非唱的是《空城計》？」

她比任何人都更在意兒子的帝位，自從兒子登基那天起，就改口稱他爲「皇上」。偏安的朝廷多少是有點自欺欺人的，於是看起來也就很像一場戲。然而越是這樣，對綠腰來說，就越有刺激性，越讓她容易入戲，鄭而重之。

她一邊咬文嚼字地說話，一邊取過壺來親自爲兒子斟酒，姿勢極其莊重，彷彿在進行一道儀式。當她回過手來給自己斟時，吳世璠阻止說：「母親，讓兒子來。」說著取過另一壺酒給母親倒滿。

接連三杯，都是這樣。

綠腰奇怪地問：「幹什麼準備兩壺酒，放下去拿起來的，也不嫌麻煩。」

吳世璠笑而不答，卻反問道：「母親，你還記得格格額娘釀的桃花酒嗎？她說過要留給我成親的時候喝，可惜再也沒有機會了。母親，你說，如果當年你不帶我來雲南，我們會怎麼樣呢？」

綠腰不明所以，本能地回答：「那就留在額駙府裏，繼續做你的小公子唄。」

吳世璠笑道：「做公子好啊。我記得在京中時，格格額娘一直對我很好，教我讀書、寫字、做詩，還給我講戲臺上的故事，如果我們現在還留在京城，一定會過得很幸福，你、我、父親、額娘，咱們一家人歡歡喜喜的，一同在桃花樹下飲酒、看戲、對詩、猜謎、聽曲子，你說有多好！」

綠腰這才有些明白兒子的意思，慘然道：「世璠，你在怪我？你怪我不該帶你來雲南？你怪我害了你？」

吳世璠嘆了一聲，笑道：「母親，你終於不再叫我『皇上』，改叫名字了麼？其實，我一直更喜歡你叫我青兒。吳青這名字多好，爲什麼要改成世璠呢？」他的聲音越來越低，當說完最後一句話時，便倒了下來，永遠地閉上了眼睛。

歌妓們尖叫起來，啼哭著，驚慌地喊著「皇上」。綠腰忽然明白了，爲什麼兒子執意要和自己喝兩壺酒，原來，自己喝的是尋常的竹葉青，兒子喝的卻是毒酒。

到了這一刻，綠腰終於是夢醒了，她平生從沒有像現在這樣清醒過。她明白，眼前的一切都是真的，不是戲。她終於意識到自己當年的錯誤決定，爲自己和兒子帶來了怎樣的滅頂之災。她更加不能想像，倘或被明軍押解還京，見到丈夫吳應熊，她會有什麼面目以對？綠腰不是什麼三貞九烈的女子，也從不知道害怕，總以為再大的災難來到她面前，也會有戲劇性的轉折。然而在兒子的死面前，她知道，沒有轉機了，生命是唯一不可以排演的戲目，一旦落幕，便不能重來。在這生命的最後時刻，她平生的最後一次演出，她要給自己一個怎樣的收場？

綠腰喝止了歌妓們的哭泣，讓她們幫自己把皇上扶到他的寶座上。龍椅那樣寬大，就是她和兒子兩個人一起坐上去也不會覺得擁擠。她一手扶著兒子，一手端著兒子沒有喝完的酒，手勢是那樣端莊，聲音是那樣輕柔，神情是那樣悽楚，她甚至還側了一下臉，使眼淚流得更從容些，她的眼睛投向虛空，一字一句用念道白的聲音說：

「青兒，別怪媽媽，不論在北京也好，來雲南也好，媽媽總會陪著你的。」說罷，舉起手，對著空中虛敬了一敬，然後仰起頭，一飲而盡。最後，也沒有忘記將手一揮，讓杯子飛出一個曼妙的弧線……

吳三桂死了，吳世璠死了，「三藩之亂」終告失敗。康熙一直記著佟佳皇后的話，試圖保全姑姑建寧和吳額駙。他說額駙遠在北京，對於叛亂不可能與聞，所以也不該連坐。然而太皇太后不這樣看，她說，吳應熊若不是有心謀反，又怎麼會秘密地將侍妾和兒子送到雲南呢？至於他自己留在京中，根本就是為了裏應外合。

在康熙的苦求之下，大玉兒最終只答應放過建寧一個人——也許她本來也沒打算要處死建寧。她和建寧的母親綺蕾鬥了一輩子，曾經兩次敗在她手上。當然她最後是贏了，可是仍然不滿意，她要將這鬥爭持續下去，要親手帶大情敵的女兒，然後將她嫁給一個漢人的叛臣賊子爲妻。她一手安排了這場注定會是悲劇的陷阱婚姻，其目的並不是要建寧死，而只是要看到她痛苦，看著她在一次又一次地失去生命中最重要的一切後，最終孤獨至死。

建寧被重新接回了皇宮，住進了建福花園雨花閣，過上了同從前長平公主一樣的生活。平湖說得對，糊塗一點對她只有更好。吳應熊的死並沒有給她太大的打擊，她對於生死的界線已經不大分明，對她來說，所有的人都只是暫時地離去，而終會回來。而她，會一直等待他們。

長平，香浮，皇帝哥哥，還有那個射烏鴉的少年，他們都會回來的，回到這建福花園中，與她共飲桃花酒。

初春，桃花又開了。這是第幾次的桃花開？建寧走在桃花林中，模糊地想著她人生中的忽喜忽悲，低低地念起一首佛偈，那還是當年長平仙姑教給她的：

「由愛故生憂，由愛故生怖。若離於愛者，無憂亦無怖。」

忽然，她聽到「呱」的一聲叫，抬起頭，看見成片的烏鴉匆匆地向宮外飛去，遮蔽了半個天空。

她並不知道，在遙遠的五臺山清涼寺，有一個老僧即將圓寂，他盤坐在蒲團上，低宣佛號，念起了同一首偈子。他的法號，叫行癡。

附注

關於絞殺永曆事，書中時間與史載略有參差。《清史編年》紀：康熙元年三月，吳三桂押永曆帝還雲南；三月十二日，朝廷以「永曆既獲，大勳克集」，詔告天下；四月十五日，吳三桂奉朝廷之命，將永曆帝朱由榔及其太子以弓弦絞殺於雲南府，永曆朝廷覆滅。南明自弘光、隆武、至永曆凡十七年，終告滅亡。

順治出家五臺山事，多見於野史中。

大清公主《下》

作者：西嶺雪
出版者：風雲時代出版股份有限公司
出版所：風雲時代出版股份有限公司
地址：105台北市民生東路五段178號7樓之3
風雲書網：http://www.eastbooks.com.tw
官方部落格：http://eastbooks.pixnet.net/blog
Facebook：http://www.facebook.com/h7560949
信箱：h7560949@ms15.hinet.net
郵撥帳號：12043291
服務專線：(02)27560949
傳真專線：(02)27653799
執行主編：朱墨菲
美術編輯：許芷姍
版權授權：劉愷怡
法律顧問：永然法律事務所　李永然律師
　　　　　北辰著作權事務所　蕭雄淋律師

初版日期：2011年12月
ISBN：978-986-146-831-0

總 經 銷：成信文化事業股份有限公司
地　　址：台北縣新店市中正路四維巷二弄2號4樓
電　　話：(02)2219-2080

行政院新聞局局版台業字第3595號 營利事業統一編號22759935

定價：290 元

國家圖書館出版品預行編目資料

大清公主／西嶺雪著；-- 初版. --
臺北市：風雲時代，2011.11　冊；公分

ISBN 978-986-146-831-0 （下冊：平裝）

857.7　　　　100020419